教育部人文社会科学研究青年基金项目资助（14YJC752030）

象牙塔内的喧哗与骚动

英美学院派小说研究

张荣升　丁威　王春艳　●　著

中国社会科学出版社

图书在版编目(CIP)数据

象牙塔内的喧哗与骚动:英美学院派小说研究/张荣升,丁威,王春艳
著. —北京:中国社会科学出版社,2015.8
ISBN 978 - 7 - 5161 - 6897 - 4

Ⅰ.①象… Ⅱ.①张…②丁…③王… Ⅲ.①小说研究—英国—现代
②小说研究—美国—现代 Ⅳ.①I516.074②I712.074

中国版本图书馆 CIP 数据核字(2015)第 216696 号

出 版 人	赵剑英
选题策划	陈肖静
责任编辑	陈肖静
责任校对	刘 娟
责任印制	戴 宽

出 版	中国社会科学出版社
社 址	北京鼓楼西大街甲 158 号
邮 编	100720
网 址	http://www.csspw.cn
发 行 部	010 - 84083685
门 市 部	010 - 84029450
经 销	新华书店及其他书店

印 刷	北京君升印刷有限公司
装 订	廊坊市广阳区广增装订厂
版 次	2015 年 8 月第 1 版
印 次	2015 年 8 月第 1 次印刷

开 本	710×1000 1/16
印 张	17.25
插 页	2
字 数	279 千字
定 价	66.00 元

凡购买中国社会科学出版社图书,如有质量问题请与本社营销中心联系调换
电话:010 - 84083683

目　录

象牙塔内的喧哗与骚动

前　言

　　学院派小说主要以高校和科研院所为背景，描述学者和教授的悲欢喜乐，探讨体制弊端、学术腐败、职业道德等学术界话题及其与社会风潮的关系。表面上看，学院派小说记录了校园内发生的各种轶事，描述了校园内外知识分子的世相与百态，实际上却包含了整个社会文化发展过程和精神风貌，反映了变动的社会现实与历史、文化的变迁，揭露了整个西方社会价值观念的堕落与道德信仰体系的崩溃和缺失。学院派小说在世界范围内得到了迅猛的发展，主要代表作家有英国的金斯利·艾米斯、约翰·韦恩、马尔科姆·布雷德伯里、戴维·洛奇、A. S. 拜厄特、布鲁克—罗斯；美国的索尔·贝娄、弗拉基米尔·纳博科夫、约翰·巴斯、乔伊斯·卡罗尔·欧茨、艾莉森·卢里；澳大利亚的伊丽莎白·乔利、弗兰克·穆尔豪斯，迈克尔·怀尔丁；意大利的昂贝尔托·艾柯；阿根廷的豪尔赫·博尔赫斯；捷克的米兰·昆德拉等。

　　本书试突出以下特点：1）系统性：在篇章结构上遵循系统性原则，以时间为脉络，追根溯源，审视英美学院派小说的发展过程以及各个阶段的代表性作品。2）学术性：虽然本书基本按照作品的创作时期先后顺序安排，但并非拘泥对作家作品的浅显简介及评论，而是紧扣英美学院派小说的喜剧嘲讽特色对作品进行深入的挖掘。3）新颖性：由于英美学院派小说具有相互影响、相互渗透的特点，本书在后论部分对英美学院派小说及其发展动态作了比较，是研究学院派小说的最新尝试。

　　在本书出版之际，由衷感谢教育部人文社会科学研究青年基金项目的资助和中国社会科学出版社的大力支持。对书中所引用文献的其他作者，对多位资深学者在百忙之中所提出的宝贵意见及建议，在此一并致谢。此项研究成果由以下工作人员合作完成：张荣升（牡丹江师范学院副教授，硕导）、丁威（牡丹江师范学院讲师，硕士）和王春艳（牡丹江师范学院讲师，硕士）。

具体分工如下：

张荣升：策划、材料收集及统稿；

张荣升撰写：导论、上篇第一、二、四、九章；下篇第一章；结语，共计 12.5 万字；

丁威撰写：上篇第三、五、六、七、八章，共计 7.8 万字；

王春艳撰写：下篇第二、三、四、五章，共计 7.6 万字；

鉴于此研究属边缘学科，书稿需在科研部门管理期限完成，特别是因本书作者的水平有限，书中的种种不妥与错谬，敬请专家及读者批评指正。

作者

2014 年 9 月于牡丹江

象牙塔内的喧哗与骚动

2

导论　英美学院派小说发展概述

　　高等教育机构和学界的知识分子构成了现代社会中不可或缺的一部分，但同时它又是极为独特的特殊领域，大学教师和学界的知识分子也因此有别于社会其他群体。他们追求并拥有知识，思考、整合并传播知识，并有着强烈的正义感和批判精神。由于这些特征以及这一领域的内省性、排他性和封闭性，即使是 21 世纪的今天，人们仍将他们所处的领域喻为"净土"，或"小世界"。当代英美学院派小说家更是立足写实，呈现大学教师的点点滴滴，解构了这一群体固有的神话色彩。这些作品根基于小说的嘲讽艺术，并将其进行了淋漓尽致的发挥，拉开了长期蒙在这一群体上的神秘面纱。虽然学界人士一向对权威持冷漠态度，讲究开诚布公、光明磊落，但学院派小说家笔下的教授却多为具有各种瑕疵的学界人士，其荒唐、不端乃至卑劣在学院派小说中更具喜剧色彩。读者不禁为学院派小说所刻画的学界人物形象略感不安，但也许这种不安能够在洛奇的观点中找到这样解释：大学是无私地致力于追求真理、捍卫高等文化的机构；但从事此行业的教师，包括学术精英在内却是普普通通的人，他们有着普通的人性弱点。这也从根本上决定了学院派小说最为突出的喜剧嘲讽色彩。尽管大学生活有自己独特的节奏、习俗、讲究及癖好，这些都成为驱使人们各种行为的动力：人们或为实现抱负或为满足私欲而争权夺利，从而引发出种种困扰，这一切都在学院派小说中有了最为直接的映射。

　　长期以来，公众对身居象牙塔内的知识分子群体的了解在很大程度上难以做到客观全面。在这方面，英国的学院派小说家们自 19 世纪起便开始了积极探索，以不懈的创新精神冲破了束缚，向广大读者提供了大量描写学院生活的小说，成为公众更全面了解这一特殊领域动向的窗口。同时英国学院派小说以其鲜明的岛国特色独立于欧洲大陆小说，成为欧洲小说艺术史上绝无仅有的独特文类。英国学院派小说秉承英国现实主义小说的批判和讽刺传统，自一开始便形成了一种模式，这种模式由后辈学院派小说家借鉴、发展开来，成了英国学院派小说的创作风格。我们可以看到，19世纪描写高等学府的小说中就含有相当的写实成分，它们记录了大学的历史，尤其是剑桥和牛津两所大学的真实情况，难能可贵的是这种历史只能在此类小说中得以展现。这些小说的作用犹如纪念碑，填补了历史书中所遗留的空白，将大学生所生活的相对封闭的"小世界"以独到的视角呈现给广大读者。

英国学院派小说中的各种常见元素与英国文学的传统基石有着千丝万缕的联系，小说家们从源远流长的文化遗产中汲取了丰富营养，他们传承、发扬了以乔纳森·斯威夫特（Jonathan Swift）、亨利·菲尔丁（Henry Fielding）和查尔斯·狄更斯（Charles Dickens）为代表的社会讽刺小说家的写实及讽刺传统，学院派小说也因此具有较强的可读性和思想性。伊莱恩·肖瓦尔特在其专著《教授城堡——学界小说及其不满》中将英国学院派小说追溯至安东尼·特罗洛普（Anthony Trollope）所著作品《巴彻斯特寺院》（*Barchester Towers*，1857）。肖瓦尔特指出特罗洛普笔下争强好胜的维多利亚时期的牧师让她想起了现今社会中的学术界，其中的副教授、系主任和学院院长分别与维多利亚时期的助理牧师、执事和主教对应，从C. P.斯诺开始的很多学院派小说家都属于像特罗洛普一样的学者。如果沿用肖瓦尔特对英国学院派小说的上述追溯标准，斯威夫特凭借其得天独厚的学界讽刺优势自然可被排在特罗洛普的前面，因为从出版时间上来看《书的战争》（*The Battle of the Books and Others*）和《桶的故事》（*The Tale of a Tub*）的出版时间（1704年）要比《巴彻斯特寺院》的出版时间（1857年）早了一个半世纪。近现代的学院派作品中仍能找到斯威夫特上述两部学院派讽刺作品的影子，如乔治·艾略特（George Eliot）的小说《米德尔马契》（*Middle March*，1871）和戴维·洛奇（David Lodge）的小说《小世界》（*Small World*，1984）等。

乔纳森·斯威夫特（Jonathan Swift，1667—1745）出生于爱尔兰的都柏林，受过正规大学教育，乃饱学之士，当过私人秘书和乡村牧师，后升任都柏林圣帕特里克大教堂教长。斯威夫特不仅对现实有高度的关注与思考，而且奋笔疾书，为爱尔兰人民争取民族独立和平等而英勇地战斗，被同胞尊为"爱国志士"。在早年的两部重要作品《书的战争》（*The Battle of the Books and Others*，1704）和《桶的故事》（*The Tale of a Tub*，1704）中，斯威夫特的讽刺才能已初现端倪。《书的战争》中通过描写图书馆里古代书籍与现代书籍之间的战斗滑稽地影射了这一时期英国文坛上的古今之争。《书的战争》中论及早期的现代主义思想家培根和笛卡尔，和为现代主义者们所自豪的建筑、防御和数学各方面取得的成绩，但相比之下，《书的战争》主要关注的还是文学和学术方面。斯威夫特采用寓言体的形式给存放在宾特利所在的皇家图书馆，即圣·詹姆士图书馆里的古、今书籍赋予生命，双方展开了一场孰是孰非的争战。

《格列佛游记》（*Gulliver's Travels*，1726）是斯威夫特唯一的一部长篇小说，已成为寓言体讽刺小说的经典之作。该书以虚构的水手格列佛医生怪诞离奇的海上游历为幌子，行揭露与讽刺之实。小说分 4 卷，分别叙述主人公在小人国、大人国、飞岛国、慧骃国匪夷所思的见闻，映射当时英国乃至欧洲的政治、军事、文化、科学、社会风尚等，捉其要害，痛下针砭。在 18 世纪的英国文学中，没有哪一部像《格列佛游记》那样尖锐辛辣，被公认开创了英国文学的讽刺传统并树立光辉榜样。艾略特（T. S. Eliot）认为斯威夫特的《格列佛游记》是："人类心灵所取得的最伟大的成就之一。"[①] 全书共 4 卷。第一卷写格列佛到了小人国利立浦特。小人国的人身高仅 15. 24 厘米（6 英寸），国王只比臣子们大约高出一个手指甲盖，就只这一点已经令人肃然起敬。政客们按照鞋跟高低的不同分成两党，彼此势不两立。利立浦特和另一小人国因为争论吃鸡蛋时到底是先打破大端还是先打破小端而连年血战。这一卷主要讽刺英国统治集团的党派纠纷和以宗教信仰分歧为借口的掠夺战争。第二卷写格列佛到了大人国布罗丁奈格，他被当作玩物送入宫廷。格列佛把英国政治、法律、经济、军事等方面的情况向国王夸耀，但国王知道后反

---

① Ian Campbell Ross, *Jonathan Swift: A Commemorative Address*, Dublin, 1995, p. 4.

而谴责了英国的腐败政治和侵略战争。大人国法律简明，没有常备军，重视与国计民生有关的实学。大人国君王的形象体现了治国之道在于理智、公理和仁慈。第三卷叙述格列佛在飞岛国勒皮他、巴尔尼巴比、巫人岛（格勒大锥）、拉格奈格等地的见闻。这部分内容较为驳杂，主要是对脱离实际的科学研究、英国政治情况等方面的讽刺，也反映了人民反压迫的斗争。第四卷写格列佛在最后一次航海中到了理想国——慧驷国。慧驷是理性之马。格列佛非常喜欢这个国家，想成为这里的国民并终老于此。这一卷写得寓意深刻，可以看出斯威夫特是把它作为参照以此来批判英国乃至欧洲的现状的。

斯威夫特的《格列佛游记》在当时引起了很大的关注，"这些文学作品对于一般人的影响，大概比哲学家和科学家的著作还大"[①]，《格列佛游记》通过主人公在小人国、大人国、飞岛国以及慧驷国等虚幻国度的历险来讽刺英国社会、政治、宗教、科学乃至人性等诸多方面。通过格列佛的冒险经历，斯威夫特向读者展示的是一个丰富多彩的世界，也预示着不同国家、民族之间加强交往，彼此增进了解的必要性。斯威夫特的讽刺对象基本上是英国腐败的政客、自以为是的科学家和知识分子。斯威夫特对拉格多科学院的科学家们的描写是全书最精彩、最富于想象力的讽刺段落之一。这里云集着各个领域的科学家，然而，令格列佛吃惊的是，这些科学家只顾专心于科学，终日沉湎于思考，却丧失了交流能力。显然，斯威夫特旨在讽刺那些沉湎于空想的学者，影射高高在上的英国皇家学院。斯威夫特对不切实际的研究极为反感，所以在作品中予以了无情的挖苦和调侃。此外，牵强附会、玩文字游戏的评注家、历史家、冥想家等也未能逃脱斯威夫特的针砭。斯威夫特是一位思想敏锐的社会批判家和语言文体家。他以文笔犀利、讽刺尖刻、推理严密著称，其讽刺的对象是整个英国上层社会，锋芒指向其各个角落、各种人物。《格列佛游记》以其深刻的思想内容、现实的社会意义和精湛的艺术风格成为世界文学宝库中伟大的讽刺作品之一。小说既有对英国统治者明争暗斗和昏庸无能的讽刺，又有对上流社会腐朽生活的批判以及对科学家

① 丹皮尔：《科学史及其与哲学和宗教的关系》，商务印书馆1997年版，第270页。

象牙塔内的喧哗与骚动

荒诞行为的讽刺，实际上更是体现了格列佛作为一个英国新兴知识分子对其社会价值定位的困惑。斯威夫特作品中的讽刺和批判对后来的小说家菲尔丁、狄更斯等产生了重大的影响，其在《格列佛游记》当中对知识分子和科学家的讽刺性刻画为后来的学院派小说家如金斯利·艾米斯（Kinsley Amis）、戴维·洛奇（David Lodge）的创作提供了宝贵的素材和思路。

亨利·菲尔丁不仅是英国 18 世纪最具代表性的小说家之一，而且一直被视为是现实主义小说家的始祖。他的小说对英国及欧洲小说的发展起了极大的促进作用。菲尔丁"开创了用现实主义方法反映 18 世纪英国社会全貌的先河"①。他的这些卓越贡献不仅对英国小说的全面崛起起到了推波助澜的作用，同时也对英国小说的讽刺艺术发展产生了深远的影响。菲尔丁的作品中有很多知识分子形象，如《汤姆·琼斯》（*The History of Tom Jones, a Foundling*，1749）中的哲学家斯奎尔、神学家屠瓦孔、乡村教师庞立支；《大伟人江奈生·魏尔德传》（*The Life of Mr. Jonathan Wild the Great*，1743）中的教师形象；《阿米莉亚》（*Amelia*，1751）中善良的哈里森博士，等等。菲尔丁对屠瓦孔和斯奎尔这种卖弄学识的假学者进行了犀利的讽刺，这在英国小说史上具有划时代的意义，为英国后期的学院派小说家的创作奠定了坚实的基础。

《汤姆·琼斯》（*The History of Tom Jones*，1749）是菲尔丁的代表作。它不仅是英国文学的一部巨著，而且是世界文学中的一部不朽著作，作品充满了辛辣的讽刺。菲尔丁在小说中采取了幽默诙谐的手法揭露和批判了社会的腐败现象，讽刺和嘲笑了以哲学家斯奎尔和神学家屠瓦孔为代表的知识分子。菲尔丁在人物刻画上是颇有深意的，他严格遵循现实主义原则进行创作，为了突出性格，常把人物置于相互对照之中，如开明仁慈的乡绅奥尔华绥与蛮横暴躁的地主魏斯顿，狂热的神学家屠瓦孔和刻板的哲学家斯奎尔，直率真诚的汤姆与虚伪自私的布力菲等等。《汤姆·琼斯》中的哲学家斯奎尔和神学家屠瓦孔是菲尔丁极力讽刺的伪学者。哲学家斯奎尔先生与神学家屠瓦孔先生，一个满口道德不信上帝，一个满口神威不讲道德。菲尔丁采用对比的手法进行人物描写，通过他

---

① 侯维瑞：《英国文学通史》，上海外语教育出版社 1999 年版，第 307 页。

们的谈话和行为将他们两个的人生哲学和内心世界揭示出来。小说中典型的知识分子形象是哲学家斯奎尔。他博览古书，自称对柏拉图和亚里士多德的著作部部精通。他立身治学主要就以这两位大师为楷模，时而遵循前者的见解，时而又以后者的主张为依据。在道德方面他自称是柏拉图派，可是在宗教上他又倾向于亚里士多德的学说。斯奎尔在奥尔华绥先生家里已经住了些日子。他的天分算不得是头等的，不过由于受过高深的教育，倒也大大弥补上了。他在道德方面是以柏拉图为楷模，可是他又完全同意亚里士多德的看法，认为柏拉图是哲学家或思想家，而不是立法者。斯奎尔跟屠瓦孔一见面就非争辩不可，因为两个人的观点完全不同。斯奎尔认为人类的本性就具备一切崇高的德行，犯罪是违背了本性，正如奇形怪状不是人体的本来面目一样。屠瓦孔的看法恰恰相反。他认为自从亚当犯罪以来，人类的心灵就成为罪恶的深渊，必须仰赖神的恩宠才能得到洗涤和拯救。他们的见解只在一点上是一致的：在讨论道德的时候，两人都绝口不提"善"字。斯奎尔三句话不离"生来具有的德行之美"；屠瓦孔总把"神思的威力"挂在嘴上。前者用不可变更的是非法则和事物永恒的适当性来衡量所有的行为，后者则要依靠权威来判断一切事物。菲尔丁对屠瓦孔和斯奎尔这种卖弄学识、灵魂丑恶的假学者进行了犀利的讽刺，在英国小说史上具有划时代的意义。后来汤姆被布力菲诬陷，又加上两位道貌岸然的教师斯奎尔和屠瓦孔在一旁添油加醋，才致使奥尔华绥将汤姆赶出家门，到处流浪。

　　菲尔丁的小说集道德说教、幽默讽刺和小说革新于一体，为18世纪英国小说的崛起和繁荣作出了不可磨灭的贡献，对19世纪的英国小说也产生了巨大的影响。作为"英国小说之父"，菲尔丁在英国小说史上的地位是不可忽视的。菲尔丁对文学的最大贡献是他创作的现实主义小说，他和笛福、理查逊并称为英国现代小说的三大奠基人。他用现实主义的手法生动地描绘了英国社会生活中各种滑稽可笑的人物，叙述了许多滑稽可笑的事件。他的现实主义小说是"喜剧性的散文史诗"，它的特点是幽默、讽刺，充满乐观精神和对人民的热爱。菲尔丁自称他的现实主义创作方法师承于阿里斯托芬、塞万提斯、拉伯雷、莎士比亚、莫里哀、斯威夫特等人，以幽默和讽刺作为向虚伪、谎言、暴虐和罪恶进行斗争的有力武器。菲尔丁严肃的写作意图正是通过使读者得到娱乐和享受而实现的。在《菲尔丁和英国小说》一文中，李赋宁教授提到，菲尔丁意识到他的小说不同于前人的作品，因此他把自己的作品叫做"散文体的、喜剧性的史诗"（"a comic, epic - poem in prose"），而且说明他的写作目的是嘲讽人类，使他们摆脱他们舍不得丢掉的愚蠢和罪恶（to laugh mankind out of their favorite follies and vices）。

查尔斯·狄更斯（Charles Dickens，1812—1870）是英国 19 世纪杰出的批判现实主义小说家之一，他的小说展现了当时社会生活的方方面面，从政治、经济、道德和文化等不同角度反映了资本主义社会的矛盾和危机，其作品的批判性贯彻其创作始终。狄更斯继承了斯威夫特、菲尔丁的讽刺传统，其笔下的知识分子形象如《大卫·科波菲尔》（David Copperfield，1850）中的作家大卫以及《双城记》（A Tale of Two Cities，1859）中的法语教师代尔那等形象生动，为英国学院派小说的进一步发展增添了浓墨重彩的一笔。正如福斯特（E. M. Forster）在《小说面面观》（Aspects of the Novel，1927）中指出的："狄更斯创作的易于被我们识别的各种类型的、漫画式的人物，其所产生的效果既不枯燥乏味，又显现人性的深度，即使他们所在的那本小说会销声匿迹，他们仍然不被人遗忘。"[1] 狄更斯对知识分子形象的刻画与关注无疑对英国学院派小说的发展产生了深远的影响。

《大卫·科波菲尔》（David Copperfield，1850）为我们展开了一幅 19 世纪维多利亚时代社会生活的巨幅风俗画卷，维多利亚时代社会的政治制度、法律系统、经济阶层、教育方法等等的几乎任何弊端都尽收狄更斯笔底。作者在小说中成功地塑造了大卫这个乐于进取、奋发向上的人物形象，同时也表达了他对正义定将得到伸张、人道主义必然取得胜利的乐观主义态度。大卫代表着高尚、诚实和善良，凭着百折不回的毅力终于获得了事业上的成功和家庭的幸福。在人生的道路上，不管处于怎样污浊恶劣的环境、经历怎样的磨难，不管与怎样道德低下的人在一起，大卫始终保持着善良的本性。相反，希普则是卑鄙、虚假和狠毒的

---

① ［英］爱·摩·福斯特：《小说面面观》，朱乃长译，花城出版社 1984 年版，第 69 页。

化身。他是一个令人厌恶和伪善的人，费尽心计想霸占威克菲尔先生的事务所，还想强迫艾妮斯与他结婚，最终却失去了一切。在这一美一丑的对比中，我们看到了美被赞扬、被歌颂，丑被唾弃、被谴责。希普虽说是一个令人憎恶的反面人物，但也是值得同情，值得悲悯的。他阴险卑劣性格的形成也不完全是他个人的原因，这里面掺杂了很多社会因素。在物欲横流的社会，正常健康的人性被压抑、被扭曲。无数出身卑微的人因冷酷的现实而丧失了天性中的真和善，希普就是其中一个。反复凸显的自命卑微实则反映出很多底层青年在个人奋斗中泯灭人性的普遍现象。在大卫成长过程中，有一位重要的女性值得读者特别关注，她就是律师威克菲尔的女儿艾妮斯。姨婆收养大卫后，把他送进了坎特布雷的学校，让他寄宿在威克菲尔先生的家里。艾妮斯是狄更斯着力刻画的一个完美女性形象，她身上绽放着女性耀眼的光彩。无论容貌、品德、学识、思想，艾妮斯几乎都无可挑剔。她是大卫的精神依托，是大卫的美丽天使。在大卫饱受挫折的时候，是她始终支持着大卫，帮大卫走出了生活的阴霾，她是大卫人性中爱的完善者，让大卫在困境中奋发向上、刻苦努力并最终成为著名作家，也同时获得了美满的幸福生活。最终，艾妮斯和大卫终成眷属，如人所愿。艾妮斯与大卫的结合也反映出了狄更斯本人的道德观：善有善报。细心的读者会发现，托马斯·哈代在《无名的裘德》（*Jude the Obscure*，1895）中也同样刻画了一个出身低微、勤奋好学的知识分子裘德，"这部关于青年学者勤奋好学，却无法实现学业梦想的小说读来催人泪下，主人公令人同情"[①]。裘德悲剧的原因固然是多方面的，他和苏的结合引起了众人的非议和不满，两人只好四处漂泊，居无定所。裘德直到生命的最后一刻都在为自己的理想顽强地奋斗，一心想成为一个有学问的学者或大主教，但求学之路显然没有大卫那样幸运，如果苏也能像艾妮斯一样知书达理，裘德的求学梦想也许就能实现吧。《大卫·科波菲尔》中的克莱拉·科波菲尔也是一个知识分子形象。她是大卫的母亲。她有知识有学问，可以自己教育大卫，但她的命运很悲惨，结婚才一年丈夫就去世了，第二任丈夫冷酷、贪婪、残暴，她最后凄惨

---

① 张荣升：《小说家的批评　批评家的小说》，黑龙江大学出版社2013年版，第4页。

地死去，竟没能与相依为命的儿子见上最后一面。

《双城记》（*A Tale of Two Cities*，1859）中的法语教师查尔斯·代尔那是狄更斯笔下一位理想的知识分子形象。他是封建贵族埃弗瑞蒙德兄弟的侄子，正直、豁达，为自己家族过去的罪恶深感痛苦，由于厌恶叔父的飞扬跋扈，主动放弃贵族特权，独身来到英国隐姓埋名自食其力。代尔那与自己的贵族家庭联系并不紧密，但是当1789年法国大革命爆发，代尔那为了营救老管家而只身冒险返回法国时，因为自己是贵族埃弗瑞蒙德家族的出身而立即被雅各宾派逮捕。卡尔登深爱着路茜甘愿为她牺牲一切，为了使路茜不失去丈夫而替代尔那受死。在《双城记》中，代尔那、卡尔登和律师史曲勒孚都爱上了路茜，但表达爱情的方式却不同。卡尔登的爱是真诚的，但他自知配不上路茜，不能给她带来幸福。因此，虽然向路茜表达了爱情，却并不指望得到回报，只是让她知道，他爱过她，并愿为她献出自己的一切。代尔那面貌英俊、举止文雅，为人真诚严谨，待人客气有礼。他与路茜在患难中相遇，深深地为她的美貌与心地所吸引，一往情深。但他并不把自己的感情强加于人，他愿意耐心等候，一直到路茜自己也有了这个愿望的时候，向她表白自己的爱慕之情。在举行婚礼的那个早上，代尔那单独向马奈特说出了自己的真实身份。为了女儿的幸福，马奈特宽容地同意了他们的婚事。而史曲勒孚则是自高自大地向路茜宣布了自己的爱情。他认为自己的经济、社会地位都比路茜优越，向她求婚是对她的恩惠。三种不同的表达方式反映了三种不同的道德品质：卡尔登的无私、代尔那的高尚、史曲勒孚的自私。因而结局也就不同：卡尔登得到了路茜始终不渝的友谊，代尔那得到了路茜的爱，而史曲勒孚得到的则是断然地回绝。这里，狄更斯显然对知识分子的代表代尔那和卡尔登的大度和真诚进行了赞扬；而对律师史曲勒孚的肤浅和势利进行了批判。狄更斯在作品中对知识分子的描写反映了他对当时知识分子的深刻理解。他希望贵族阶级都像代尔那一样仁慈善良，主动放弃贵族特权，废除不人道的暴政，这样将会缓和已经尖锐的社会矛盾，避免一场浩劫；而不要像埃弗瑞蒙德侯爵兄弟一样，滥用特权、暴虐无道、激化矛盾，导致人民革命的爆发。

狄更斯小说中的知识分子形象体现出他对知识分子的态度。他笔下的知识分子一般都有着一颗博爱的心，同时非常上进，对生活充满了希望。他作品中的知识分子形象对英国学院派小说中知识分子形象产生了重要的影响。金斯利·艾米斯的《幸运的吉姆》（*Lucky Jim*，1954）中的吉姆和戴维·洛奇《小世界》（*Small World*，1984）里面的柏斯都是很好的例证。艾米斯作品中的吉姆同代尔那有着相似的性格。吉姆是一个大学教师，行为不羁、无助、滑稽地抗拒所谓的正统人物或是艺术。当读者看到吉姆时就好像看到自己，人们从吉姆身上欣喜地发现使读者精神为之振奋的东西。他是一个象征，是一个原型人物，存在于不同年代永不停息的冲突中。另外，洛奇在《小世界》里刻画的柏斯也是一个天真的学者，他同代尔那一样，努力地追求自己的爱情。狄更斯是继斯威夫特和菲尔丁之后英国文坛上又一位杰出的讽刺家。他的幽默讽刺使读者可以用轻松的、幽默的态度看待丑陋的现象。尽管他的幽默感和乐观精神在后期的作品中有所减弱，但诙谐幽默的讽刺仍是其作品的显著特点。这一特点在英国学院派小说中得以继承和发展。例如金斯利·艾米斯、马尔科姆·布雷德伯里和戴维·洛奇为代表的当代英国学院派小说，继承了英国喜剧小说的讽刺传统，在现实主义的叙述框架中蕴含着逗人的幽默和辛辣的讽刺。《幸运的吉姆》《历史人物》和《小世界》都是很好的例子。布雷德伯里认为喜剧小说是所有表达形式中的最佳者；同样，洛奇在其学院派小说中把传奇故事、神秘悬念、幽默讽刺、滑稽闹剧、哲理主题等各种因素混杂在一起，形成了后现代拼贴画一般的艺术效果；拜厄特在《占有》中对当代欧美学者以及学术体制腐败与黑暗的揭露和犀利批评也继承并发展了英国现实主义小说一贯的讽刺传统。因此，狄更斯的小说创作对英国第二代学院派小说家的创作具有重要的影响。狄更斯是杰出的社会讽刺小说家，其作品既有对上流社会腐朽生活的批判，对英国统治者明争暗斗和昏庸无能的讽刺，又饱含对下层人民贫苦生活的同情；与此同时，狄更斯的作品对知识分子给予了充分的关注，对作家、教师等形象进行了生动刻画。这些作品以深刻的思想内容、现实的社会意义和精湛的讽刺风格为 20 世纪初期英国学院派小说的发展奠定了坚实的基础。

　　20 世纪初期涉足高等学府的英国学院派小说家是包括马克斯·比尔

象牙塔内的喧哗与骚动

博姆（Max Beerbohm，1872—1956）、伊夫林·沃和奥尔德斯·赫胥黎在内的社会讽刺小说家。比尔博姆是机智、诙谐的讽刺大师，擅长在漫不经心中对文艺创作中的矫揉造作及社会上的装腔作势极尽讽刺之能事。比尔博姆的语言精练，剖析入木三分，在讽刺漫画、短篇故事、寓言、滑稽戏和散文方面都有无可比拟的才华。伊夫林·沃是英国著名讽刺小说家、文体家。沃与奥尔德斯·赫胥黎、乔治·奥威尔（George Orwell）齐名，被誉为现代英国文坛三大讽刺作家。沃的《衰亡》（*Fall and Decline*，1928）和《重访布莱兹海德》（*Brideshead Revisited*，1945）显示出了英国学院派小说的雏形，都以学院为背景，以大学生为主要人物，讽刺、批判了校园中的各种丑恶、欺诈，以戏谑的笔触将牛津大学生的荒唐生活和学校迂腐的教学制度一幕幕展现在读者面前，并以校园的"小世界"折射出现代英国社会的全部虚伪、荒唐、丑陋、贪婪和无聊。"在作品中，沃巧妙地将通俗的语言和故意的夸张交织一体，使幽默与荒谬彼此交融，从而使读者在忍俊不禁的同时对小说的意义与内涵进行思考和回味。"[①] 赫胥黎也是一位出色的社会讽刺家。他继承并发展了英国文学的讽刺传统，对战后弥漫于整个西方知识界的精神危机和荒诞现实作了漫画式描述。

英国 20 世纪 50 年代的学院派小说家包括牛津大学毕业生，执教于剑桥大学的金斯利·艾米斯（Kingsley Amis，1922—）；牛津大学毕业生，牛津大学诗学教授约翰·韦恩（John Wain，1925—）；东英吉利大学教授安格斯·威尔逊（Angus Wilson）；剑桥大学博士，剑桥大学教授 C. P. 斯诺（C. P. Snow）等。第二次世界大战以后，随着资本主义进入快速发展阶段，社会对高等教育的需求日益迫切。1944 年英国通过了巴特勒教育法，公立中、小学一律免费，贫困的大学生可以得到政府资助进入曾经只向贵族子弟开放的高等学府。50 年代初，英国出现了第一批来自中、下层社会的青年大学生。他们胸怀大志，准备献身于社会的改革，但是，由于缺乏有力的家庭背景，发现自己根本无法得到上流社会的承认与重视。其中一些有文学才华的青年用小说表达了对社会现状和

---

① 张荣升：《小说家的批评　批评家的小说》，黑龙江大学出版社 2013 年版，第 4 页。

传统观念的强烈不满，那种压抑在心中的挫折感和愤怒的情绪在作品中得到了淋漓尽致的表现。于是出现了《幸运的吉姆》（*Lucky Jim*，1954）、《每况愈下》（*Hurry On Down*，1953）和《向上爬》（*Room at the Top*，1957）等作品。他们采用现实主义创作方法，探讨社会问题，这批愤世嫉俗的新一代"大学才子"构成了50年代学院派小说家。"二战"之后，英国大学的成分发生了巨大变化，不再是少数贵族子弟悠闲读书的地方，大学通过考试向社会广开大门，由代表各阶层势力的知识分子组成，能敏锐反映知识界对社会转折的微妙变化，所以成了整个社会的缩影。在他们笔下，有一类人物是受过高等教育，自认为怀才不遇，被社会冷落，从而产生了反叛心理的青年，他们用玩世不恭的态度、消极反抗的方式来对抗社会，包括学院的现行体制。其中，诗人、小说家、评论家金斯利·艾米斯的《幸运的吉姆》（*Lucky Jim*，1954）堪称这一时期学院派小说的代表作。作品中，主人公是出身于中下层的吉姆·狄克逊，一所无名的地方学院的历史系低级讲师，他无钱、无貌、无才，为了取得延聘，不得不取悦于擅长弄虚作假的系主任威尔奇。为了晋升，他需要发表学术文章，却不料论文已经被别人盗用，盗用的人被任命为国外某大学的教授；为了讨好威尔奇，他要替威尔奇无偿服务，做那些威尔奇干不完的工作，却因为烧坏了威尔奇家的地毯而前功尽弃；为了显示实力，他需要举办学术讲座，却不料因怯场而醉酒，在台上胡言乱语，把校长和威尔奇嘲笑一通，从此结束了自己的校园生涯。幸运的是，在奇迹般的闹剧式结局中，威尔奇之子的女朋友移情于他，又帮他在伦敦找了一份好工作，吉姆开始自由自在地享受生活。艾米斯通过这部作品揭示了学院生活中的种种虚伪和势利，把吉姆这个反英雄（anti‐hero）形象塑造得可笑又可爱。

约翰·韦恩（John Wain，1925—1994）是20世纪50年代英国著名学院派小说家，"愤怒的青年"代表作家。韦恩出身于社会底层，毕业于牛津大学圣约翰学院，毕业后在大学教授英语课程。1947年至1955年，他执教于牛津大学，讲授英国文学，1955年辞去教职，专门从事文学创作。韦恩的主要作品有《生活在今日》（*Living in the Present*，1955）、《竞争者》（*The Contenders*，1958）、《打死父亲》（*Strike the Father*

Dead，1962）、《山里的冬天》（*A Winter in the Hills*，1970）、《年轻的肩膀》（*Young Shoulders*，1982）等。此外，韦恩还创作了以牛津生活为题材的"牛津三部曲"，即《河边相会》（*Where the Rivers Meet*，1988）、《喜剧》（*Comedies*，1991）和《饥饿的一代》（*Hungry Generations*，1994）。韦恩的一生除文学创作外，大多作为自由新闻撰稿人为报刊和电台撰写文章，韦恩写作和编辑的书籍有 70 多卷。"愤怒的青年"小说摒弃实验，回归传统，这也是 50 年代的小说家对当时现实的一种回应。"福利社会"所提供给他们的文化和教养上的机遇又遭到了传统的等级社会的制约和排斥，因此这些小说家本身也处于一种"边缘状态"，无论在社会，还是小说创作上，他们都感到非常困惑。流浪汉小说的传统由于描写主人公与社会等级制度的对抗，强调描写日常生活的具体细节，因而强烈地吸引他们回归这一传统的文学形式。《每况愈下》的主人公兰姆利是"愤怒的青年"小说中第一个流浪汉形象，因此可以说韦恩是当时回归流浪汉小说传统的先锋人物。他不仅继承了 16 世纪西班牙流浪汉小说的传统，还发展了 18 世纪英国流浪汉小说的传统，并在新的历史时期赋予它以鲜明的时代内涵，韦恩也因此成为现实主义"回潮"中不可忽视的重要作家。韦恩的小说塑造了一系列"愤怒"的青年的形象。他们对战后的社会现实极为不满，对现存秩序持批判态度。韦恩的作品代表了"愤怒的青年"流派的创作特点，他不喜欢创作上的试验，因此，他的小说具备 18、19 世纪作品的传统风格。读他的作品，很容易让人联想起流浪汉小说，他的主人公在这个不理解他们的世界上游荡。因为这个世界一贯地扼杀旨在解放个性的每一个企图，所以他们要同这样的世界决裂。但他们的反抗往往以妥协而告终，尽管表面上获得了自由。韦恩的作品风格较为朴素、淡泊，语言清新，基本采用现实主义创作手法，作品中不时闪耀着睿智的思想火花。

1953 年，韦恩发表了成名作《每况愈下》（*Hurry On Down*），这部小说被认为是英国 50 年代学院派小说的开篇之作。《每况愈下》的主人公查尔斯·兰姆利从大学历史系毕业后，找不到工作，四处闯荡，跌落到社会底层，过着漂泊不定的生活。大学毕业之后，兰姆利尝试着走一条与众不同的生活道路，他从一份工作换到另一份工作，当过擦洗玻璃的工人、毒品走私集团的成员、医院的勤杂工、汽车司机和酒吧雇员等，被周围的人认为是不务正业、毫无前途。当兰姆利在医院当勤杂工时，他的一个大学同学"义正词严"地教训他说："那种工作生来就是下贱的人干的。可你毕竟也受过一定的教育，有一定的教养，尽管我可以说你的行为举止有失检点。你本应该找个体面的工作来做，与你的教育和教养相称的工作来做。把这种该死的倒尿壶的活儿让给那些受过倒尿壶训练的人去干吧。"① 后来由于偶然的机会，兰姆利被聘为广播电台的滑稽节目的撰稿人，生活有了着落，他与社会的纷争也告一段落。兰姆利反对一切传统观念，决心通过努力，开创自己的一片天空。他对社会阶层的划分极其厌恶，拒绝被打上英国传统社会的阶级烙印，并对那些固守社会等级的人进行了强烈地抨击。他痛恨被自己所受的教育和阶层束缚，他的目标是中性的、无阶级的，无论是在经济方面、社会方面还是情感方面。兰姆利最终获得了一个有丰厚报酬的职位，有了自己喜欢的美女，甚至也可以说进入了中产阶级。兰姆利最后从教育、教养、社会地位、生活处境甚至口音都被中产阶级化的喜剧结尾，是人物和他所敌对的社会秩序妥协与和解的象征。

小说的主人公兰姆利受过大学教育，却不得不生活在社会金字塔的底层。他与现存的生活秩序和社会结构格格不入，无法容身于等级森严的社会体制，因此只能游移在社会的边缘，在生活的底层流浪、漂泊、挣扎。兰姆利从一种境况跳到另一种境况，小说的场景不断更换，但情节却紧紧围绕他而展开。它展示了当时年轻一代的矛盾和混乱的心理状态，同时也对传统社会的虚伪、势利和阶级偏见进行了鞭挞。兰姆利发现他更知道反对什么，而不是赞成什么，如同大学的教育和社会并没有帮助他获得一份称心的生活方式，相反使他觉得把自己变成了所受教育的囚犯，生活与教育并不像想象中的那样令人满意。兰姆利最终认识到，在一个等级森严的社会里，一个人要想拥有自己心爱的人、心爱的东西以及自尊，不得不弄到金钱和地位。韦恩通过幽默的笔调和现实主义的视角表现了主人公内心的思想斗争和反抗，同时也反映了20世纪50年代

① John Wain, *Hurry On Down*, London: Penguin, 1960, p.174.

象牙塔内的喧哗与骚动

年轻一代的彷徨、愤怒和困惑的心理状态。批评家瓦特·艾伦认为："反英雄是50年代小说中出现的一种新的人物形象。首先是在《每况愈下》中出现，然后又在艾米斯的《幸运的吉姆》中出现。"[①] 谈到小说创作，韦恩说："我写《每况愈下》时，觉得生活中出现的主要问题就是年轻人如何适应'生活'的问题。在这里，生活是指他们降临世界之前就已经存在的外部秩序，这外部秩序不一定对他们持欢迎的态度；而且这一切正变得越来越复杂化了，因为在我们的文明中，教育制度和潜在于日常生活中的种种臆想之间存在着难以弥合的分裂。"[②] 大学毕业后，兰姆利想通过自己的奋斗改变个人命运，对上流社会既充满了愤怒、怨恨，同时又千方百计想成为其中的一员；他与传统的社会秩序和生活观念格格不入，却又不择手段想从中谋取个人的幸福快乐；他鄙视高雅社会的趣味情调和文化教养，却又为不能进入这个阶层而耿耿于怀。兰姆利是战后英国典型的从思想到行为都与社会背道而驰的"反英雄"形象，他对上流社会充满了鄙视和叛逆，试图依靠自己的奋斗开创一种全新的生活方式，但同时他又经不起金钱和财富的诱惑，无法摆脱传统习俗的束缚。作品中，韦恩对英国教育的固有弊端进行了犀利的批判。兰姆利从牛津大学毕业，四处流浪。他认为中产阶级的教养几乎泯灭了自己的情感功能和自在性，因此竭力逃避这种"教养"，寻求"梦想中的无阶级的境界"。他的"流浪"非常鲜明地反映了当时变动的英国社会中个体与社会严重对立的状况。教育毕竟只是英国社会大厦的一个侧面，兰姆利的"愤怒"不仅是针对英国的教育制度，而且也是针对现存的"外部秩序"，也就是等级森严和阶级壁垒分明的社会。这部小说在美国出版时易名为《置身牢笼》，小说的主题不言自明；中译本把书名译为《每况愈下》，尽管这一"意译"与原题目的字面义相差甚远，但却直接展现了小说讽喻现实的内涵。在这个社会中，人的出身有贵贱之分，人的地位有高低之别，什么样的出身背景就有什么样的工作和职业与其对应。对"外部秩序"的任何形式的反抗，对社会等级思想的任何挑战，都难以得到这个

① Walter Allen, *Tradition and Dream*, London: Phoenix House, 1964, p. 280.
② John Wain, "Along the Tightrope," in Maschler, ed., *Declaration*, p. 81.

導論 英美学院派小说发展概述

社会的接受与认同。受过高等教育，具有一定的修养，却无法跻身上层社会，无法找个与自己教育和教养相匹配的工作；容身下层，混迹社会的边缘，给人擦窗、开车、看门、倒尿壶，这又为庸俗势利的"上层人士"所不屑——这就是兰姆利在小说中所遭遇的困境和痛苦，也是兰姆利愤怒和选择逃避的根源所在。兰姆利宛如一个现代社会的流浪汉，四处漂泊成了兰姆利生活的主旋律，似乎也成了他生命的意义所在。但值得注意的是，兰姆利出身于社会下层，对下层生活的境况了如指掌，他在不愿认同于上层社会的同时，其实也不愿苟同于以劳工阶级为代表的下层，因此只能在社会的边缘"不停地流浪、流浪，流浪四方"，流浪成了他对抗自己所愤恨和厌恶的社会的唯一手段。

在写作技巧方面，韦恩的小说创作一方面具有向现实主义文学回归的鲜明倾向；在文学创作观念上，韦恩如 C. P. 斯诺和艾米斯一样，主张忠实于现实的写作，反对现代主义及实验小说，认为表现内在心理的实验小说、意识流小说等在技巧上的实验可以进行，但绝不可能取得从 1860 年到 1910 年那一代作家那样的伟大成果。韦恩的作品以吸引人的情节为线索，十分注重刻画社会生活现状和社会大众心态，塑造中下层人物典型，重现了 20 世纪 50 年代英国社会的真实生活。尤其是韦恩早期的作品，具有强烈的对社会的尖锐批判和否定情绪，奠定了他与艾米斯、约翰·布莱恩等一起成为"愤怒的青年"的代表地位。他塑造的兰姆利和艾米斯笔下的吉姆构成了"愤怒的青年"的最早的典型形象。另一方面，韦恩虽然反对将小说写成意识流或者实验小说那样的模式，认为纯粹的心理小说偏离了小说作为生活表现的主要文学样式，难以与读者交流，那样的小说无法承载广阔而丰富的社会生活和复杂的客观世界，然而对于作为写作技巧的意识流、超现实的心理描写，甚至梦境幻觉等新的文学表现手法，韦恩并不排斥。在他的多部小说中，意识流手法的运用准确而细腻地传达了人物复杂而丰富的内心世界与情感变化。从中我们可以看到，作为一个严谨的现实主义作家，韦恩真实而深刻地反映了当代英国社会现实及社会心态，塑造出一代反叛社会、与现实格格不入的人物形象。但就他借鉴和运用现代派手法而言，他的创作显然突破了现实主义的壁垒。另外，韦恩的小说常常是多线索展开，不同角度和层面上的叙述使得小说对社会和人生本质构成多面而立体的揭示。故事情节曲折多变，有迭起的激烈高潮，也有平缓的宁静舒展，小说读来张弛有序、错落有致。韦恩的小说创作具有浓厚的诙谐嘲讽色彩和幽默闹剧式的写作特色，对社会和人生的表现时而严肃认真，时而迷惘痛苦，时而充满对生活的反思，时而又具有对人生放纵的宽容，但总体上可以说是幽默中蕴含真理，夸张中具有真实，滑稽而不庸俗，笑闹而不油滑，在对社会的叛逆反抗之中具有对美好生活的向往与追求。《每况愈下》一发表就引起了极大的反响，韦恩也因此一举成名，成为 50 年代学院派小说的代表作家。

英国 20 世纪 70 年代之后的学院派小说家包括伯明翰大学英语系教授马尔科姆·布雷德伯里（Malcolm Bradbury）、伯明翰大学现代英国文学教授戴维·洛奇（David Lodge）、伦敦大学教授安·苏·拜厄特（Antonia Susan Byatt）、剑桥大学毕业生迈克·弗雷恩（Michael Frayn）和剑桥大学讲师汤姆·夏普（Tom Sharpe）、牛津大学毕业生、巴黎大学英国文学教授克里斯蒂·布鲁克—罗斯（Christine Brooke - Rose）等。布雷德伯里、洛奇、拜厄特和罗斯这四位既是小说家又是评论家。在 20 世纪后半期，高等学府中各种批评理论盛行，新批评、神话原型批评、精神分析批评、读者反应批评、结构主义批评、解构主义批评、女性主义批评、新马克思主义批评、新历史主义批评、后殖民主义批评、生态批评，还有现象学、符号学、阐释学、叙事学、社会学，以及其他一些词语使每一个学院派教授都要面临对评论的评论、对阐释的阐释、对前人的批评的再批评、为他人的意见做意见。王雅华教授将这类作品归为"理论化小说"，认为这类作品是"关于思想写作的文本，具有明确的理论指向。"[①] 总之，英国的学院派作家们不仅是学者，也是小说家；他们的作品不仅畅销，也是当代文学经典；他们不仅会研究，更会虚构；最关键的是，他们的作品颠覆了关于小说的定义，一方面似乎是回到更为古老、更为自由的传统，另一方面又似乎是向前突飞猛进，拓展了小说的技巧。70 年代之后，随着学院对知识分子的全面收编，校园小说增多，对知识

---

① 王雅华：《论理论化小说及其对后现代诗学的影响》，《外国文学》2009 年第 5 期。

分子批判的力度也在增强。布雷德伯里在 38 岁时就取得了教授职位，他的三部长篇小说被评论家称为"校园小说"。他的《历史人物》（*The History Man*，1975）是一部力作，小说以沃特茅斯大学为背景，写了围绕着柯克斯夫妇的一群学院同仁一学期的生活。主人公霍华德·柯克斯是高级讲师，他出身贫寒，靠奖学金读完大学，与同学芭芭拉结婚后，继续攻读博士学位。60 年代初期，社会发生巨大变化，柯克斯夫妇积极追随潮流，在相互默许下与朋友们自由通奸。柯克斯顺应时尚，性解放运动中写了本《新的性关系》，学潮中又写了《资产阶级的灭亡》，因此成为校园里的风云人物。他把女学生用作家庭保姆，他勾引年轻的女老师，他搞阴谋煽动学生静坐抗议，以实现自己打击报复的私人目的。柯克斯挂在嘴边的是："你需要知道一点马克思，知道一点弗洛伊德，知道一点社会历史……，"[1] 而他的利己主义，他的性放纵，他的实用主义，恰恰是他所说的各种"主义"的反面。除了记录校园各种轶事，《历史人物》还反映了变动的社会现实，历史与文化的变迁，以及价值观念与伦理道德的混乱状况。到了 80 年代，洛奇在《小世界》（*Small World*，1984）指出："大家都在寻找圣杯，这'圣杯'可能是学院的职位或更好的职位，丰厚的薪水或更丰厚的薪水，有名望的出版社或更有名望的出版社，奖项或更高的奖项，女人或更多的女人，地位或更高的地位。"[2]学者们不再遵循昔日"精神贵族、物质穷人"的范式，而是狂热地追逐着名与利。也许这些学院派形象都是渺小的，但同时他们也是现实的。从另一个角度来看，写出这些文学形象的学院派作家们，能够揭示学术世界的阴暗，勇于展示学者们的劣根性，却是难能可贵的。迈克·弗雷恩是英国著名小说家、戏剧家、翻译家。在少年时代，弗雷恩便立志于做一名作家。他著作甚丰，其作品以幽默风趣的风格著称，在看似轻松诙谐的文字下，常会有富含哲学思想的问题值得探讨。《窍门儿》（*The Trick of It*，1989）是弗雷恩创作的唯一一部围绕学术生活展开的学院派小说。

汤姆·夏普（Tom Sharpe，1928—）是英国 70 年代最活跃的幽默小

---

[1] Malcolm Bradbury, *The History Man*, New York: Penguin Books, 1985, p. 23.
[2] 马凌：《后现代主义中的学院派小说家》，天津人民出版社 2004 年版，第 169 页。

说家之一。他的"学院小说"反映了该时期高等教育界日益增加的学术压力。夏普的作品深受读者喜爱，其中有好几部都是描写工学院讲师亨利·威尔特的。夏普出生于伦敦，在剑桥大学彭布罗克学院读书。在英国海军服兵役后，夏普于1951年移居南非。1963—1972年成为剑桥艺术与工业学院一名历史学讲师，这段经历也促成了他最著名的《威尔特》系列小说。夏普的《威尔特》（*Wilt*，1976）取材于当时的一所技术学院，现成为大学，该书优美地记录了教师教育学生的细节。小说的主人公亨利·威尔特是英国南部东英格里安工艺学院选修班的助理讲师，负责给一些对文学不感兴趣的建筑专业学生讲授文学。他想获得提升，计划落空后，经过各种波折，与体格强壮、情感冷漠、爱唠叨又做作的伊娃结了婚。伊娃有一个校友叫萨莉。这个女人和商业银行家的丈夫休对伊娃别有企图。婚后的生活使威尔特陷入了窘境，妻子的盛气凌人和恶语中伤使得他几度想要谋杀妻子。一天晚上，他带狗散步时，偶然遇到警官弗林特，两人发生了一些误会和不快。3个星期后，一个女人的尸体被埋在一个建筑工地的水泥下，亨利的汽车也在附近被毁。由于伊娃失踪，弗林特传讯了威尔特。威尔特承认与此案有关，经验不足的弗林特也相信威尔特便是真正的杀人凶手。但弗林特的上级却看出了破绽，决定将威尔特立刻释放，几经周折，最后真相大白。不久，弗林特被迫辞职，威尔特改判为自卫。夏普在《威尔特》（*Wilt*，1976）、《威尔特的选择》（*The Wilt Alternative*，1979）和《极度兴奋的威尔特》（*Wilt on High*，1984）中对威尔特讲师的善良意图百般挑剔。目前，夏普新的一部专著《威尔特的继承》（*Wilt in Inheritance*，2010）也于2010年和读者见面。《波特豪斯学院的学者》（*Porterhouse Blue*，1974）和《格兰切斯特·格林德》（*Grantchester Grind*，1995）也都是典型的学院派小说。《波特豪斯学院的学者》出版后好评如潮。1987年马尔科姆·布雷德伯里将这部小说改编成电视连续剧连续播放，更使作品家喻户晓。

克里斯蒂·布鲁克—罗斯（Christine Brooke - Rose，1926— ）是继多丽丝·莱辛（Doris Lessing，1919— ）和艾丽丝·默多克（Iris Murdoch，1919—1999）之后英国又一位出类拔萃的小说家、诗人和评论家，被誉为"20世纪末英国最重要的实验主义小说家"①。布鲁克—罗斯少年时生长在布鲁塞尔，1949年在英国牛津大学萨默维尔学院获得哲学学士学位，1953年获该学院哲学硕士学位。1954年获得伦敦大学哲学博士学位。自1956年至1968年，布鲁克—罗斯作为自由作家在伦敦担任记者和评论员。此后一直旅居法国，1975年后曾在巴黎大学任英国文学教授。她早期的小说创作主要是以现实主义为主，《爱的语言》(*The Language of Love*，1957)、《桑树》(*The Sycamore Tree*，1958)和《昂贵的欺骗》(*The Dear Deceit*，1960)，以传统的手法展现英国当今知识分子的人生经历及其爱情故事，反映现代人的生存境况，探讨人存在的价值和意义，在对人生、爱情和情欲的探讨中，体现出了善与爱的主题。《外出》(*Outs*，1964)是一部科幻小说，含有针对种族主义的斯威夫特式的讽刺成分。故事的叙述通过主人公混乱的思维来展开，由多篇对话构成，以一场假设的原子战争后的大灾难作为故事框架，小说关注的重点不再是人物及人与人的关系，而是物质环境，这其实就是对当今世界上种种无理性盲目冲动的一种描绘。故事内容的叙述与叙述语言的凌乱断续，一方面传达出现代社会中人与人之间不可交流的本质，另一方面也表现出作家受到后现代文学创作语言游戏的影响，标志了布鲁克—罗斯的创作由传统向后现代转变。60年代以后进入实验小说创作，尤其在小说的语言和结构方面，在进行创作实践的改革同时，还进行系统的理论研究和阐述。80年代中后期，布鲁克—罗斯执着地进行小说创作的革新，引导着英国实验小说潮流。她的作品被有的评论家称为"形式革新派"小说。

布鲁克—罗斯的《下一个》和《网络四重奏》(*Intercom Quartet*)是当代英国学院派小说的杰出代表。《网络四重奏》由《合并》(*Amalgamemnon*，1984)、《艾克塞兰多》(*Xorandor*，1986)、《食词者》(*Verbiore*，1990)和《文本的终结》(*Textermination*，1991)组成。她在小说中不仅揭示了当代科技的奇异和隐喻特征，而且还生动反映了新闻媒体对人们日常生活的影响。此外，她在将电脑人格化的同时，以滑稽却

---

① Kathleen Wheeler, *An Introduction to Contemporary Fiction*, London: Polity Press, 1991, p. 27.

又令人信服的笔调描绘了它们对人类技术革新的敏感性以及当代青少年与电脑之间的微妙关系。显然，布鲁克—罗斯的小说以独特的视角反映了当今英国社会中知识分子较为关注的某些现实问题。布鲁克—罗斯的"网络四重奏"中的第一部《合并》充分体现了作者在后现代主义之后继续探索小说艺术新途径的实验精神。这部作品生动地描述了即将被解聘的大学教师米拉·恩克泰在信息时代的混乱意识。面临激烈的竞争米拉即将被解聘，内心充满了忧郁与苦闷。小说在一定程度上反映了女主人公与情人、朋友和学生之间的关系以及她打算建立一个养猪场的计划，但这些具有现实主义色彩的生活镜头与米拉对古希腊阿伽门农、卡珊德拉和奥利安等神话典故的兴趣交织一体，从而使她能不断"玩弄词汇"，并创造"一个神秘、奇妙和复杂的候补家庭"。人物在虚拟的世界中感受着友爱与情爱，在虚拟的家庭中体验人生，现实与虚拟生活合而为一。小说是对信息多变的复杂社会的形象展示，同时也隐喻当今社会生活的不确定性，人们在现实生活中价值失落，找不到自己的归属和位置，于是只能在信息与网络世界中寻找安慰。小说运用大量新词汇来传达极具科技内容的现代社会生活，作者采用了大量的将来时态、虚拟语气、条件式从句和祈使句来表现小说的主题，从而使小说和叙述显得朦胧晦涩。就此而言，布鲁克—罗斯的语言风格暗示了20世纪末社会现实的不确定性。正如她本人在谈论这部小说时所说："我越是采用将来时态来叙述，便越感到我们始终生活在一种虚假和微型的未来世界中。"[①]《合并》深刻地揭示了当代信息社会瞬息万变的复杂现实。这部小说的艺术魅力与其说在于它对小说形式的分解，倒不如说在于它对小说形式自身分解过程的巧妙捕捉与把握。在《艾克塞兰多》和《食词者》中，布鲁克—罗斯揭示了当代人与电脑之间的关系以及对科学知识的态度。《艾克塞兰多》以报道式对话的形式，讲述孩子通过电脑与人交流的场景。面对以电脑为媒介的交流，叙述者的身份出现了混乱的局面，接受者无法知道叙述者的年龄性别、职业爱好等真实情况。传统的人与人交流的模式受到了

---

① Christine Brooke - Rose, *The English Novel in History*, 1950—1995, London: Routledge, 1996, p. 40.

电脑的挑战，同时也带给人类诸多困惑和矛盾。《食词者》探讨网络交流的虚拟性与虚假性问题。在电脑网络的交流中，人们不断地创造着与自己的生活事实完全不同的词汇，接受者无从知道究竟是谁在讲述故事，更无从知道故事的真实性程度。而一旦这种网络的虚拟和虚假被揭穿的时候，就会受到人们的指责。如何看待电脑网络交流中那些虚假故事的"造词者"，反映了先进的科学技术与人类传统价值和伦理观念之间的矛盾。罗斯的实验小说对后现代叙述模式进行了探索，对电脑网络中的叙述真实性问题、人与电脑之间的关系、科学技术革新与文学叙述模式变化的关系、科技的发展对人类思维及其审美观念的影响，以及电脑网络交流中语言表述的特性等，进行了有益的探索实验。《文本的终结》(*Textermination*，1991)是一部后现代典型的解构主义实验作品，小说以歌德、奥斯丁、司各特等知名作家作品中的主人公为主要人物，让他们奇特地联系组合在一起，探讨当今社会政治和生活人生，充满了滑稽和幽默。在《文本的终结》中，布鲁克—罗斯别出心裁地创作了一部滑稽和充满闹剧的"小说的小说"(a novel of novels)。她仿佛在向读者暗示，无论小说怎样改变自己的形式，它永远无法摆脱政治的影响。

布鲁克—罗斯是 20 世纪末英国实验主义小说的杰出代表，她的作品中故事情节和人物塑造不再占有重要位置，而是充斥了文字游戏以及各种书面文本的任意组合。她以小说的形式和全新的视角对电脑和网络给人类生活与文学创作带来的变化和矛盾进行了思考，对科技语言与人文语言相融合下的后现代文本写作的语言形式进行了探索，不仅反映了电台、报纸、影视等媒体对当代社会的影响，而且还揭示了电脑和网络等信息技术对人类的挑战。除小说以外，罗斯的评论文章也享誉英国文坛。这些评论作品主要有《隐喻语法》(1968) 和分析庞德作品的评论。对小说理论，布鲁克—罗斯有独到的见解。她认为任何小说都居于现实主义的范畴，其中自然包括那些荒诞离奇的、充满自反意识或无意识的"后现代主义小说"。长年旅居国外虽然在一定程度上影响了布鲁克—罗斯在英国当代文坛的地位，但她在两种文化鸿沟间所发挥的桥梁作用是不可忽视的。和布雷德伯里、洛奇、拜厄特一样，罗斯也是一位学者型小说家，她的创作题材和小说理论将对 21 世纪的英国学院派小说家产生深远的影响。

　　总体来说，英国学院派小说一般为现实主义创作，善用讽刺和批判元素，以冷嘲热讽的笔触表现了英国的社会问题，对知识分子的平庸和虚伪以及学术圈里的各种腐败现象进行了犀利的讽刺和无情揭露；对象牙塔内的阴暗面，如对青年学者职称晋升和教职终身聘用等问题进行披露，并以学院的"小世界"映射校园外的大千世界，反映社会事件对学术圈的影响及其外部体现，并在深层上反映社会道德和伦理问题。

　　美国的学院派小说开始于19世纪20年代，到20世纪五六十年代走向了顶峰。自20世纪50年代起，大量的知识分子进入美国的大学校园，他们成为驻校的文人、艺术家、科学家等等。对于文人来说，他们一边传道、授业、解惑，一边进行文学创作。大学的教职为他们的生活提供了物质的保障，也为他们的文学创作提供了新的视角和新的土壤。大学里的学生到普通老师再到德高望重的教授，成了大多数学院派小说作品里的主人公；他们的生活与精神的变迁构成了学院派小说的基本内容；进而知识分子的身份和命运归宿也就成了学院派小说关注的落脚点。学院派作家作为知识分子的精英代表，他们对以其自身为代表的知识分子的人生观、价值观和世界观，以及美国高校的种种现象进行着执着的追问，而这些追问也就造成了大批优秀的学院派小说的产生。如索尔·贝娄（Saul Bellow，1915—2005）的《赫索格》（*Herzog*，1964）和《洪堡的礼物》（*Humboldt's Gift*，1975）、乔伊斯·卡罗尔·欧茨（Joyce Carol Oates，1938—）的短篇小说集《饥饿的鬼魂：七个讽刺喜剧》（*The Hungry Ghosts：Seven Allusive Comedies*，1974）、菲利普·罗斯（Philip Roth，1933—）的凯普什系列三部曲包括《乳房》（*Breast*，1971），《欲望教授》（*The Professor of Desire*，1977）以及《垂死的肉身》（*The Dying Animal*，2001），和《人性的污秽》（*The Human Stain*，2000）、弗拉基米尔·纳博科夫（Vladimir Nabokov，1899—1977）的《普宁》（*Pnin*，1957），以及《微暗的火》（*Pale Fire*，1962）、唐·德里罗（Don DeLillo，1936—）的《白噪音》（*White Noise*，1985）等等。这些学院派作品无论从主题还是写作技巧方面，都堪称是一流的作品。

美国的学院派小说立足于美国的高校和知识分子界的现实，为读者呈现了人类精神和灵魂的挣扎与变迁的图谱。纵观美国学院派小说家的作品，不难看出，这些作品大多都塑造了大学校园里彷徨失意的知识分子。作品深刻地探寻了他们的处境、即个人与社会、理想与现实之间的不协调。他们受过良好的教育，并且勤于思考；然而他们越思考就变得越孤独。苦闷与彷徨、挣扎与沉沦、失败与失落成了大多数学院派小说中主人公精神和思想的写照。索尔·贝娄通过他的人物如赫索格的漂泊与思考，洪堡的失望与挣扎，西特林的堕落与觉醒，科尔曼的努力与抗争等等来展现知识分子的普遍精神状态。欧茨、罗斯和纳博科夫都成功地塑造了很多栩栩如生的学院知识分子形象。他们的大多数作品的背景都设在美国的大学校园，高校的学生、教师成了他们笔下常见的形象。高校教师迫于晋升职称的压力，保住教职的压力，将更大的注意力投入到了所谓的学术研究之中，没有尽到作为一名教师应尽的教书育人的责任和义务；而在学术竞争和学术权力的角逐之下，高校教师更是丢失了知识分子"求真"和"求善"的本性，沦为了欲望的奴隶和学术权力的牺牲品。残酷的社会现实压弯了他们正直的脊梁，封喉的竞争扼杀了他们求真的美德，无边的欲望吞噬了他们美好的理想。

总而言之，美国学院派小说无论在主题、人物塑造以及写作技巧方面都达到了一定的高度。经过时间的冲刷和洗礼之后，读者们依然可以从作品中得到对人性和社会的有益的思考和启示。这些思考和启示是超越了大学校园和知识分子本身的。学院派作家们的作品立足于大学校园，放眼于整个社会，关注着整个社会的现实和人类的普遍本性，表达了对人类和社会的人文关怀。

上　篇

英国学院派小说研究

第一章　马克斯·比尔博姆

马克斯·比尔博姆（Max Beerbohm，1872—1956）是 20 世纪初期涉足学院派小说创作的英国著名的散文家、诙谐文作家、讽刺漫画家和戏剧评论家。原名亨利·马克斯米利安·比尔博姆，生于伦敦，先后就学于查特豪斯公立学校和牛津大学默顿学院。在那里，他开始与家庭文化气氛门当户对的 90 年代的主要文学艺术家频繁接触。在比尔博姆 90 年代的作品中，花花公子做派，摄政期风格和时尚崇拜三大主题总是地位显赫。比尔博姆的第一部作品是散文集《马克斯·比尔博姆文集》，于 1896 年问世。接着又创作了《再多一些》（1899）、《再次》（1909）、《甚至现在》（1920）等。

第一节　比尔博姆:无与伦比的
银色匕首

作为散文家，他文笔优雅、细腻、庄重，常带着一种无尽的伤感。人们把他描绘成一个初出茅庐，却深谙那不朽的老成之道的年轻人。比尔博姆还擅长于漫画艺术，风格优雅、富有个性。比尔博姆的漫画大多都是 19 世纪上半叶伦敦的政治人物和明星的讽刺漫画像，这些作品线条细腻，标题设计精巧，能抓住人物鲜明的个性特征。作为剧评家，比尔博姆自 1898 年起为《星期六评论》（*Saturday Review*）杂志撰写戏剧评论，后接替肖伯纳（Bernard Shaw）担任该杂志的戏剧评论员，肖在离职前的最后一篇文章中盛赞比尔博姆的才华，称他为"无与伦比的比尔博姆"。1912 年出版的《圣诞花环》（*A Christmas Garland*）是他最有名的文学评论之一，他发挥卓越的讽刺才能，以滑稽的方式模仿同时代名家亨利·詹姆斯、威尔斯、吉卜林、本涅特、康拉德、哈代、高尔斯华绥和肖伯纳等人的风格。比尔博姆是一个集聪慧与敏锐的洞察力于一身，融嘲讽和文雅的幽默为一体的才子，被奥斯卡·王尔德（Oscar Wilde）称为"银色的匕首"。1911年，比尔博姆以牛津大学学生为题材创作了唯一的长篇小说《朱莱卡·多布森》（*Zuleika Dobson*），这部作品以虚构的方式描写19世纪90年代牛津大学在校学生因疯狂迷恋可爱的朱莱卡·多布森而集体自杀的故事。该小说是牛津大学生活的一幅漫画，也是对牛津大学虚假矫饰、荒诞可笑的行为的无声讽刺。随着朱莱卡在一群敏感多情的大学生中取得罗曼史上的一次次胜利，小说把读者带进了一场荒诞绝伦的角逐中。小说中的人物形象鲜明生动，令人难忘，又富有魅力；故事情节丰富，结局出人意料，却又恰到好处。比尔博姆这部作品首开20世纪英国学院派小说的先河。

第二节 《朱莱卡·多布森》：牛津学子的风流闹剧

对诗人约翰·济慈（John Keats）来说，牛津大学就像是"世界上最美妙的城市"。它是绅士们理想的堡垒，梦想者和学者的麦加，未来政治家和议员们的试金石。奥斯卡·王尔德称他心爱的牛津大学为"英国最美的东西"。谈到英国文学史对牛津大学学生的描述，我们发现第一位牛津大学生是一名风流才子。他爱唱歌，喜欢弹吉他，身上散发着迷人的甘草汁的香味。有关他的学业情况我们知之甚少，我们了解得更多的是他的冒险爱情。1395年前后，杰弗里·乔叟（Geoffrey Chaucer）在他的《磨坊主的故事》里讲述了"高贵的尼古拉"的故事。尼古拉作为房客跟一位木匠住在一起，而且引诱了木匠的年轻妻子艾丽森。尼古拉的做法特别可爱机灵，他是学院派花花公子的典型代表。

数百年后，在比尔博姆时代，多塞特公爵便是另一位学院派花花公子的典型。一位美貌女郎出现在这个著名学府，在该校的大学生中引起一场轩然大波。小说的女主人公名叫朱莱卡，是位貌若天仙的美女，"就连谢德尼剧院里古老的石像见了她也会额上冒汗"①。她对待中年人和对待老年人一样，有一种残酷无情的反感，只喜欢年轻人。每个看到朱莱卡的年轻人都爱上了她，但是朱莱卡看不起这些爱慕者，她只想找到一个对她的魅力无动于衷的男人。她感到和这种男人在一起才能幸福。朱莱卡的虚荣心到了如此程度，她自己也纳闷，哪个值得高傲的她倾心呢？小说开始，朱莱卡来到牛津大学拜访她的爷爷——尤达斯学院（意指默顿学院）的院长。朱莱卡一下火车，整个人群都给她让路，"所有接站的大学生们，都像着了魔似的，只顾看着朱莱卡，完全忘记了他们要接待的亲人"②。直到朱莱卡乘坐的那辆带篷四轮小马车在视线中消失后，他们才想起各自的任务。穿过几个街区，朱莱卡就到了尤达斯学院。由于这天是星期一，几乎所有的学生都到河边去为划船比赛助威去了，因此校园中年轻人寥寥无几。这时，一位英俊潇洒的男士出现了，他非常绅士地举起绕着蓝白缎带的草帽向院长致敬，院长介绍说，他就是多塞特公爵，今晚他将受邀共进晚餐。让朱莱卡高兴的是，这位男士没有表现出爱慕之情，竟然没有回头看她一眼，朱莱卡以为自己梦寐以求的对她的魅力无动于衷的男人终于出现了。实际并非如此，公爵对她一见钟情，只是他的自尊和教养使他没有表露出真实感情而已。席间，多塞特公爵很随便但却不失礼貌，只有一次表现得有些唐突。朱莱卡被他迷住了，认为多塞特公爵不爱她，她有生以来第一次爱上了一个人。第二天，朱莱卡到公爵住所拜访。公爵再也不能克制自己，向她袒露了爱慕之心，朱莱卡感到十分失望。公爵对她奇怪的态度很震惊，便列举了他的头衔、封号，详述了他的财产、房屋、仆役，试图使朱莱卡同意他的求婚，而朱莱卡却骂他是势利小人。公爵感到朱莱卡根本不想嫁给他，很是懊恼。但当朱莱卡希望公爵下午陪她去看划船比赛时，他又高兴起来。

牛津大学至今仍然保留着许多古老的传统和奇特的习俗。划船比赛就是这一时期最重要的一项体育赛事。在去看比赛的路上，公爵和朱莱

---

① Max Beerbohm, *Zuleika Dobson*, London：Penguin Books Ltd, 1961, p.11.
② Ibid., p.9.

卡遇到了很多学生，他们立刻都爱上了她。公爵对朱莱卡不能属于自己感到十分懊丧，他威胁朱莱卡说要自杀。这倒吸引了她，还没有一个人为她去自杀。多塞特公爵打算自杀的消息在全院迅速传开，别的同学也打算为朱莱卡去死。第二天早上，公爵为了使他的朋友免遭死亡，准备改变自己的计划。他承认是自己一时冲动才答应为她去死，朱莱卡严厉指责公爵不守信用。那天下午大家都高兴地去看赛船，最后，庄严的一幕发生了，多塞特公爵一边大声呼喊着朱莱卡的名字，一边从游船上跳进河里。由于朱莱卡不答应任何人的要求，成百的牛津大学生也立刻跑着跳进水里，他们慢慢沉下，在水中时隐时现，最后一刻还在呼唤着朱莱卡。那天晚上，除去上年纪的行政人员和教师们，牛津城都空了。朱莱卡原以为可能会有一个人不爱她，有个大学生也许会留下来。多塞特公爵的同学诺克斯确实没去，因为他扭伤了不能和其他人一块去死。朱莱卡发现他不无愧意地躲在房内，他已和凯蒂·贝迟订婚了。朱莱卡看到诺克斯站在窗前就高兴地喊他。这时凯蒂来了，她告诉朱莱卡，公爵已经死了，但那是为了信守诺言，而不是为了朱莱卡的爱情，因为公爵真正爱的是凯蒂。这些话使朱莱卡感到窘迫。这时诺克斯也认识到凯蒂并不爱他，于是就从窗户跳了下去。牛津大学的最后一名学生也死了。朱莱卡绝顶漂亮，所有的男人都爱她，竭尽全力减少她的痛苦。她勇敢地承受着牛津全体学生们的毫不掩饰地竭力谄媚。由于她的冷淡，牛津大学本科生一起投河自尽，集体殉情，不能不算是牛津大学的巨大损失，比尔博姆的幽默情怀与讽刺技巧可见一斑；然而，恶作剧到此还没有结束，因为没有发现一个牛津大学生对她的魅力能无动于衷，朱莱卡感到很沮丧。忽然想起一个主意，她打算买一张特别快车的票到剑桥大学。朱莱卡此次剑桥之旅，究竟对剑桥大学的学生来讲是福是祸，看来只能留给读者来解读了。

　　实际上，多塞特公爵这一人物形象的刻画是基于比尔博姆在牛津大学的经历。比尔博姆是个不折不扣的中产阶级。他出生于伦敦一个富裕充满慈爱的大家庭，没有压力迫使他随父经商，也不必在贵族阶级中力争立足之地。在查特豪斯公学毕业后，比尔博姆进入牛津大学最古老的默顿学院学习。在那里，他开始专与某一类人接触，即那些与家庭文化气氛门当户对的人和组织，如奥斯卡·王尔德（Oscar Wilde）、比尔兹利、诗人俱乐部以及新英国艺术俱乐部等。比尔博姆与这些艺术家都过往甚密，一起谈论艺术和人生，这使他能够比较客观地对当时盛行的先锋派艺术倾向进行观察和评价，同时也使他深谙19世纪90年代颓废者的精神面貌。互相的影响使他们形成共同的旨趣，他们开始成为幽默家，以及"纨绔子"。比尔博姆的"纨绔风"似乎有些沉重和凄情：每日穿着黑西装漫步城市，悠闲得很。他和王尔德等人一样，从时装、个性、风度、举止、家居等各个方面追求时尚和典雅，用人为的技巧去改变生活中任何看似平淡的事物，以期望其更加艺术化和审美化。比尔博姆总是穿着硬高领，戴着手套，提着手杖，丝质礼帽恰到好处地朝一边倾斜，礼服大衣饶有品位地突起，配一条上宽下细的裤子。在19世纪90年代，这些都是最入流的时尚公子的基本装束。而他笔下的多塞特公爵也是个成功的时尚公子，他向来神情自若，落落大方；从没人见他刻意追求效果。他似乎一直具有最令年轻人羡慕的那种气质：一种完美精湛的个性。作为尤达斯学院的一名贵族学生，多塞特公爵主持一个称作"詹特"（Junta）的老式牛津俱乐部的秘密聚会。俱乐部极其排外，能加入这个俱乐部的牛津学子一般都是家财万贯的富家子弟。曾经一连两年，公爵一直是唯一的成员，"目前，除了多塞特公爵，詹特俱乐部目前只有两名成员。"① 每年公爵都虔诚地提出候选人，并且坚决赞成有希望的人入选，结果每次都发现一张反对票放在投票箱里。那天晚上，俱乐部正招待客人，公爵根据传统惯例和"贵人行为理应高尚"的精神参加了宴会，席间，公爵公布了打算第二天为朱莱卡跳河的消息。俱乐部另外两名成员和其他学生都疯狂地爱上了朱莱卡，他们知道朱莱卡并不喜欢多塞特公爵，实际上"她会拒绝任何对她表露出爱意的年轻人。"② 这些痴迷于爱情的大学才子们纷纷仿效公爵，也决定和他一块去死。于是，发生了上面所描述的戏剧性的一幕：牛津大学本科生集体为爱情而投河。通过对多塞特公爵和其他学校纨绔子弟行为的描述，比尔博姆对牛津大学的纨

----

① Max Beerbohm, *Zuleika Dobson*, London: Penguin Books Ltd, 1961, p. 77.
② Ibid., p. 75.

绔子弟的势利和庸俗进行了讽刺。

　　当然，牛津大学是一个小型的阶级社会，除多塞特公爵这样的富家子弟外，还包括那些给纨绔子弟当仆人来资助个人学业的贫穷学生，他们侍候那些贵族子弟，那些学院俱乐部的特权者。多塞特公爵的同学诺克斯，便是牛津大学里的一名穷学生。这一人物形象也许是比尔博姆受托马斯·哈代（Thomas Hardy）的影响。哈代的《无名的裘德》（*Jude the Obscure*，1895）中的主人公裘德一心想走出黑暗贫困的家庭，步入学者的天堂——克利斯敏斯特学院（意指牛津大学），但遭到了牛津所有学院的拒绝。像裘德这样既没钱又没关系的人，想进入牛津大学是肯定没有机会的。和裘德相比，诺克斯在尤达斯学院的日子也不好过。他是个不引人注目的男同学，朱莱卡第一次来牛津时就注意到了他，"上身穿着一身黑色的褶皱不堪的夹克，下身短小的裤子，简直侏儒一般"①。当朱莱卡问院长诺克斯是否也参加他们的晚宴时，院长回答道："当然不会，绝不可能。"② 院长不经意的一句话实际已经清晰地向读者揭示了诺克斯这样的穷学生在牛津大学的地位。比尔博姆笔下的尤达斯学院是一个受阶级观念统治的集体，在这里金钱起着决定性作用，如果你没有钱，在牛津就会被排除在牛津大学之外。美国超验主义代表人物爱默生（Ralph Waldo Emerson）也注意到牛津大学是"上等阶层深造的学院，不是供穷人上学的地方"③。

---

① 　Max Beerbohm, *Zuleika Dobson*, London: Penguin Books Ltd, 1961, p.10.
② 　Ibid., p.11.
③ 　［英］扎格尔：《牛津——历史和文化》，朱刘华译，中信出版社 2005 年版，第 26 页。

第二章 伊夫林·沃

以危机和战争为时代特征的 20 世纪 30—40 年代为讽刺文学的再次复兴提供了适宜的条件，产生了一批以伊夫林·沃（Evelyn Waugh，1903—1966）、奥尔德斯·赫胥黎（Aldous Huxley，1894—1963）和乔治·奥威尔（George Orwell，1903—1950）为代表的讽刺作家。沃因其在小说创作中对学院生活和教育制度的关注被看作 30 年代英国学院派小说家的杰出代表。本章分别选取沃第一阶段和第二阶段的作品《衰亡》和《重访布莱兹海德》来进行详细解读。这两部作品显示出了英国学院派小说的雏形，都以学院为背景，以大学生为主要人物，讽刺、批判了校园中的各种丑恶、欺诈，并以校园的小世界折射出现代英国社会一幅幅衰败的图景。虽然《重访布莱兹海德》这部小说有天主教内容，但由于其中的人物大多出自大学校园并涉及了很多有关大学生和校园的话题，因此像洛奇的《大英博物馆在倒塌》一样，它横跨了天主教和校园两个领域。

第一节 《衰亡》：牛津学子的荒唐逸事

1928 年，沃发表了第一部长篇小说《衰亡》（*Fall and Decline*）并一举成名。曾在牛津求学的沃在描写大学生活时，常常将生活经历与文学创作紧密相连，许多时候，我们甚至可以找出两者的对应关系。沃由于整日酗酒、荒废学业，未获学位便离开了牛津的荒唐逸事，以及随后在私立学校当教师的经历在《衰亡》中均有所体现。

《衰亡》以戏谑的笔触描述了牛津大学生保尔·彭尼菲泽荒唐的经

历。小说的开始，保尔被一群酗酒闹事的学生捉弄，扒光了衣服，结果却以行为放肆、有伤风化的不实指控被逐出校园。声名狼藉的保尔只得到一所私立学校谋职。保尔惊讶地发现，这所私立学校完全是一个虚伪野蛮的世界，周围的同事不是怪人，便是伪君子，整个学校乌烟瘴气，混乱不堪。后来保尔与一个学生的母亲玛戈热恋，却不知这位妖艳的贵妇竟然在从事贩卖妇女的勾当。新婚之日，警察前来捉拿玛戈。不忍看到情人银铛入狱，保尔甘愿承担了全部罪名，替玛戈坐牢。然而，情人却另嫁英国交通大臣。凭借丈夫的权势，玛戈使保尔获准保释就医，随后又精心策划，采取移花接木的手段，使保尔"死于"手术台上，继而伪造文件，让他以新的姓名，带着新的胡子回到牛津的绿茵场上和尖塔影下，去继续未竟的学业。于是，这场始于牛津大学的荒唐闹剧终于又在牛津大学演完了它的最后一幕。《衰亡》向读者展示了一场地地道道的人间闹剧，评论家将它视为一部极为夸张并具有强烈讽刺意义的滑稽剧。作者本人也声称，"它旨在逗乐"①。在作品中，沃巧妙地将通俗的语言和故意的夸张交织一体，使幽默与荒谬彼此交融，从而使读者在忍俊不禁的同时对小说的意义与内涵进行思考和回味。

《衰亡》中的保尔是英国教育制度的牺牲品，一个"无辜的主角"。他单纯、逆来顺受，易受别人捉弄和利用。在文中，保尔先是被大学同学算计，以莫须有的罪名被逐出校园；后又因替情人顶罪而被判入狱，在爱顿荒原的劳改营默默承受着命运的折磨，而他那位妖艳迷人的情人却另嫁他人。在塑造人物方面，沃笔下的保尔没有细致的心理分析，是漫画式的，不够丰满，因而属于爱·摩·福斯特定义下的"扁平人物"。尽管人物相对而言刻画的不够丰满，沃却巧妙地利用保尔这个无辜、单纯的扁平人物对那个善恶不分的社会进行了犀利的讽刺与批判。保尔被逐出牛津大学前往一所私立学校当教师时，他的单纯与诚实得到了充分的表现。门房希望保尔将来当上校长，并且说道："那是因行为不轨而遭开除的先生们经常担任的职务。"闻听此言，忠厚老实的保尔第一次感到恼怒起来"见他妈的鬼去吧"，保

---

① 侯维瑞、李维屏：《英国小说史》，译林出版社2005年版，第591页。

尔温和地暗自说，一边开车前去车站。然后，他感到惭愧起来，因为他还从未骂过人呢。[①] 一个年轻人不慎骂了一句，并且只是"温和地暗自"骂了一句，却因此而感到惭愧不安。这样一个老实人竟被学校当局以行为放肆、有伤风化的不实指控逐出校园，这无疑是对英国教育制度的极大讽刺。

在作品中，沃还通过将不同的人物并置，在反差中取得戏剧化的讽刺效果。保尔这个无辜、单纯的人受尽了命运的捉弄，还背上了行为放肆、有伤风化的不实指控。相比之下，那个极端腐化堕落的"白奴贩子"玛戈却被冠之以"美貌高贵、洁白无瑕的女士"。这不禁让我们想起哈代笔下的苔丝。《德伯家的苔丝》（*Tess of the d'Urbervilles*，1891）副标题是"一个纯洁的女人"（A Pure Woman）。如果说哈代把当时舆论界称之为"淫乱的杀人犯"的苔丝歌颂为"一个纯洁的女人"是对传统的伦理道德的公开挑战，那么，沃将玛戈这个靠出卖贫苦姑娘的贞操和眼泪来获取暴利的"白奴贩子"冠之以"美貌高贵、洁白无瑕的女士"，则是对那个善恶不分的社会的极大讽刺与控诉。故事结尾，哈代不无讽刺地写道："'正义'伸张了，不朽庭长结束与苔丝的游戏。"[②] 然而，在《衰亡》中，保尔虽已回到牛津大学，这个单纯、无辜的主角又将经历怎样的起伏，这场小人物的闹剧将如何继续，读者却不得而知。拜厄特《传记家的故事》的主人公纳森也经历了梦想的破灭，随着传记写作的深入，纳森逐渐认识到，他从那个充满了投射、典故和迷宫般难题的世界中发现事实的单纯愿望，已经不复存在。[③] 通过对保尔和玛戈在品质、命运等方面的对比，沃表达了对这个荒诞世界的讽刺与批判。小说中人物命运并非"善有善报，恶有恶报"，无辜的保尔以莫须有的罪名被逐出校园，受尽了别人的捉弄和利用，而腐化堕落的"白奴贩子"玛戈却没有受到应有的惩罚，还被尊称为"美貌高贵、洁白无瑕的女士"。小说揭示了这

① 侯维瑞：《现代英国小说史》，上海外语教育出版社 2001 年版，第 343 页。

② Thomas Hardy, *Tess of the D'Urbervilles*, Beijing: The Commercial Press, 1996, p. 508.

③ 张荣升：《对传记产业及后结构理论的揭露和批——学院派小说〈传记家的故事〉解析》，《山花》2013 年第 1 期。

样一个事实："生活像是游乐场中供人乘坐的大转轮，你越近轮的中心就越旋转得缓慢，也就越容易停留，越容易生存下去。"[①] 只有那些有权有势、属于社会中心的人才能身处乱世而安然无恙。"无辜的主角"好似一面镜子，通过他们的单纯反衬出其他人物的卑鄙、虚伪和奸诈；通过他们的不幸遭遇控诉了社会上形形色色的邪恶和腐败。

英国的教育制度是这部学院派小说的一个重要讽刺对象。在《衰亡》中，无论是在牛津大学——这个世界知名学府，还是保尔任职的那所私立学校，学校当局失责、渎职的现象都屡见不鲜：有能力的教师无所事事，无能力的教师滥竽充数；教师所关心的不是学术，而是名利；学校注重的不是培养学生，而是为了牟取经济利益。作为人类文明标志之一的学校教育彻底失败了。另外，将"温和地暗自"骂一句都会感到惭愧不安的保尔以行为放肆、有伤风化的不实指控逐出校园，更是对学校当局失责、渎职的绝好讽刺。作者对保尔这个"无辜的主角"的不幸遭遇深表同情，然而，也对这个英国教育制度下的"反英雄"不无讽刺之处。在一连串不可思议的事件中，在这个令人头昏目眩的世界上，无论是因行为放肆、有伤风化的不实指控被逐出校门，还是被保释就医，移花接木，后来重返大学校园，保尔都是被动的。他逆来顺受，浑浑噩噩，仿佛提线木偶一般任人摆布。对这个曾被选入牛津大学的"精英"的讽刺性刻画，是对英国教育制度的极大讽刺。教育上的传统目标已遭到抛弃，牛津大学，这个世界知名学府，培养的学生尚且如此，道德水准和教学质量下降的普遍性就更可想而知了。

更为荒唐滑稽的是保尔任职的那所私立学校。在那里，教师大多对教书不感兴趣，却热衷于打情骂俏，惹是生非。这所学校的校长奥古斯塔斯·费金是个十足的骗子，"他在文学上的原型就是狄更斯笔下的费金(Fagin)"[②]。《雾都孤儿》（*Oliver Twist*，1838）中的费金是个年纪很老的干瘪犹太人，他那可憎可恶的面孔被一头蓬乱披散的红发遮盖着，就连堆起的笑脸都是令人作呕的。费金住的地方是个贼窝儿，专门把流浪

---

① 侯维瑞：《现代英国小说史》，上海外语教育出版社 2001 年版，第 338 页。

② Jeffrey Heath, *The Picturesque Prison: Euelyn Waugh and His Writing*, London: Mcgill-Queen's UP, 1982, p. 67.

儿和孤儿培养成窃贼。而现代版的费金校长又把学生培养成什么样的人呢？这所学校的设立，完全是受经济利益驱动。学校最关心的不是传授知识，而是如何把学生管得服服帖帖。在这所学校里，即便是原本有益于学生身心健康的体育运动会也充满了欺诈行为和敌对情绪。保尔替玛戈坐牢后，发现学校的许多教师也先后被关在这里。教师本应教书育人，为人师表，却被关进监狱加以改造，教育的成功与否不言自明，沃的讽刺之犀利可见一斑。

　　《衰亡》为沃赢得了讽刺小说家的声名，并为以后的创作定了基调。《衰亡》这个题目不仅适用于沃的第一部小说也适用于他的其他小说。如果说 T. S. 艾略特的诗歌为我们展现的是现代社会精神的"荒原"，那么，沃的作品则向我们描绘了一个"衰亡"的、"无望的、不可救药的社会"①，正如其在小说《独家新闻》中所描述的"举目回顾到处是变动和颓败"②。沃的作品多取材于英国上层社会和贵族生活，以滑稽和幽默著称，笔锋非常犀利，批评家们认为他是英国继狄更斯之后最值得重视的滑稽小说家。而《衰亡》就是这样一部以滑稽和闹剧的形式表现第二次世界大战前英国社会的荒诞、虚伪、近乎混乱的现实，并揭露和讽刺英国上流社会的腐败与丑恶的小说。作为一名有着强烈社会意识的作家，沃通过对学校教育体制和学生荒诞可笑生活的揭露折射出整个社会的动荡不安、混乱衰落，因为"对于他的讽刺锋芒来说，现代学校集中体现了当今时代所患疾病的各种症状和病因。"③ 因此，通过学校这一小世界的讽刺性描写，沃对现代社会，尤其是英国上层阶级进行了无情的嘲讽。沃的讽刺还时时触及英国的政治生活。在小说中，政权频繁更迭，政局动荡不安，政府的权贵糜烂腐化；上周的首相刚下野，本届政府已告垮台。《衰亡》在嘲弄社会腐败和道德虚伪方面与肖伯纳（Bernard Shaw）的《华伦夫人的职业》（*Mrs Warren's Profession*，1893）相比实在是有过之而无不及。难怪《衰亡》当初曾遭到有关部门的审查

---

① Christopher Hollis, *Evelyn Waugh*, London: Longman, 1971, p. 5.

② 侯维瑞：《现代英国小说史》，上海外语教育出版社 2001 年版，第 334 页。

③ Paul D. Farr, "The Success and Failure of Decline And Fall", in *Etudes Anglaises*, 1971 (24), p. 257.

和出版商的拒绝，最终不得不由沃的父亲所主管的出版社出版。在《衰亡》中，牛津大学和保尔任职的私立学校是整个社会的缩影，通过对学校讽刺性的刻画，沃让我们看到了现代英国社会的全部贪婪、虚伪、欺诈、荒唐和丑恶。

在《衰亡》中，沃运用了不同的讽刺技巧，除了将无辜、单纯的保尔与腐化堕落的玛戈并置，在反差中取得戏剧化的讽刺效果，作品的文体风格与思想内容故意造成的不和谐也是小说的一个重要技巧。在英国文学中，用典雅的文体风格描写庸俗、琐屑内容的不乏其人。1712 年，古典主义诗人蒲伯（Alexander Pope）发表了英国第一部讽刺史诗《卷发遇劫记》（*The Rape of the Lock*）。宫廷里的一个花花公子强行剪去了漂亮的未婚侍女贝琳达的一缕卷发。这一事件导致了两个家庭之间的争端，成了伦敦街头热议的焦点。蒲伯抓住这一机会写下了这篇讽刺史诗，以史诗这一宏大、典雅的文体描绘了当时的宫廷生活，包括纸牌游戏、聚会晚宴、观赏巴儿狗、饮茶吸鼻烟以及上层社会只知道纠缠于琐事的无聊和愚蠢。诗歌的文体与内容大相径庭所产生的艺术张力赋予了《卷发遇劫记》独特的讽刺效果，从而确立了蒲伯诗歌和讽刺文学的大师地位。18 世纪的简·奥斯丁（Jane Austen）在《傲慢与偏见》（*Pride and Prejudice*）中也用凝重的笔触描写了庸俗的思想，开卷第一句便是讽刺效果的典范："凡是有钱的单身汉总想娶位太太，这已经成了一条举世公认的真理。"[1] 沃继承了英国文学的讽刺传统，在《衰亡》中有意采用牧歌的抒情诗风格来描绘庸俗丑恶的人物形象，这种手法在描写贩买妇女、一身邪恶的玛戈身上运用得尤为出色，"玛戈小睡之后又起身出来，像一首 17 世纪的抒情诗那样清新、华美。她从电梯走向鸡尾酒桌，脚步过处，绿色玻璃做成的草原一般的地上顿时绽开了无数的鲜花"。作者以抒情的语言和优美的风格将玛戈描绘成"一首 17 世纪的抒情诗"，她走过处"绿色玻璃做成的草原一般的地上顿时绽开了无数的鲜花"[2]。这里"绿色的草原""绽开的鲜花"，使人不禁想起田园诗和牧歌的意境。

---

① Jane Austen, *Pride and Prejudice*, New Jersey: Watermill Press, 1981, p.1.

② 侯维瑞：《现代英国小说史》，上海外语教育出版社 2001 年版，第 345 页。

然而令人不解的是，这样一种优美的风格却用在一个浑身每一个毛孔都流淌着肮脏血液的女人身上。显然，语言风格与内容意义上的互相矛盾和不协调造成强烈的讽刺效果，使读者感到在一层绚丽多彩的薄纱之下涌动的一片讽刺的波澜。

《衰亡》的另一个讽刺技巧是超然的叙事态度。作品中有不少情节是相当残忍的，但沃在描绘荒诞恐怖的事件时却极其平静，不动声色，漫不经心。沃是要让读者感到震惊，让他们明白现代人的残酷无情。作品中，学生坦琴特的死亡便是个很好的例子。在校运动会上，坦琴特的一只脚被发令枪打中。好多页之后，作者顺便谈到他的脚肿得很大，伤口也变黑了。后来，在保尔婚礼的热闹气氛中，作者又以漫不经心的口气传达了一个可怕的消息，坦琴特的脚在当地的一家医院锯掉了。五十多页之后，他的母亲在谈论别人的婚礼时埋怨说："真是疯了，坦琴特偏偏要在这个时候死去，别人会以为我是借口这个原因有意不去（参加婚礼）的。"① 一个孩子的不幸去世，竟用这样一种不动声色、漫不经心的方式零零碎碎地透露出来，而且书中的人物竟没有一句表示同情哀悼的话，有的只是他母亲怪他死得不是时候。这一切赤裸裸地反映了现代人的冷漠与无情。在这样的社会里，正如一位评论家在评论坦琴特之死时所说的，"最骇人听闻的不公正也不过像早晨喝茶一样，是生活中的一部分"②。除了《衰亡》外，沃的许多早期小说也同样采用了超然的叙事态度。作者不做道德评判所形成的空白点成了引发读者思考的"召唤结构"，使读者不只是单纯地阅读文本，同时积极地参与文本构建，通过对人物言语、行为的审视，作出自己的价值评判。值得注意的是，超然的叙事态度并不代表作者的冷漠无情，表面的一泓清泉下隐藏着道德评判、对无辜者同情的湍湍巨流。

黑色幽默（Black Humor）的运用是这部小说讽刺技巧的另一个显著特色。《衰亡》以近似于黑色幽默的手法对"二战"前英国社会的精神危机和虚无主义进行了犀利的讽刺，并为其他黑色幽默小说家的创作奠定

---

① 侯维瑞：《现代英国小说史》，上海外语教育出版社 2001 年版，第 346 页。
② Eric Linklater, *The Art of Adventure*, London：Macmillan, 1947, p. 46.

了基础。沃将现代生活中荒诞可笑和悲哀透彻糅合在一起，揭示了社会的荒诞和荒芜，并实现了内心荒诞感的释放。《衰落》就是这样一部充满疯狂和荒诞色彩的喜剧作品。过去的小偷摇身一变成了国会议员，"洁白无瑕"的贵妇人却是贩卖娼妓的老手，而本应治病救人的医生却替"病人"摘除早已不复存在的阑尾，并通过捏造"手术死亡事故"来帮助"病人"改变身份，如此这般，不一而足。小说以一种近似于"黑色幽默"的讽刺手法描绘了生活中一系列荒诞可笑的人和事，滑稽可笑的背后却隐藏着无奈和痛苦，让读者体味宇宙人生的矛盾和荒诞。

沃的文学成就令人瞩目，他是英国文学史上卓越的讽刺大师和文体家，被誉为他那一代最有才能的小说家之一。沃继承并发扬了斯威夫特、菲尔丁、狄更斯到肖伯纳一脉相承的讽刺传统，并以学院为背景为英国学院派小说奠定了基础。与艾米斯的愤怒激昂，洛奇的调侃逗乐相比，沃的讽刺可谓笔墨简练而含意深刻。在《衰亡》中，沃通过主人公保尔的荒唐轶事，以一种戏谑的笔触将牛津大学生的荒唐生活和学校迂腐的教学制度一幕幕展现在读者面前。作者成功地运用了多种讽刺手法，将喜剧与悲剧、幽默与荒唐以及嘲弄与鞭挞交织一体，使读者对英国的教育体制和校园生活有了更为清晰地认识，并以校园的小世界折射出现代英国社会的虚伪、荒唐、丑陋、贪婪和无聊。但是，小说情节的安排存在着任意编造的痕迹，故事中包含了许多离奇和非现实的成分。离奇情节的设置也许是为了凸显现代社会的混乱，然而缺乏生活真实的荒唐，离奇虽能引起一场哄笑，却削弱了小说应有的思想深度和批判性。尽管存在以上不足，《衰亡》这本校园小说显示了沃杰出的讽刺和批判才能，并为他下一部学院派小说《重访布莱兹海德》的创作奠定了重要的基础，而且对后来的英国学院派小说家的创作有着十分重要的意义。

第二节 《重访布莱兹海德》:青年知识
分子的空虚与迷惘

1945 年，《重访布莱兹海德》（*Brideshead Revisited*）问世，此书一出版，便受到广泛的欢迎，重版印刷达 14 次。小说曾被搬上银幕，根据原著拍成的电视剧也成为英美国家最受欢迎的电视剧之一。《重访布莱兹海德》是沃后期创作风格转为严肃的标志性作品。如果说早期作品多以描写纨绔子弟的荒唐闹剧为主，长于讽刺挖苦和营造喜剧效果，那么，从《重访布莱兹海德》开始，沃的主题更加严肃，讽刺更加犀利。《重访布莱兹海德》这部小说带有浓重的感伤和怀旧色彩，这是一个经历了两次世界大战的英国知识分子的回忆、哀伤和失望。

小说以"二战"为背景，以查尔斯·莱德上尉的第一人称回忆的方式叙述，描写了伦敦近郊布莱兹海德庄园一个天主教家庭的生活和命运。主人公兼叙述者查尔斯上尉随部队换防来到马奇梅因侯爵的布莱兹海德庄园，触景生情，回忆起20年前在牛津大学学习历史的往事。他与贵族出身的塞巴斯蒂安是同窗好友，并曾多次随他访问布莱兹海德。塞巴斯蒂安一家属于一个古老的天主教家族。侯爵夫人是个虔诚而盛气凌人的教徒，侯爵不甘于宗教的严厉管束，"一战"去国外参战后就没有回国，由于身为天主教不能离婚，便长期和意大利情妇卡拉在威尼斯同居。长子布莱兹海德是未来爵位和庄园的继承人，毕业于牛津大学，是个沉闷、迂腐的人。他生性怪僻，最大的嗜好是收集火柴盒。次子塞巴斯蒂安放荡不羁，嗜酒成性。塞巴斯蒂安一生坎坷，最后沦落到北非的一所寺院里当仆人，病死他乡。大女儿朱莉娅年轻、漂亮，但由于家庭的原因嫁给一个庸俗的政客雷克斯，婚后很不幸福。十年后，已成为知名建筑画家的查尔斯与朱莉娅在大西洋的轮船上重逢。同样遭遇婚姻不幸的查尔斯与朱莉娅同病相怜，旧情复萌，并决定各自离婚后与对方结婚。但马奇梅因侯爵的临终忏悔令朱莉娅大受震撼，在心中又重新燃起了对天主教的信仰。由于天主教视离婚和重婚为罪孽，朱莉娅不愿像父亲一样抛弃家庭而违背天主教教规，最后拒绝了同查尔斯结合，宁愿以受苦去赢得上帝的宽恕。

对塞巴斯蒂安来说，母亲是他精神上的沉重负担，她以种种手段要塞巴斯蒂安接受宗教的束缚，使他十分痛苦；加之父母的丑闻，塞巴斯蒂安便用酒精麻痹自己，以逃离这个令人窒息的家庭。在牛津大学求学期间，塞巴斯蒂安与查尔斯是同窗好友。两人无所不谈，视彼此为知己。后来查尔斯从牛津退学进入美术学校学习建筑绘画，精神空虚的塞巴斯蒂安更以酒精麻痹自己，终因行为不检而被学校开除。圣诞节，查尔斯应马奇梅因夫人之邀去庄园度假，此时，塞巴斯蒂安的健康已因酗酒大受影响，而且对人越发不信任。查尔斯给予他很大的同情和理解，并希望帮助他摆脱思想上的负担，却遭到了拒绝。塞巴斯蒂安一生坎坷，最后漂泊到北非突尼斯的一个修道院，被收留当一个下等仆人，病死他乡。沃的第一部讽刺小说《衰亡》是以戏谑的笔触描述了青年学生保尔·彭尼菲泽荒唐的经历。而在《重访布莱兹海德》中，对塞巴斯蒂安的刻画则体现了作者无限的悲哀，一个牛津大学的学生能荒唐、空虚、迷惘到如此程度，实在令人震惊。《重访布莱兹海德》具有浓厚的自传色彩，小说的许多情节直接来自于作者的生活经历。沃曾在牛津大学的赫特福德学院学习，然而，求学期间，他行为散漫，成绩不佳，终因整日酗酒、荒废学业而自动退学。

另外，小说的叙述方式也别有新意。叙事者查尔斯既是故事的主人公，又是故事的观察者和记录者。小说是通过他的回忆展现出来的。查尔斯的回忆追溯了一个贵族家庭衰败的过程，叙述中贯串了他的爱憎、热情和哀伤。此外，小说采用了倒叙的手法。倒叙古而有之，早在古希腊时期的《荷马史诗》（*Homeric Epics*）中便有应用。不过《重访布莱兹海德》的倒叙手法，不是抄袭古人而是用了现代电影艺术手法，给人以新鲜的感觉。

和赫胥黎一样，沃敏锐地意识到了西方现代文明的堕落和道德的沦丧，并以讽刺的笔触描述了这个正在衰亡的世界。《重访布莱兹海德》中的讽刺是尖锐而深刻的。通过对牛津大学的讽刺性刻画，沃不仅讽刺了英国的教育制度，更表现了对现代人和现代社会的失望。《重访布莱兹海德》这部小说整体的基调是讽刺的，然而又有一种怀旧的伤感和无奈。讽刺之中蕴含着无言的哀婉，这是一种难能可贵的技巧，用到成功处，往往会使读者含着眼泪笑。

在《衰亡》和《重访布莱兹海德》中，沃以戏谑的笔触将牛津大学学生的荒唐生活和学校迂腐的教学制度一幕幕展现在读者面前，并以校园的小世界折射出现代英国社会的虚伪、荒唐、丑陋、贪婪和无聊。总体而言，沃的校园小说不仅使读者充分感受到了他的讽刺锋芒，而且对后来的英国学院派小说家创作有十分重要的意义。

象牙塔内的喧哗与骚动

第三章　奥尔德斯·赫胥黎

奥尔德斯·赫胥黎是英国著名的讽刺小说家、散文家、剧作家、诗人。他出身于一个极富名望的书香门第，祖父是《天演论》的作者，著名博物学家托马斯·赫胥黎；父亲是一位出色的编辑和诗人；母亲是文学评论家马修·阿诺德的侄女，家中常常群英荟萃，高朋满座。赫胥黎传承了家族传统，从小爱好自然科学和文艺。他早年在伊顿公学读书，打算从事医学，但由于严重的眼疾而使救死扶伤的梦想无法实现。后入牛津大学攻读文学，毕业后不久开始文学创作。

第一节　赫胥黎:当代极具才华的讽刺家

和沃的《衰亡》和《重访布莱兹海德》相比，赫胥黎的《旋律与对位》（*Point Counter Point*，1928）对知识分子的讽喻和挪揄有过之而无不及。他在《旋律与对位》中，对颓废堕落的英国中上层阶级知识分子作了无情的嘲弄，以冷嘲热讽的笔触表现了英国中上层阶级知识分子的精神危机和精神面貌。赫胥黎是英国资产阶级知识分子的典型代表，他知识渊博，著述颇丰，一生创作五六十卷作品，体裁涉及小说、诗歌、戏剧、传记、评论等，除了文学作品外还有音乐、美术、科学、宗教等方面的著述。赫胥黎是一位多产的小说家，同时也是一位出色的社会讽刺家。他继承并发展了英国文学的讽刺传统，以冷嘲热讽的手法对战后弥漫于整个西方知识界的精神危机和荒诞现实作了漫画式描述。"赫胥黎的多才多艺使他能够探索现今时代的几乎每个方面，而他的小说和散文读起来像一个人为了努力使自己从自私朝忘我、从物质朝神秘升华而进行的一次精神上的旅行。"① 赫胥黎的小说创作大致可分为两个阶段。第一阶段从 20 世纪 20 年代初到 30 年代中期。《克鲁姆庄园》（*Crome Yellow*，1921）的问世标志着赫胥黎社会讽刺小说的开端。这一时期的代表作品还有《滑稽的环舞》（*Antic Hay*，1923）、《旋律与对位》（*Point Counter Point*，1928）、《美丽新世界》（*Brave New World*，1932）等。第一阶段的作品除《美丽新世界》以科学幻想和社会讽刺相结合的方式描写了一个噩梦般的未来世界以外，其余的小说都以冷嘲热讽的笔触揭示了第一次世界大战之后英国青年知识分子的精神危机，反映了现代人的徒劳、迷惘和厌世情绪。赫胥黎第二阶段的创作从 20 世纪 30 年代中期到 1963 年去世为止，作品主题由讽刺转为严肃，体现出明显的神秘主义色彩。《加沙的盲人》（*Eyeless in Gaza*，1936）是赫胥黎创作的转折点，在书中作者似乎想给濒临绝境的人类指出一条出路，即清心寡欲、自我救赎，这种神秘主义倾向明显暴露了作者的唯心主义消极思想。另外，《几度寒暑天鹅死》（*After Many a Summer Dies the Swan*，1939）和《天才和女神》（*The Genius and the Goddess*，1955）等作品均反映了作者的神秘主义思想。和伊夫林·沃一样，赫胥黎最后也走上皈依宗教的道路。他的神秘主义小说反映了赫胥黎本人的唯心主义和消极遁世，同时也暴露了他的历史局限性。

第二节 《旋律与对位》：上层阶级知识分子的精神危机

《旋律与对位》（*Point Counter Point*，1928）标志着赫胥黎学院派小说艺术的顶峰，评论家据此称赫胥黎为"当代最有才华的讽刺家"。② 如果说以艾米斯和韦恩为代表的学院派小说家在作品中成功地塑造了一批来自中下层的知识青年形象，表达了一群"愤怒的青年"对社会的不满与谴责，那么，在《旋律与对位》中，赫胥黎以冷嘲热讽的笔触表现

① Frederick R. Karl & Marvin. Magalaner, *A Reader's Guide to Great Twentieth-Century English Novels*, New York: Octagon Books, 1984, p. 255.

② Donald Watt, *Aldous Huxley: The Critical Heritage*, London: Routledge, 1975, p. 14.

象牙塔内的喧哗与骚动

了英国中上层阶级知识分子的精神危机和精神面貌，作品因对小说家、编辑、评论家等知识分子的关注而具有学院派小说的特色。《旋律与对位》展示了一幅形形色色的堕落和怪僻人物的群像图，巧妙地描绘出第一次世界大战后英国知识分子的迷茫状态。主人公菲利浦·夸尔斯是一位小说家，正在为创作而冥思苦想。他与妻子埃莉诺出国旅行，沿途只顾搜集小说素材，对妻子无动于衷。埃莉诺无法忍受丈夫的冷漠，便同一个鼓吹墨索里尼思想的法西斯主义者埃弗拉德·威伯利暗中来往。小说的其他人物也都在一片虚无之中穷奢极欲，过着荒淫无度的生活。埃莉诺的兄弟沃尔特与一个有夫之妇同居，同时又与另一个有性虐待狂的女人露西勾搭。《文学界》杂志主编伯莱普表面上道貌岸然，实际上内心异常贪婪。虚无主义者斯潘德莱尔由于怨恨母亲再婚，加之生活屡遭挫折，已变得心灰意懒，于是纵情淫逸，近乎疯狂。在《旋律与对位》中，作者通过这些人物的骄奢淫逸反映了一个堕落、无望的世界，而与此相对立的是正常的生老病死和爱情。值得一提的是，赫胥黎在小说中有意刻画了一位提倡以健康的方式接受性爱的画家马克·拉姆品。和劳伦斯一样，马克认为只有发挥人的自然本性，尤其是性的欲望，才能使暗淡无光、郁郁寡欢的现代生活发出照人的光彩，才能使人与社会和人与人之间恢复和谐的关系。小说结尾，埃莉诺的幼子病死，生性凶暴的斯潘德雷尔杀死了他的政敌埃弗拉德，最后受良心的谴责而自杀身亡。

赫胥黎发扬了英国文学的讽刺传统，在《旋律与对位》中，以冷嘲热讽的笔触表现了英国的社会问题，对颓废堕落的英国知识分子作了无情的嘲弄。小说家夸尔斯虽然诚实、正派，也很有天赋和才华，但性格孤僻，感情冷漠。在旅行时，他只顾观察周围的人物，搜集写作素材，而对妻子漠然置之。他终日关在象牙塔里为构思小说而冥思苦想，而很少有时间去体验感性生活，使得他与妻子感情淡漠。与之相反，农民画家拉姆品和贵族出身的妻子玛丽相亲相爱，生活颇为美满。拉姆品主张过合乎自然的简朴生活，对现代工业化社会和周围人都进行了嘲讽和谴责，实际上，这里可以隐约看到劳伦斯（D. H. Lawrence）的影子。"这部小说之所以出名，是因为它用同情的笔调将劳伦斯刻画成马克·拉姆品".① 赫胥黎 20 世纪 20 年代曾遍游欧洲，在意大利结识劳伦斯后两人成为莫逆之交。劳伦斯死后，赫胥黎为他编辑出版了《书信集》（Letters，1932），由他撰写的序言至今仍为劳伦斯研究的重要资料。除拉姆品外，书中许多人物都是以真实人物为原型创作的，如《文学界》杂志主编伯莱普便以批评家、政论家、《文学会》杂志的编辑约翰·默里为模板，斯潘德莱尔的原型是波德莱尔，作家夸尔斯既是小说中的一个人物，同时又充当了作者的代言人。与赫胥黎一样，夸尔斯在试图创作一部以小说家为主人公的小说，而夸尔斯笔下的主人公也想塑造一位小说家的形象。其结果是：现实与想象、事实与虚构之间的界线已不复存在，《旋律与对位》就是这样一部小说中有小说的作品。除夸尔斯外，《旋律与对位》还刻画了一大批道德低下、腐败堕落的英国中上层阶级知识分子。之所以选择"旋律与对位"为篇名，是因为不同家庭的种种堕落情形归根结底是人类性本能的主旋律和变奏曲，其展开形式同平行交错的音乐形式极为类似。在赫胥黎笔下，知识分子大都是一群唯我独尊、精神瘫痪、感情空虚、回避现实的人，他们只会终日高谈阔论，对艺术、教育、宗教、社会等问题发表时髦的看法。如夸尔斯的父亲锡德尼·夸尔斯声称在写一部历史书，但除买了办公设备之外，其他毫无进展。他借口上伦敦大英博物馆查阅资料，实际却与一名女子暗中私通，最终落得声名狼藉的下场。埃莉诺的兄弟沃尔持是个多愁善感的新闻记者，他与有夫之妇马乔丽关系暧昧，同时又勾引有性虐待狂的女子露西，但水性杨花的露西不久便弃他而去，到巴黎去寻欢作乐。最令人厌恶的是那个表面上道貌岸然，以满口仁义道德掩饰自己堕落行径的文学编辑伯莱普。他标榜自己办的杂志为时代作出了贡献。沃尔持是他的主要撰稿人，却得不到应有的稿酬。对此伯莱普总能讲出种种理由来解释，最后竟使沃尔持为自己提出增加稿酬的要求而感到羞愧。伯莱普还热衷于同各种女人建立他美其名曰"精神恋爱"的关系。这些颓废堕落的人物构成了 20 世纪 30 年代迷惘的、具有强烈失落感的知识分子

---

① ［英］安德鲁·桑德斯：《牛津简明英国文学史》，谷启楠等译，人民文学出版社 2006 年版，第 582 页。

的典型代表。由于赫胥黎对知识分子的出色刻画，《旋律与对位》这部作品令众多的青年和知识分子为之激动，他们把赫胥黎视为文化英雄，认为赫胥黎的作品充分反映出了他们的精神状态，表达了"一战"的基本社会精神和情绪。然而，《旋律与对位》也暴露了赫胥黎在人物塑造方面的缺陷。作品中的人物自始至终没有变化，他们除了高谈阔论、纵情声色以及偶尔听听音乐之外，便无所事事。如果说康拉德与劳伦斯将自己的思想溶入作品的人物，因而取得了人物形象与思想深度的结合，那么，赫胥黎笔下的人物只不过是"他自己阐述思想的传声筒，缺乏作为文学形象独立存在的活力与能力"①。作者除了将他们作为各种思想态度的代言人之外，并没有描写他们各种日常生活的细节，因此作品缺乏鲜明丰满的人物形象。

第一次世界大战和 30 年代席卷欧美资本主义世界的经济危机极大地动摇了传统的秩序。广大青年知识分子对维多利亚时代的传统观念产生了怀疑，他们感叹人生的虚无，转而从一种愤世嫉俗的态度中去寻求解脱。作为 30 年代最杰出的讽刺作家之一，赫胥黎从 1921 起就开始陆续发表了一系列反映知识分子精神危机的小说，如：《克鲁姆庄园》《滑稽的环舞》《那些不结果实的叶子》《旋律和对位》等。在赫胥黎看来，要理解这个纷乱动荡的 20 世纪，关键是要看到社会中存在的那种厌恶感，即对生活、对个人，甚至对各种思想的厌恶。从《克鲁姆庄园》《旋律与对位》到《美丽新世界》，贯穿于赫胥黎小说始末的正是这种厌恶感。赫胥黎的厌恶感、悲观情绪和劳伦斯对资本主义工业化的憎恨一样，都是现代人对现代西方社会的反应。如果说 T. S. 艾略特稍后发表的《荒原》以诗歌形式描绘了现代社会精神上的荒芜，那么，赫胥黎则以小说的形式揭示了现代知识分子的迷惘与徒劳。赫胥黎是 20 世纪初期特定时代的产物，在他身上存在着两个自我的斗争，既有希望入世的一面，又有企图遁世的因素。一方面，他的社会讽刺小说以冷嘲热讽的笔触对英国社会的种种弊病进行了无情的暴露与批判；另一方面，许多评论家已经注意到赫胥黎作品中遁世的一面。赫胥黎小说中的人物大都孤立地自我封闭

① 侯维瑞：《现代英国小说史》，上海外语教育出版社 2001 年版，第 319 页。

在他们私人的世界里，有的沉迷于酒色，有的寄希望于回归过去，回归自然，大都奉行一种在世界末日来临之前及时行乐的人生哲学。在他们看来，整个社会已经不可救药，教义教规也已成为无聊的废话，唯独纵情淫欲才是他们消磨时光的最佳方式。然而，表面的寻欢作乐却掩盖不住深沉的悲哀和幻灭感。《旋律与对位》深刻地揭示了"一战"后英国知识分子的堕落行径和病态心理，正如小说中的农民画家拉姆品对夸尔斯说，小说应当把现代社会描绘成一座"充满道德堕落者和性欲变态者的疯人院"。这部作品深刻地揭露了战后英国社会，特别是中上阶层知识分子的道德沦丧和生活目标的缺乏，传神地捕捉到了整个社会的气息和情绪。为了进一步强调他的讽刺意图，赫胥黎有意在充满死亡的气氛中安排了文学编辑伯莱普与他的情人赤身裸体在浴缸中嬉水的场面。他们像两个孩子面对面地坐在一只老式的浴缸里。他们玩得多么开心！浴室中充满了他俩溅泼的水珠。这简直是人间天堂。这就是一群活跃在《旋律与对位》舞台上的现代知识分子。他们过着毫无意义、毫无目标的生活；他们对生活的幻想都已破灭，终日沉溺于声色之中，到头来只有肢体的衰朽和灵魂的死灭。他们的沉溺声色是对现实的逃避，他们的荒淫无度是社会道德沦丧的标志。在赫胥黎的笔下，知识分子对现实的逃避还体现在对回到过去时代，回归自然生活的渴望。在《旋律与对位》中，上流人士和知识分子终日高谈阔论的一个重要问题是对社会的所谓挽救。他们认为工业化的实现和生活的机械化会引起战争和革命；而要避免这样的灾难，只有回到过去的时代或回归自然，这也体现出赫胥黎超尘脱俗、逃避现实的思想。实际上，与伊夫林·沃和 T. S. 艾略特一样，赫胥黎最后皈依宗教也是逃避现实的一种手段。《旋律与对位》以辛辣的讽刺描写了第一次世界大战后英国上流社会及知识分子的道德堕落、生活糜烂和思想矛盾，反映了现代英国社会的腐朽和不可救药。在暴露现代知识分子的失望、徒劳、沉沦和腐朽这些方面，具有一定的社会意义和批判作用。

如果说第一次世界大战后相对稳定的 20 年代为探索内心意识、追求形式革新的现代主义文学提供了适宜的环境，那么，30 年代严酷的社会、政治和经济形势则要求作家更直接、更迅速地反映迫在眉睫的现实问题。

根据戴维·洛奇的钟摆理论，30年代的文学钟摆已经从现代主义顶峰向现实主义一端摆动。与此同时，这些作品又不可避免地受到20年代风靡一时的形式革新和技巧实验的影响，在创作方法上又显露出现代主义的某些色彩。《旋律与对位》便产生于现实主义和现代主义相互影响、交替之时，同时显示出两方面的特征。《旋律与对位》继承了英国现实主义文学源远流长的讽刺传统。在英国，社会讽刺小说作为一种小说体裁可以追溯到18世纪大文豪乔纳森·斯威夫特的经典力作《格列佛游记》，而后来的菲尔丁和狄更斯、萨克雷等作家也都创作过尖刻泼辣、含蓄幽默的讽刺小说，对英国社会的时弊与积习进行了无情的冷嘲热讽和挖苦鞭挞。每当社会动荡、传统观念动摇、各种怀疑思潮和失望情绪蔓延之时，便是这种讽刺文学兴起之时，战后的社会环境为讽刺文学的发展提供了适宜的气候。作为现代英国文学史上的一名伟大的讽刺家，赫胥黎以嘲讽的口吻再现了我们的挫折，展示了我们的困境，记述了我们的斗争，讽刺与嘲弄构成了这部小说的基调。正如《占有》中对当代欧美学者以及学术体制腐败与黑暗的揭露和犀利批评继承并发展了英国现实主义小说一贯的讽刺传统一样，小说以一系列滑稽的场面和荒诞的事件再次揭示了战后英国知识分子的精神空虚与悲观情绪。应当指出，20世纪20—30年代英国社会讽刺小说的盛行既是作家对讽刺这一文学传统的继承与发扬，也是文学创作对社会现实的必然反应。小说继承传统的另一个显著特征是对话手法的运用。现实主义小说主要通过行动和对话刻画人物形象，《旋律与对位》就是一本以对话为主体的小说。作品中充满了人物间的对话，内容涉及文学、哲学、宗教、教育、科学、历史等各个领域。人物间的议论和对话不仅构成了作品的基本内容，而且也成为作者表达思想的传声筒。赫胥黎成功地处理了对话与叙述之间的关系，并以对话来渲染主题和刻画人物，成功地揭示了战后英国知识分子的精神危机。这一手法在《克鲁姆庄园》中也不时运用，但没有《旋律与对位》那样成功。这种方法的危险性在于作品中的事件、情节甚至人物本身都可能淹没在口若悬河、滔滔不绝的议论中，难免有学院派作家旁征博引、炫耀学识之嫌。《旋律与对位》的实验性主要体现在两方面。首先，赫胥黎在作品中成功地运用了"小说音乐化"的结构，即用音乐作曲的方式来安排小说的人物与事件。主人公夸尔斯在小说第 22 章中曾对此解释说，小说的音乐化不是以象征主义的方式使意义服从声音，而是大规模地体现在结构中。正如书名所暗示的，这种"小说音乐化"的结构就是借用复调音乐的对位法技巧来剪裁和布置小说的叙述内容，使彼此独立的人物与事件像多声部音乐的若干旋律一样既同时展现又互相关联，组合成统一的有机整体，收到主题变奏与再现的音乐效果。同样，小说中似乎独立的人物与事件也有其内在的联系。《旋律与对位》就如同一首乐曲，几个独立的线索作为作品相互平衡的部分在小说中平行展开，作品没有集中描写一个人或几个人的生活，而是把许多人的经历并置，如同电影的蒙太奇一样，镜头从一组人物移到另一组人物。例如，夸尔斯在轮船甲板上对他妻子讲解小说结构的同时，就穿插了船上其他乘客的谈话：一个法国妇女在谈论服装，一位英国姑娘在回忆一个美好的夏天。两个女传教士在讨论宗教问题。它平行地描绘了几组不同家庭的颓废生活状况，有如多声部音乐的若干旋律，互不相干地上演着悲剧、喜剧、闹剧，又同时并存于一出讽刺剧中，并通过血缘关系、夫妇关系、友人关系和恋爱关系联结起来。对于一部闹剧式的讽刺小说来说，这种以空间并置为主要特征的音乐化结构尽管流于松散、不紧密，但它比线状结构更有层次感和丰富性。除了结构上的标新立异外，《旋律与对位》还是一部典型的"概念小说"。与传统的批判现实主义作家不同的是，赫胥黎注重的不是典型的人物或戏剧性的情景，而是通过他笔下的人物阐述他的思想。他称自己的小说为概念小说，在《旋律与对位》中，作者笔下的人物大都不是有血有肉的活生生的艺术形象。他们各自代表了某一特定的类型，往往是某些思想和概念的化身。此外，赫胥黎还通过人物向读者揭示了这种片面性行为被推向极端将会产生的结果。例如，夸尔斯是个小说家，然而，他的理性如此之强，以至于只去写别人的生活，而不能过好自己的生活；埃弗拉德是法西斯主义的代言人，他鼓吹暴力，最终却死于暴力；斯潘德莱尔代表一种虚无主义思想，他的苦闷与怨恨导致他杀死埃弗拉德，也使他自己走向自我毁灭；伯莱普及其"精神恋爱"显然代表了虚伪与纵欲，他与情人表演的最后一幕似乎说明，这种假装天真的变态淫欲将是这个世界面临的主要危机。赫胥黎把小说作为一种方便而流行的跳板，借此提出思想，探讨各种问题。这一点也使读者想起热衷于写思想小说的赫·乔·威尔斯（Herbert George Wells）。总之，《旋律与对位》不仅继承了英国的讽刺传统，而且采用了新颖独特的创作技巧，成为一部集现实主义与现代主义特点于一身的典范。与伊夫林·沃的《衰亡》和《重访布莱兹海德》相比，赫胥黎的《旋律与对位》对知识分子的讽喻和揶揄有过之而无不及。尽管创作道路上经历了一个从讽刺批判到神秘主义的转变过程，在塑造人物形象和创作技巧方面还有些不尽如人意之处，但渊博的知识、敏锐的观察力和独具一格的写作风格奠定了赫胥黎英国杰出讽刺作家的地位，毋庸置疑，赫胥黎的创作不仅丰富了 20 世纪 30 年代英国社会讽刺小说，还对 50 年代英国学院派小说的发展产生了重要的影响。

第四章　金斯利·艾米斯

　　20世纪50年代英国学院派小说的主人公大多出身社会底层，因得益于"福利社会"而受过高等教育，他们试图通过种种努力和奋斗，如投身商界、"高攀婚姻"等爬上社会上层，但是现存的社会体制、价值观念、阶级壁垒和等级观念使他们的愿望难以实现。他们一方面憎恨社会秩序和等级观念；另一方面又希望跻身于社会的"上层"；他们玩世不恭地对抗社会，但最终又不得不磨合于社会的齿轮，或妥协，或消沉。他们在作品中激烈批判社会罪恶，抨击社会骇人听闻的不平等，宣泄当代青年找不到出路的愤怒呼声。50年代学院派小说家如艾米斯、韦恩和布莱恩的作品都表现出极强的社会参与意识。

第一节　艾米斯：社会讽刺喜剧大师

　　金斯利·艾米斯（Kingsley Amis，1922—）是英国小说家、诗人、评论家兼教授。艾米斯出身于伦敦南部的一个中下层家庭，父亲作为一名商业职员竭尽全力要把自己的儿子送入最好的学校就读，希望儿子有所成就。大学学习期间，艾米斯常与和自己出身相似、家庭背景相同的中下阶层人士交往，这期间所形成的中下阶层情结成为日后艾米斯小说创作的主基调。"二战"后，艾米斯重返圣约翰学院继续学习。以优异的成绩毕业后，他先后任教于威尔士的斯旺西学院和剑桥等大学。艾米斯的教师生涯持续到1963年，他决定全身而退，致力于写作。这些从教经历为艾米斯日后的校园讽刺小说奠定了基础，提供了素材。艾米斯是卓越的喜剧大师，他多才多艺，在许多方面表现出自己的创作天赋，例如，诗歌、新闻、电视剧本、科幻小说、短篇小说、长篇小说等，常常令人惊奇，或激发读者的阅读热情，或让读者忍俊不禁。艾米斯的创作成就使其在英国文学史上占有一席之地。艾米斯因讽刺小说而出名，但是，他最早却是以诗歌进入伦敦的文学圈的，1947年和1953年分别出版诗集《灿烂的十一月》（*Bright November*，1947）和《心境》（*A Frame of Mind*，1953）。这段时间，艾米斯与几位志同道合的诗人结合成了小组，发起了反感伤艺术的运动，成员包括罗伯特·康奎斯特（Robert Conquest）、伊丽莎白·詹宁斯（Elizabeth Jennings）和菲利普·拉金（Philip Larkin）等人。艾米斯的经历和韦恩比较相似，牛津大学毕业后在一所外省大学谋职，后来到剑桥大学执教。1954年，艾米斯的第一部小说《幸运的吉姆》一出版即轰动全国，被评论界公认为一部最具20世纪50年代特色的学院派小说，而艾米斯本人也被评论界划为"愤怒的一代"。这部书确立了艾米斯在文学界的地位，他也因此被称为"社会讽刺喜剧大师"。艾米斯一生创作长篇小说14部，短篇小说集3部，剧本4部，诗集6部，评论集7部等。

在长达50年的创作生涯中，艾米斯先后出版了20多部讽刺小说。令人惊讶的是，他常以自己的家人与朋友为创作原型和素材，毫不留情地审视和观察他们，从自己熟悉的身边人寻找创作的冲动和灵感。一方面，他怀疑一切，批判了大学校园学者的故作矜持和虚伪傲慢，揭露了上层社会高雅人士鲜为人知的不光彩的一面。讽刺艺术的运用无疑是艾米斯文学创作最为成功和出色的一面，不过，不可否认的是，艾米斯的讽刺技巧有时过分刻薄。另一方面，艾米斯坚定地反对现代和后现代作家所津津乐道的晦涩艰深、注重复杂技巧的写作方式，执着于质朴平实的语言风格和技巧运用，努力将英国小说拉回到英国现实主义文学的传统上来。

第二节 《幸运的吉姆》：对教育制度和 精英文化的讽刺与鞭挞

《幸运的吉姆》以校园生活为背景，时间设定在20世纪50年代。主人公吉姆·狄克逊是一个出身贫寒的大学毕业生，特别渴望改变自己屈辱的地位和贫困的境遇，而作为当代的于连，他有着很强的进取心，一心一意希望跻身上流社会，成为社会名流，获得富裕的生活和受人尊敬的地位。小说的主人公吉姆·狄克逊是一个象征，是一个被认为是等同于原型人物的人物，是20世纪50年代所创造出来的一个最典型的人物形象。一方面，他试图寻求延聘而跻身于文化人士之列；另一方面，又对校园文化进行本能的嘲讽和攻击，心中充满因无法跻身于其中而产生的焦虑、不安、愤懑和压抑。他原本以为社会果真像报纸上吹嘘的那样公平公正、平等竞争，他很有希望凭借才华和实力实现出人头地的理想。而实际情况却恰恰相反，财产的悬殊、等级制度以及根深蒂固的特权像玻璃天花板一样阻挡住了他向上爬的道路。在"一战"后英国社会大背景的衬托下，吉姆显然是艾米斯所代表的出身底层的一代知识分子的真实写照。与那些虚假伪善的势利小人相比，吉姆是一个值得人们同情和赞赏的"反英雄"形象。我们在吉姆身上看到了英国20世纪50年代"福利国家"时期中下层青年知识分子的典型，他们有的经过战争洗礼，刚从炮火硝烟中归来，他们进入大学取得学位，在投身社会当中，受到经济走向繁荣的英国社会的宣传和鼓舞，满以为通过努力就能过上体面的生活，可现实却使他们万念俱灰。大学毕业后，吉姆被一所二流大学的历史系聘任为临时讲师。他十分珍惜这来之不易的职位，于是他拼命工作，拼命撰写论文，作出了不少业绩，可周围的人却对他抱以冷落和嘲笑，这不是因为吉姆工作不卖力或缺少才华，而是因为他出身贫寒，既无财产又无权势靠山。为了能够延聘，吉姆不得不去讨好系主任威尔奇，心里却充满了对附庸风雅、不学无术的所谓"资深人士"威尔奇的反感和鄙视。为了能够晋升，他不得不去写连自己都觉得无聊的论文，但文章被别人剽窃，晋升与他无缘。他为讨好威尔奇而参加他家的晚会，却和他的儿子争吵起来，喝醉酒后又将主人家的毛毯烧出了黑洞。在学校的一场决定吉姆能否延聘的公开讲演中，吉姆因发泄内心不满而饮酒过量，当着学校专家、权威和听众的面当场醉倒，导致讲演成了一场闹剧。这也导致他最终丢掉了大学的工作。出乎意料的是，在故事结尾，吉姆不仅意外获得了克莉丝丁的爱情，并在她的富商舅舅朱利耶斯那里获得了一份薪金丰厚的文秘工作，现代"灰姑娘"的故事就在吉姆的笑声中圆满收场。

作者在《幸运的吉姆》中有力地抨击了英国教育制度。战后工党所推行的教育改革虽然使很多出身社会中下层的青年获得了接受高等教育的机会，但这些毕业生虽然拥有名牌大学的文凭，却无法在社会上得到应有的地位和权利，在等级观念偏见的压制下无法实现自己的理想，也无法得到"上层社会"的认同。于是，他们拿起手中的纸笔，通过创作小说这一形式来对自己所遭受的不公正的待遇表示不满，揭露发生在社会上、学院里的种种虚伪，嘲讽英国的传统文化。小说把矛头直接指向社会中上阶层中那些自视清高、自命不凡的人物，尤其是那些自诩为知识分子的大学教授，揭露他们其实只是些不学无术、只会抄袭别人成果的庸俗小人。

吉姆是英国当代文学中典型的"反英雄"人物，通过他对满腔的不满和怨恨的宣泄，讽刺和鞭挞了英国教育制度、精英文化和等级制度。吉姆最终明白了所谓"福利国家"其实只是虚假骗人的理想主义，那些社会的文化精英、那些受人敬重的中上阶层人士其实只是一群愚蠢无知的虚伪庸俗之徒。社会不公平的待遇使得吉姆成了愤怒的青年，他为社会的不公平而愤怒，也为教育制度的陈腐、人际关系的险恶和学术官僚的腐败无能而愤怒。吉姆身上表露出强烈的叛逆思想，对社会的不公正、不公平和阶级壁垒的愤怒情绪。我们看到了吉姆与上流社会之间难以逾越的鸿沟。在对待等级化、体制化的学院文化上，还未成名的作者艾米斯和落泊的吉姆在态度上几乎是同一的。小说作者在潜意识中希望能借助某种外在力量从社会的底层"攀升"而上，于是，主人公在学院外势力的介入下最终解决了自己的困境，小说作者也分享了吉姆的"幸运"而最终跻身于曾竭尽嘲笑的精英文化圈中。

在技巧方面，《幸运的吉姆》体现了英国小说创作由现代主义向现实主义的回归。人们在经历了经济危机和第二次世界大战的困苦后，开始厌倦阅读那些情节支离破碎、内容晦涩难懂的现代主义小说。艾米斯适时地对实验小说进行了抵制，重新回到现实主义的"伟大传统"。艾米斯反对当时所谓的精英主义、高雅文学，尤其反对文学表现形式晦涩难懂，反对神秘暗示的象征主义和抽象内心剖析的意识流小说，主张作品应明朗清晰和真实自然。在他看来，现代主义带有上层分子居高临下的傲气，而所谓的"实验"只是小部分精英分子的故弄玄虚。艾米斯从不搞什么形式革新，只是自然而然地使用了一些被实验小说所摈弃的典型人物、性格刻画、场景设置、情节安排、细节描写、气氛烘托等传统现实主义手法，因而极大地满足了当时审美阅读的需要。从这部小说来看，艾米斯明显受到18世纪和20世纪初的现实主义小说的影响，他在小说中特别使用了传统小说中经常出现的讽刺和幽默技巧，它们也是小说获得成功的重要因素之一。

《幸运的吉姆》代表了20世纪50年代英国学院派小说创作的最重要的艺术成就，体现了很强的写实性。作品线索非常清楚，以吉姆大学毕业后走向社会为起点，以吉姆向上爬后的成功满足结束，整部作品一气呵成。这种以主人公的经历作情节线索的小说结构形式使人们联想到19世纪英国十分盛行的流浪汉小说。当然，吉姆最后获得高薪工作和漂亮女友并不能说明吉姆实现了自我的价值，在某种意义上，这只是一种"高攀婚姻"的结局，而不是吉姆有什么突出的能力和才干。其实艾米斯并非有意宣扬这种有媚俗倾向的"价值实现"，而是在对中产阶级的虚假做作进行一番嘲笑和讽刺之后，在对体制性和制度化的社会感到无可奈何之后，只能用这一望梅止渴式的结局来增强小说的喜剧色彩。然而，艾米斯的愤怒是不可能持久的，一旦这些野心勃勃的青年有机会实现自己的愿望，他们的愤怒立刻会烟消云散。作品中，吉姆由于偶然的原因青云直上，爬进了社会上层后，便以百倍的疯狂来捞取一切好处，其邪恶与阴险远比威尔奇之流有过之而无不及。值得注意的是，吉姆的成功是以牺牲人格和自己道德信仰为代价的，同西方社会的其他青年一样，他谈不上有什么崇高的理想，更谈不上奉献社会、造福民众的伟大追求。作为一部真实反映学院生活的小说，《幸运的吉姆》真实地再现了20世纪50年代西方文化价值观培养的根深蒂固的个人主义理念和个人奋斗理念。

象牙塔内的喧哗与骚动

第五章　约翰·布莱恩

"愤怒的青年"不是一个有组织的作家群体，而是当时一批作家不约而同表现出来的一种创作倾向。因而，哪些小说家该称为"愤怒的青年"小说家，并无统一标准。纵观 20 世纪 50 年代英国学院派小说家的作品，不难发现，这些作品塑造了一群出身贫寒、穷困潦倒的青年知识分子，这些人都曾接受过高等教育，胸怀大志却怀才不遇，仅仅由于传统的社会等级观念而无法进入上流社会，结果遭到冷落，从而产生了反叛心理，用一种玩世不恭的态度和消极反抗的方式来对抗社会。在 50 年代英国学院派小说中，充满了变革社会的强烈愿望和对现实失望的满腔怒火。

第一节　布莱恩：阶级壁垒的解构者

约翰·布莱恩（John Braine，1922—1986）也是 20 世纪 50 年代英国学院派小说的代表作家。1922 年，布莱恩出生于约克郡一个殷实的中产阶级家庭，父亲在地方议会任职，母亲是天主教徒。1933 年至 1938 年，布莱恩就读于圣贝茨语言学校。1951 年，他只身来到伦敦，打算以写作谋生，而严酷的现实使他的幻想破灭了，在外省长大的他首先感觉到了外省文化与都市文化的格格不入。他带有外省气息的谈吐、举止在大都市中显得可笑，而他既无大学文凭，又无爵位等级的背景又使他感到自卑。他又回到了约克郡，在那里，他带病写作，并一度重操旧业，又干起了图书馆员的工作。1957 年，他的第一部小说《向上爬》（*Room at the Top*）出版，使他一夜成名，成为英国文坛的名人。与当时一些年轻作家一起被称为"愤怒的青年"小说家。布莱恩把对大都市现代文明的种种反感都写进了《向上爬》。由于这部小说源于布莱恩的切身经历和感受，且运用了现实主义手法，使读者感到朴实自然、真切感人，小说大获成功。自此，布莱恩真正成为一位职业作家，专门从事写作。

布莱恩于1962年出版的《上层生活》（*Life at the Top*）是《向上爬》的续篇，讲述兰普登爬入上层社会后的种种经历。他虽混迹于上流社会，但等级森严的上层生活仍使这个出身下层的暴发户感到难堪和自卑。通过对兰普登的内心矛盾和痛苦的刻画，布莱恩意在表明英国社会并不像表面所显示的那样可以上下流动；只有对才能超常、极度冷酷的人，往上爬的道路才是敞开的。继《上层生活》之后，布莱恩的第三部小说《沃迪》（*The Vodi*，1959）却不怎么成功，出版后不像前两部小说那样反响强烈。在这部小说中，主人公迪克因身患肺结核而在疗养院治疗，他不仅要和疾病搏斗，更要和自己内心的恐惧做斗争。小说通过一系列倒叙使疗养院内外的生活形成对照，从而表现了迪克过去的希望和现在的绝望；最后，迪克出人意外地病愈出院，但等着他的将又是一场严酷的生存斗争。20世纪60年代，布莱恩出版了两部小说，《嫉妒的上帝》（*The Jealous God*，1964）和《哭泣的游戏》（*The Crying Game*，1968），虽然也涉及一些社会问题，但更多的是探索个人的天性，因而表明布莱恩已离开"愤怒的青年"小说群体。70年代，布莱恩的主要作品是《遥远国度的皇后》（*The Queen of a Distant Country*，1972），但出版后几无影响。此后，布莱恩的思想渐趋保守，甚至和当初的"愤怒的青年"作家相对立，宣扬安分守己的中产阶级观念和天主教道德准则，其创作也日趋减少，逐渐淡出文坛。和其他几位学院派作家一样，布莱恩反对现代小说晦涩的文风，并认为现代小说偏好描写人性中丑陋的一面，而这种丑恶一经现代派作家扭曲后夸张地表现出来，就更令人作呕。他认为小说应该朴实、自然、平和，而不应刻薄、古怪、晦涩，因此，他主张小说应该描写普通人的平凡生活和正常情感。布莱恩的小说的确为读者塑造了一系列平凡的小人物形象，向读者展示了下层人朴实的情感。在布莱恩的小说中经常能看到一些固守传统道德的男主人公为维护家庭的稳定而尽着男人所应尽的责任，并以此来表示对现代文明中人类道德沦丧的不满和愤恨。此外，他还主张文学应尊重生活，取材于生活，忠实于生活。

在这样的创作宗旨指导下，他写出了一系列严肃的现实主义小说。

第二节 《向上爬》:中下层青年知识
分子对现代社会的不满

《向上爬》以写实手法表现了英国小说中一个经久不衰的阶级主题——高攀婚姻。小说的主人公约瑟夫·兰普登是个乡下青年，但他不愿流落于下层社会，而是处心积虑、不择手段地爬进上层社会。小说一开始，兰普登来到一个工业城市，看到一对青年男女登上一辆豪华昂贵的汽车，这辆汽车是他们高不可攀、远不可及的地位和财富的社会标志。他满心妒忌和怨恨，发誓有朝一日将享有这个青年男子所拥有的全部奢侈和豪华。为了实现目标，他一边和一个已婚中年女人打得火热，一面却使尽各种招数勾引一个工厂主的女儿并使她怀孕，最后迫使工厂主把女儿许配给他。兰普登类似于司汤达笔下的于连·索瑞尔和巴尔扎克笔下的拉斯蒂涅，以叩开富家千金的闺阁为捷径攀升到上层社会；他虽取得了成功，却丧失了自尊和廉耻。小说通过塑造兰普登这一典型形象，反映了50年代英国北方工业城市唯利是图的社会风气。

《向上爬》表现了中下层青年知识分子对现代社会的种种不满，抨击了等级制度的种种弊端。主人公兰普登的经历和感觉在当时的英国社会代表着一群来自中下层的小资产阶级知识分子，具有相当的典型性。兰普登出身寒微，父母亲在第二次世界大战空袭时被德军炸弹炸死，他在英国皇家空军服役，被德军俘获。他在战俘营自学财会，战后来到沃利市财政局工作。小说围绕兰普登与两位女性之间的关系展开，一位是他的情人爱丽丝，而另一位则是当地一个阔佬的女儿。兰普登不甘心于自己低微的社会地位和贫寒生活，内心痛恨上层社会有财有势的人，但又企图设法跻身于富人行列。他醉心于有钱人的奢侈生活，决心要改变自己的地位和命运。他很快获得了商人太太爱丽丝的爱情，但为了征服大资本家的女儿苏珊，从而实现出人头地的梦想，他又抛弃了爱丽丝。婚姻成了他"向上爬"的跳板，他用出卖灵魂、背叛感情的卑鄙手段实现了"理想"，最终拥有了曾经梦想的一切：金钱、美女、地位、权势以及人们的尊重。然而，细心的读者会发现，兰普登并没有因此获得幸福。首先，他的背叛行为使他的灵魂深处产生了沉重的负罪感，他不仅背叛了自己生存的阶层，也背叛了自己的感情。他受到良心和道德的谴责，尤其是爱丽丝酒后驾车身亡的残酷事实让他懊恼不已，因为尽管他已经跻身于上流社会，却失去了生命中许多弥足珍贵的东西，而且永远不可能重新找回。其次，兰普登一方面对英国社会等级森严深表不满，另一方面又不择手段挤进上层社会，让个人感情服从个人野心，置社会道德于不顾。他对自己行为的反思赋予这部小说心理深度和道德力量。他的出身、文化背景使其与富人社会格格不入，上层社会对他来说始终是陌生的，他始终感觉自己是个局外人。作品通过故事情节的展开，揭示了爱情与金钱的冲突，感情与理智的冲突。兰普登在做一笔交易，一笔道德与财富的交易，他得到了财富，却失去了一个正直的人所应有的道德。他对现代文明、对上层社会的不满具有一定的社会意义，但他的手段则是不可取的，不仅被人们嗤之以鼻，而且使他对社会的批判因带有浓烈的个人主义倾向而丧失了力度和深度。《向上爬》在叙述手法上是成功的，它忠实于现实主义的写实手法，向读者真实地展示了生活在下层的人们的生活状况和思想感情。其中有一段对爱丽丝之死的描述尤其为人所称道，写得细致入微、生动感人、催人泪下。这也许与布莱恩的母亲也是死于车祸有关。《向上爬》以作者的亲身经历为素材，写出了下层知识分子的苦闷忧郁和对上层社会的愤懑怨恨，抨击了不公正的社会等级制度。作品关注的是出身中下阶层的年轻人为进入上流生活，为获得自己在社会中的地位而进行的奋斗，以及所表现出来的对社会的不满和抗争。1962 年，布莱恩又推出了《向上爬》的续篇《上层生活》。该书继续着兰普登的故事。如果说《向上爬》主要叙述的是兰普登的奋斗经历，那么，《上层生活》则主要刻画他爬上上层社会后内心的矛盾和痛苦。在续篇中，兰普登更多的是在设法逃脱费尽周折才争取到的富人的生活氛围，他既不能原谅自己出卖单纯和正直，又无法忍耐枯燥乏味、没有爱情的家庭生活。然而，强烈的家庭责任感和道德感最终还是使他忍住了心中的痛苦。作品使读者感到道德与社会价值之间的冲突是个难以解开的结，类似的困惑在布莱恩以后的小说中也屡屡出现。当然，《上层生活》本身无论在立意上还是在创作技巧上都没有超过《向上爬》。

20 世纪 50 年代学院派小说家韦恩、艾米斯和布莱恩有着相似的观念和信仰。他们代表着战后青年知识分子对现有社会秩序和阶级差别的反对，对现状的叛逆，对改变的渴望，以及为自由、公正和平等而斗争的精神。韦恩较为悲观和保守，他认为人生本来就是悲剧，人在这一悲剧中承受着无尽的苦难，并且无法避免或减轻这一苦难。他的主人公大多具有妥协性，能够以灵活的方式去面对残酷的世界。艾米斯虽然对世界和人生的看法相当悲观，但他的作品始终充满了幽默和讽刺。他以幽默和轻松的方式揭露了人性的丑恶和现实的残酷，目的不在于革命或鞭笞，而在于引人发笑。而读者往往在笑声中能够感受到艾米斯对现实和社会的无比愤怒。布莱恩的小说则具有浓厚的对社会现实反思和否定的成分。他的创作倾向不在于对社会的激烈抨击，他所侧重的是下层人物在奋斗和向上爬的过程中，为达到自己的生活目标，内心传统伦理道德与良心搏斗的矛盾和痛苦的真实记录。总之，50 年代学院派小说家，如韦恩、艾米斯和布莱恩等在作品中主要揭示了出身底层的青年知识分子，他们接受了高等教育，却因出身低微而无法跻身上层社会，在描写他们的追求、奋斗、愤怒及妥协的同时，作品也批判了 20 世纪五六十年代英国高等教育制度的平均主义，为 70 年代学院派代表作家布雷德伯里、洛奇、拜厄特和布鲁克—罗斯等人的创作铺平了道路。

第六章 迈克尔·弗雷恩

迈克尔·弗雷恩（Michael Frayn，1933—）是英国著名小说家、戏剧家、翻译家，出生在伦敦郊区，母亲曾是一位才华横溢的小提琴家，父亲做建材公司销售。在少年时代，弗雷恩便立志成为一名作家。在陆军服兵役期间他担任俄语翻译，并于1957年毕业于剑桥大学伊马纽学院伦理学专业。大学毕业后，他开始了写作生涯，成为《曼彻斯特卫报》（*Manchester Guardian*）和《观察家》（*The Observer*）的专栏作家。

第一节 弗雷恩：幽默风趣的哲理小说家

弗雷恩著作甚丰，作品以幽默风趣的风格著称，在看似轻松诙谐的文字下，常会探讨一些富含哲学思想的问题。弗雷恩早期以每年一部的惊人速度创作了小说《锡匠》（*The TinMen*，1965）、《俄文翻译》（*The Russian Interpreter*，1966）、《直到早晨过去》（*Towards the End of the Morning*，1967）和《隐秘至极的私生活》（*A Very Private Life*，1968）。随后，他的创作速度逐渐放缓，小说的思想深度和写作技巧显著提高，也获得学术界和读者的一致好评。他的小说《登陆太阳》（*Landingon the Sun*，1991）获得《星期日快报》年度图书奖。《勇往直前》（*Headlong*，1999）讲述了一位年轻的艺术史学家在偶然发现一幅失踪的勃鲁盖尔（Pieter Bruegel）名作后不顾一切探寻其秘密的故事，该小说融艺术史和学术探索为一体，获1999年布克小说纪念奖。《间谍》（*Spies*，2002）获惠特布莱德小说奖和英联邦作家奖。《窍门儿》发表后佳评如潮。《卫报》称《窍门儿》不仅笔调轻快，而且深刻锐利，主题极具哲理和文学性，迈克尔·弗雷恩是创作严肃性喜剧作品的大师。安东尼·伯吉斯（Anthony Burgess）对这部小说的写作技巧给予高度评价，认为弗雷恩用一种喜剧技巧展现了一个并不好笑的主题。弗雷恩也是一位非常优秀的剧作家，已创作 13 部剧作，其中《哥本哈根》（*Copenhagen*，1998）由英国皇家国立剧院在伦敦首演，并连获普利策、托尼两项大奖，在欧美引起广泛轰动，这股势头被评论界称为"哥本哈根现象"。弗雷恩还翻译了契诃夫的一系列剧作，如《樱桃园》（1978）、《三姐妹》（1983）、《万尼亚舅舅》（1988），还有契诃夫的第一部未命名剧作以及四部独幕剧《烟草之恶》《天鹅曲》《熊》和《求婚》等等。作为一个深刻关爱人类整体命运与未来的作家，迈克尔·弗雷恩的作品经常以幽默的笔触透示出鲜明的科学人伦色彩，可见剑桥大学的伦理学学习对其创作的深刻影响。广泛而成功的创作奠定了弗雷恩在英国当代文学界中的地位。

第二节 《窍门儿》:评论与创作不可调和的冲突

《窍门儿》（*The Trick of It*，1989）是弗雷恩创作的一部围绕学术生活展开的学院派小说。主人公是个无名氏，在伦敦附近某大学教授英语，三十来岁，将全部精力用于研究一位当代女作家的作品上。

小说开篇，主人公 3 次邀请女作家到大学演讲，结果都被婉言谢绝了，理由是从来没有演讲过。为此，他颇费心机地以学生的名义邀请她，称她的作品启发了学生们对一些根本问题的深层次思考，引起一场史无前例的学术性探讨。女作家欣然接受邀请后，主人公却又犹豫不决，前顾后盼。他太了解这位女作家了，在过去的十多年中，他一直致力于研究这位女作家并讲授她的 9 部长篇小说和 27 部短篇小说。他对女作家的作品十分熟悉，因为早在 11 年前他就在加拿大的安大略（Ontario）专门讲授她的作品，作品的名字都以字母缩写的形式列出，如 TBAD、TSR、FDDS 等。他知道女作家的身高，知道她在 12 岁或者 17 岁时的长相，他甚至清楚接站时女作家将穿着什么样的外衣、什么颜色的皮鞋，等等。出乎意料的是，女作家演讲后，主人公护送她回家，竟睡在了女作家的那张非常不舒服的单人床上。后来主人公放弃了大学的教职，和女作家结婚并居住在一个僻静的乡间别墅。教授原以为自己会作为小说中的人物出现在女作家的后期创作中，结果令他无法忍受的是，JL 原来偏爱从别人的杂乱生活中找寻灵感。不久，他的妻子便把目光集中在教授不中用的母亲身上。随着故事的发展，教授和女作家在小说创作方面逐渐产生了分歧，后者的创作受到很大影响，遂远赴阿布扎比酋长国的阿布扎比大学任教。（阿布扎比酋长国是阿联酋七个酋长国中最大的酋长国。）教授把这些事件都通过书信的形式告诉了侨居澳大利亚的学友。他希望学友能够妥善保存好这些信件，以便于他完成梦寐以求的学术著作 *JL: A Critical Study*。

学者与研究对象的结合无疑引出了这部小说的深刻主题，即评论家与研究对象的关系问题。如果说安·苏·拜厄特在《占有》（*Possession: A Romance*，1990）中揭示了当代学者对过去和历史的占有与反占有的复杂主题，那么，《窍门儿》中主人公对女作家既满怀迷恋又心存疑虑的关系则探讨了学者与研究对象的关系。一方面，他为能与研究对象有如此亲密的关系而沾沾自喜，这种夫妻关系确实有助于更深入地了解研究对象；另一方面，主人公对女作家的文学天赋既崇拜又嫉妒，并莫名其妙地感到愤怒。主人公尽管和女作家结了婚，但他只拥有她的身体，并不能控制对方的创作想象，这使教授怒不可遏，不得不写信告知学友："我妻子的最后一部作品是不真实的。"[1] 主人公企图获取小说创作技巧的"窍门儿"，但一切均告徒劳。主人公和女作家的这种冲突关系实际上引出了一个深刻的主题，即评论与创作是两种截然不同的能力，两者之间存在着不可调和的冲突。学院派代表作家马尔科姆·布雷德伯里（Malcolm Bradbury）在《星期日泰晤士报》撰文指出，《窍门儿》是一部关于谁能拥有一位现存作家的创作活力的小说，它有趣生动，结构缜密，极具智慧，此书妙趣横生，饱含喜悦。小说贯穿始终的是关于学者和研究对象之间关系的严肃性追问，给读者以回味和反思的无限可能。

《窍门儿》这部小说的另一个值得称赞之处是它为学院派小说的创作开辟了一条新的途径，即以书信形式进行学院派小说创作。实际上，书

---

[1]　Michael Frayn, *The Trick of It*, New York: Viking Penguin, 1989, p. 106.

象牙塔内的喧哗与骚动

信体形式在 18 世纪特别盛行，塞缪尔·理查逊（Samuel Richardson）的长篇书信体小说《帕米拉》（*Pamela*，1741）和《克拉莉莎》（*Clarissa*，1747）被誉为欧洲小说史上的里程碑。作家卢梭（Jean‑Jacques Rousseau）和歌德（Goethe）在他的影响下同样进行了书信体小说的创作，相继出版了《新爱洛依丝》（*The New Heloise*，1761）和《少年维特之烦恼》（*The Sorrows of Young Werther*，1774），并把这一新型体裁推向高峰。在当代英国文学中，这种文学体裁的小说已不多见，但迈克尔·弗雷恩的《窍门儿》一书的成功表明书信体小说这一体裁不仅尚未绝迹，而且还值得好好保存。书信体小说中故事情节的展开、环境心理的描绘和人物形象的塑造都是通过一封封书信的形式来实现的。由于采用的是第一人称叙述视角，因此形象生动，使人感到亲切，富有真实感。书信体小说可以有多个通信者，因而可以对同一事件采取不同的视角，获得不同的解释。弗雷恩的《窍门儿》就利用了这种体裁的优越性，将主人公的性格特征巧妙地展示出来。

第七章 马尔科姆·布雷德伯里

马尔科姆·布雷德伯里（Malcolm Bradbury，1932—2002），英国小说家、评论家、剧作家，出生于英国谢菲尔德，先后就读于伦敦大学、曼彻斯特大学，分别获文学学士学位和硕士学位，1959 年在曼彻斯特大学攻读美国文学博士学位并开始小说创作。1961 年，布雷德伯里到伯明翰大学英语系任教，与戴维·洛奇相识相知，并被洛奇称为"我文学生涯中的孪生兄弟"。布雷德伯里在东英吉利大学与安格斯·威尔森共同教授硕士研究生文艺创作课程，培养了不少青年作家，其中包括英国重要文学奖项布克奖得主伊安·麦克伟恩和英籍日裔作家石黑一雄。由于学术上成绩斐然，布雷德伯里于 1991 年被授予"高级英帝国勋爵士"勋章。

批评家兼小说家的布雷德伯里这样评价作家和批评家的关系："有那么一个时期，作家和批评家的结合极为密切——或者如我们今日所说，两者是共生的关系。这种关系常常如此共生以至于作家和批评家完全是一个人，共享同一具血肉之躯。"[1] 布雷德伯里的代表性批评著作有：《现代英语小说的社会语境》（*The Social Context of Modern English Literature*，1971）、《可能性：小说现状论文集》（*Possibilities*，*Essays on the State of the Novel*，1972）、《当今小说》（*The Novel Today*，1977）、《现代英国小说》（*The Modern British Novel*，1993）等。布雷德伯里擅长从历史的角度动态地、宏观地把握文学和批评的发展，尤其在现实主义小说的界定、小说写实与实验的辩证关系以及小说的内容和形式的研

---

[1] Malcolm Bradbury, *No*, *Not Bloomsbury*, London：Deutsch, 1987, p. 4.

究方面成就显著。布雷德伯里的长篇小说多以"学院派小说"著称，反映了学者生活中存在的问题和学院体制的一些弊端。这些小说往往以大学校园为背景，以大学师生为主要人物，以讽刺的笔调为读者描绘出一幅战后英国社会生活的历史画卷。布雷德伯里创作的《吃人是错误的》《向西行》《历史人物》《兑换率》和《克里米纳博士》便是这样典型的学院派小说。

第一节　布雷德伯里现实主义小说观探析

马尔科姆·布雷德伯里一方面以丰富、深邃而又深入浅出的学术著述成为英国当代最著名的批评家之一；另一方面用小说的形式来表现知识界的心态与境况，为英国文学拓展了"学院小说"的领域。然而，他的批评似乎比小说受到更多的关注，其代表性批评论著有：《现代英语小说的社会语境》《可能性：小说现状论文集》《当今小说》《现代英国小说》等。总体来说，布雷德伯里擅长从历史的角度动态地、宏观地把握文学和批评的发展，尤其在现实主义小说的重新界定和写实与实验的关系两方面成就显著。

"二战"后，批评界对现实主义的内涵和外延研究和阐释一直没有间断。批评家伊恩·瓦特认为将现实主义用来指称低级的题材或对社会底层的生活的描述的观点是错误的。著名批评家雷蒙德·威廉斯强调现实主义不但要吸收传统现实主义的精华，而且要囊括个人现实主义的成果。评论家布洛克—罗斯则认为所有小说都属于现实主义的范畴，"归根结底，任何小说都是现实主义的，不管它是模仿某种反映神话理念的英雄事迹，还是模仿某种反映进步理念的社会，或是模仿人的内在心理，甚至是像现在那样模仿世界的不可阐释性"[①]。如果说瓦特关注的焦点是小说处理题材的方式而非题材的种类；威廉斯强调对传统现实主义和现代主义的合理成分加以兼收并蓄；布洛克—罗斯注重非现实主义小说中的

①　Christine Brook – Rose, *A Rhetoric of the Unreal*, Cambridge: Cambridge UP, 1981, p. 388.

现实主义成分的话，布雷德伯里则把目光投向了现实主义的含义及其嬗变。布雷德伯里对现实主义的关注主要出自对现实主义在英国小说传统中地位的考虑。在《现代英国小说》中，他强调说："现实主义确实在英国小说中占有特别牢固的地位。英国小说传统一直比大多数其他国家的小说传统更注重直接经验，更关注社会，更富有叙事内容。"① 布雷德伯里的一番话准确地指出了现实主义在英国文学及社会的重要地位。

英国现实主义小说传统源远流长。在 16 世纪末的文艺复兴时期，英国早期现实主义小说已端倪可察。当时一群毕业于牛津和剑桥的"大学才子"，如约翰·黎里、托马斯·纳什尔和托马斯·迪罗尼等人对诗歌一统天下的局面进行反拨，并不约而同地将创作视线集中在文艺复兴时期的社会生活，真实地反映人们熟悉的现实世界，充分体现了早期小说家的现实主义审美意识和创作观念。到了 18 世纪，英国现实主义小说发展迅猛，相继涌现了丹尼尔·笛福、理查逊、乔纳森·斯威夫特、亨利·菲尔丁、简·奥斯丁等优秀的现实主义作家，这一时期的小说在样式和艺术形式上均体现了多元化的倾向。英国现实主义小说之父笛福的个人传记小说完整地表现了各种个人主义的东西，他笔下的人物大都是处于资本主义原始积累时期的英国小资产阶级的化身。斯威夫特的讽刺小说开创了英国小说讽刺艺术的先河。理查逊的书信体小说进一步丰富了现实主义小说的叙述形式，使人物更加贴近读者，真实地展现人物的心理活动与情感变化。菲尔丁虽没有专门的理论批评著作，但在他的小说的序言和每一卷的第一章里发表的关于文学创作的意见使其成为英国文学史上提出了比较完整的现实主义小说理论的第一人。到了 19 世纪，英国出现了狄更斯、萨克雷这样著名的现实主义作家。这一时期的小说评论主要都强调小说的某种实用功能，及它给个人或社会乃至整个人类带来的某种好处。狄更斯以惊人的力度和真实刻画了资产阶级的文明，描写了普通大众的痛苦和苦难。批判现实主义的手法也被 19 世纪很多其他的作家所采纳，如夏洛蒂·勃朗特、艾米莉·勃朗特、伊丽莎白·盖斯凯尔、乔治·艾略特和托马斯·哈代。20 世纪初，赫·乔·威尔斯、约翰·高尔

① Malcolm Bradbury, *The Modern British Novel*, London: Penguin Group, 1993, p. 349.

象牙塔内的喧哗与骚动

斯华绥和阿诺德·贝内特等现实主义小说家在历史转型期和新的现实面前依然竭力效仿传统小说的模式。1922年，乔伊斯的意识流小说《尤利西斯》将英国小说的革新运动推向新的高潮，直至20世纪20年代达到巅峰期之后由盛转衰，开始退潮，冷落了多年的现实主义小说又卷土重来，再次成为英国文坛的主流。30—50年代是现实主义小说全面回潮的时期。伊夫林·沃和奥尔德斯·赫胥黎等讽刺作家继承和发扬了由18世纪大文豪斯威夫特开创的讽刺文学的传统。他们的小说以冷嘲热讽乃至黑色幽默般的笔触描绘了两次世界大战期间英国社会的动荡不安和知识分子的精神危机。自20世纪下半叶起，英国小说在艺术形式上呈现出兼容并蓄和多元化发展的趋势。在英国文坛上，现实主义和现代主义（包括后现代主义）两股文学潮流分庭抗礼，此起彼伏，交错重叠。布雷德伯里认为现实主义传统必然对当今每一个作家都要产生影响。人们确实对它望而生畏。小说仅凭其在社会现实中如此重要的作用，就可以成为布雷德伯里深入研究现实主义这一术语的有力依据。布雷德伯里对现实主义概念的历史演变发表了精辟的见解。他列举大量例子说明，现实主义是一个变动不居、具有多元倾向的概念。布雷德伯里指出："没有一个作者的'现实主义'跟任何其他作者的一模一样。"[1] 尽管如此，布雷德伯里认为时代的变迁或个人角度的差异不会妨碍人们达成这样一个共识：现实主义在虚构和现实之间起着一种居间调停的作用—它必然意味着"文字和文字所指之间的某种平衡或均衡，创作和作品之间的某种对等，以及作家和笔下人物之间某种畅通的途径"[2]，现实主义能够在虚构的小说和现实之间开辟一条通道。应该说，布雷德伯里的这些论述既点明了现实主义作为概念的多义性和多变性，又说清了它万变不离其宗的实质，即虚构和现实之间的桥梁。

现实主义批评作为一个流派是在19世纪的现实主义运动中产生的。当时没有著名的现实主义批评家，只有一些作家写了理论批评文章。现实主义批评主要特点是：一个是强调客观性，注重现实性；二是要求细

---

[1]　Malcolm Bradbury, *Possibilities*, London：Oxford University Press，1973，p. 20.

[2]　Ibid.，p. 19.

节真实，提倡典型化。然而，现实主义的文学价值观和审美观从 19 世纪起就受到了象征主义、表现主义、超现实主义、意识流小说等现代主义文学的有力挑战。现代主义小说家认为，现实不仅是表面的，客观世界的人和事，它还包括人的内心活动，认为人的潜意识和无意识活动是一种比外部世界的真实更重要、更本质的真实。于是，在现代主义小说中，对外部环境以及发生于其中的事件的描写缩减到了最低程度，大部分篇幅被用于表现人对外在的混乱荒诞的现实的体验、感受和反思，深入人的潜意识和无意识，探索人的内心隐秘，揭示人的绝望和危机感、世界的荒诞和人生的无意义等。总之，现代主义小说舍弃了故事情节的完整性和戏剧性，不再有性格鲜明的主人公和人物。作为后工业大众社会的艺术，后现代主义小说"摧毁了现代主义艺术的形而上常规，打破了它封闭的、自满自足的美学形式，主张思维方式、表现方法、艺术体裁和语言游戏的彻底多元化。"[1] 后现代主义认为，现实是用语言造就的，用虚假的语言造就了虚假的现实。在后现代主义小说中没有什么客观的、先验的意义。任何文本都是开放的、未完成的，它依存于别的文本，依赖于读者的解读，是读者的解读使这种符号组合获得了某种意义。另外，在后现代主义小说中，现代主义小说的艺术技巧如意识流的内心独白、象征主义、自由联想、时空错位等虽未被全盘否定，但已退居次要地位；更为常见的表现形式则是元小说、反体裁、语言游戏、黑色幽默等主要特征。

布雷德伯里从历史的角度动态地、宏观地把握小说的发展，并通过对西方小说的走向的研究提出了写实并非排斥实验，甚至可以与其并行不悖的观点："这个时期的一个特征是转向——既背离象征主义和形式主义那种自我隔绝的状况，又背离一味强调人文道德关怀的传统。简而言之，以往不同范畴之间的界线已经变得相当模糊了。"[2] 1977 年，布雷德伯里主编的论文集《当今小说》出版。在这部论文选中，可以看到现实主义和形式主义的论争。论文集汇集了一些知名作家和评论家的论文和

① 柳鸣九：《从现代主义到后现代主义》，中国社会科学出版社 1994 年版，第 13 页。
② Malcolm Bradbury, *Possibilities*, London：Oxford University Press, 1973, pp. 176—177.

象牙塔内的喧哗与骚动

短文，大部分是小说家们已经发表的文章。可以看出现实主义和形式主义的两个极端看法的代表是：C. P. 斯诺和 B. S. 约翰逊。斯诺认为列夫·托尔斯泰、乔治·艾略特是今日小说家的榜样。他对现代主义进行了反击，他认为现代主义一下子就把小说变得毫无意义。而约翰逊则认为，传统的叙述性小说在我们这个时代已不起作用，用它就是犯了时代的错误，写出的作品是无力的、离题的、反常的。布雷德伯里强调，战后西方小说家们纷纷采用虚实相间的手法这一现象并不令人吃惊，因为"它是小说整个演变过程中的永久性特征"①。确实，写实和实验从一开始就不是水火不能相容。戴维·洛奇的代表作品《小世界》便是一个很好的例子。作品既有对学术界弄虚作假、剽窃之风盛行等不良风气的昭然示众，更有对文学作品和文学理论的戏仿。对这部作品的内容和形式的系统研究，可以发现该小说的后现代主义特征不是体现在对传统的彻底颠覆，而是继承并超越了现实主义小说的伟大传统，将故事性和实验性融合在一起，是现实主义和实验主义完美融合。布雷德伯里自己也是一位现实主义者。当然，他所提倡的现实主义是吸收了现代主义乃至后现代主义思想之后的现实主义。布雷德伯里用有力的证据加深了人们对"写实"和"实验"辩证关系的认识，他的创作实践在一定程度上反映了当代英国小说的发展趋势。在《当今小说》的前言中，布雷德伯里还详细地阐述了内容和形式之间的辩证关系："小说一方面倾向于写实，倾向于像社会文献那样表现历史事件和运动；另一方面它又天生注重形式，天生带有虚构性和反观自身的倾向。"② 为了走出这一窘境，布雷德伯里倡导小说模式的创新，提倡小说创作中将写作内容与形式高度结合。实际上，布雷德伯里有意识地将自己的文学主张贯穿到小说创作中，其代表作《历史人物》就是这样一部内容与形式高度结合的小说。

布雷德伯里以其对文学研究独特的敏感在创作中自觉地融合了大量的批评话语，他的学院派小说代表作品如《历史人物》也成为小说创作与批评实践相融合的经典范本。实际上，这种把批评理论和文学文本融

① Malcolm Bradbury, *Possibilities*, London：Oxford University Press, 1973, p. 175.

② Malcolm Bradbury, *The Novel Today*, Manchester：Manchester UP, 1977, p. 8.

上篇　英国学院派小说研究

合在一起，形成了一种批评中有文学、文学中有批评的文体也预示了英国小说创作和小说批评理论发展的趋势。布雷德伯里一方面继承了现实主义的伟大传统，另一方面又吸收了实验主义的革新因素。他的批评理论给小说研究带来了生机，使其更加丰富多元，和同时代的学院派代表人物洛奇和拜厄特一起，共同开创了文学理论与批评发展的新篇章。

第二节 《吃人是错误的》：自由主义知识分子的软弱

《吃人是错误的》（*Eating People Is Wrong*，1959）的主人公叫特里斯教授，他是一个自由主义知识分子，担任一所大学的英语系主任，属于"愤怒青年"一派，已届不惑之年，性格也已稳重而不再愤怒了，面对着当时社会和文化的衰落显得无能为力。特里斯虽然诚实善良，但生活经验和生活能力的缺乏，使他始终扮演着一个被动、软弱的知识分子形象。尽管坚信"吃人是错误的"，但在这个"人吃人"的社会中，他最终也变成了"不情愿的吃人者"。小说以大学校园为背景，并在其中涉及了许多学术话题，如研究生路易斯·贝茨对小说的主题和当代小说的困境等问题发表了这样的见解："英国文学中的主题是'从现实逃逸到道德'，（这一点）正是当代小说衰落的原因。因为今天的小说家缺少道德高度上的锻炼。"①

这部小说用自由主义的眼光来审视道德水准低下的社会现实，但同时也讽刺了自由主义知识分子的弱点。小说表现了特里斯教授这样"温良恭俭"的学者在物质主义与庸俗趣味迅速增长的战后英国社会所遭遇的尴尬。在小说闹剧性的语言之下，读者伤感地看到自由主义知识分子的无奈和软弱。由于作品发表于20世纪50年代末，评论界认为这部小说与第一代学院派小说有许多相似之处。第一代学院派作家及其作品中体现的主要是愤怒和大声疾呼，但当艾米斯笔下的吉姆得到梦想的地位和幸福之后，愤怒立即烟消云散了；而作者艾米斯也不例外，当他成名之后，随着社会地位的提高和年龄的增长，他的政治和社会观念也逐渐趋

---

① Malcolm Bradbury, *Eating People Is Wrong*, London：Secker & Warburg, 1959, p. 22.

于保守，70年代后期的作品中，愤怒的情绪逐渐平息，对社会的抨击、批评也远不如早期尖锐有力。而布雷德伯里作为第二代学院派小说家，作为大学校园中的学者型作家，无论在小说创作方面还是在理论方面，其影响和贡献都超过第一代学院派小说家。与艾米斯《幸运的吉姆》中的吉姆相比，布雷德伯里《吃人是错误的》中的特里斯教授并无"愤世嫉俗"的色彩。然而，正如瞿世镜教授指出的，和艾米斯、韦恩等第一代学院派小说家一样，布雷德伯里也继承了"英国18世纪小说家菲尔丁、斯摩莱特和斯特恩爱好粗俗笑料的传统"[①]。布雷德伯里创作的第一部学院派小说《吃人是错误的》以写实为主，没有过多的实验技巧。然而，过多的学术讨论使小说与普通读者拉开了距离，正如评论家帕特里克·丹尼斯在为《吃人是错误的》所写的书评中指出的，马尔科姆·布雷德伯里的第一部小说杰出、诙谐、敏感、成熟、有趣，还有很多其他的令人愉快、悦人心意的优点，但它忽略了假设会去购买、阅读和欣赏他的书的那些不那么有天赋的人们。

第三节 《向西行》：英美学术界的差异与冲突

西方许多作家和理论家如福斯特、康拉德、奈保尔、萨义德和霍米巴巴等都在各自的作品中对东西方文化的差异表现了极大的关注，而学术界对西方文化体系内部差异的研究则略显不足。布雷德伯里的第二部小说《向西行》（*Stepping Westward*，1965）在某种程度上弥补了这一不足。布雷德伯里38岁便被聘为文学教授，到世界各地游历讲学，从事学术交流活动。《向西行》以作者在美国大学的亲身经历为基础，描写了一位英国"愤怒青年"小说家在美国做住校作家的经历，展现了英美学术界的差异与冲突。

英国小说家詹姆斯·沃克以客座教授兼作家身份应邀到美国本尼迪克特·阿诺德大学访问一年。到达美国数月后，沃克仍然适应不了美国大学生活那种沉闷、呆板、虚假的气氛，最后比预定日期提前6个月回

---

① Malcolm Bradbury, *Eating People Is Wrong*, London: Secker & Warburg, 1959, p. 22.

到英国诺丁汉——他的妻女身边。书中另一位主要人物是伯纳德·弗罗列克，他是英语系一位年轻副教授，野心勃勃，争权夺势，令人感到厌恶。学校的教师作为一个整体都给人一种不愉快的印象。这部小说同《吃人是错误的》一样，都对大学生活阴暗、虚伪的一面进行了讽刺。只不过《吃人是错误的》是对英国大学生活的讽刺，《向西行》则是对美国高等教育的讽刺。

布雷德伯里的小说《向西行》（1965），通过一位英国小说家沃克在美国中部一所大学的经历，对英美两国学术思想、行为方式和价值观念的差异做了细致入微的观察和比较，轻松幽默的笔调和警句迭出的对话使读者感到兴味盎然。布雷德伯里小说中一个反复出现的主题是"一位有点天真的、自由主义的、头脑简单的人，通常是一位学者，处于一个不熟悉的、有时会有点危险的环境中"①。主人公沃克就是一位典型的布雷德伯里式主人公。他是一位当代英国小说家，应邀到美国中部城市的本尼迪克特·阿诺德大学讲授文学创作课程。沃克一出场就显得颓废、褊狭和郁郁不得志：

这是詹姆斯·沃克，30岁刚出头，胖胖的，有点甲状腺炎症状，走路摇摇晃晃的，每天要睡12个小时，这可害了他⋯⋯他显得疲惫而懒惰，已经远远没有了年轻人的朝气，觉得每一个新的早晨都无聊透顶。只有读书写字和愤世嫉俗让他维持着生命。他在寂静的房间中写的书传达着粗糙的、令人绝望的信息，表达着他想跟外界接触的冲动⋯⋯虽然远不是一个勤奋的人，但他已经写了三部小说，周末书评认为这些书都很有潜力⋯⋯他的小说为他挣了一些钱，这些钱用来付清打印这些小说所用纸张的费用以及他在写作时所抽香烟的花费绰绰有余。这些小说的主人公们都像他本人，属于敏感的、乡土气的类型，命运给了他们残酷的打击，生活对于他们来说过于平淡和普通，根本不值得一提。

---

① "Prolific Writer Whose Novels Include *The History Man*," *The Irish Times*, December 9, 2000.

与消极、天真的英国学者沃克相比，美国学者弗罗列克则显得更为激进、世故。实际上，沃克受邀到美国讲学并非因为他很有名气，而是其导师弗罗列克一手策划的。弗罗列克正是利用沃克的天真在系里制造事端，以实现个人利益。弗罗列克在作品中被塑造成一个世故的美国人形象，"是一个心思复杂、野心勃勃的人"，善于像政客一样玩弄手段。在英语系就招聘作家开设文学创作课程之事而召开的会议上，我们就看到了一个激进、自私、工于心计的弗罗列克。在会议上，他经过缜密的思考和策划，步步为营地把英语系下一届要聘请的人选锁定在英国作家沃克身上。因为他感觉沃克是"一个跟他有同样立场的人，一个站在新老秩序之间、前瞻后望、悬在革新和修复中间的人。不管怎样，他看起来很像是能制造混乱，并会喜欢他——伯纳德·弗罗列克"①。

通过对自私、工于心计的美国人弗罗列克和天真、没见过世面的英国人沃克的描绘，布雷德伯里颠覆了詹姆斯"世故的欧洲人和天真的美国人"的主题，不仅使英美两国学术界及文化的对比更加鲜明，而且使作品在互文中丰富了内涵和张力。《向西行》是布雷德伯里与洛奇共同商定创作的，因此在情节上与《换位》有许多相似之处，主题也非常接近。小说通过主人公的经历不仅反映了校园内知识分子的世相与百态，而且还对英美两国学术界及文化的差异与冲突加以风趣的对比。

英美两国学术界的冲突在弗罗列克一手策划的有关"忠诚宣誓"的事件中表现得最为明显。按照惯例，保守派的系主任波本要求沃克签字以示对美国的忠诚，沃克拒绝签字，因为他认为"作为英国公民签字表示对另一个政府的忠诚是错误的……我的动机不过如此，不会更复杂"。②然而，这件事被弗罗列克利用，性质因此而发生改变。弗罗列克邀请单纯的沃克到家中做客，并用激烈的言语怂恿他拒绝在"忠诚宣誓"上签字，鼓励他向校长提出抗议。沃克不知不觉地卷入了弗罗列克设计的阴谋中，犹如提线木偶一般，受他无形的操纵，等到对此有所察觉的时候，严重的后果已经造成。经过一番思想挣扎，沃克最终未能禁得住弗罗列

①　Malcolm Bradbury, *Stepping Westward*, London：The Anchor Press, Ltd, 1979, p. 25.
②　IbId. , p. 265.

克的怂恿，答应做出抗争。在整件事情的发展过程中，沃克一直不自觉地受到弗罗列克的摆布，最终沦落为别人争名夺利的牺牲品："他现在很紧张，因为这成了一个政治事件、一个公共问题。他感觉自己在被邀请去做一件很不恰当的事情，把自己的道德核心暴露在一个展台或舞台上，而且还是暴露在一个他不理解也不能控制的对政治极其敏感的领域。"①天真的沃克带着寻找刺激和自由的梦想来到美国，然而他非但没有找到自己渴望的自由，反而受到了更多的束缚和摆布。沃克难以在美国这样一个复杂的环境中生存，最终决定返回英国。当弗罗列克问他"你学到了什么"时，沃克说："我认识到，我所信仰的东西不像我原想的那么稳固，文学在未来比我预料的还要珍贵，我根本不能理解这个科技新世界，民主不是我认为的那样，想成为一个作家有很多种方式。"②此外，在作品中，布雷德伯里还安排了天真的沃克与年轻漂亮却世故的美国姑娘朱莉·雪花的一段浪漫故事。通过对沃克讽刺夸张的刻画，我们可以看出布雷德伯里已不屑于步"愤怒青年"派之后尘。无论是《吃人是错误的》里的特里斯教授，还是《向西行》中的沃克都属于"愤怒青年"一派，而此时他们早已偃旗息鼓，变得消极软弱。特里斯教授已到不惑之年，性格稳重而不再愤怒，沃克给人的印象则不是愤怒而是迟钝、消极。布雷德伯里在对沃克和弗罗列克这两个人物的刻画上带有强烈的讽刺和夸张色彩，这不禁让我们想起英国伟大的批判现实主义作家狄更斯，他也正是以幽默讽刺的笔触、塑造人物的夸张手法而被读者铭记。

作为一部重要的过渡作品，《向西行》为布雷德伯里1975年发表的《历史人物》做了铺垫。在《向西行》的结尾，叙述者说："确实，这个世界眷顾那些心中有目标的人，从这一点来说，弗罗列克前进了，而沃克后退了。这是因为沃克代表主观的悲观主义，而弗罗列克代表客观的历史，一个转动的车轮。"③多数评论家认为在《向西行》中布雷德伯里对弗罗列克是批判而非认同。然而，通过对布雷德伯里历史观的研究，笔者认为那位狡猾的阴谋家弗罗列克的行为在道德的尺度上未必能得到

① Malcolm Bradbury, *Stepping Westward*, London: The Anchor Press, Ltd, 1979, p. 267.
② Ibid., p. 360.
③ Ibid., pp. 414—415.

广大读者的认同，然而布雷德伯里深知弗罗列克"代表客观的历史"，是历史"一个转动的车轮"，代表了历史发展的方向。所以，在作品中，布雷德伯里一方面对沃克的溃败无限的感伤，另一方面又深刻地明白激进的弗罗列克代替消极的沃克是历史使然；并且《向西行》中的弗罗列克正是下一部作品《历史人物》中霍华德·柯克这个"以恶推动了历史的历史人物"的先驱。

第四节 《历史人物》:谁是真正的历史人物

《历史人物》(*The History Man*，1975)是布雷德伯里创作的第三部小说，以70年代英国的沃特茅斯大学为背景，描述了围绕着霍华德夫妇的一群学院同仁在一个学期里发生的种种故事。表面上看，这部校园小说记录了校园内一学期所发生的各种轶事，实际上却包含了10年之中英国社会文化的发展过程，反映了变动的社会现实，历史与文化的变迁，以及价值观念与伦理道德的混乱状况。

一 谁是真正的历史人物?

小说的主人公霍华德·柯克是一名社会学系的讲师，在为数众多的人物中间占主导地位，他的妻子、朋友、情人和学生们都以他为中心。霍华德所在的校园以时尚著称，而他本人则是教师中最为激进前卫的一员。他是个自命不凡的社会学家，对理论很感兴趣，出版了一些相关著作，开口闭口就是："你需要知道一点马克思，知道一点弗洛伊德，知道一点社会历史。"[1] 然而霍华德却非空头理论家，行动的懦夫，相反他是一个积极的行动主义者。霍华德自命为历史人物，用极权主义手段在校园里推进"社会革命"，以达到个人目的。在有关曼格尔教授的问题上，霍华德作了精心策划。霍华德在同事、学生、系领导中间散布谣言，声称一位有争议的学者曼格尔教授要来他们学校，不料却弄假成真，使邀请曼格尔的事被提上了日程。具有讽刺意味的是，曼格尔教授根本没有

---

[1] Malcolm Bradbury，*The History Man*，New York：Penguin Books，1985，p. 23.

出现，也不可能出现，因为他在讲演前的傍晚心脏病发作死于他在伦敦的住所。在整个事件中，唯一获利的就是霍华德，他通过这一事件激化了校园矛盾，为在竞争中打败保守的马文教授打下了基础，"在这个过程中，有一只看不见的手在操纵事态的发展"①，而这只手属于霍华德。此外，作为一个激进主义者，霍华德认为自己站在历史这一边，代表着历史发展的方向，因此不能容忍任何违背他意愿的人和事。如果就故事情节对霍华德进行道德判断，他会被看作是一个用心险恶，不择手段的社会学教授，作者的成就也就在于为英国小说增添了一个颇具时代特色的"坏蛋"形象。在接受过传统价值教育的人们心中，历史的发展向来是清晰的、向善的、滚滚前进的。然而，20世纪70年代英国社会的价值观念和伦理道德已经与传统截然不同了。在这样一个革新的时代，历史洪流虽浩浩荡荡，但一直在人们心中的那个神圣的终点却消失了，历史成为一股即时的、偶然的、无序的乱流，充满了不定。要在这乱流中生存，就得彻底放弃传统的价值，随时把握时代的潮流，做识时务之俊杰。而霍华德不正是那个顺应时代潮流，把握历史走向的历史人物么？虽然霍华德夫妇推进历史发展的手段比较激进，然而在这个革新的时代，只有霍华德这样的激进主义分子才能搬开传统的绊脚石，推动社会历史的前进。

二 主题揭示

《历史人物》表面上充满谐趣和喜剧色彩，但却蕴含着严肃的主题。长期在学院的生活使布雷德伯里对描绘校园生活驾轻就熟。传统意义上，大学校园是社会精英的汇集地，大学教授们应清心寡欲，潜心专研学术，如果说洛奇在《小世界》中打破了这一传统观念，对当今学术界的不良风气进行了辛辣的讽刺的话，那么，布雷德伯里通过《历史人物》这部小说描写了知识分子们在大学校园中的生活和经历，讽刺了知识分子对物质和名利的狂热追求，向读者展现了一幅20世纪70年代充斥着激进思潮和放纵享乐的校园生活图景。70年代英国社会的价值观念和伦理道德已经与传统更为彻底地断裂了。社会的高度工业化使当代西方人一切都

---

① Malcolm Bradbury, *The History Man*, New York: Penguin Books, 1985, p. 219.

服从于机械的抽象化过程，而导致了自我的丧失。人们普遍感到个性已丧失，被异化了，非人化了。在文中，个体的消亡，个性的丧失是无处不在的。霍华德开派对时，亨利·比米什用手臂捅破窗玻璃，严重受伤而无人问津。这正是后现代主义时期个体消亡的典型例证。在小说开始的时候，芭芭拉从朋友处得知与自己有一面之缘的一个男孩意外死亡，感到很伤心，于是问霍华德："你不认为人们已经疲惫了吗，因为他们发现自己正在做的事情受到了诅咒？"霍华德回答说："一个男孩死了，而你把它变成了这个时代的一个隐喻。"① 从整个文本来看，这的确是一个隐喻，象征着个体存在的危机。霍华德的新书《隐私的失败》所揭示的主题也正是这样的事实，那就是不再有隐秘的自我，社会上不再有隐秘的角落，不再有私有财产，不再有隐秘的行动。在这样的环境中，个体是不重要的，人的个性已丧失，被异化了，非人化了。另外，在水泥盒子一般封闭的学院大楼里，大学师生们被激进的政治信念、放纵的两性关系、堕落的生活方式所埋葬，成为毫无个性的行尸走肉。大学校园是整个人类社会的一个缩影，布雷德伯里以知识分子和大学生的非人化为出发点，从微观到宏观，反思了整个当代文明的危机和所有当代人面临的困境。

三　矛盾的历史观

细读《历史人物》这部小说，读者会感受到作者对"历史"的复杂情绪，以及自由主义思想在历史潮流中的衰落。小说的扉页上，用粗黑体印着一段引自君特·格拉斯小说的对话：

"黑格尔是谁？"

"是一个把人类罚入历史的人。"

"他很有学问吗？他一切都知道吗？"

"黑格尔是谁？"这一问题文中不断被提及，有趣的是，这个问题却从来没有得到过回答。按理说，霍华德作为社会学讲师，当然对黑格尔十分熟悉，而且读者又被告知他是一个有"阐释癖"的人，所以作者一

---

① Malcolm Bradbury, *The History Man*, New York：Penguin Books, 1985, p.17.

再让他回避这个问题就有些耐人寻味，同时，"黑格尔"还是一幢学生宿舍楼的楼名，校园里的另外几幢楼房分别叫作"霍布斯""康德""马克思""汤恩比""斯宾格勒"。这些都是哲学伟人的名字，当然有着强烈的暗示意义。虽然生活在不同的年代，思想也并不一致，他们却有一个共同点：他们都不相信人类的善根，都相信有一个更高的东西在运作着、主宰着人类，或称上帝，或称绝对观念，或称经济基础，其中最醒目的当属黑格尔，因为他认为"恶推动了历史"①。这个观点影响了许多后来的哲学家，甚至影响了整个 20 世纪的西方哲学、艺术和社会生活。霍华德对黑格尔是谁这一问题的一再回避似乎向读者暗示霍华德便是黑格尔心中的一个"以恶推动了历史的历史人物"。值得注意的是，布雷德伯里本人却说："尽管在许多读者眼中霍华德也许完全是一个无耻小人，他却觉得自己离心目中的霍华德很近。"②

　　既受过传统人文精神熏陶，又身处后现代主义思潮影响的布雷德伯里对历史有着十分复杂的情绪。一方面，作者的意识主体希望能够通过维持对像卡兰德这样的传统人物的信心给读者以希望，希望坚持人文主义的价值观；然而作为一个深受后现代主义思潮影响的评论家，他清楚地看到传统的人物形象大势已去，经过短暂、无力的反抗，布雷德伯里最终让卡兰德屈服于霍华德，让传统让位于革新。在滚滚的历史长河中，坚持传统的自由主义者纷纷被击败而落下马来，无论是坚持传统学习方法的卡默迪，保守的马文教授，还是固守传统的卡兰德小姐。在激进与保守、革新与传统的对立中，最终胜出的总是霍华德。这不禁使人想起哈代的小说《卡斯特桥市长》。作为一部具有深刻社会意义的悲剧小说，《卡斯特桥市长》用文学的形式记录了 19 世纪英国宗法制的农村社会在资本主义工业文明的冲击下迅速解体、崩溃的过程。亨查德同伐伏里之间的较量反映了先进的生产方式同落后的生产方式之间的斗争，反映了新旧两代人之间的冲突。亨查德的失败和死亡，伐伏里的胜利，象征一个旧时代的终结、一个新时代的诞生。同哈代一样，布雷德伯里也对历

①　何怀远：《欧洲社会历史观——从古希腊到马克思》，黄河出版社 1991 年版，第 258 页。
②　Lawrence Lerner, 1987: "Somebody's Best Book Yet", *The Spectator*, September.

象牙塔内的喧哗与骚动

史有着复杂而矛盾的心情。他曾经说过："《历史人物》的创作过程十分艰难，是我对小说以及自己价值观的态度经过不安、甚至悲观转变的产物。"[1] 一方面，对传统的自由主义者的溃败无限的感伤；另一方面，他明白激进代替保守、革新取代传统是历史使然。这也是为什么《历史人物》让读者感受到一种浓浓的哀愁的原因之一。在一个纷乱的、偶然的世界里，只有霍华德这样的激进主义分子才有生存的空间。布雷德伯里在《历史人物》中表现了在英国社会剧烈的历史变迁中，自由主义思想所经历的困难、令人不安的命运，以及作者最深层的踌躇与忧虑。

四 形式实验

《历史人物》标志着布雷德伯里的创作进入了一个形式革新的阶段。从这部小说开始，布雷德伯里有意识地在作品中进行一些形式实验。以金斯利·艾米斯和约翰·韦恩为代表的第一代英国学院派小说家大都遵循现实主义写实传统，而排斥 20 世纪 20 年代伍尔夫和乔伊斯等现代主义作家的创作尝试，有的评论家将第一代学院派小说家的作品视为英国 19 世纪批判现实主义的回归。相对而言，虽然说布雷德伯里和洛奇在小说的人物、情节、环境和细节的设置上也沿袭了英国现实主义的创作传统，然而经过了 60 年代轰轰烈烈形式上实验主义的洗礼，70 年代校园小说以兼容并蓄为特征，更具有写实和实验交融的特点。正因为如此，读者才会在《小世界》中发现如戏仿、互文、拼贴、开放式结尾等后现代主义写作技巧。同样，布雷德伯里的《历史人物》也体现了小说语言和形式的革新、叙述的客观化及二元结构的使用。

小说在语言上的创新主要体现在全文都采用了动词的现在时态，产生一切情景都历历在目的直接效果和快速的叙述节奏。由于完全使用现在时，时间上的稳定关系消失了，使人感到在时间的流动中一切都是短暂的、无根的。没有过去，没有未来，一切存在于现在，一切发生于现在。在这个纯粹现在时的世界里，唯有此时此刻才具有意义。因此，与传统价值彻底决裂是适应时代的合理行为，而霍华德·柯克显然就是这

---

① 侯维瑞、李维屏：《英国小说史》，译林出版社 2005 年版，第 764 页。

样一个新人，一个真正生活在现在时中的人，一个应时而动的历史人物。另外，《历史人物》在形式上的革新还体现在首行缩进的去除。传统小说中，每段对话的开始都要另起一行，并且缩进两格。细心的读者会一眼发现小说排版的反常之处，即段落起首没有空格。在《历史人物》中，去除了首行缩进，人物的对话滔滔不绝，使全书的第一个字与后面的内容联在一起，给人的感觉仿佛迈入了绵延的历史之流；而且此书一首一尾两次派对，相同的词句略有变化，又形成周而复始的循环结构。《历史人物》另一个显著的艺术特征是不带任何解释与评论的客观叙述。在这部小说中，布雷德伯里坚持了艺术家的超脱立场，人物的行为动机和伦理观念究竟如何，都由读者自己做出判断，作者不给予任何评论。这种叙述方式使作者与他的人物始终保持着一定的距离，以超脱的历史眼光描写这个校园的小世界所发生的一切奇闻逸事。最后，像洛奇的《换位》一样，《历史人物》也是一部建立在二元结构之上的小说，包含了激进与保守、革新与传统、必然与偶然的对立。霍华德对激进主义异常狂热，马文教授却坚持自由主义思想；霍华德夫妇相信时代的进步和发展，偏爱城市中心喧嚣的生活，他们的朋友比米什夫妇则更愿意过那种保守的、乡村气息的生活；霍华德在教学中喜欢用创新的方法，他的学生卡默迪却始终坚持传统的学习方法；霍华德相信历史发展的必然性，卡兰德小姐则固守传统。在这样的对立中，最终胜出的总是霍华德。这是因为他是社会戏剧的创作者和管理者，是在这个纷乱的、偶然的世界里代表历史发展方向的历史人物。

五　总结

布雷德伯里继承了英国小说的写实传统，在现实主义的叙述框架中，蕴含着逗人的幽默和辛辣的反讽，然而他并没有拘泥于此，而是在写实和实验之间寻求着妥协和调和。由于受文学大气候和文学批评的影响，他的小说夹杂着非现实主义的实验因素。除了传统与实验交融，布雷德伯里还特别关注形式和内容之间的平衡，兼顾形式的创新和叙事的清晰完整，使作品具有较高的可读性，为广大读者所喜闻乐见。布雷德伯里的学院派小说恰恰说明了20世纪后半叶各种文学流派交融，各种创作手

象牙塔内的喧哗与骚动

法兼容的特征。布雷德伯里继承了英国小说的讽刺传统，并将表达方式的喜剧性和道德上的严肃性两者巧妙地结合起来，创造性地发展了学院派小说。布雷德伯里的学院派小说可以说是 20 世纪 70 年代欧洲社会生活和文化变迁的缩影。

第五节 《兑换率》：知识分子自我
身份的困惑与追寻

布雷德伯里的第四部小说《兑换率》也是一部学院派小说，该书获 1983 年英国最高文学奖布克奖提名。小说的主人公佩特沃斯博士是语言学讲师，也是一个性格软弱的自由主义知识分子。受英国文化委员会的委派，他到东欧国家斯洛克（捷克斯洛伐克的谐音）去进行文化交流，参加国际学术会议。对佩特沃斯来说，从伦敦到斯洛克不仅是地理意义上的旅行，也是从一个资本主义社会来到一个社会主义社会，从人所共知的地方到一个陌生的环境，从在家的约束到对情欲的放任，从现实主义到虚构杜撰。由于对斯洛克的语言和文化风俗缺乏了解，他感到茫然不知所措，很快就陷入感情纠纷，并经历了不同文化产生的差异与冲突之中。

像布雷德伯里的成名作《历史人物》一样，《兑换率》充满了理论与批评话语，其中最突出的理论探索是对解构主义时代人们对自我身份的困惑与追寻。在小说中，主人公佩特沃斯被描述成了一个没有所指的能指，或者说是一个漂浮的能指，脱离了原来的世界，失去了自己的身份。在作品中，布雷德伯里还喜欢玩一些文字游戏，利用谐音、误读等来说明语言交流的错位，以制造喜剧效果。

在斯洛克，任何事物都是不确定的。进入这样一个国家，佩特沃斯的身份遭到了解构。语言的隔阂、文化的差异经常让他感到困惑和焦虑。在这个陌生的国度，佩特沃斯被动地接受着卢比约娃、普利特普洛夫和普林昔普的操纵，全盘接受别人给他安排的日程表，全无任何反对意见。在导游卢比约娃和普利特普洛夫博士的带领下，佩特沃斯参加各种聚会，进行学术讲座，并游览名胜古迹。但最终，他发现所有这一切都是一个阴谋，自己只是这个阴谋中的一个棋子。佩特沃斯后来得知普利特普洛夫的阴谋早在剑桥的时候就开始了。其实，这部作品中的导游卢比约娃也同样感受到身份危机，她觉得自己没有自我："我知道自己是谁。我只是你的导游，你的口译员。我是一个看不见的人，一个声音，一种机器，我没有自己的语言。"[①]

《兑换率》表明在一个以解构主义的混乱无序为特征的领域中，人们可能遭遇身份的迷失。读者感到在这部小说中有许多东西是模糊不清的：佩特沃斯对斯洛克的访问到底是具有政治倾向，还是以走私为目的，他来斯洛克是为了讲学，还是希望找到爱情，玛瑞斯佳和卡蒂娅是势不两立还是互为同谋，等等，不一而足。对这些疑虑读者根本就别指望找到答案。实际上，想得到精确的答案是和小说的精神相悖的，读者不应该追究兑换率到底是多少，而应该探索和发掘这类兑换率的隐喻：金钱方面的、文化方面的、外交方面的、语言方面的，甚至是叙述上的。在斯洛克这样一个解构主义时代社会的缩影中，佩特沃斯所经历的只是无助、焦虑和绝望。《兑换率》具有严肃的主题和哲学反思，布雷德伯里在作品的表面铺垫的是嬉笑怒骂，却将具体而清晰的意义深埋其中，那些脆弱的、逗人发笑的社会生活画面时常会出现裂缝，裂缝下面透露出的是整个社会的黑暗、暴力、背叛、疯狂和绝望。除此之外，《兑换率》还包含了东西欧两种针锋相对的意识形态对英国文化的碰撞和冲击。斯洛克本地语言和英语分别代表着东西欧两种不同的文化背景，"文化交流"的下面是文化的冲突和对立。

和《历史人物》一样，布雷德伯里在《兑换率》中坚持使用现在时进行创作，使读者对佩特沃斯丰富多彩的经历有种亲临其境的感受。作者的叙述即使从语言学的角度来看也颇有新意。他甚至能够想象出以东欧语言为母语的斯洛克学者们使用英语时的种种语音语法错误。在异国他乡旅行时，两种不同生活方式和风俗习惯相互碰撞产生的喜剧效果使人想起金斯利·艾米斯的小说《我喜欢这里》，但是布雷德伯里的这部作品显得技巧更为娴熟并且更富于想象力。

---

① Malcolm Bradbury, *Rates of Exchange*, London: Secker & Warburg, 1983, p. 272.

布雷德伯里认为《吃人是错误的》和《向西行》是社会喜剧，《历史人物》和《兑换率》是更为阴暗的讽刺和道德堕落，《切割》（*Cuts*, 1987）是滑稽剧，《克里米纳博士》注重机智嘲讽。布雷德伯里把自己所写的《吃人是错误的》《向西行》和《历史人物》这三部小说分别看作是"严肃的五十年代"、"动摇的六十年代"和"颓丧的七十年代"的产物。正如王宁教授所言，布拉德伯里小说的发展实际上经历了这样的过程：开始时题材范围较为狭窄而且语言晦涩难懂，然后逐步拓宽了题材，开始了与大西洋彼岸的交流，再后来逐步具备了一种全球的眼光。不仅如此，在《兑换率》中，作者还探讨了解构主义时代身份的危机，在《克里米纳博士》中，探讨了解构主义时代意义的不确定性。布雷德伯里旺盛的创作力经久不衰，2000年出版了最后一部小说《走向隐居处》（*To the Hermitage*）。

布雷德伯里是一位语言大师，在小说中进行语言游戏，谐趣之中充满讽刺与幽默；他还是一位著名的批评家，积极倡导现代主义者和后现代主义者的思想，发表过包括评论沃（Evelyn Waugh）和贝洛（Saul Bellow）在内的许多专著；他更是一名出色的学院派小说家，布雷德伯里以校园生活为题材，以学术界的生活圈子为表现对象，以大学校园为人类社会的缩影，以讽刺的笔调揭露社会道德的败坏、对物质享受的追求、知识分子的致命弱点以及教育质量下降等现象，描绘了一幅战后英国社会风俗的历史画卷。2000年，布雷德伯里的逝世使英国文学界失去了一位大师级的文化偶像，伦敦少了一位自己的"历史人物"，一个颇具人性和智慧的声音。

第八章　戴维·洛奇

戴维·洛奇（David Lodge，1935—）是英国当代著名的文学批评家和小说家，1935 年 1 月 28 日出生于伦敦南部一个中下阶层家庭，父亲是舞蹈乐队的乐师，母亲是位虔诚的天主教徒。洛奇后来研究天主教小说，并且在小说创作中大量涉及天主教内容，这与他的家庭背景不无关系。洛奇的学者生涯颇为顺利，1963 年晋升为讲师，1967 年荣获伯明翰大学哲学博士学位，1976 年获伯明翰大学现代英国文学教授职称，1987 年辞去教职成为专业作家。洛奇的小说多以知识分子为主人公，以大学或学术界为背景，语言轻松明快，故事雅俗共赏而又不乏深意。

洛奇不仅创作出多部小说，而且对文学理论有着极大的兴趣，谈到自己的理论创作，洛奇说："我对小说诗学的探索在每一阶段都得到一些新的（或对我来说是新的）文学理论的促进。"[1] 概括说来，洛奇的文学批评主要经历了三个阶段：早期基于英美新批评的《小说的语言》论证了小说的语言也是艺术的语言，并提出对小说可就细节、意象和重复进行分析，从而把新批评引入到小说的分析中，确立了小说的艺术地位。20 世纪六七十年代是结构主义盛行的年代，洛奇应用雅各布森的隐喻和转喻理论，从美学的角度来解释现实主义小说区别于戏剧和诗歌的艺术独特性，并结合"陌生化"理论提出了著名的"钟摆"理论：即现代主义和现实主义这两个潮流在现代英国文学史上相互交替，如同钟摆的摆锤一样在两个极端来回摆动。八九十年代洛奇研究巴赫金的对话理论，

---

[1]　David Lodge，*Consciousness and the Novel*，Cambridge，Massachusetts：Harvard University Press，2002，p. 10.

《巴赫金之后》阐释了小说的对话特性。洛奇指出，解读一部小说，应该根据人物之间的对话、文本与读者之间的对话以及文本与文本之间的对话来得出作品的意义。从整体上来看，对话性在小说中占着主导地位，而不是独白和对话两者平分秋色。从洛奇身上，我们似乎看到了西方当代小说批评史的缩影，即从注重细读作品来寻找小说的象征意义的新批评，到偏重语言学的方法、寻找文学形式中的规律的结构主义，再到以细读文本为基础，注重发现社会、文化、文学的相互关系和影响的后结构主义。和布雷德伯里一样，洛奇并不简单地信奉某一个"主义"，而是一贯以兼收并蓄见长。洛奇的理论著作既饱含真知灼见，又充分发挥了洛奇本人既精通理论思维又擅长形象表达和小说创作的特长，彰显出一位学者型作家的独特魅力。洛奇的小说批评理论是理论和实践的统一，是感性认知和理性思考的结合。

第一节　从"校园三部曲"看洛奇的文化融合思想

"校园三部曲"产生于多元的文化背景中，充分体现了洛奇的文化融合思想。《换位》表现了英美两国文化的冲突与融合，《小世界》融合了高雅文化与大众文化，而《好工作》则突出校园文化与工业文化的对立与融合。此外，三部曲在艺术形式上都采用了双重结构和互文的手法，使文本充满了不同的声音和话语，实现了文本之间、文化之间的对话，进而使形式与内容所体现的文化融合主题相辅相成，赋予了三部曲深厚的内涵和底蕴。

一　"校园三部曲"中的文化融合主题

1.《换位》——英美文化的冲突与融合

西方许多作家和理论家如福斯特、康拉德、奈保尔、萨伊德和霍米巴巴等都在各自的作品中对东西方文化的差异与共存现象表示了极大的关注，而学术界对西方文化体系内部差异的研究则略显不足。《换位》在某种程度上弥补了这一不足，展现了英美文化的冲突与融合。《换位》是"校园三部曲"的第一部，被认为是从《幸运的吉姆》之后一部最有趣的关于校园生活的小说。洛奇通过对扎普和史沃娄的遭遇和经历的对称叙述，多角度、多层次地探讨了英美两国文化的冲突与融合。美国的扎普教授与英国的讲师史沃娄按校际交流计划互换职位半年，自视甚高、粗鲁尖刻的扎普来到保守、沉闷的英国工业城市鲁米治，而才智平庸、谨小慎微的史沃娄却处在了开放、活跃的美国尤福利亚。面对着全新的环境双方卷入了一场文化冲突之中，然而随着故事的发展他们的价值观念、处世态度甚至连语言表达方式都发生了很大变化，并渐渐融入了当地的文化。

扎普和史沃娄虽因性格单一固定而成为福斯特定义下的扁平人物，然而在洛奇笔下，这种类型化的人物与环境的巨大反差产生了独具特色的喜剧性冲突和反讽性对照，使其成为如同莎士比亚笔下的福斯塔夫一样的扁平人物中的经典。在史沃娄眼中，美国人热情大方、无拘无束、崇尚变化；在扎普看来，英国人守旧伪善、效率低下、处事中庸。在《换位》中，洛奇对美国文化的赞誉是对亨利·詹姆斯小说中单纯的美国人到欧洲寻求文明与教养这一主题的颠覆性戏仿。长久以来，短暂的历史和单薄的文化根基让美国文化面对英国文化时显得十分逊色。当美国人作为文化上"逆向行驶的哥伦布"来到英国时，英美两国的文化差异就进一步暴露出来。英国人尤其是社交界人士往往举止有度，气质高贵优雅，相比之下美国人则言行直率粗犷、缺乏灵活性，两者之间形成了强烈的反差。在文学界，库伯、霍桑和詹姆斯等作家都对美国文化的匮乏表现出了一定的遗憾，更有大批美国知识分子为寻找适宜创作的文学环境而选择到欧洲大陆朝圣。詹姆斯小说中的大部分美国人也都表现出了对欧洲文化的浓厚兴趣，如《黛西·米勒》中的黛西、《贵妇画像》中的伊莎贝尔等。

西方的人文主义传统和知识分子的历史使命感使洛奇的作品具有深厚的文化意蕴。在《换位》中，洛奇消解了英国文化一统天下的局面，从两所大学的命名便可看出作者的别具匠心：鲁米治的发音与英文单词"Rubbish"（垃圾）相似；尤福利亚则蕴含阳光充沛、精神欢快之意，除此之外，洛奇还将思想封闭、环境肮脏的英国工业城市与美国西海岸充满活力的商业城市进行了渲染式对比。据此，多数评论家认为洛奇在《换位》中褒扬了美国文化，对英国文化则进行了犀利地挖苦。笔者认

象牙塔内的喧哗与骚动

为，这种观点有失偏颇，在对英美两国文化的态度上，洛奇并没有简单的肯定或否定，他的目的不是评判哪一种文化的优劣，而是积极探索英美文化的融合，使其取长补短，优势互补。在《换位》中，扎普和史沃娄经历了一系列的文化冲突之后，逐渐适应并最终融入当地的文化，这充分展现了洛奇对文化发展趋势的前瞻性。解构主义致力于"边缘"对"中心"的消解，取消等级制，其解构策略对文化分析和文化批判产生了不可低估的影响。洛奇作为英国当代著名文学批评家和小说家无疑受到解构主义的影响，并在《换位》中通过对主人公在英美文化中由冲突走向融合的描述，颠覆了英国文化一元独尊的传统，主张不同文化间的平等对话，强调文化融合，而不是对抗，强调和而不同，而不是同而不和。

2.《小世界》——高雅文化与通俗文化的融合

如果说《换位》体现了英美两国文化的冲突与融合，那么，《小世界》则消除了高雅文化与通俗文化的界限，使得"高山流水"与"下里巴人"并存于书中，做到了雅俗共赏，兼容并蓄。文学批评传统上把通俗文化看作是对现代文明中的道德文化标准的一种威胁①，而洛奇则向文化的高低之分提出了挑战并将被认为是边缘的、俗气的文化融入了他的文学作品中。

在《小世界》中，洛奇揭示了欧美学术界的众生相，既使普通读者感到愉悦，又令学者文人掩卷深思。② 洛奇撕下了学术界的虚伪面纱，将学术界与平民世界放在了同一个水平线上，以调侃的口吻讽刺了这个小世界中各种令人难以置信的奇闻怪事。不仅如此，在作品中各种深奥的批评理论已悄悄地、戏剧化地融入世俗，与民间最卑微、最低下的事物结合在一起。比如，在讨论文本性时，莫里斯做了一个形象的比喻，"正如一个脱衣舞女利用观众的好奇与欲望一样，……舞女挑逗着观众，正如文本挑逗着读者，她们给观众以最终完全暴露的期待，但又加以无限的拖延"③。此外，文中还大量穿插了浪漫爱情、性生活、夜总会表演乃

① 宋艳芳：《文学实验、文化研究及限度——洛奇〈三部曲〉对文化研究的回响及其引起的反思》，《四川外语学院学报》2003 年第 5 期。

② 参见瞿世镜主编《当代英国小说》，外语教学与研究出版社 1998 年版，第 412 页。

③ ［英］戴维·洛奇：《小世界》，王家湘译，上海译文出版社 2007 年版，第 39 页。

至脱衣舞等情节。在《小世界》中，洛奇将通俗文化与高雅文化融入了同一个文本，并指出经典文学与通俗文学之间，高雅文化与通俗文化之间的鸿沟是人为的、虚拟的，是应该废除的。洛奇的文化融合思想响应了文化研究打破阶级层次、高低贵贱之分的努力，反映了同时代作家，尤其是后现代主义作家及文化研究者对阶级、社会和文化的反思。

3. 《好工作》——学院文化与工业文化的对立与融合

在《换位》与《小世界》中，洛奇主要着眼于学术界，揭露了学术界的真面目，而在《好工作》中，洛奇则跨越了校园的界限，表现了学院文化与工业文化的冲突与融合。长期以来，两种文化之间存在着轻视、反感甚至是敌意的鸿沟。人文学者对工业文明的批判古已有之，如狄更斯以人道主义情怀批判了工业文明给英国带来的贫富分化和阶级矛盾；哈代的作品也表现了作者在英国农村被工业化吞噬的过程中所感受到的阵痛；劳伦斯的写作更是旨在批判工业文明对人与人之间和谐关系的破坏。此外，文学评论家对工业化所带来的消极影响也颇有微词。在阿诺德看来，文化作为人性之精华是一种与工业文明截然对立的社会力量。同阿诺德一样，利维斯也认为导致文化衰退的是工业化并提倡回到前工业社会。当人类迈入 20 世纪，两种文化的分裂非但没有减少，反有进一步扩大之势。这种分裂在原来更多地表现为人文知识分子对工业的轻视与敌意，在今天则更多的表现为工业文化的高度优势地位及对人文文化的漠视。洛奇继承了斯威夫特和 C.P. 斯诺等人对两种文化的思考，在《好工作》中，罗宾和维克代表了校园内外截然不同的文化价值观念，通过对两人从碰撞、冲突到发生潜移默化的变化并最后理解和接受彼此的描写，洛奇深刻探讨了学院与工业两种文化的差异、冲突以及最后的融合。

《好工作》中的罗宾是鲁米治大学年轻的临时讲师，出身书香门第，才华横溢，是一个典型的学院派人物，为了能稳定教师职位，她只能违背自己的意愿参加了一项旨在增进高校与工业界间了解的"工业年计划"。男主人公维克是个与人文科学毫不沾边的大男子主义者，信奉工业文明，实用第一，对大学生活一无所知，甚至颇不以为然。罗宾认为工业干扰了自然进程、破坏了自然美和生态平衡；而校园文化与自然则和谐相处，浑然天成，有助于人们自由地追求完美和自我实现。相比之下，维克则认为没有英国工业的发展，就不会有知识分子们今天舒适的生活。此外，维克对教师任职的终身制更是大惑不解，强烈建议用企业模式对大学进行改革。在《好工作》中两个主人公的冲突不仅反映了彼此个性上的差异，更反映了学院与工业社会的隔膜，突显了人文知识分子与工业家截然不同的态度以及相互间的文化冲突。然而洛奇在《好工作》中所强调的是学院文化与工业文化的融合，而非对抗，因此在展现其矛盾与冲突之后，洛奇对学院与工业的两元对立提出了质疑并主张在多元文化的背景下，坚持不同文化间的平等对话与彼此融合。最后，罗宾和维克经过努力消除了隔膜和偏见，增进了相互理解与融合。他们甚至慢慢开始使用对方所习惯的话语，虽然罗宾不愿承认自己对维克的感情，但实际上她的话语里已深深地打上了维克的烙印；罗宾的父亲在她的话中发现其似乎学会了用一种非常功利主义的眼光看待大学。罗宾的"熏陶"最终影响了维克的思维方式，促使他把"普林格尔父子"机械厂墙上的美人照摘了下来并随罗宾读维多利亚小说。洛奇深谙学院文化与工业文化间的隔阂与冲突，在《好工作》中，他在更广阔、更深刻的文化语境下探讨了两者的相互理解与沟通，这在多元文化的今天仍具有十分重要的现实意义。

二　形式与内容的和谐统一

20世纪下半叶，人们生活在一个前所未有的多元文化的时代，洛奇的"校园三部曲"便产生于这种多元文化的语境之中，体现了文化融合的主题。不仅如此，"三部曲"在艺术形式上都采用了双重结构和互文手法体现出了小说的多元性和对话性，进而使形式与内容所蕴含的文化融合思想相辅相成，达到了形式与内容的和谐统一。

1. 双重结构

"一个小说家创作成熟的标志之一是对小说整体布局的独到理解和把握"①。洛奇对双重结构情有独钟，双重结构的运用是其"校园三部曲"

---

① ［英］马克·柯里：《后现代叙事理论》，宁一中译，北京大学出版社2003年版，第58页。

共同具有的一个最明显特征。《换位》是洛奇第一次将双重结构用得如此对称、如此张扬又如此完美。"①《换位》中，史沃娄和扎普分别是英美两国文化的典型代表，他们所受到的文化冲击表现了两国文化的碰撞。在经历了一系列的文化冲突后，他们都适应了新的生活方式，渐渐融入当地文化并打算长久的换位下去。洛奇将史沃娄和扎普互换并置于两个陌生的文化背景中，通过人物、场景、情节、主人公的经历以及叙事手法等的惊人对称和平衡，使小说始终处于一种对话状态，生动形象地表现了英美两国文化的差异与融合。除了两位主人公外，相关的次要人物的设置也处于富有意义的并置之下，尽管小说各章节的叙述手法不尽相同，但这种潜在的双重结构却贯穿始终。

洛奇在《小世界》中同样采取了双重结构进行创作，作品的整体框架来源于圣杯传奇并与之形成双重结构。然而书中虽套用圣杯结构，但已消解了圣杯传奇的崇高意义。小说将参加研讨会的现代学者与中世纪朝圣的基督徒相比较，然而当今的学者教授已然没有了朝圣者们那份虔诚和圣洁，他们到各地参加研讨会，开始了"朝圣之旅"，但所追逐的确是名利和寻欢作乐。传统意义上的大学校园应是社会精英的汇集地，作为精英派的学者教授们本应清心寡欲、淡泊名利；而在《小世界》中洛奇打破了这一传统观念，以现实主义的讽刺手法对学术界的各种腐败现象进行了入木三分的无情揭露。在洛奇笔下，小世界中学者教授们的虚伪和勾心斗角，出版商、作家与评论家相互巴结和相互诋毁，学术界弄虚作假，剽窃抄袭之风盛行等不良风气被昭然示众。在《小世界》中作品的整体框架与圣杯传奇所形成的双重结构使高低文化融于同一文本之中，一方面继承了优秀的文化传统，另一方面又使之通俗化、大众化，最终实现了高雅文化与通俗文化的融合。

如果说在《换位》和《小世界》中，洛奇将目光聚焦在校园这个小世界里，那么在《好工作》中洛奇则将校园和工厂这两个完全不同的世界作为小说双重结构的双方，情节在校园与工厂、罗宾与维克之间平行展开，从而使整本书形成了洛奇素来钟爱的双重结构。在《好工作》中，

---

① 罗贻荣：《文学·自我·传播》，中国社会科学出版社 2006 年版，第 226 页。

罗宾和维克两人的生活圈完全不同，他们的冲突不仅反映了个性的差异，更反映了学院文化与工业文化的隔膜。而两人却因"工业年计划"连接在一起，使得他们互相深入对方的生活环境与文化。先是学术圈里的罗宾被迫充当维克的影子，进入陌生的工厂环境；后来则是维克主动要求充当罗宾的影子，去了解同样陌生的校园生活，因此可以说这同样是一次"换位"。实际上，洛奇本人对双重结构中对立双方的态度是不偏不倚的。他既看到了学院的缺陷，也看到了工业社会的缺陷。学院文化与工业文化最终的目的都是为人类服务，所以两者应更加广泛地对话，更加宽容地理解，更加融洽地合作。

2. 互文

王尔德在 19 世纪就曾宣称"生活模仿艺术"，如果生活模仿艺术，那么艺术又从何而来呢？洛奇援引象征主义诗歌的创作经验告诉我们：艺术来自于其他艺术，特别是同类艺术，并进而提出小说来自于其他小说，"所有的文本都是用其他文本的素材编织而成的"[①]。正如 D. H. 劳伦斯所说，小说只是来自"它们彼此之间的震颤"[②]。作为一个对文学传统和经典极其熟悉的学者，洛奇十分擅长运用文本之间的相互指涉来增加作品的意蕴。互文手法的运用是"校园三部曲"的一个突出特点，互文实现了小说中不同文本间的对话，而这种对话的文本形式又与多元文化融合这一主题相辅相成，达到了形式与内容的和谐统一。

在《换位》中，洛奇通过对简·奥斯丁的现实主义作品的互文传达了扎普对美国生活方式的反感，揭示了英美两国文化的冲突；此外，作品与亨利·詹姆斯的《专使》（The Ambassadors，1903）的互文为主人公在经历一系列的文化冲突之后，从不适应到渐渐融入当地的文化奠定了基调。文学艺术是一个杂语的世界，对话的世界，新旧文本之间的互文并非是消极无意义的，而是通过互文解构权威及霸权，使得各种文体、话语在平等的状态下形成了一种积极的多元对话关系。因此，互文不仅仅是达到对话的手段，更体现了解构一切的对话精神。《换位》中互文手

---

① ［英］戴维·洛奇：《小说的艺术》，王峻岩译，作家出版社 1998 年版，第 110 页。

② David Lodge, *After Bakhtin：Essays on Fiction and Criticism*，London：Rout ledge，1990，p. 20.

法的成功运用展现了不同文本以及不同文化之间的平等对话，解构了英国文化一元独尊的局面，最终实现了英美两国文化的融合。

《小世界》较之《换位》更为鲜明地体现了洛奇的互文性写作的特点，对文学作品和文学理论的戏仿是整部小说互文手法最典型的应用。《小世界》"通过对罗曼司的戏仿融合了严肃文化和大众文化两种对立的文化"①。洛奇将《小世界》置于罗曼司的大框架中，从《亚瑟王传奇》到艾略特的《荒原》，从韦斯顿的《从仪式到罗曼司》到斯宾塞的《仙后》，从济慈的《希腊古瓮颂》到《疯狂的奥兰多》等，通过对罗曼司的戏仿把传统认为主流的和非主流的文本交错铺陈，做到了雅俗共赏，兼容并蓄。另外，作品中对弗洛伊德的精神分析法、弗莱的原型批评等理论的戏仿也随处可见。洛奇通过对文学理论的戏仿，对经典术语进行了大胆的通俗化改写，响应了文化研究打破阶级层次、高低贵贱之分的努力。《小世界》中互文手法的运用是解构权威理论和话语的一种途径，是对话精神的体现，通过对话，实现了高雅文化与通俗文化之间的融合。

《好工作》同样采用了多种互文手法，表现了学院文化与工业文化的冲突与融合。正如小说扉页上引自《西比尔》的一段话所说的那样：这是两个民族；它们之间没有交流也没有同情；他们对对方的习惯、思想与感情视而不见……②，由此可知两种文化间的隔膜与冲突之深。然而，洛奇巧妙地将生活在不同世界的两个人通过"工业年计划"连接起来。洛奇的文化融合思想与福斯特在小说《霍华德别墅》中提出的著名"连接"主题不谋而合。《美好的工作》中玛丽安·罗塞尔超大号 T 恤衫上所印的字样"只有联结"（only connect）正是《霍华德别墅》中女主人公玛格丽特的信条。互文手法的运用不仅丰富了小说的表现力，更与文化融合的内容相得益彰，使读者在阅读中展开思维对话，引导读者比较、对照这些相关的文本，在对话中产生更深远的多元文化意蕴。

由对立走向融合是多元格局下文化发展的必然诉求，在文化多元的背景下，洛奇主张在对话中谋求多元文化的沟通与融合，并赋予了"校

---

① 侯维瑞、李维屏：《英国小说史》，译林出版社 2005 年版，第 767 页。
② ［英］戴维·洛奇：《好工作》，蒲隆译，译文出版社 2007 年版，第 1 页。

园三部曲"多元文化融合的主题。此外，"三部曲"双重结构和互文的手法的运用赋予了文本多元性和对话性的特点，进而使形式与内容所体现的文化融合思想相辅相成，达到了形式与内容的和谐统一。洛奇的文化融合思想顺应了多元文化的时代要求，不仅在学术界享有盛誉，对解决由于文化、种族、宗教差异所导致的各种冲突同样具有重要的指导意义。

第二节　对话理论视角下洛奇"校园三部曲"解读

随着大学普及率的不断提高，大学师生已成为日益庞大的社会群体，以大学校园、学术界为题材的学院派小说应运而生①，并在世界范围内得到了迅猛的发展。英国著名学院派小说家洛奇的作品多以知识分子为主人公，大学或学术界为背景，语言轻松明快，故事雅俗共赏而又不乏深意。洛奇是一位富于对话精神的小说家，是对话诗学的倡导者和自觉的实践者，其代表作"校园三部曲"集中体现了理论与实践、写实与实验、多元文化的对话与融合。

一　理论研究与创作实践的对话

洛奇在 20 世纪 50 年代便开始了小说家与文学批评家的双重生涯，小说家和批评家互相依存互相促进。洛奇的代表作"校园三部曲"不仅是脍炙人口的佳作，还是进行文学研究和评论的实验田，体现了理论研究与创作实践的对话。洛奇的小说创作持续了 40 余年，既跨越了众多的理论思潮，又融合了自己的写作实践，其作品被评论家麦克·卡里（Mark Currie）誉为"理论化小说"。谈到小说创作，洛奇说道："我对小说诗学的探索在每一阶段都得到一些新的（或对我来说是新的）文学理论的促进。"①洛奇的著作可谓当代西方文论史的缩影，即从注重细读作品来寻找小说意义的新批评，到偏重语言学的方法、寻找文学形式规律的结构主义，再到以细读文本为基础、注重发现社会、文化、文学之间相互关

---

① David Lodge, *Consciousness and the Novel*, Cambridge, Massachusetts: Harvard University Press, 2002, p. 10.

系和影响的后结构主义。洛奇的理论研究和创作实践是平等对话、相互融合、相互促进的。与同时期的学院派小说家布雷德伯里一样，洛奇并不简单地信奉某一理论，而是一贯以兼收并蓄见长。这便是巴赫金（M. M. Bakhtin）对话理论的具体体现。洛奇钟情于对话理论并非出于偶然，而是其思想特征和思维方式的必然结果。正如洛奇所言："任何现象都有明显矛盾的阐释，我总是感觉到它们之间的冲突。比如，我认为艺术应该模仿生活，我是个现实主义者。我也认为生活模仿艺术。作品既产生于别的作品又产生于生活。显然那是两种对立的观点，但我发现两者都包含真理。……我是一个游走于关于终极问题的完全不同的立场之间的人。"①

对话理论引起国际学术界的广泛关注。美国的巴赫金研究学家迈克尔·加德纳（Michael Gardner）说："的确，我们可以说，巴赫金的终身抱负，是要建立一种跨学科研究人类生活的方法。"② 经过巴赫金的不懈努力，一个开放的话语体系在伦理学、哲学、美学、文艺学、文化学等学科的交界处建立起来。它的结构呈放射状，具有极强的兼容性。在这一体系中，各种话语、思想、文化、意识形态平等共存，相互渗透、相互作用、相互补充、相互阐释。它们之间是平等对话关系。当今世界和平与发展成为主旋律，由对抗走向对话，已成为一股不可抗拒的时代潮流。

洛奇认为巴赫金的对话理论十分深刻地揭示了文学的本质特征，并在"校园三部曲"中再现了这样一个包容一切、狂欢化的话语场。作品融入了文化研究、新批评、马克思主义、解构主义、现象学、传记学批评等众多理论。作品中许多人物也代表了不同的理论流派：美国学者扎普信奉解构主义，安吉丽卡钟爱浪漫主义，罗宾代表女性主义，莫尔加纳代表马克思主义等等。乔治·道格拉斯·阿特金斯指出，"对话批评既非和平共存的相对主义，也非一劳永逸地结束争论的独裁主义，而是艰苦的、开放的、没有结束的对话"③。"校园三部曲"中各种理论流派的对

---

① 罗贻荣：《走向对话》，中国社会科学出版社 2006 年版，第 207 页。

② Michail Gardner, *The Dialogic of Critique：M. M. Bakhtin and Theory of Ideology*. London and New York, 1992, p. 5.

③ Atkins, G. Douglas, *Contemporary Literary Theory*, University of Massachusetts Press, 1989, p. 223.

象牙塔内的喧哗与骚动

话表明在当今语境下，"不能指望某种单一的方法或途径可以充分地解释一部文学作品"①。洛奇主张不同理论、学说、流派之间相互补充、相互阐释，平等对话，并通过通俗化表述有效地促进了文学理论的普及。扎普教授结合巴特和德里达等后结构主义者的观点，指出话语具有不确定性和游戏性，并提出语言如同密码，文本性有如脱衣舞："舞女挑逗观众，正如文本挑逗它的读者，给人以彻底裸露的希望，但又无限期拖延。"② 等等。利用脱衣舞的比喻，扎普把高深抽象的解构理论通俗化、形象化了。更为重要的是，洛奇在脱衣舞比喻之外，还通过情节设置将这种高论通俗化：对于柏斯来说，安吉丽卡是一个神秘的能指，意义飘忽不定。柏斯全力要去做的，就是找到与之相对应的所指。而所指的意义总是在逃避，安杰莉卡永远都不在场，一路留下曾经到过的"痕迹"，柏斯找到的始终只是这些痕迹，这也就是延异。在小说结尾，柏斯又开始了新一轮的追寻，未必不是得到解构主义的真谛。洛奇在"校园三部曲"中将各种深奥的批评理论融入文学创作，使抽象的文学理论重新焕发生机，同时也预示了文艺理论多元对话时代的到来。

二　写实与实验的对话

洛奇指出："当代小说的形式呈多元化格局，小说家面临着多种选择：现实主义小说仍富有活力；同时，随着神话、新写实主义小说、传记小说、问题小说和元小说的相继走红，小说越来越呈现出形式多样化的发展趋势。"③ 他进而提出："文本中各种文体与风格的这种混合。这种混合，在我看来似乎是今天小说创作的一个突出特征，人们可以把这种小说叫做'交叉小说'。这就是说，完全、纯粹致力于寓言编撰，或者纪实小说、元小说创作的小说家相对少见。与此相反，他们常常以令人惊讶的、蓄意断裂的方式，将上述一种或多种文类与现实主义混合在一起。"④ 洛奇一直致力于寻求传统写实与实验主义的对话，并在"校园三

---

① 瞿世镜：《当代英国小说》，外语教学与研究出版社1998年版，第626页。
② ［英］戴维·洛奇：《小世界》，王家湘译，上海译文出版社2007年版，第39页。
③ 殷企平：《英国小说批评史》，上海外语教育出版社2001年版，第321页。
④ Lodge, David, *The Practice of Writing*, London：Penguin Books, 1997, p. 9.

部曲"中成功地融合了这两方面，弥合了当代文学创作因写实与实验各执一端而带来的分崩离析。实际上，现实主义和实验主义这两方面特点交织在一起形成了"校园三部曲"别具一格的对话艺术。

现实主义历史悠久，其理论可追溯到赫拉克利特坚持的艺术摹仿现实的主张，接着亚里士多德提出了"摹仿说"，亚氏之后，该学说又由贺拉斯等人继承并发展。现实主义在英国文坛长期占据主导地位。无论是锡德尼关于诗是一种"摹仿的艺术"的论点，莎士比亚著名的"镜子说"，还是德莱顿在《悲剧批评的基础》中阐述的悲剧"永远有必要酷似真实"的观点，都表现出一种倾向，即以追求真实为最重要的艺术创作原则。现实主义传统深刻地影响了英国18世纪和19世纪的小说，即使到了20世纪，仍显示出了强大的生命力。从笛福、菲尔丁倡导的模仿自然论到狄更斯的真实观，从詹姆斯、史蒂文生和威尔斯等人有关艺术和生活之间关系的争论到布雷德伯里试图建立的虚构和现实之间的桥梁，我们始终可以看到现实主义元素。针对解构主义批评家保罗·德·曼（Paul de Man）提出的"文学与经验现实分离"的观点，洛奇明显表现出对传统现实主义创作的钟爱，认为他的小说"表现的就是现实世界"①。并且，洛奇在"钟摆"理论中强调现实主义是文学钟摆运动中不可或缺的一极。尽管有时现代主义、后现代主义可能压倒现实主义，但现实主义仍是文学广场平等对话的一方。

"校园三部曲"在背景、情节、人物及主题等方面都体现了现实主义特点。首先，三部曲有传统现实主义小说的时空观，有连贯的故事情节，历史和文化背景有据可寻。如《换位》以越战、性解放、妇女解放、张扬个性的20世纪60年代为背景，扎普和史沃娄两人的学术、家庭生活构成了小说的前景，充满了对英国教育固有弊端的犀利批判和对学术圈内各色人物的讽刺描述。《小世界》最重要的现实主义特征在于对现实世界的关切：对当代文化之"荒芜"的揭示，对追名逐利、勾心斗角的学者"小世界"的嘲讽，对传统道德与后工业社会文明冲突的表现，等等。洛

① Lodge, David, *After Bakhtin: Essays on Fiction and Criticism*, London: Routledge, 1990, p. 15.

奇继承了由斯威夫特、奥斯丁、狄更斯、萨克雷等作家铸就的伟大的讽刺传统，揭露了当代学者的虚伪腐败，更以学术的"小世界"指涉校园外的大千世界，生动地展现给读者一幅当代学者的百相图。《好工作》最具现实主义特色，书中对铸造车间地狱般的景象和工人艰苦的工作条件详细而真实的描写强烈地冲击着读者的感官，"地板上覆盖着一层看上去像煤灰似的黑色物质，在靴子底下发出吱吱的摩擦声。……黑色的粉尘像毛毛细雨似的落在他们的脑袋上。"[①] 洛奇通过"工业年"计划将罗宾与维克所代表的学院与工业巧妙地联系起来，真实地揭示了英国高校和工业界所面临的严峻形势，实现了"向维多利亚时代现实主义传统的回归"。[②] 恩格斯认为，现实主义意味着，除了细节的真实性外，是对典型环境中典型人物的真实再现。洛奇在"校园三部曲"中便成功地塑造了一系列典型人物，如自视甚高、粗鲁尖刻的扎普；才智平庸、谨小慎微的斯沃洛；信奉工业文明、实用第一的维克；才华横溢、典型的学院派人物安吉丽卡和罗宾等。洛奇小说妙语连珠，他的幽默风格独树一帜，不是轻浮的调侃，不是滑稽的戏谑，而是闪动着精妙睿智和细腻敏锐的奚落，和早期的学院派小说家伊夫林·沃和奥尔德斯·赫胥黎相比，洛奇在"校园三部曲"中的社会讽刺则更显温和。在洛奇笔下，当代学者已不再清心寡欲，不求富贵，有的为了扩大知名度；有的为了结交圈内的朋友；有的想找出版商；有的想谋好职位；有的为享受公费旅游；还有的希望有一次短暂的风流韵事。这里的学术界与象牙塔的美誉背道而驰，因学者们的争名夺利而显得乌烟瘴气。

"校园三部曲"有机地融合了现实主义写实和后现代主义实验因素，采用了许多典型的后现代主义写作技巧，如互文、语言游戏、开放式结尾等。互文的运用是"校园三部曲"的一个突出特点。互文性这一概念最早是法国文学批评家朱莉亚·克丽斯蒂娃依据巴赫金的对话性理论和复调理论推演而来。互文的使用不仅突破了单一文体的封闭性和局限性，而且使不同文体间构成了各种对话关系，并产生更为深远的多元意蕴。

---

① ［英］戴维·洛奇：《美好的工作》，蒲隆译，上海译文出版社 2007 年版，第 129 页。
② Bernard Bergonzi, *David Lodge*, Plymouth: Northcote House, 1995.

互文的主要手段有引语、典故、戏仿、拼贴等。"校园三部曲"中应用了大量的直接引语和间接引语。《小世界》扉页上有一句话出自乔伊斯的《芬尼根的觉醒》："嘘！当心！回声之地！"[①] 书中充满了各种文本、话语和理论之间的"回声"。《小世界》充斥着暗引和典故，还出现了一大批知名作家和文学批评家，如叶芝、艾略特、爱伦·坡、罗兰·巴特、德里达、福柯、乔叟、莎士比亚、金斯利·艾米斯、特里·骚顿、伊瑟尔、杰茜·韦斯顿等。与此同时，"校园三部曲"之间还充满了大量的自我引用和自我指涉。其次，"校园三部曲"还应用了戏仿这一后现代主义技巧，如《小世界》中联合国教科文组织文评委员会主席亚瑟·金·费舍尔是对古代君王金·费舍尔的戏仿。金·费舍尔是渔王的化身，身居"国王"之位，却文思枯竭。语言游戏在《小世界》中也有充分的体现，柏斯对安吉丽卡的追寻象征着读者对文本意义的探求，读者发现文本意义的过程如同柏斯找寻情人的过程，一路查询着蛛丝马迹，跟踪着能指符号，最后满以为"把握"了终极意义，却发现原来只是虚幻的假象，就像柏斯找到的只是恋人的胞妹一般。对意义的追寻将往返循环，永无止境。读者没有必要在文字与符号中寻求什么终极意义，文本写作就像是作者与读者之间进行的一场文字游戏。开放式结尾是"校园三部曲"的另一个显著特色。在《换位》中，史沃娄和扎普在不知不觉中交换了职位、家庭、汽车和妻子。最后，这两对夫妇在曼哈顿一家宾馆中相遇。希拉里大声提出疑问："接下去我们四个人该怎么办？"[②] 正当斯沃洛在谈论"结尾问题"之际，文章结尾出现了一句电影剧本说明词："镜头骤停，他的动作做了一半僵在那里。"[③] 两对夫妇之间的换婚喜剧究竟如何结局，只得由读者自己去猜测。《小世界》同样采用了开放式结尾。小说结尾写道："他不知道在这个狭小的世界上，他该从什么地方开始寻找她。"[④] 开放式结尾的应用使读者积极参与故事的想象与构造，同时也暗示了寻觅的无止境和文学创作的永无完结性。

---

① ［英］戴维·洛奇：《小世界》，王家湘译，上海译文出版社 2007 年版，第 1 页。
② ［英］戴维·洛奇：《换位》，张楠译，上海译文出版社 2007 年版，第 288 页。
③ 同上书，第 289 页。
④ ［英］戴维·洛奇：《小世界》，王家湘译，上海译文出版社 2007 年版，第 485 页。

在文学枯竭，当代小说将何去何从的惊呼中，洛奇没有站在十字路口犹豫不决，而是在其著作《巴赫金之后》中指出："解构之后还有什么？……借助于米哈伊尔·巴赫金，活路还是有的。"①洛奇从巴赫金的对话理论中看到了当代小说摆脱困境的希望，在写实与实验这两条路之外走出了第三条路，一条对话之路。在"校园三部曲"中，现实主义写实和后现代主义的实验因素有机地融合在一起。正如美国批评家罗伯特·莫瑞斯所言，"洛奇的作品即使在形式和技巧上变得越来越具有创新性和后现代主义性质，它们仍然或多或少地、自觉地根植于现实主义传统。结果证明，他创作的学院小说更有可读性"②。

三　多元文化的对话

巴赫金指出，"文学作品是由多种声音或话语模式交互对话的场所，其中每个声部不仅仅是种语言现象，也是一种社会现象"③，并且"文学是文化整体不可分割的一部分，不能脱离文化的完整语境去研究文学"④。"在巴赫金的理论中，一方面是散文小说语言的多样性，即他所称的杂语性，一方面是小说的文化功能，即作为一种对所有压制性、权威性、片面性意识形态持续不断的批评的文化功能，这两者之间有着密不可分的联系。一旦你允许话语的多样性进入一个文本空间——既有粗俗话语也有高雅话语，既有方言土语也有文人语言，既有口语也有书面语言——你就可以抵御任何单一话语的专制统治"⑤。巴赫金的对话理论颠覆了雄踞西方数千年的思维结构，瓦解了逻各斯中心主义和形而上学的一元独尊，倡导和而不同、多元共存、平等对话。深受巴赫金对话理论影响的洛奇主张不同文化在平等对话的基础上相互促进、共同发展，并赋予了

---

① 夏忠宪：《巴赫金狂欢化诗学研究》，北京师范大学出版社 2000 年版，第 3 页。

② Robert Morace, *The Dialogic Novel of Malcolm Bradbury and David Lodge*, Southern Illinois University Press, 1989, p. 196.

③ Abrams, Meyer Howard, *A Glossary of Literary Terms*, Cengage Learning, 7ᵗʰ edition. 1999, p. 125.

④ 钱中文主编：《巴赫金全集》（第四卷），白春仁等译，河北教育出版社 1998 年版，第 403 页。

⑤ Lodge, David, *After Bakhtin：Essays on Fiction and Criticism*, London：Routledge, 1990, p. 22.

"校园三部曲"多元文化对话的主题。如果说金斯利·艾米斯等英国第一代学院派小说家将矛头直指学术界的知识分子和大学教授，嘲讽和抨击了学院派高雅文化；那么，作为英国第二代学院派小说家代表人物的洛奇则在"校园三部曲"中以对话精神致力于在更广阔、更深刻的文化语境下寻求不同文化价值观念之间的相互理解与沟通：《换位》表现了英美文化的差异与融合；《小世界》融合了高雅文化与通俗文化；《好工作》集中表现了学院与工厂的冲突与交流。

　　《换位》是互换英美大学访问学者的一场闹剧。洛奇用了一个与狄更斯《双城记》相仿的副标题——《双校记》。美国的尤福利亚州州立大学和英国的鲁米治大学在每一学年的下半年都会交换访问教师，这一计划由来已久。根据校际交流计划，美国的扎普教授和英国的史沃娄讲师将互换职位半年，双方都卷入了一场文化冲突之中。扎普教授是学术界一位响当当的人物。作品中，洛奇对扎普教授进行了戏弄和嘲讽，并使其急功近利、贪得无厌的本性暴露无遗。数年前，扎普曾野心勃勃地开始一项文评项目：一系列关于简·奥斯丁的评注。他试图"从每一个可以想象到的角度审视：历史的、传记的、修辞的、神话的、弗洛伊德的、荣格的、存在主义的、马克思主义的、结构主义的、基督教寓言的、伦理的、阐释学的、语言学的、现象学的、人物原型论的，等等，应有尽有"①。他的目标是，每写出一篇评论，关于那部被讨论的小说就再没什么更多可说的了。这些系统性评注不是为普通大众，而是专为行家设计而成，这些行家查一查扎普的著作就会发现，他们一直在谋划的专著或论文早在他意料之中，而且更为可能的是，早就没有什么必要。扎普还幻想着攻下简·奥斯丁之后，再就其他主要英国小说家做同样的工作，接下来再做诗人和剧作家，也许会用上计算机和经过培训的研究生团队，毫不留情地缩小英国文学领域里可供自由驰骋的空间。与扎普相反，史沃娄是个拘谨呆板、学术平庸、恪守常规的讲师，婚姻很不美满，事业也处于停滞状态。史沃娄关注的课题包罗万象，诸如中世纪的布道文、伊丽莎白时期的十四行组诗、王政复辟时期的英雄悲剧、18世纪的民谣、

　　① ［英］戴维·洛奇：《换位》，张楠译，上海译文出版社 2007 年版，第 42 页。

象牙塔内的喧哗与骚动

威廉·戈德温的小说、伊丽莎白·巴雷特·勃朗宁的诗歌以及萧伯纳剧本中蕴含的荒诞派戏剧的前奏等。这些研究项目没有一个得以完成，事实上，没等到草拟出一份初步的参考书目之前他常常就分身了，转而对某个截然不同的题目产生了兴趣。他在英国文学的书架之间来回奔跑，就像一个孩子进了玩具店——不愿选中一件而放弃其他，到头来只落得两手空空。他发表的学术论文少得可怜，在鲁米治大学几乎没有晋升职称的希望。洛奇以几乎相当的笔墨分别叙述这两个主人公"换位"的奇遇。就这样，性格迥异的两人开始了与新文化环境的磨合过程，最终与新环境融合并发现了新的自我。斯沃洛和扎普甚至在不知不觉中交换了职位、家庭、汽车和妻子。《换位》通过对扎普和史沃娄经历的对称叙述，多角度多层次地探讨了英美文化的冲突与融合。

此外，洛奇还对学者文人的明争暗斗、钩心斗角等现象进行了犀利的批判。作品中，鲁米治的校长斯特劳德决定晋升每个院系的高级讲师候选人时，找到了在此访学的扎普教授争取意见。因为英语系有两位候选人，一个是丹普西；另一个是正在美国尤福利亚交流的史沃娄。拿到候选人的卷宗，扎普开始了他的算计：丹普西在学术研究和著作方面有绝对优势，而史沃娄的长项在于资历以及为学校效力多年。正常情况下，扎普会毫不犹豫地支持头脑聪明一方，即丹普西。毕竟，出力服务不值几个钱。学术界的潜规则表明，如果丹普西不能很快晋升，他可能会另谋高就，而史沃娄无论是否得到提升，都会留下来，一如既往地尽忠职守。当史沃娄的命运掌握在自己手中时，当扎普掂量着刽子手的利斧，打量着史沃娄伸长的脖子时，他却迟疑了。毕竟，不只是史沃娄的幸福和好光景面临被断送的危险，还关乎希拉里和孩子们，而对他们的福祉，扎普感到由衷的关切，史沃娄的提升意味着全家生计的改善。因此，扎普，这个学术界的权威，一个校长期望能作出公正、公平裁断的学者，违心地推荐了史沃娄，并列举了几个不是十分充分的理由：丹普西的著作中浮夸的东西比实质内容多，在语言学界成不了气候，如果提拔他的话，会使那些年长于他的人不满，弄得系里人心惶惶等。于是，智慧聪颖，前途光明的年轻学者丹普西因为扎普教授的意见而名落孙山。学术界的不公和虚伪在洛奇的笔下一览无遗。

《小世界》主要是由学者们的追名逐利以及柏斯对爱情的追寻两条情节线索组成。小说的场景在世界各地不断地转换，但万变不离其宗，始终离不开学术的"小世界"。名利场上的追寻者以莫里斯·扎普教授为代表，在这个世界中，扎普、史沃娄等学者文人们或追逐功名利禄，或追逐性爱欢娱，构成了一幅欧美学术界的众生相和百态图。另一条线索是柏斯对安吉丽卡徒劳的追求。《小世界》打破了高雅文化和通俗文化的界限，"对当代学术界腐败、堕落的揭露可谓入木三分"[①]。这个学术的小世界不像人们所想象的那样高雅，而是充满了计谋与腐败。当代学者们各自带有强烈的功利性，为谋取私利不断地玩弄手腕，表现出与他们温文尔雅、清心寡欲的表面相悖的一面。这批活跃于高校和批评界的学者、教授们参加各种学术会议，名义上是为了学术交流，实际上却是为了观光旅游、追名逐利，寻欢作乐。这个学术的小世界折射出了整个外部世界的喧嚣与骚动。

如果洛奇在《换位》和《小世界》中主要着眼于揭露学术界的真面目，那么《好工作》则集中表现了学院与工厂的冲突与交流。关于校园文化与工业文化的"连接"这一主题在福斯特的《霍华德庄园》（1910）中也有过详细的论述。为了执行一项所谓的"工业年计划"，鲁米治大学年轻的女博士罗宾·彭罗斯小姐每周一天来到一家机械厂给厂长维克·威尔科克斯当"影子"，叙事就在校园和工厂之间交叉展开。女博士罗宾在工厂经历了一系列尴尬、文化冲突、意识上的变化回到学校之后，厂长维克又反过来主动当她的"影子"。洛奇对当代知识分子的分析与批判是客观、全面的。在《好工作》中，罗宾是一个富有激情，具有崇高道德风尚的当代知识青年，她信奉解构主义、马克思主义和女性主义；同时，她身上也体现出了当代知识分子的不足和缺点：理论有余而经验不足。罗宾对工业社会的认识也仅仅限于书本的理论层面；作为一名研究19世纪英国工业小说和女性主义批评的专家，罗宾对校园外的世界毫不了解，在没有进入厂房前，完全是一个研究工业小说的"理论派"。她认为工厂应是五彩缤纷、亮光闪闪的机器，操作人员动作灵活，工装整洁，

---

① 张荣升：《小说家的批评 批评家的小说》，黑龙江大学出版社 2013 年版，第 160 页。

而当她走进工厂时，现实和想象却差距甚大。在工厂里，几乎看不见任何色彩，更没有一件干净的工装，听见的不是莫扎特，而是一种永不收敛、震耳欲聋的魔鬼般的吵闹声，整个车间活像一座监狱，铸造厂更像是地狱。相比之下，和她搭档的维克是一名中年工程师，信奉实用主义，对学术界毫不了解。性格、教育背景、价值观念如此迥异的两个人碰撞在一起，冲突可想而知。维克以为会派一个男性罗宾来与他搭档，当得知来的是个女的时，表露出一个实用主义者对学院文化根深蒂固的偏见，"一个英国文学讲师就够受的了，竟然还是一个英国文学女讲师。选派这样一个人真是荒谬绝伦的错误，要么就是精心算计好的侮辱，他吃不准是哪一种"①。然而，随着两人交往的加深，罗宾受到了维克的影响，思想和态度变得更加成熟，对社会的认识更为深入、全面。二人的关系也由最初的隔膜、对峙发展到相互吸引和爱慕。在《好工作》中，洛奇继承了斯威夫特和斯诺等人对学院文化与工业文化的思考，通过对罗宾和维克从冲突到相互理解的描写，探讨了校园文明与工业文明的沟通与对话。随着全球化时代的来临，对话，将是人类实现多极与多元，避免文化冲突的必然选择。"校园三部曲"中多元文化间的平等对话，共存共荣的成功实践向人们宣布，多元文化对话时代的到来。

洛奇在当代英国文坛具有独特地位和重要影响力的重要原因在于其小说创作和文学批评中的对话性，洛奇的对话精神赋予了三部曲丰富而深厚的意蕴。洛奇在"校园三部曲"创作中深受巴赫金对话理论的影响，集中体现了理论与实践、写实与实验、多元文化的对话。更为重要的是，在全球化时代到来的今天，洛奇为实现多元文化和谐共存，为建构全球化时代国际文化新秩序指出了一条和而不同、共存共荣的对话之路。

第三节　《小世界》:学院生活的万花筒

作为一位有着国际影响的英国当代著名学者，戴维·洛奇融多重身份于一身。他既是著名的文学批评家，又是自觉意识很强的学者型小说

---

① ［英］戴维·洛奇:《好工作》，蒲隆译，上海译文出版社 2007 年版，第 7—8 页。

家。《小世界》是洛奇"校园三部曲"中最为成功的一部，被喻为西方的《围城》。洛奇的融合思想赋予了《小世界》这部作品丰富而深厚的意蕴：它既是一部理论研究与创作实践相融合的理论化小说；又是一部集现实主义、现代主义和后现代主义特点于一体的新现实主义小说；同时，《小世界》还体现了高雅文化与通俗文化的融合，打破了严肃作家曲高和寡的尴尬局面，不仅在文学界问鼎各项大奖，更在广大读者中引起强烈反响。《小世界》就像一个文本的万花筒，融合了各种斑斓的色彩，给人以迥然不同的全新感受，使人流连忘返，心驰神往。更重要的是，洛奇的创作实践为深处小说创作尴尬境地，在十字路口徘徊的当代小说家指出了一条继承、融合、超越之路。

一　理论研究与创作实践的融合——理论化小说

在英国文学史上，诗人和批评家兼于一身者很多，小说家与批评家二者兼于一身者却寥寥无几，除了亨利·詹姆斯、弗吉尼亚·伍尔夫、E.M.福斯特之外，就是洛奇了。[①] 洛奇在文学批评和小说创作两方面都颇有建树，更为重要的是，他将理论研究与创作实践结合起来，理论著作是对小说创作的反思与总结，小说创作是其理论的实践和应用。正基于此，麦克·卡里将洛奇的小说称之为"理论化小说"[②]，《小世界》便是这样一部将对话理论与创作实践完美融合的作品。洛奇对巴赫金的复调理论和狂欢化理论做过深入的研究，在继承巴赫金理论的基础上，创造性地发展了对话理论。如果说巴赫金是构建对话理论的大家，那么洛奇则是将对话理论应用到具体文学批评的批评家和在创作中有意识的运用这一理论的小说家。《小世界》所呈现的独特的对话艺术尤其值得我们关注和研究。

《小世界》的对话艺术首先表现在其独特的复合式文体上。洛奇认为小说的对话性使小说的文体变得复杂多样，这种多元化的声音形成了小说独特的复合式文体的特征，即小说是多种文体混合存在的文学样式。

---

① Bernard Bergonzi, *David Lodge*, Plymouth: Nothcote House, 1955, p. 48.

② Mark Currie, *Postmodern Narrative Theory*, New York: St. Martin's Press, 1998, p. 51.

在洛奇的艺术创作中，他把传奇故事、神秘悬念、文学典故、幽默讽刺、滑稽闹剧、哲理主题等各种因素混杂在一起，形成现代派拼贴画一般的艺术对比效果。①《小世界》就是这样一部由大量不同文体拼贴而成的复合性文体小说，包括学者的演讲、论文、言论、传单、广播、诗歌等等。这种复合性文体跨越了单一文体的局限，从内容上看，各种文体之间相互补充，使文本具有新鲜感；从形式上说，它契合了现代小说、后现代小说杂糅、拼贴的特征，而且使不同文体之间构成了各种对话关系。

　　《小世界》的对话艺术还体现在互文的应用上。实际上，互文性理论是对话理论的延伸与发展，是把握洛奇小说对话艺术的一把钥匙。正如洛奇所说的"互文性是文学的根本条件，所有的文本都是用其他文本的素材编织而成的，不管作者是否意识到这一点"②。文学艺术是一个杂语的世界，对话的世界，任何文本都是对先前文本的应答，并且天然地要求后继文本对它作出应答。文学艺术这一特点决定了互文的对话性。新旧文本之间的互文并非是消极无意义的，而是通过互文解构权威及霸权，使得各种文体、话语在平等的状态下形成了一种积极的多元对话关系并催生出新的文本与意义。因此，互文不仅仅是达到对话的手段，更体现了解构一切的对话精神。《小世界》中互文的主要手段有引语、典故、戏仿，通过这些手段洛奇有意识的构筑了互文性的小世界。引语在洛奇的作品中可谓屡见不鲜，书名"小世界"就引用了歌德的《浮士德》中魔鬼靡非斯托与浮士德的对话；洛奇在导言中还引用了乔叟的长诗《特洛伊罗斯和克瑞西达》结尾处的一句话，"这小小环球，被大海环抱"。也就是说，如果跳出这个小小环球，就会感到地球上人们追逐及其不可得的可悲与可笑，会"纵声大笑，庆幸这一切跟自己无关"③。《小世界》中还充满了大量的自我引用和自我指涉，事实上，校园三部曲《换位》《小世界》《好工作》之间都是相互指涉的。此外，《小世界》还是使用典故的集大成者。这部作品从构思到内容都使用了大量的典故。洛奇在构思《小世界》时受圣杯传奇的启发，他把现代学者的会议与古代基督徒朝圣

---

① 瞿世镜：《当代英国小说》，外语教学与研究出版社1998年版，第412页。

② ［英］戴雄·洛奇：《小说的艺术》，王峻岩译，作家出版社1998年版，第110页。

③ ［英］戴维·洛奇：《小世界》，王家湘译，上海译文出版社2007年版，第1页。

相对照;并且,文中的主要人物都可在圣杯传奇中找到原型,这些典故使文本之间形成互文效果。戏仿也是洛奇常用的互文手法。《小世界》在结构、主题、人物甚至语言等方面都存在戏仿的痕迹。作品中戏仿手法的使用并不是单纯为了达到戏谑、嘲讽的效果,而是解构权威理论和话语的一种途径,是对话精神的体现。

洛奇是一位具有对话精神的小说家,他有意识地构建了对话的《小世界》。复合式文体及互文的运用使阅读突破了单一文体和文本的封闭性和局限性,使读者在阅读中展开思维对话,引导读者比较、对照这些相关的文体及文本,在对话中产生更深远的多元意蕴。

二 写实与实验的融合——新现实主义

在《十字路口的小说家》一文中,洛奇将当代小说家比作是"一个站在十字路口的人"。① "二战"之后,后现代光怪陆离、眼花缭乱的文学实验已呈没落之势,而传统的现实主义又因其不可避免的局限性使其回归又难乎为继。在文学枯竭声中,洛奇提出了著名的"新现实主义理论",即小说创作应该在写实与实验之间寻求妥协和融合。在"钟摆"理论中,洛奇指出现当代英国小说的发展走向呈"钟摆"状,即在现实主义和反现实主义两极之间不同程度的来回摆动。② 洛奇以其融合思想调合了"钟摆"的两端,形成了独具特色的新现实主义理论,既融合了现实主义与实验主义的因素,又弥合了当代文学创作中因写实与实验各执一端而带来的分崩离析;更为重要的是,它为徘徊于十字路口的当代小说家指明了一条继承、融合、超越之路。实际上,《小世界》就是这样一部集现实主义、现代主义和后现代主义特点于一体的新现实主义小说,这三方面特点交织在一起形成了小说别具一格的特色。

首先,在叙述技巧上,《小世界》最明显的现实主义特征在于将全知视角与时间顺序相结合批判了当代知识界及整个社会的腐败和荒芜。其次,在人物刻画中,洛奇也遵循了传统的现实主义手法,即从人物的外

① 张和龙:《战后英国小说》,上海外语教育出版社 2004 年版,第 110 页。
② 殷企平:《英国小说批评史》,上海外语教育出版社 2001 年版,第 321 页。

象牙塔内的喧哗与骚动

貌、言语方式和外部行为等方面塑造人物，而不是依据人物的感觉和心理活动。最后，《小世界》这部作品对现实的关注也是现实主义的。洛奇虽然赋予《小世界》复调的主题、拼贴的形式、冲突的话语、开放式的结尾和意义的隐退等现代创作特点，但是他自始至终强调的却是一个严肃的思想。[①] 洛奇以现实主义的讽刺手法对学术圈里的各种腐败现象进行了入木三分的无情揭露。在洛奇的笔下，小世界中的学者、教授们的虚伪和勾心斗角，出版商、作家与评论家相互巴结和相互诋毁，学术界弄虚作假，剽窃抄袭之风盛行等丑恶现象都受到了犀利的讽刺。

《小世界》的现代性主要体现在结构布局上。以隐喻的方式使用神话是20世纪西方现代文学的一个重要特征，洛奇沿用了现代派经典作家经常使用的创作手法，借用了圣杯传奇的典故来谋篇布局。《小世界》中的主要人物在圣杯传奇中都可以找到原型。柏斯是追寻圣杯的骑士柏西华尔的化身，阳痿而创作枯竭的文论权威金费舍尔的原型是渔王费舍尔·金。然而，书中虽套用圣杯结构，但已消解了圣杯传奇的崇高意义。小说开篇引用了艾略特的《荒原》中的："四月是最残忍的月份。"渲染出荒芜的氛围。现代骑士——文学研究领域的专家、学者到各地参加研讨会，开始了"朝圣之旅"，但他们所追逐的确是名利和寻欢作乐；只有纯洁的柏斯有所追求，他提出的问题不仅拯救了渔王，也拯救了荒芜的文艺界，但他自己并没有得到他的"圣杯"。他苦苦地寻找安吉丽卡，就像《尤利西斯》中的斯梯芬寻找"父亲"一样执着；然而，安吉丽卡另有所爱。在文中不论是柏斯对爱情锲而不舍的追求，还是扎普对文评主席职务不惜一切代价的追逐，都最终竹篮打水一场空，在此，洛奇揭示了人类欲望无限而生命有限的人生悖论。

20世纪80年代，后现代主义思潮以排山倒海之势影响了整个西方学术界，洛奇的创作无疑也受到了德里达、福柯、拉康等后现代学者的影响。在《小世界》中，洛奇在继承了现实主义的写实传统的同时，也运用了戏仿，"去中心"化、开放式结尾、语言游戏性等典型的后现代创作

---

① 申慧辉：《曲高未必和寡——谈戴·洛奇和他的〈小世界〉》，《现代主义之后：写实与实验》，中国社会科学出版社1997年版，第258页。

特点。作品中既包括对具体作家作品的戏仿，也包含对批评理论的戏仿，比如说金费舍尔是对"渔王"的戏仿，整个故事是对圣杯传奇的戏仿，学术会议是对狂欢节仪式的戏仿，书中还充满对结构主义、解构主义等后现代理论的戏仿。《小世界》还体现了"去中心"化的特点。这部作品具有后现代典型特征的"小叙事"形式，书中以柏斯、扎普、史沃娄等各色人物构成不同的故事情节，纵横交错拼凑在一起。另外，《小世界》的开放式结尾也给读者留下了充分的创造空间。《法国中尉的女人》以多个结局收场，带来了小说创作观念的重要变革。《小世界》再次启用这种开放式结尾，暗示了寻觅的无止境和文学创作的永无完结性。后现代文学的语言游戏性在《小世界》中也有充分的体现。文本意义的确定性在书中彻底消失了。柏斯追求安吉丽卡的过程本身便暗含着语言的"能指"与"所指"。一切词语即是"能指"又是"所指"，往返循环，永无止境。不同的读者可以赋予文本以任何不同的意义，而这些意义也永远处于不断的解构之中。

三　高雅文化与通俗文化的融合——雅俗共赏

　　文学批评传统上把通俗文化看作是对现代文明中的道德文化标准的一种威胁，与这种传统相背离而兴起的文化研究先锋派的作品打破了对文学传统精英主义的设定，从而使我们得以审视日常生活中司空见惯的事物……尤其是伯明翰当代文化研究中心（BCCC）已将排除在外的通俗文化……提到知识分子的学术议事日程上。① 洛奇充分认识到了这一点并将这些被认为是边缘的、俗气的文化融入了他学术性的文本。这表明洛奇是一个勇于超越，勇于站在巨人肩膀上远眺并进一步攀登的小说家。洛奇一方面主张继承优秀的文化传统，另一方面又使之通俗化、大众化并最终融合了高雅文化和通俗文化。如果说《换位》体现了英美两国文化的冲突与融合，那么，《小世界》则消除了高雅文化与通俗文化的界限，使得"高山流水"与"下里巴人"并存于书中，做到了雅俗共赏，

---

　　① 宋艳芳：《文学实验、文化研究及限度—洛奇〈三部曲〉对文化研究的回响及其引起的反思》，《四川外语学院学报》2003年第5期。

兼容并蓄。

在《小世界》中，洛奇揭露了学术界的真面目，从而将学术界与平民世界放在了同一个水平线上，打破了高层社会与低层社会的界限，向文化的高低之分提出了挑战。洛奇揭示了欧美学术界的众生相，既使普通读者感到愉悦，又令学者文人掩卷深思。① 传统意义上，大学校园应该是社会精英的汇集地，大学里的教授们大都清心寡欲，属于精英派。而洛奇在《小世界》中打破了这一传统观念，对当今西方学术界的不良风气进行了辛辣的讽刺。小说的开篇将参加研讨会的现代学者与中世纪朝圣的基督徒相比较，然而，当今的学者和教授已然没有了朝圣者们那份虔诚和圣洁，他们参加研讨会主要是为了会后丰富多彩的娱乐消遣，旅行、聊天、吃饭、饮酒，寻欢作乐，而且所有的花费又能报销。《小世界》还大量穿插了浪漫爱情、性生活、夜总会表演乃至脱衣舞等情节。洛奇撕下了学术界的虚伪面纱，并以调侃的口吻讽刺了这个小世界中各种令人难以相信的奇闻怪事。不仅如此，在作品中，各种深奥的批评理论已经悄悄地、戏剧化地融入世俗，与民间最卑微、最低下的事物结合在了一起。比如在讨论文本性时，莫里斯做了一个形象的比喻，"正如一个脱衣舞女利用观众的好奇与欲望一样，……舞女挑逗着观众，正如文本挑逗着读者，她们给观众以最终完全暴露的期待，但又加以无限的拖延"。② 洛奇在作品中融合了传统上高雅文化和通俗文化的成分，指出经典文学与通俗文学之间，高雅文化与通俗文化之间的鸿沟是人为的、虚拟的，是应该废除的。洛奇的这种观点实际上反映了同时代作家，尤其是后现代主义作家及文化研究者对阶级、社会和文化的反思。

《小世界》"通过对罗曼司的戏仿融合了严肃文化和大众文化两种对立的文化"③。洛奇把《小世界》置于罗曼司的大框架中，从《亚瑟王传奇》到艾略特的《荒原》，从韦斯顿的《从仪式到罗曼司》到斯宾塞的《仙后》，从济慈的《希腊古瓮颂》到《疯狂的奥兰多》等，与多种文本形式互文，把传统认为主流的和非主流的文本交错铺陈，形成他自己错

① 瞿世镜：《当代英国小说》，外语教学与研究出版社1998年版，第412页。
② ［英］戴维·洛奇：《小世界》，王家湘译，上海译文出版社2007年版，第38页。
③ 侯维瑞、李维屏：《英国小说史》，译林出版社2005年版，第767页。

上篇　英国学院派小说研究

综复杂的文本。然而这些文学典故并未阻碍普通读者对《小世界》的欣赏和喜爱。因为洛奇的写作考虑到了普通读者的审美需求。这一方面体现了洛奇对传统的继承；另一方面又表现出他打破了高雅文化与通俗文化的界限，真正做到了雅俗共赏，兼容并蓄。在《小世界》中，对弗洛伊德精神分析法、弗莱的原型批评等理论的戏仿也随处可见。洛奇通过对文学理论的戏仿，对经典术语进行了大胆的通俗化改写，将通俗文化与高雅文化融入了同一个文本，响应了文化研究打破阶级层次、高低贵贱之分的努力，实现了高雅文化和通俗文化的融合。

综上所述，《小世界》是一部体现洛奇融合思想的力作。它有着深刻而丰富的意蕴，呈现出了万花筒般的面貌。它既是一部杰出的校园小说，又涉及了五花八门的文学理论；既是传统小说，又是实验小说；既是典型的学者小说，又是一本通俗读物。洛奇的融合思想使他能够博采众长，汲取精华，形成了自己的独特风格。更重要的是，洛奇的创作实践为深处小说创作尴尬境地，徘徊于十字路口的当代小说家提供了有益的借鉴。

第四节 《想》：科学与人文的冲突与对话

学界对洛奇的"校园三部曲"给予了较多的关注，却对《想》(*Thinks*, 2001) 这部作品鲜有评论。人文与科学的关系历来在学术界颇有争议。人文与科学，谁是把握世界的更有效方式？世界应该依靠人文还是依靠科学发展？如果忽略人文价值，科学是否可以解决人类的一切问题？《想》让一位作家与一位认知科学家在意识问题上展开了一场深入的对话。

《想》以虚构的英国大学校园为背景。校园中的人文大楼与自然科学馆遥遥相对，象征着人文和科学两种文化的对立。男主人公拉尔夫·麦信哲教授是该校认知科学研究中心主任，女主人公是新来的文学写作课的教师海伦·里德，前者善于行动，后者则能言善辩。麦信哲身强力壮，精明强悍，是人工智能专家，他梦想着用人工智能技术复制人的思想意识而获得诺贝尔奖。里德是个小有名气的作家，因丈夫突然去世而忧郁伤心。然而，她柔美的外表下却隐藏着对生活敏锐的观察和深刻的思考。

像《好工作》中的维克和罗宾一样，麦信哲和里德一开始也存在着很大的分歧。然而，随着故事的发展，里德和麦信哲从相互争辩中获得了对意识的新认识，从科学与人文两种不同文化思想的对话，逐渐发展到两种不同性格的相互吸引，并渐渐碰撞出了爱情的火花。洛奇熟悉学术界的各种具体情况，又是构思布局的能手，安排这样两位代表着现代科学和文学传统的知识分子在校园的背景下相识和交往，使得这部小说和他的早期学院派小说相比，在趣味性、可读性方面毫不逊色。

第九章　安·苏·拜厄特

安·苏·拜厄特（Antonia Susan Byatt，1936—）是活跃在当代英国文坛的著名学院派小说家和文学评论家。1936年8月24日，拜厄特出生于约克郡的一个书香世家，父母均就读于大名鼎鼎的剑桥大学。父亲是一位颇有声望的作家，母亲是位中学教师。在这种充满文化气息的氛围里，拜厄特姐弟四人在学术上都颇有建树，著名小说家玛格丽特·德拉布尔便是她的妹妹。拜厄特姐妹被评论界津津乐道，常常与19世纪的勃朗特姐妹相提并论。1957年，聪慧的拜厄特以优异的成绩取得剑桥大学文学学士学位，并师从牛津大学的海伦·加登娜（Helen Gardner）研究17世纪文学。1959年，拜厄特与经济学家伊恩·查尔斯·瑞纳·拜厄特（Ian Charles Rayner Byatt）结婚，婚后搬至达勒姆定居，并生育了一对儿女。拜厄特在照料孩子的同时，不仅兼职教书，而且着手为她的第一部作品准备素材。1987年，拜厄特在布雷德福大学获得文学博士学位。布雷德伯里、洛奇、拜厄特和罗斯自己的批评活动以及他们对批评界各种声音的认识和抵制形成了他们创作的一个背景。作为学院派作家，置身于批评的海洋中，批评的声音虽然并不总是悦耳，他们却难以抵制其诱惑。另外，由于他们了解批评理论发展中的误区并为其担忧，因此希望通过在小说中融合批评对这些批评话语进行戏仿和传播，将一些晦涩的理论通俗化。拜厄特本人身兼教授、作家和批评家三重身份，所以作品几乎成了她文学观念或文学理论的试验田，她用作品来支撑或证明她的理论，反过来又用理论去指导作品创作。拜厄特的小说以其博学、厚重、内省而自成一格。对拜厄特而言，阅读和写作是她的生命，她的作品是用"心灵的激情"写成的。拜厄特和布雷德伯里、洛奇、布鲁克一

罗斯一起被誉为英国第二代学院派小说家的杰出代表。《太阳的阴影》
(*The Shadow of the Sun*，1964)、《占有：一段罗曼史》(*Possession：A Romance*，1990) 和《传记家的故事》(*The Biographer's Tale*，2000)
是拜厄特学院派小说的典范。

第一节　拜厄特的创作理论

　　拜厄特在文学理论上成果丰硕。她曾是《时代》周刊撰稿人和 BBC
电台文学评论主持人，发表和出版过多篇理论文章和文学评论。1965 年，
拜厄特出版了《自由的程度》(*Degree of Freedom*)，这是一本关于英国
现代杰出女作家艾丽斯·默多克的文学评论，拜厄特潜心研究这位自己
十分喜爱的作家，写作风格也受其影响。1976 年，拜厄特还写过另一本
评论作品《艾丽斯·默多克》(*Irish Murdoch*)，她也因对默多克的研究
而闻名于文学评论界。1970 年，拜厄特的另一部文学评论《年轻时的华
兹华斯与柯尔律治》(*Wordsworth and Coleridge in Their Time*) 出版，
拜厄特在书中对早期的浪漫主义诗人进行了深入的研究，并将诗歌和诗
人置于其文化和历史的背景下进行探讨。此外，她还是英国皇家文学协
会成员、多项文学大奖的获得者，在社会文化生活中享有很高的知名度。
拜厄特经常出国讲学，足迹遍布世界各地。

　　拜厄特的文学创作与文学评论可谓平分秋色。对于一个关注时代变
迁，思想活跃，又以书写学院学术生活著称的作家，理论似乎是一个绕
不开的话题。实际上，拜厄特以作家独特的敏感性积极思考、审视和回
应理论问题，表达自己的文学观。《思想的激情》(*Passion of the Mind*)
和《论历史和故事》(*On Histories and Stories*) 等是她兼具诗性和理性
思辨光芒的学术论著，其中包含不少对当代理论思潮的独特见解。有些
理论话语甚至还激发了她的创作灵感和想象力，成为不少小说的题材。
审视和批判理论与现实的矛盾、反思当时学术生活的状态成为拜厄特理
论思想的一大特色。

一 理论与创作的互动与交融

拜厄特不主张把小说作为纯粹讨论哲理问题的阵地，也不主张小说只表现某种狭隘、单纯的观点。她认为，思想仅仅是小说所要表现的一个方面，小说应该像一个宽松的巨袋，可以容纳任何东西。拜厄特认为，当代文学批评和创作之间产生了更多的互动和交融："当小说家开始专注于真实性和精确性，文学史和文学批评方面的专家似乎摆出了本来配合艺术性的虚构特权所具有的修辞姿态和态度。"① 学者、评论家、作家的多重身份再加上她接受的系统的英语文学的训练，使拜厄特的作品散发着浓郁的学院化气息。她的小说几乎无一例外地取材于知识分子群体，且旁征博引，典故意象俯拾皆是。拜厄特以其高超的讲故事的技巧将深邃的思想、广博的理论知识、复杂的人物、多样的文体融合起来，编织成引人入胜的故事，描绘出一幅幅学院风情图。

拜厄特常常在批评中融入小说的因素，同时在一些小说中大量地融入批评。在《当今小说》中，布雷德伯里对批评家和作家的职能和义务作了这样的区分："批评家的任务是探究一种形式的历史、文化生命上的特点以及创作的类型；小说家的义务是使自己成为某一领地上一个有风格有经验的公民。"② 他认为，直到小说家具有了自己的风格和经验，那个领地才完全为他而存在。小说家必须在一个在他看来没有完全命名的领地创造写一部书的可能性。因此，批评家和作家的职责范围应该是不同的，批评家研究的是已经存在的东西，小说家需要创造或定型新的内容，但对于拜厄特来说，在批评和创作之间划分清晰的界限似乎并不那么容易。

此外，拜厄特在书中还不断提到一些著名理论家的名字：如德里达、福柯和巴特等，体现了她对现当代批评理论的关注。她指出："有人指出批评家是作家——他们当然是，而且一直是——但对这一事实的强调引发了疑问：文学研究的学术圈在某种意义上仍然存在作为批评研究之客

---

① A. S. Byatt, *On Histories and Stories*, London: Chatto & Windus, 2000, p. 99.

② Malcolm Bradbury, *The Novel Today*, Manchester: Manchester UP, 1977, p. 12.

体的大量原始文本。……写一个文本确实与读一个文本既有相似之处又有不同，反之亦然。但巴特和其他人把这作为否认作家的作者身份和权威的方式。"① 拜厄特在自己的批评和创作实践中采取了类似的做法，在批评和创作之间穿梭。然而，像布雷德伯里和洛奇一样，拜厄特对当代文学研究不正常的发展也表示担忧。她发现在整个批评理论盛行的年代，研究者对理论的热衷似乎远远超过对文学本身的关注。在《论历史和小说》中，拜厄特进一步阐明了这种现象："现在大多数的批评文本都满是引文，但不是从诗歌或小说中引用的段落，而是引自批评领域的权威和理论家，如弗洛伊德、马克思、德里达、福柯。"② 拜厄特表示这种做法容易引导批评家和理论家把作家套进各种理论的框框而忽视了文学本身。拜厄特相信事实和未知的边界线上存在着新的美学源泉。她把自己的生活看作一个长篇故事里的短章节。拜厄特不屑于学院派以政治化的热忱对待的理论分析；她喜欢开放从容宽泛的文学讨论，而不喜欢以文本为代价玩弄评论家的技巧。

拜厄特孜孜不倦地在作品中探索爱情、两性关系，尤其关注知识女性的处境和命运。她的作品流露出强烈的女性意识，拜厄特的小说紧紧地围绕着女性的爱情与婚姻生活展开多方位的描述，真实地揭示了她们所处的生存状况，凸显了作家对女性主义运动所做的积极思索。在努力探索女性主义问题的同时，拜厄特把艺术与现实、历史与今天、理性与感性巧妙地编织在一起，形成了娴熟又独特的小说艺术风格。

二　创作主题和语言艺术的辩证统一

拜厄特的小说以睿智、思辨等特点与艾丽斯·默多克和多丽丝·莱辛一起被称为当代英国文坛上善于写观念小说的女作家，这不仅与拜厄特本人在社会科学和自然科学等方面的修养有关，也与她在这方面的文学兴趣有关。她笔下的人物睿智、诙谐并善于思辨。《太阳的阴影》中的安娜是苦苦求索的青年知识分子的典型代表。她是一个很有天赋的青年

---

① A. S. Byatt, *On Histories and Stories*, London: Chatto & Windus, 2000, p. 98.
② Ibid., p. 6.

女作家，渴望独立自主，展露才华，按照自己的意愿发展自己。然而，现实生活中的安娜不得不面对来自生活、学术上的重重压力。"弗雷德里卡四部曲"贯穿其中的是聪明过人、热情大胆的知识女性弗雷德里卡·波特。"四部曲"着重描述了弗雷德里卡的青春时期、剑桥求学时期、伦敦教书时期和电视台工作时期几个阶段。拜厄特的"四部曲"横跨英国学术界和社会生活的各个方面，纵贯英国跌宕起伏的五六十年代，且写作手法各异，描绘了一幅幅风情迥异的学界画卷和社会图景。

20世纪60年代以来，西方学术界经历了"语言学的转向"。在她看来，对语言的过分关注使语言成了一个"自我指涉的符号系统"①，失去了表现世界、表现现实的能力。在《心灵的激情》中，拜厄特对当代语言和世界之间变化了的关系既感兴趣，又感到担忧。她提到："我对把语言当作一个与世界无关的自我指涉符号系统这样的语言理论感到既担心又迷恋。我担心并抵制这样的艺术姿态，即我们所探索的只是我们自己的主观性。"② 拜厄特注意到，默多克20世纪50年代就说过类似的话："刚过去的这段时间里，我们对语言的意识已经有了改变。我们不再把语言当作传达信息的工具。我们就像是这么一群人，他们很长时间以来透过窗户往外看，却从来没有注意过窗玻璃——然后有一天，他们也开始注意玻璃了。"③ 此外，拜厄特十分推崇莫多克强调的"坚硬的真理观"。对语言的当代自觉意识使得语言和"现实"分离开来，如果语言与世界无关，如果我们所探索的只是"我们自己的主观性"，④ 那么文学创作和文学研究就会陷入语言的牢笼，世界会成为"我们想象的载体"，没有任何现实可言，文学也就没有现实可以表现。

拜厄特是位有自觉意识（self-consciousness）的小说家，同时也是一位敏锐的文学批评家，这一双重身份使其文学话语也具有双重性。她用文学家的功力来驾驭语言，又以批评家的犀利目光来审视自己的语言。

象牙塔内的喧哗与骚动

---

① A. S. Byatt, *Passion of the Mind: Selected Writings*, London: Vintage, 1993, p. 11.

② Ibid.

③ Irish Murdoch, *Satire, Romantic Retionalist*, Cambridge: Bowes & Bowes, 1953, pp. 26—27.

④ A. S. Byatt, *Passion of the Mind: Selected Writings*, London: Vintage, 1993, p. 11.

"拜厄特认为有许多沟壑存在于语言中，例如维多利亚时期儒雅的语言与现代大众化的语言之间，公众语言与私人交往语言之间，词语与它所指代的事物之间，甚至于男人用语与女人用语之间都存在着差异，她力求在作品中表现出这些差异并努力弥合各种裂缝。正如批评家奥尔加·肯荣所指出的，拜厄特把许多不同的语言都放入了她的文本中，放入了一个茂密而又复杂的网中。"①

三　传统与现代的交织

20 世纪的现代主义和后现代主义的作家大都标榜自己与传统的反叛与决裂，而拜厄特却将传统与现代融为一体。从写法上看，拜厄特作品的一个突出特色是写实性与实验性的交织。她的作品在很大程度上继承了英国文学的写实传统，但身处后现代语境下，又自觉地采用多种后现代技法。拜厄特在多部作品中实践一种新的写实主义，在写实中引入元小说、互文、戏仿、拼贴等后现代技巧，把传统与现代糅合起来。

首先，拜厄特的文学思想带有朴素的现实主义倾向，即把真实生活作为小说创作的主要素材来源。在这方面，她极为推崇法国小说家普鲁斯特，她认为普鲁斯特的小说就是他的生活，他的生活就是他的小说。拜厄特的小说也多以生活经历为原始素材，再综合了观察到的周围人物和种种生活形态，因此，她的小说表现范围较广，人物形态各异，心理状况复杂多变。拜厄特对英国文学的"伟大传统"有着系统的学习和研究，她不愿意弃传统而去，而是不断努力将传统移植于现代文本之中，再现传统。她对浪漫主义和维多利亚时代的诗歌耳熟能详，在《占有》这部作品中模仿其风格写了大量的诗歌。拜厄特幼年起就能背诵许多布朗宁的诗歌，《占有》这部作品就以勃朗宁为素材。

拜厄特的作品既有传统的脉络，又有现代的印记。她的小说有极强的实验性，因此，有人将其归类于后现代主义的流派中。此外，拜厄特在作品中大量引用了现代哲学、心理学、生物学的思想、观点。她得心应手地在作品中引用爱因斯坦的相对论、达尔文的进化论，还有印象派

---

① 瞿世镜主编：《当代英国小说》，外语教学与研究出版社 1998 年版，第 295 页。

艺术大师凡·高的艺术观点。她的文本中有诗歌、手记、传记、戏剧、学术散文等不同的文学样式，还不时地加进电视媒体的形式，给读者以新奇的感受。拜厄特将不同时期的文本聚合在一起，并与现实相结合，构成一个更开阔、更丰富的文化、文学空间，继承了传统，发展了传统，成为融传统与现代为一体的典范。

《论历史和故事》（*On Histories and Stories*）是拜厄特兼具诗性和理性思辨光芒的学术论著，包含不少对当代理论思潮的独特见解。拜厄特用自己的作品证明自己的批评观。对她来说，创造的过程总是最根本的，也是批评的关键。《论历史和小说》不仅表明她对文学史的把握，更展示了她未来的创作潜力。

"历史小说"或"回归历史"是当代英国小说的一个重要特征，也是这一时期英国小说创作概况的主线。在拜厄特看来，小说和历史的双向交流从未像现在这样频繁。从《花园中的处女》开始，拜厄特采用了一种当代人回首往事的冷静态度，在小说中演绎历史情节，这种笔法到《占有》中已被运用得炉火纯青，以至于有人把此书称为历史小说。拜厄特以历史与现实交叉并行发展，使历史与现实相互对应，互为参照，现实中一些问题或许可以从历史找到注解，而历史中的某些遗憾也可能在现实中得到补偿。拜厄特将逝去的维多利亚时代与当代社会这两条线索交织在一起，亦古亦今，现代人探索着过去人的秘密，过去人又以他们独特的方式影响着现在，仿佛现在发生的一切都在过去人的注视之下、意料之中。《占有》是小说家文学天赋的集中体现，小说将历史和现实中深层的道德和人性内涵并置在一起，从而表现出无尽的艺术张力，也使拜厄特成为当代英国小说界最重要的小说家之一。

第二节 《太阳的阴影》:影响焦虑下青年作家的求索

1964 年，她的第一部小说《太阳的阴影》（*The Shadow of the Sun*）问世。这部颇具自传色彩的小说以作者在剑桥的读书经历为原始素材，讲述了青年女作家安娜·塞尔维利亚（Anna Sevilles）在剑桥大学读书的心路历程。拜厄特作品反复表现的主题之一是青年知识分子努力摆脱各

象牙塔内的喧哗与骚动

种制约和束缚，为自身在经济、生活以及学术上的独立而挣扎，《太阳的阴影》中的安娜便是苦苦求索的青年知识分子的典型代表。

一 父权和"夫权"的压力

安娜的父亲亨利·塞尔维利亚是一个声名显赫的小说家。对于安娜来说，父亲是一座不可企及的高峰，她"担心自己没有他的体力、也没有他那么高大，不能像他那样挥霍力量"。① 长期以来，安娜一直生活在父亲耀眼光环的笼罩之下，过着影子般的边缘化生活。父亲作为知名作家的名望，在安娜看来，犹如一团团密实而厚重的影子，使自己愈发感到怯懦和自卑。在众人仰慕的视线中，亨利成了"介于上帝、阿尔弗雷德·丁尼生和布莱克的约伯之间的人，既令人尊敬、古怪，又充满力量"。② 尽管受父亲这一知名作家的影响，安娜对创作的期待与憧憬并未彻底泯灭。为了冲破父亲的阴影，安娜决定出逃。一个星期天的早晨，安娜离开了学校搭火车来到附近小镇的一家旅馆。安娜幻想自己可以在这里尽享生活的美丽，像现代主义作家弗吉尼亚·伍尔夫所倡导的那样，拥有"一间自己的房间"，进行自由自在地写作。然而，旅馆里的房间却狭窄得令人感到压抑和窒息。更有甚者，当安娜推开窗户想看看天空时，映入眼帘的并不是她所期待的那种镶嵌着朵朵白云的湛蓝色天空，而是一堵空旷的大墙和一扇黑乎乎的窗户，安娜心里顿时感到无比沮丧。这次出逃，不仅彻底失败了，而且更加深了安娜心灵深处的自卑与怯懦。除了生活在父亲的阴影下，小说中的安娜还承受着另一个男人的束缚，他就是奥利弗·坎宁斯，一位专门评论亨利作品的文学批评家。在小说第二部分，奥利弗偕夫人玛格丽特一起来到亨利家中小住。奥利弗帮助安娜复习功课，以一个"助人者"的身份闯入安娜的生活。在他的帮助下，安娜顺利考入剑桥大学。然而，在以男性占主导地位的剑桥大学，安娜感到无所适从。在一次聚会上，安娜喝得烂醉，再次陷入男人的控制之下，动弹不得。对此，安娜屈服了，妥协了，没有作任何抗争。她

① A. S. Byatt. *The Shadow of the Sun*, New York and London: Huarcourt, Inc., 1992, p. 201.

② IbId., p. 5.

上篇 英国学院派小说研究

深深地意识到，即使离开家庭来到剑桥，她仍然逃不出男人的控制。不久，奥利弗也来到剑桥进行学术访问并与安娜同居。在奥利弗面前，安娜没有丝毫的平等与独立！她非但没有走出父亲的阴影，反而又被奥利弗所控制。奥利弗替代了亨利的操纵地位，开始为安娜作各种各样的决定。小说结尾时，安娜决定再次出走。饶有趣味的是，安排在小说结尾处的这次出走，其目的地仍然同小说开篇那次出逃一样——约克火车站！可见，无论安娜怎样企图逃离，她始终被局限在一个极其狭小的空间里。当奥利弗最终在火车站截住安娜时，安娜只好接受命运的安排，无奈地继续着受男人束缚、控制的生活。

作为一个有思想、有抱负的青年知识分子，安娜不满于现状，敢于思考自己的命运，敢于寻求自己的未来，敢于探索自身的价值，确实是一次勇敢的尝试。如果说同为第二代学院派小说家的洛奇以轻松幽默、充满机智的语言在三部曲中不仅表现了知识分子的世相和百态，更揭示了不同文化价值观念的冲突与融合，[1] 那么，拜厄特的作品则围绕着女性主题展开，传递着与历史时代紧密结合的女权主义观点。在作品中，拜厄特借助女主人安娜的成长经历，审视了 20 世纪五六十年代青年知识女性的迷茫境遇。然而，读者不无理由担心，笼罩在双重影子之下的安娜，要去寻求"完全属于自己的将来"，将会多么困难、多么渺茫。

二　作家和批评家的学术阴影

除了生活中处在无处不在的父权和"夫权"的阴影下，安娜在寻求自我，争取自由写作的过程中，也承受了小说家亨利和批评家奥利弗两方面的学术压力。拜厄特在这部作品中表现了青年知识分子安娜希望摆脱前辈作家的影响，摆脱批评家干扰，争取独立思维，获得自我释放和写作自由的强烈渴求。《太阳的阴影》的标题出自 Sir Walter Raleigh 的一首爱情诗《永别错爱》。诗中写道："爱情是太阳的阴影/它的结局是痛苦、磨难/连最聪明的人也要扑向这彼岸"。[2] 实际上，拜厄特以"太阳"

---

① 丁威：《从"校园三部曲"看戴维洛奇的文化融合思想》，《长春工程学院学报》2008 年第 3 期。

② Kathleen Coyne Kelly, *A. S. Byatt*, New York：Twayne Publishers, 1996, p.15.

喻指英国文学的伟大传统。在拜厄特看来，前一代优秀的作家作品犹如一座大山，阻碍着青年作家前进的步伐，使他们不能动弹，更无力超越。1967 年，当代美国著名文学批评家哈罗德·布鲁姆在其《影响的焦虑》中也探讨了这一问题，"诗的影响已经成了一种忧郁症或焦虑原则"。①《太阳的阴影》以英国的达顿（Darton）为背景，该地区夏季炎热，生活在此的人们饱受太阳的焦灼之苦。通过太阳的隐喻，拜厄特向我们展现了安娜在前辈作家和批评家的阴影下挣扎求索，却最终跳不出学术案白的困境。

作为一部颇具自传色彩的小说，安娜夹在作家亨利和评论家奥利弗之间的两难处境正是拜厄特在剑桥求学经历的真实写照。在序言中，拜厄特写到，她在剑桥求学时处于两种相反的学术影响之下：劳伦斯给了她写作的鼓舞，评论家利维斯的文化精英主义则把她吓退。② 在小说中，安娜的父亲亨利是以崇拜太阳的劳伦斯为原型。亨利是位才华横溢的作家，他强壮的体魄和浓密的毛发显示出其旺盛的创作力。但他处事专横，是主宰这个家庭的太阳。妻子卡罗琳将丈夫视作生活的绝对核心，亨利的书房是房子的中心，在卡罗琳的安排下，其他一切活动都围绕着这里有条不紊地展开，无论是孩子、客人或是她自己，谁也不能扰乱其中的秩序。亨利完全沉浸在自己的思绪中而不自觉，对于很多作家和学者来说，这可能是很正常的事情，但在外人看来，亨利的言行显得怪异和不可理解："他会在吃饭的时候默默地站起来，跑到花园里去，跟他说话的时候他也很少搭腔。有那么一两次，大家还看到他无声无息地、上上下下地爬了五六遍楼梯，一次跨三个梯级，看起来好像他需要更多剧烈的身体运动。"③ 在妻子全方位的呵护下，亨利享受着宛如太阳般的优越待遇。他虽然知道卡罗琳为自己付出了太多的时间和精力，却心安理得地接受了她的牺牲。亨利显然把他对创作事业的追求扩展为个人生活的全部，以至于他更像是一位理想化的、不无嘲讽意味的上帝般的作家。亨利就像一座无法逾越的高山严重影响、压抑着安娜的创作力，使她感觉

① ［美］哈罗德·布鲁姆：《影响的焦虑》，徐文博译，江苏教育出版社 2006 年版，第 8 页。
② 王守仁、何宁：《20 世纪英国文学史》，北京大学出版社 2006 年版，第 198 页。
③ A. S. Byatt, *The Shadow of the Sun*, New York and London：Huarcourt, Inc., 1992, p. 44.

自己就像"盗墓者"或"模仿者"一样。安娜一方面羡慕父亲那高高在上的感觉；另一方面也对他的成就感到敬畏。在父亲那耀眼的光环下，安娜的创作一度陷入了低谷。奥利弗则是文学权威利维斯的化身。与亨利高大魁梧的身材相反，奥利弗身材矮小、骨瘦如柴。作为研究亨利作品的专家，奥利弗很欣赏亨利的语言驾驭能力和丰富的人生经历。他承认亨利是位智慧非凡、才气逼人的伟大作家，然而，在众人都将亨利视为太阳，甘愿躲藏在其影子下时，奥利弗向亨利的权威提出了的挑战，并清晰明白地警告他，"你不是上帝，你最好记住这一点"①。在安娜面前，奥利弗俨然是一个威严的长者，这令安娜感到无比窒息。小说中有一段描述了安娜的困惑："刚刚参加完一个聚会，她站在银街的桥上，望着平静的剑河水，出神地想着。她细细思量，发现自己没有任何建树，没有任何属于自己的东西。她目前迈出的这一步如同河中的倒影，但倒影却是奥利弗而不是自己的。她仍旧是那个娇小、木讷、犹疑观望的小女人。她所期待的梦想如昙花般地转瞬即逝了。"② 可见，作为批评家的奥利弗对青年作家安娜的影响是无处不在的。实际上，安娜的遭遇是有抱负的青年知识分子创作过程过所受影响的一个缩影。

拜厄特在《太阳的阴影》中还表现出强烈的批评意识，并把当代文艺批评所倡导的观点融入小说之中。在小说中，作家亨利和批评家奥利弗在互依共生的同时也形成了一种对立的关系，各自都试图维持自己的本色。作家进行创作时，既要依赖批评家的理论又要摒弃批评家的这些知识，以防它们限制创作的自由。作家与批评家之间的这种既共生又对立的关系在英国第二代学院派小说家身上得到了明显的表现。身为作家和批评家，布雷德伯里、洛奇和拜厄特在写作过程中把批评和创作融合在一起，形成了一种批评中有文学、文学中有批评的文体，他们的代表作品如《历史人物》《小世界》和《占有》也成为小说创作与批评实践相结合的经典范本。

---

① A. S. Byatt, *The Shadow of the Sun*, New York and London: Huarcourt, Inc., 1992, p. 219.

② IbId., p. 80.

三　写作特色

除此之外,《太阳的阴影》在写作上有许多可取之处。文章的语言生动流畅,刻画生动细腻,人物栩栩如生、颇具个性。在写作技巧方面有两点值得特别关注:一是朴素的现实主义倾向;二是比喻的妙用。首先,拜厄特的文学思想带有朴素的现实主义倾向。她非常推崇法国小说家普鲁斯特。拜厄特认为:"普鲁斯特的小说就是他的生活,他的生活就是他的小说。"[①] 在写作过程中,拜厄特把真实生活作为创作的主要素材来源,并融入对现实生活中人物的观察和理解,使作品既生动逼真,又内涵丰富。《太阳的阴影》就以拜厄特在剑桥大学求学的经历为背景,读来生动有趣,富有真实感。此外,拜厄特在文中还揭示了青年作家创作的困境以及作家与批评家的关系等内容,把理性的思考寓于形象的描绘之中,显示出现实主义小说的独特魅力。小说在技巧方面的第二个突出特点就是比喻的妙用。作为一个在青年时期就展露出写作天赋的女作家,拜厄特对青年作家创作过程中遇到的各种压力和束缚有着亲身的体会。小说取名为"太阳的阴影",从通篇来看,拜厄特是用"太阳"来喻指英国文学的伟大传统;用"太阳的阴影"来喻指学术传统对青年作家的束缚,既生动形象,又新颖别致,这个比喻贯穿全书,有助于读者更加准确地理解小说的主题含义,实现作者与读者之间的有效交流。当然,除了这个比喻之处,作者还精心设计了约克火车站这样的空间场景,象征着安娜为挣脱前辈作家和批评家的束缚所付出的种种努力都是徒劳,自己成为一名优秀作家的梦想永远不可能得到实现,其意蕴可谓深刻。

四　小结

《太阳的阴影》被不少人看作是女权主义小说,而拜厄特也被贴上了"女权主义者"的标签。然而,和艾丽斯·默多克一样,拜厄特并不愿她的作品被看作是女权主义宣言。拜厄特的真正用意在于刻画安娜这个敢于冲破学术压力,反叛权威思想的青年作家。安娜的努力虽以失败告终,

---

① 瞿世镜、任一鸣:《当代英国小说史》,上海译文出版社 2008 年版,第 164 页。

却让世人受到一次心灵的震撼。在《太阳的阴影》中，拜厄特借安娜这个人物表现了一个青年女性作家的焦虑：内心涌动创作的强烈愿望，但前有让人望而生畏的英国文学传统的高山，后有文学批评家对青年作家的重压。题目"太阳的阴影"是影射全书的有力隐喻，安娜正是在"太阳的阴影"下寻求独立的女性作家的典型代表。安娜的遭遇代表了青年女性作家在生活和事业上所受的压迫和束缚，显示出拜厄特对青年知识分子境遇的关注。尽管这是拜厄特学院派小说的处女作，却为其巅峰式的学院派小说《占有》铺平了道路。

第三节 《弗雷德里卡四部曲》：女性知识分子对自我的追寻

继《太阳的阴影》之后，拜厄特开始雄心勃勃地创作"弗雷德里卡四部曲"：《园中的处女》《平静的生活》《巴别塔》和《吹口哨的女人》，贯穿其中的是一个聪明过人、热情大胆的知识女性弗雷德里卡·波特。"四部曲"着重描述了弗雷德里卡的青春时期、剑桥求学时期、伦敦教书时期和电视台工作时期的几个阶段。拜厄特的"四部曲"横跨英国学术界和社会生活的各个方面，纵贯英国跌宕起伏的 20 世纪五六十年代，且写作手法各异，描绘了一幅幅风情迥异的学界画卷和社会图景。

《园中的处女》（*The Virgin in the Garden*，1978）发生在 1952 年的一个约克郡小镇上。当地人为了庆祝 1953 年伊丽莎白女王二世的加冕，准备上演一部关于伊丽莎白女王一世的诗剧《阿斯特来亚》，由才华横溢的亚历山大·威德布恩执笔。亚历山大是英文专家，他与学校另一位专家的妻子詹尼一直有私情，但詹尼对这份婚外情的前景十分悲观。学校主任比尔·波特是亚历山大的下属，这个倔强暴躁的古怪老头有 3 个孩子：20 出头的大女儿斯蒂芬妮、17 岁的二女儿弗雷德里卡和小儿子马库斯。弗雷德里卡时常与父亲争吵，颇有主见的她对父亲的阅读要求十分反感。小说开始时，17 岁的弗雷德里卡通过了诗剧的面试，被选为剧中女主角。面对心仪的亚历山大，弗雷德里卡内心激动不已，但亚历山大对这个年轻的姑娘没有任何非分之想。诗剧开始彩排，弗雷德里卡的表演不尽如人意。亚历山大与詹尼的关系越发紧张，弗雷德里卡则再次向亚历山大示爱，亚历山大认为这是不明智的举动，又一次拒绝了她。诗剧的首次公演圆满成功，亚历山大和弗雷德里卡均受到媒体好评。弗雷德里卡短暂的演戏生涯为她打开了进入全新世界的大门，她一面在舞台上本色率性地演绎着少女时期的女王，一面在台下大胆地追求着亚历山大，弗雷德里卡对亚历山大的爱慕已不是剧组中的秘密。一日，弗雷德里卡偶然目睹了亚历山大在他的车上与詹尼做爱，心情沮丧。后来亚历山大开车把弗雷德里卡送回家。弗雷德里卡家中无人，亚历山大终于决定与她共度一晚，但弗雷德里卡却担心自己的处女身份，临时改变了主意，跟剧组中一个叫埃德蒙·威尔克伊的朋友去了宾馆，在性经验丰富的埃德蒙的引导下，弗雷德里卡第一次体验了性爱。演出大获成功后，剧组解散，发现人去楼空的亚历山大感到被愚弄，气愤地决定远离这个是非之地，另谋高就。而弗雷德里卡在初恋的痛苦中慢慢成熟起来，在夏季之后开始了她全新的大学生活。

《园中的处女》还穿插了波特一家另外两兄妹斯蒂芬妮和马库斯的生活历程。弗雷德里卡的姐姐斯蒂芬妮是剑桥大学的毕业生，在当地的女子中学任教。丹尼尔·奥顿是一名助理牧师，与斯蒂芬妮结识并喜欢上了她。但不信教的比尔坚决反对女儿与他来往。丹尼尔最终获得了斯蒂芬妮的芳心。当斯蒂芬妮将订婚的消息告诉家人时，气愤的父亲认为她将毁掉自己的生活。斯蒂芬妮放弃了教学工作，决定嫁给丹尼尔。丹尼尔与斯蒂芬妮举行了婚礼，比尔拒绝出席。斯蒂芬妮很快有了身孕，夫妻俩决定暂时保守秘密。弗雷德里卡的弟弟马库斯有惊人的数学天赋，但沉默自闭，不断被各种幻象折磨着。他的科学老师卢卡斯·西蒙兹发现马库斯对形状和符号的观察视角与众不同，对他产生了浓厚的兴趣。体弱多病的马库斯怀疑自己精神不正常，于是向卢卡斯求助。卢卡斯替他进行了特异功能的测试，证实了他确实有视觉方面的天赋。卢卡斯开始了对马库斯的研究实验，师生两人的关系也日益亲近。马库斯与卢卡斯两人的举止十分怪异，师生两人的亲密已经趋向同性恋的程度。迷恋马库斯的卢卡斯提出了性要求，忐忑不安的马库斯拒绝了他。精神错乱企图自杀的卢卡斯被送入疯人院，而马库斯对此自责不已。得知真相的比尔勃然大怒，受惊的马库斯则变得极度焦躁。医生建议让马库斯与丹尼尔夫妇同住以利于恢复，丹尼尔则对马库斯的到来以及其所带来的种种不便深感忧虑。在《园中的处女》中，拜厄特将几位主人公的不同经历紧密交织在一起并通过波特三姐弟的三条主线，体现出性格对命运的影响。温顺善良的斯蒂芬妮在丹尼尔锲而不舍的追求下，最终答应嫁给他，平静被动地接受一切生活中的责任。热情执着的弗雷德里卡对生活充满好奇和渴望，但道德意识使她并未成为一个毫无辨别力的享乐主义者，她在小说最后学会了做爱，并为能够区分肉体与精神的不同欲念而高兴。马库斯戏剧般的人生是小说的重点，同时也是被评论家视为小说最有力的部分。马库斯对事物的许多反应都不能用言语表达，与他心有灵犀的卢卡斯对他怀有的复杂情感导致两人心灵都受到伤害，而且这段不愉快的经历对马库斯性格的巨大影响将伴随他一生。

《园中的处女》充满了意象和隐喻，中心象征是伊丽莎白女王一世——"园中的处女"。对于这位成功的女王，拜厄特认为正是由于她的深明大义和处变不惊，才确立了她在英国历史上的重要地位。这部小说探讨的一个重要主题是爱情的代价。拜厄特把波特姐妹与伊丽莎白和玛丽女王对应起来。斯蒂芬妮像苏格兰玛丽女王一样因为爱而步入婚姻，结束了学术生涯；弗雷德里卡则有伊丽莎白女王的独立坚强，虽然大胆追求自己的爱却不愿被其束缚。这样小说中一个难解的谜也就有了答案。弗雷德里卡好不容易赢得亚历山大的爱后又惊惶地捣毁了它，因为她害怕陷入这份她不能控制的爱里迷失了自我。拜厄特也借此暗示她作品中不断表现的主题，即对于女性而言，爱情是危险的，而智慧才是人格魅力和个人成就不可缺少的。独特的创作风格以及作品中富含的文学意象，使拜厄特在当代英国的女性作家中独树一帜。在技巧方面，拜厄特运用了普鲁斯特式的叙述方式，将《园中的处女》置于真实的历史与文学的统一体中。拜厄特将故事的背景设置在伊丽莎白时代，小说中引用了大量的象征和神话，辞藻华丽的叙述更加强了艺术特色。虽然普通读者认为拜厄特的作品篇幅较长且深奥难懂，但她独特的创作风格吸引了一批学识丰富的读者，并引起英美文学评论界的关注。

在拜厄特"四部曲"的第二部《平静的生活》（*Still Life*，1985）

象牙塔内的喧哗与骚动

中,《园中的处女》中的人物再次出场。弗雷德里卡仍然是小说的中心人物，继续着她充满冒险的生活。作品在一场凡·高画展中开始，然后小说回到20多年前的1954年，开篇的明快色调与整部小说的阴郁风格成鲜明对比。即将去剑桥的弗雷德里卡仍沉浸在对亚历山大的爱慕中，并在法国普罗旺斯与之再次邂逅。置身男性王国的剑桥，弗雷德里卡在学术上脱颖而出，在剧院崭露头角，同时享受着与不同类型男生约会的乐趣。不久，弗雷德里卡深陷对教授兼诗人拉尔夫·法布尔的爱恋中不能自拔，但逐渐学会对情感持超然态度。弗雷德里卡离开剑桥知识分子朋友圈，嫁给了商人尼格尔·里弗，做起了一个乡村庄园的女主人。离开弗雷德里卡的亚历山大又写了部关于画家凡·高的新剧《黄椅子》，演出后反响平平。姐姐斯蒂芬妮婚后产下儿子威廉，并逐渐适应了身份转换——从一个女教师转变为妻子、母亲和儿媳。然而，斯蒂芬妮的婚姻生活遇到了困难，逆来顺受的她产下女儿玛丽之后不久触电身亡。斯蒂芬妮的死给小说的主要人物带来了很大的变化。丹尼尔无法忍受丧妻的痛苦，将两个年幼的孩子交给斯蒂芬妮的父母后四处流浪。与《园中的处女》借助大量的隐喻不同，拜厄特在《平静的生活》中尝试一种纯粹写实的风格。两部小说的共同之处在于都采用了"戏剧小说"的形式。在《园中的处女》中，几个主要人物在排演关于伊丽莎白女王一世的戏剧时上演了自己的生活戏剧；在《平静的生活》中，对戏剧《黄椅子》虽然着墨较少，但它也是一个重要的意象。《平静的生活》是一部内容丰富、主题多样的小说，拜厄特对她当时所关心的死亡、悲伤、生存、艺术等主题都进行了深入的思考。

《平静的生活》出版11年之后，拜厄特推出她的"四部曲"中的第三部《巴别塔》（*Abel Tower*，1996）。在这部作品中，弗雷德里卡还是故事的中心人物，拜厄特继续探讨着这一主题，即独立自主的女性不断发现自我、寻找自我的曲折及努力以及命运斗争的决心。这部小说将语言文字的游戏玩到了极致。小说开头就极具特色，给出了四个开头。理查德·托德在分析这部小说时发现，"《巴别塔》的三个开头开启了故事的三条主要线索，而作为序言的第四个开头起到伴奏的作用"。[①] 小说的

---

① Richard Todd, *A. S. Byatt*, Plymouth: Northport House, 1997, p. 63.

主线之一仍是弗雷德里卡的生活经历。弗雷德里卡意识到婚姻对自己的囚禁，携四岁的儿子里奥离家去伦敦。在伦敦她和另一个单身母亲阿加莎住在一起，并通过在一家艺术学校教授文学以及帮出版社看稿子谋生，与此同时陷入与孪生兄弟约翰和保罗的爱情纠葛中。弗雷德里卡面临与丈夫离婚和争夺里奥的抚养权的官司。在经历长时间的羞辱和斗争后，弗雷德里卡终于与尼格尔离了婚，并争取到里奥的抚养权。小说的另一条主线是裘德·梅森和他的童话《巴别塔：给我们这个时代的孩子们》。弗雷德里卡在帮出版社看稿时读到裘德的《巴别塔》，并促成了这部书的出版。这部童话实际上是一则讽世寓言，讲的是法国大革命的一批幸存者逃至与世隔离的地方建立一个乌托邦式的没有拘束只有自由的理想社会。但结果是自由成了邪恶的通行证，理想国成了噩梦。拜厄特借此说明"巴别塔的倒掉"和"上帝之死"所带来的语言混乱与信仰危机，而人们试图重建巴别塔、重释语言、重整秩序的努力又化为泡影。裘德的书出版后，引起很大的争议，面临被禁的危险，且被拖进一场官司，弗雷德里卡亦深陷其中。裘德的《巴别塔》的文本散落于整部小说中，构成了小说的第三条叙述主线，出现了"书中有书"的情况。

"四部曲"中最后一部小说《吹口哨的女人》（*A Whistle Woman*，2002）的时间指向1968年。罢学风潮中，弗雷德里卡成了电视谈话节目"透过窥视镜"的女主持人。该栏目推出了一系列关于女性与家庭、身体与精神等方面的谈话节目，使弗雷德里卡成为一个小有名气的女主持人，一个名副其实的"吹口哨的女人"。在黑谷农场，一群自称为"灵魂的老虎"的宗教狂热分子在约瑟·拉姆斯登的带领下试图复兴摩尼教。但该教派越来越趋于封闭专制，内部涌动着偏执和暴力。在北约克郡大学，一场"身体与精神"的大型学术会议正在酝酿中；在学校外，"反大学"阵营正伺机发动一场大规模的学生运动。学术会议的召开是小说的高潮，主要人物齐聚北约克郡大学，小说主线交织到一起。"反大学"运动的学生涌进校园，纵火捣乱。在混乱中，弗雷德里卡和生物系教授卢克互生好感，开始交往。马库斯与新来的文学院长荷德克西亦有了亲密接触，两人生活在一起。黑谷农场在一场大火中化为灰烬，拉姆斯登等三人在大火中被烧死。弗雷德里卡发现自己怀孕，与卢克走到了一起。在《吹口哨的女人》中，语言特别是女性的语言仍是小说关注的主题。小说一开始在阿加莎的童话里提到的"吹着口哨的人"是一群因叛逆而变形的女人，渴望与人交流。"没有人听得懂我们的语言，直到你的到来"道出了女性被压抑后的自我表达的欲求。弗雷德里卡成为电视女主持人，公开探讨一些甚至让男性反感的女性话题，从一定程度上说是女性掌握了话语权。此外，《巴别塔》中已经触及的宗教和自由的主题在这部小说里得到了进一步的阐释。小说中教派"灵魂的老虎"的自我禁锢和学生运动鼓吹的自我放纵似乎都不是真正的自由，而是非理性。拜厄特对此的批判态度非常明显——"重要的是捍卫理性，反对非理性"。此外，小说借电视谈话节目、学术会议的形式对许多严肃话题进行了深入探讨，但也使小说显得过于自省、评论化、学术化的色彩过浓。

在拜厄特创作的《园中的处女》《平静的生活》《巴别塔》和《吹口哨的女人》这庞大的"四部曲"中，牵涉到的众多角色跨越数十年。拜厄特希望自己能像普鲁斯特一样，源源不断地创作出作品，并在创作中有意模仿普鲁斯特的风格，叙述中经常插入各种感想、议论和倒叙。和《太阳的阴影》一样，在"四部曲"中我们也可以看到拜厄特的身影，作品横跨 20 世纪五六十年代英国学术界和社会生活的各个方面，充分展现了拜厄特作为一名学者型作家的创作天赋，这为其巅峰式的学院派小说《占有》铺平了道路。

第四节 《占有》：学者与研究对象的双向占有

1990 年，拜厄特长达 500 余页的巨著《占有：一部罗曼史》（Possession：A Romance）面世，因意蕴丰富、雅俗共赏而获得当年英国文学的最高奖——布克文学奖。《占有》围绕着对一段鲜为人知的爱情故事的探寻而展开，随着调查的深入，真相的查证演变为一场你争我夺、钩心斗角的学术史料大战。《占有》将维多利亚叙事与当代叙事巧妙结合在一起，现在与过去、历史与现实、当代学术研究与维多利亚文学传统交织在一起，对应与反衬，交错和互动，代表了拜厄特学院派小说创作的最高成就。

一 学术体制压力下青年学者的苦苦求索

和布雷德伯里的《向西行》以及洛奇的《换位》一样，《占有》突出了英美学者之间的差异，对当代学者的勾勒充满了讽刺和滑稽：美国学者显得咄咄逼人，英国学者则相对拘谨。拜厄特通过对青年学者积极的学术态度及所承受的巨大学术压力的描述，从圈内人的角度向我们揭示了学术体制下青年学者所面临的困境以及学术体制的腐败与黑暗。

主人公罗兰是一个穷困潦倒的文学博士。他临时受雇于艾什研究中心，为书写 19 世纪诗人艾什的传记收集资料。在学术上，罗兰之所以默默无闻显然与他的研究领域不符合学院体制的运行规则有关。在文学理论盛行的 80 年代，学术的潜规则就是：只有精通各种文学理论才可能成功。在这个福柯、德里达、拉康盛行的年代，像费格斯·沃尔夫这样穿梭于学术会议，热衷于卖弄文学理论术语的学者，反而成为学术界的新宠。拜厄特对学术界这种只顾卖弄理论，而疏于研究的现象进行了犀利的批判并通过罗兰博士明确地表述了自己的观点：虽然传统研究领域现在并不受欢迎，但"追求连贯和完整的意义是人的本性所求"[①]。作为学术"小世界"的一员，拜厄特还通过罗兰的遭遇揭露了学术体制的黑暗。读过美国作家约瑟夫·海勒《二十二条军规》的读者一定非常熟悉军事官僚统治集团制定的那条荒谬滑稽的"二十二条军规"，它明确规定："一切精神失常之人都可以不完成规定的任务，立即遣送回国；但它同时又规定，要停止飞行必须本人提出申请；在危险关头如果你能提出停止的申请，那就证明你还没有疯，你就必须继续执行飞行任务。"[②] 在学术界里也存在一个"二十二条军规"似的悖论：对于像罗兰一样的青年学者，要想得到学术界的认可，就必须发表作品；一旦获得了认可，你的学术生涯便一帆风顺，像滚雪球似地发展起来。然而，要想发表作品，就必须具备一定的经验和资历，对没有经验和阅历的青年学者来说，发表作品可谓是比登天，但不能发表和出版又意味着他们难以获得必要的

---

① A. S. Byatt, *Possession*: *A Romance*, Beijing: Foreign Language Teaching and Research Press, 2000, p.456.

② 李公昭:《20世纪美国文学导论》，西安交通大学出版社 2000 年版，第 360 页。

象牙塔内的喧哗与骚动

资历。"不出版，就出局"这一学术体制给青年学者造成了巨大的压力，阻碍了他们研究的活力和学术的健康发展。身为学术界的一员，拜厄特以学者的敏锐与细致观察，思考青年知识分子的境遇，去书写他们的家庭关系、师生关系和同事关系。通过对罗兰博士在学术界境遇的描写，拜厄特成功地向我们展示了青年学者在学术体制下的苦苦求索，其对学术体制腐败和弊端的揭露可谓一针见血，入木三分。

二 占有与拥有的博弈

拜厄特认为文学除了应该表现生活，更应具备丰富的思想内涵，使读者读后获得智慧或哲理方面的启迪。《占有》便是这样一部哲理小说，其标题"Possession"可谓意蕴深刻。"Possession"可译为"占有"或"拥有"，一字之差，意义迥然不同。拜厄特以"一部罗曼史"作为这部学院派小说的副标题，显然是戏仿了洛奇的《小世界：学术的罗曼史》。如果说洛奇以学术的"小世界"映射校园外的大千世界，那么拜厄特则通过对两段不同历史时期爱情故事的描述，以当代人的视角阐释了历史和现实中蕴含的深层人性与道德内涵。

一方面，拜厄特揭示了"占有"在恋人间情感和肉体上的占有与拥有关系。情感和肉体的占有在不同人物之间有着不同的体现形式。如果说艾什与拉莫特，罗兰与莫德这两段爱情虽历经磨难，却历久弥坚，彼此真正拥有的话，那么文中其他人之间则没有真正的彼此拥有，而只是临时占有。艾什和拉莫特都有优雅的气质和漂亮的外表，更为重要的是俩人都博学，具有艺术天赋。彼此赏识、相互爱慕，拥有共同的语言使艾什与拉莫特坠入爱河，他们之间的爱情是灵与肉的结合。和19世纪伟大、热烈的爱情相比，20世纪的罗兰和莫德不是因为彼此的才华和外表产生了爱情，而是因为彼此都能给对方提供一处心灵得到慰藉，精神不再孤独的情感港湾，两人的相识和相爱使对方都不再空虚、孤独。如果说艾什和拉莫特更加关注艺术上的追求和交流，那么罗兰和莫德更倾向于彼此心灵空虚的需要。在这两段爱情故事中，男女主人公都没有过多强调生理方面的满足，而更注重情感与精神方面的交流。因此，他们是真正的彼此拥有。相比之下，文中其他人都在情感和肉体的占有上存在问题和障碍，包括布兰奇小姐与拉莫特近乎同性恋的关系、莫德博士与前男友沃尔夫博士、罗兰博士与前女友维尔、莫德博士与女友利奥莉，等等。他们之间并没有真正的彼此拥有，而只是临时占有。以与拉莫特一同试验新生活的布兰奇小姐为例。为了"占有"拉莫特，不让艾什将她夺走，布兰奇偷窃了艾什寄给拉莫特的诗和信，并向艾什的妻子爱伦告发他们的恋情。她希望爱伦能够迫使拉莫特重新回到自己身边，可是却遭到了拒绝。理想破灭、心灵空虚的布兰奇最终无奈投河自尽。布兰奇被强烈的占有欲望所驱使，想独自占有拉莫特，却最终丧失理性和良知，失去了自己所拥有的一切；而艾什不强求占有拉莫特，却拥有了一段伟大而热烈的爱情。人究竟该不该在世上占有或拥有些什么，又该以怎样的方式来占有或拥有它们，这个哈姆雷特式的疑惑无疑是拜厄特留给每一位当代读者去认真思考的问题。

"占有"的另一方面体现在当代学者对研究对象的占有与反占有关系上。在《占有》中，当代学者、教授对过去和历史持有两种迥然不同的态度：一种以美国学者克罗珀教授和英国学者布莱克埃德教授为代表，他们企图占有过去、占有所研究的对象，反过来却在精神上被研究对象占有；另一种是以罗兰和莫德为代表的青年学者，他们怀揣敬畏之心，真心希望获得过去的史实和事实的真相，并最终拥有了历史。美国学者克罗珀（Cropper）如其名字所示，是一个狂热的历史"收割者"，他的目的就是千方百计地占有和控制自己的研究对象。他企图通过收集各种古器物，如艾什的手表、拐杖等来占有艾什，占有过去。当得知艾什和拉莫特的情书被找到，克罗珀马上赶往乔治爵士家出高价索买这些信件。当得知爱伦将一封重要信件放在铁盒里葬在艾什墓中，他竟然违背法律，买通艾什堂兄的一个直系亲属非法掘开艾什的坟墓，可见其占有欲之强。英国教授布莱克埃德在剑桥求学期间师从学术权威利维斯，并痴迷于"英国文学的伟大传统"。不幸的是，深受新批评影响的布莱克埃德痴迷于细节的研究，最终使得编写的艾什传记枯燥乏味、毫无新意。他企图将所有的艾什手稿留在大英博物馆地下室的"艾什工厂"，自己却丧失了精神上的自由，整日被枯燥的研究占有。显然，拜厄特对这两位学者的研究方法以及西方的"传记工业"进行了揭露与讽刺。如果说洛奇在

《小世界》中讽刺了当代学者不再清心寡欲，为追名逐利不择手段，丧失了知识分子应有的清高气质的话，那么，拜厄特《占有》中的讽刺却有着一种淡淡的无奈和感伤。读者不禁要问：像克罗珀和布莱克埃德这样的学者将自己的一生倾注在撰写艾什的传记上，意义究竟何在？他们满怀渴望，越来越深地探入过去，却在查究已故史实的过程中迷失了自己。与其说学者们占有了他们的研究对象，倒不如说研究对象占有了学者，因为"研究者总是面临被自己的研究对象牵着鼻子走的危险，因而在试图占有过去的时候总是被过去占有"①。身为学术界的一员，拜厄特对自己的同行显然持有一种同情和无奈。随着艾什墓的揭开，真相终于大白于天下。布莱克埃德和克罗珀等学者们千辛万苦倾其一生的研究成果被挖掘出来的史料全部推翻，这不能不算作是当代学者的悲哀。在对克罗珀教授和布莱克埃德教授进行批判的同时，拜厄特对以罗兰博士和莫德博士为代表的当代青年学者进行了高度赞扬。他们热切希望通过自己的研究，亲身领悟，感知历史，进而了解事实的真相。罗兰在解释偷取艾什的信件的原因时这样说道："我着了魔，我必须知道。"② 莫德也不止一次地表达了同样的感受："我想知道过去发生了什么，我想由我自己来发现。"③ 正是由于有了像罗兰和莫德这样深深钟情于历史并对历史真相孜孜以求的当代学者，历史才得以更真实、更完整地重现本来之面目。而当代学者赋予历史以新的意义的同时，他们的学术、生活乃至爱情也获得了新的意义。

《占有》中，拜厄特向读者展示了形形色色的占有，如男人对女人精神与肉体的控制与占有；学者在学术与名利上的争夺与占有；师长对学生研究成果的压制与占有；学者之间学术资料的剽窃与占有，等等。"占有"可谓小说中最重要的隐喻，只有像罗兰和莫德那样排除私心杂念，真正脚踏实地地工作和研究，方能把握过去，拥有历史。学者如此，普通人又何尝不是这样呢？

---

① 宋艳芳：《占有之惑，〈占有〉之谜》，《当代外国文学》2004 年第 4 期。
② A. S. Byatt, *Possession: A Romance*, Beijing: Foreign Language Teaching and Research Press, 2000, p. 527.
③ Ibid., p. 258.

三 历史与现实互为参照

与布雷德伯里的忧患意识和洛奇的讽刺调侃相比，拜厄特的小说展现出一份特有的历史厚重和思想深度。拜厄特的历史情结由来已久，在她的早期作品《园中的处女》中已初见端倪。[①] 从《园中的处女》开始，拜厄特就以当代人的视角冷静地回首历史，在小说中演绎着历史情节，这种笔法在《占有》中被运用得炉火纯青。拜厄特以独特的历史意识号召人们以史为鉴，在历史语境下审视现在，把握未来，通过将维多利亚时代诗人的精神境界与现代人的心理状态加以对照和比较，阐述了历史对现实的不可或缺和重大影响。

《占有》中贯穿着两条主线：19 世纪叙述以维多利亚时期的英国诗坛为背景，20 世纪叙述则以 20 世纪西方英美学术界为背景。《占有》表面上是在重写一段维多利亚时期的浪漫爱情故事，实则蕴含着当代人对人类历史的深层次思考。艾什与拉莫特的爱情发生在维多利亚时代。在1858 年 6 月的早餐会上，拉莫特优雅的谈吐使艾什顿生爱慕之情，在随后优美文雅的书信中，两人享受着无比的精神愉悦，成为互通心声的知己。艾什才华横溢，真诚坦率，为拉莫特所欣赏；而拉莫特勇于追求个人价值，不屈服于男权社会，勇敢试验新生活的勇气也得到了艾什的理解和尊重。在相爱过程中，两人在精神、心理方面的相通、相融达到了惊人的程度。然而，艾什和拉莫特都是极具智慧的人，深知他们的爱情是不会有结果的："这段爱，在这个世界上没有生存之地——它，我衰弱的理智告诉我，不能也不会给我们带来任何好处。"[②] 但是爱情是一种伟大的力量，道德的理性和社会习俗的枷锁无法阻挡它的爆发。在两人心中，爱情高于一切，不敢追求真爱将会使他们的生命黯然无色。最终，爱情的伟大力量使艾什与拉莫特无怨无悔地踏上了爱情之途。为了使爱情不受外界的干预和破坏，保全个人荣誉和社会尊严，艾什与拉莫特理

---

① 程倩：《回归历史之途—析拜厄特〈占有〉的历史叙述策略》，《国外文学》2003 年第1 期。

② A. S. Byatt, *Possession: A Romance*, Beijing: Foreign Language Teaching and Research Press, 2000, p. 211.

智地选择了分手。然而，他们的爱情没有因分手而终结；相反，它以一种更深沉、更伟大的方式延续着，从某种意义上讲，罗兰与莫德的爱情便是艾什与拉莫特爱情超越时空的延续。当代学者罗兰与莫德的爱情发生在 20 世纪 80 年代。温顺、正直、内向的性格使罗兰在竞争激烈的学术界很难获得一席之地。他的世界没有亲情、友情，更不奢望爱情的出现。相比之下，莫德虽事业有成，但却是个生性敏感的女权主义者，认为如果一个女人稍有姿色的话，那么男人就会把她当成占有品看待，所以为躲避男人的"占有"，她选择了远离男人的世界。罗兰和莫德就生活在这样一个空虚、孤独的精神家园里，俩人都不相信爱情更不奢望爱情。罗兰不知爱为何物，他与维尔同居却全无真情可言，完全出于欲望的需要和生存的便利。莫德说："我们被欲望所驱，我们从不说爱情一词，是不是？我们知道它是一个可疑的意识形态建构。"① 在文学先辈那鲜活生动的生命激情面前，当代学者的情感世界显得如此苍白匮乏。随着对维多利亚时代两位诗人恋情调查的深入，两位当代学者也增进了彼此的了解与共识。维多利亚时代那段"惊世骇俗"的伟大爱情深深地震撼着他们的心灵，两人沉睡的爱情信仰开始复苏，精神和心灵上都得到了巨大安慰，罗兰与莫德最终摆脱了孤独、寂寞，生活也翻开了崭新的一页。

然而，仔细研读作品，读者会发现拜厄特的用意并不在于爱情故事本身。文章最后，莫德实际上被证明是艾什与拉莫特私生女儿梅娅的直系后代。作者巧妙的设计暗示着当代人与先辈在血缘上的相互认同和精神上的彼此呼应。有着深厚历史情结的拜厄特，在两段爱情故事中展现了对历史的深层思索。可以说，没有艾什与拉莫特爱情的激励，罗兰与莫德会继续生活在精神荒原中；而没有罗兰与莫德辛勤追寻历史真相之旅，艾什与拉莫特的爱情定会如文物般深埋，不为世人所知。事实上，先辈艾什与拉莫特伟大的爱情一直鼓励着他们的后人从不相信爱情到最终幸福的结合；而两位当代学者正是从先辈身上获得了力量，这种力量

① A. S. Byatt, *Possession*: *A Romance*. Beijing: Foreign Language Teaching and Research Press, 2000, p. 290.

使他们克服了种种心理障碍得以重建爱情信仰，更有意义地生活在后现代社会。拜厄特号召当代人在历史语境下审视现在、把握未来的良苦用意可见一斑。历史性的事件在小说中被重新书写、重新阐释并获得了永恒的生命；而现实生活也在历史的关照下获得新的启示，变得更丰富更有意义。拜厄特以超越历史的深邃眼光洞察生活的本质，成功地将逝去的历史和现实融为一体，引发了人们对现代文明及历史的深层思考。

四 写作技巧

《占有》一书奠定了拜厄特在英国文坛的地位，也标志着其学院派小说创作的最高成就，在学术界引起广泛关注。拜厄特在《占有》中将写实与实验融为一体，在继承、发展现实主义写实的伟大传统同时，又大胆地运用了后现代实验主义的创作手法，彰显出一位集小说家、批评家和教授为一身的学者型作家的理论思辨力度以及对当代英国小说发展走向的深入理解和远见卓识。如果说第一代学院派小说家金斯利·艾米斯、C. P. 斯诺等强烈抨击以乔伊斯和伍尔夫为代表的现代派作家，将现代派形式风格上的创新斥之为一种通过瞬间的感觉来表达混乱的体验手法的话，那么，以拜厄特、洛奇和布雷德伯里为代表的英国第二代学院派小说家在对待现实主义与实验小说所持的态度上则成熟得多。拜厄特强烈反对将写实与实验进行简单的厚此薄彼的二分法，认为传统与创新、真实与虚构并非截然对立。在 20 世纪现代主义和后现代主义的作家大都标榜自己与传统的反叛与决裂时，拜厄特则在创作中将写实与实验融为一体。

1.《占有》对现实主义伟大传统的继承

拜厄特自幼受到传统文化、文学的熏陶，在剑桥大学学习期间师从利维斯对英国文学的"伟大传统"进行过系统的学习与研究，中世纪、文艺复兴、浪漫主义、维多利亚时期的文学都对拜厄特产生了深远的影响。在《占有》中，拜厄特在批判学术界只顾卖弄理论，而疏于研究的现象时通过罗兰博士之口明确地表述了自己对人文传统、现实主义传统的执着追求：虽然传统研究领域现在并不受欢迎，但"追求连贯和完整的意义是人的本性所求。"①《占有》植根于英国现实主义小说传统,在背景、继承讽刺传统以及主题思想刻画等方面都具有现实主义特点。

首先,拜厄特把真实生活作为创作素材的主要来源,文中涉及众多真实的历史人物和历史场景。艾什和拉莫特初次相识是在伦敦罗素广场30号克雷布·鲁滨逊家中;艾什与拉莫特的约会地点是在伦敦里斯满公园;在北约克郡闻名的海边小镇惠特比等地。其他故事场景也体现了小说创作的真实性。如布莱克埃德的"艾什工厂"就位于大英博物馆的一间地下室;莫德主持的"妇女研究中心"正是英国林肯大学的一座塔楼;而罗兰有关艾什和拉莫特的重大发现就发生在典雅古朴的英国伦敦图书馆:"这里卡莱尔曾经光临,乔治·艾略特曾穿梭在书架之间,罗兰看见了她的黑丝长裙和天鹅绒的裙摆在宗教经典之间飘过,听见她的脚步声有力地踏踩在德国诗人书架间的金属地板上。"②作品中真实的人物和故事场景给人以浓重的历史厚重感,显示出现实主义传统的巨大魅力。

其次,《占有》中对当代欧美学者以及学术体制腐败与黑暗的揭露和犀利批评也继承并发展了英国现实主义小说一贯的讽刺传统。在《占有》中,围绕着对19世纪诗人艾什及拉莫特鲜为人知的爱情故事的探究,拜厄特戏谑性地刻画了一大批当代学者,包括莫德·贝利、詹姆斯·布莱克埃德、费格斯·沃尔夫等英国学者以及罗兰·米歇尔、莫蒂默·克罗珀、利奥诺拉·斯特恩等美国学者。在作者的讽刺性描述中,20世纪末的当代西方社会喧嚣躁动,物欲横流,丧失了精神支柱的当代人贪婪轻佻、玩世不恭。远离尘世的校园净土日渐演变成商业文化圈,急功近利的文化动物充斥其中,沽名钓誉的学术骗子粉墨登场,学术研究与功利目的已完全一致。③然而,与布雷德伯里和洛奇刻画的主人公相比,拜厄特小说中的主人公大多是青年学者。拜厄特通过对青年学者在学术研究

① A. S. Byatt, *Possession: A Romance*. Beijing: Foreign Language Teaching and Research Press, 2000, p. 456.

② Ibid. , p. 4.

③ 程倩:《历史的回声——拜厄特〈占有〉之多重对话关系》,《当代外国文学》2006年第1期。

过程中表现的学术态度和热情以及所承受的学术压力的描述，从圈内人的角度向我们揭示了学术体制下青年学者所面临的困境以及学术体制的腐败与黑暗。[①] 身为学术界的一员，拜厄特以学者特有的敏锐与细致观察，重新思考着以罗兰为代表的青年知识分子的境遇，通过对他们的家庭关系、师生关系和同事关系的描写揭露了青年学者在当前学术体制下的苦苦求索和心路历程。拜厄特对当前学术体制腐败和弊端的揭露可谓一针见血，入木三分。

最后，贯穿小说始终的一直是一个严肃的现实主义主题—爱情。《占有》围绕着对一段鲜为人知的爱情故事的探寻而展开。进行博士后研究的罗兰·米歇尔在"艾什研究中心"收集 19 世纪著名诗人艾什（Ash）的资料时意外地发现艾什写给一位不知名的女士的信，信中表达了倾慕之情。凭着学者的敏锐和严谨的治学态度，罗兰觉得这段鲜为人知的隐情具有重大的学术意义和价值，于是拿走了信稿并与研究拉莫特的女学者莫德·贝利博士联手共同展开调查。《占有》在历史与现代的两段感情经历中平行展开，19 世纪叙述以维多利亚时期的英国诗坛为背景，描写了维多利亚时期大诗人艾什与拉莫特的一段感人至深的爱情故事。艾什为人真诚坦率，才华横溢，为拉莫特所深深吸引；而拉莫特不屈服于男权社会，勇于追求个人价值的勇气也得到了艾什的理解和尊重。当代学者罗兰与莫德的爱情发生在 20 世纪 80 年代。青年学者罗兰和莫德都生活在一个空虚、孤独的精神家园里，对于爱情，两人都心存疑虑，他们不相信真正的爱情，更不奢望属于自己的爱情。然而，随着对维多利亚时代两位诗人恋情调查的逐步深入，两位当代学者也增进了彼此的了解与沟通。维多利亚时代那段"惊世骇俗"的伟大爱情深深地震撼着当代学者的心灵，他们从 19 世纪艾什与拉莫特的爱情中重新树立了对爱情的信心，重新建立了对真挚爱情信仰，成功地摆脱了孤独、寂寞，过上了更有意义的生活。在小说的结尾，罗兰对莫德说："我们可以想出一种方式，一种现代的方式来爱。"在《占有》中，发生在过去的历史性的

---

① 张荣升：《学者与研究对象的双向占有——安·苏·拜厄特学院派小说〈占有〉解析》，《山花》2010 年第 8 期。

事件被重新书写、被重新解读并给现实生活以启迪和指导；而现实生活在历史性事件的关照下获得新的启示，变得更丰富、更有意义。拜厄特号召当代人在历史语境下审视现在，追求爱情和美好生活的良苦用意可见一斑。

2.《占有》中后现代实验手法的运用

作为一位自觉意识很强的小说家和批评家，拜厄特用小说家的功力来驾驭语言，又以批评家的犀利目光审视自己的语言。因此，拜厄特在选词和谋篇布局时非常谨慎，力求将不同时期的话语和思想融入文本之中，建构一个丰富多彩的文本。拜厄特认为一个文本就是一个不同文化话语聚合场。它从政治、意识形态、宗教、心理等方面都与社会现实以及其他文本有着千丝万缕的联系。拜厄特的作品一方面继承了英国文学的写实传统，但身处后现代语境下，又自觉地运用多种后现代技法。《占有》的实验性主要体现在对文学样式的拼贴、对传统神话的改写和对小说体裁的戏仿上。

首先，《占有》引用了大量的维多利亚时代的文本，包括诗歌、手记、传记、戏剧、学术散文等不同的文学样式，还不时地加进电视的媒体形式。其中诗人创作的诗歌就多达 1600 多行，数量如此之多在英国文学史上实属罕见。除独立的 7 章外，小说其他章节的开头都有一首短诗。它们的重要作用在于暗示或引出相关章节的主题。表现章节主题的一个例证当属第 12 章的引头诗。该诗表达了拉莫特在她和女友布兰奇小姐共同维系了 6 年的家破碎后的感受。诗的上节展示给读者的是拉莫特遇到艾什之前与女友温馨和谐、独立自由的家庭生活；诗的下节则借助房屋破裂的意象寓意拉莫特遇到艾什之后两位女同性恋者友谊或爱情的决裂。此外，情书、日记、评论、传记、脚注、序言和报道等为故事的发展和人物塑造提供了必需的背景资料，从而使读者对所有的人物和事件有了全方位的理解。

其次，在《占有》中，拜厄特还对西方家喻户晓的多部经典童话进行了大胆改写，以达到用童话映照历史、反观现实的目的。拜厄特对格林童话《水晶棺》的改写就是最好的例证。作品中，无论是 19 世纪的女诗人，还是 20 世纪的当代女学者，都企图使自己的艺术之树常青。一方面，拜厄特以《水晶棺》的神话借喻生活在 19 世纪的拉莫特的生存状态和精神追求。她坦言：当我在《占有》中重写这个故事时，我让小裁缝用冰棱杀死了黑衣巫师，格林童话里没有这个情节，我让他在与富家女子结婚时为可能丢失自己的缝纫才艺感到后悔。拜厄特之所以进行这样的改写是为了暗指拉莫特在结识艾什之后一方面诗情勃发，情感充实；另一方面又担心堕入情网，导致自由和独立人格的丧失。无疑，拉莫特被艾什的博学和优雅所吸引，深深地爱恋着他；但作为一位有着独立自由精神的女性，她一直努力坚守着女性的自主和自尊。这样一个勇于追求真爱，又有独立自主人格的女性形象在英美文学作品中屡见不鲜。读者不禁会联想到《简·爱》中的女主人公简、《贵妇人的画像》中的伊莎贝尔以及布朗宁夫人长篇叙事诗《奥罗拉·赖》中的奥罗拉等。这些都是不甘受男性和婚姻束缚的杰出的女性人物形象。另一方面，对格林童话《水晶棺》的改写也暗指了当代女性主义学者莫德的生存状态和精神追求。她的住宅和办公室就像囚禁公主的高塔一样，深不可测；为了躲避男人的追求，不让自己的金色长发让男人产生非分之想，莫德常年用一条绿色头巾将其束缚。

最后，《占有》还戏仿了罗曼史、侦探小说等传统体裁，生动形象地讲述了不同时期的两对恋人各自所亲历的浪漫之旅。罗曼史题材广泛，内容丰富，包括神话故事、宗教寓言、英雄传奇、宫廷逸事以及各种冒险经历，等等。"英国早期的罗曼史追求表现骑士精神和浪漫爱情，并致力于两者之间的完美结合。"[①] 拜厄特以"一部罗曼史"作为小说的副标题就明显借用了这一文学形式。维多利亚时期著名诗人艾什和拉莫特的爱情故事显然是一部罗曼史。艾什被拉莫特的博学与幽雅所吸引，通过在书信中讨论诗歌，艾什和拉莫特更加彼此爱慕。一个才华横溢的诗人邂逅了一个既漂亮又有才气的女诗人，这就是典型的罗曼史。然而，在故事的结尾拜厄特却颠覆了传统罗曼史中的大团圆结局，为作品设计了一个悲剧性结局：艾什没有抛弃结发妻子，拉莫特终生未嫁，孤独地度过了自己的后半生。这一结局显然是对罗曼史体裁的戏仿。侦探小说是

---

① 李维屏：《英国小说艺术史》，上海外语教育出版社 2003 年版，第 30 页。

西方通俗文学的一种体裁，主要描写侦探家如何根据一系列线索破解疑案，揭开事件的真相。拜厄特有意在《占有》中对侦探小说进行了戏仿，并声称当我应邀评论艾柯的《玫瑰之名》时，我就已经想到了《占有》应该是一部侦探小说，而小说中的侦探就是那些学者。小说中两位青年学者为查证真相，破解维多利亚时期诗人艾什鲜为人知的爱情故事，仔细地阅读了大量的历史和文学资料，沿着历史的轨迹追本溯源，一层层地揭开了整个事实真相。这一过程扑朔迷离，无疑构成了侦探小说的框架，然而，《占有》并不是一部传统的侦探小说，而是对侦探小说的颠覆。首先，作品的主要情节并不是对谋杀案的调查，而是试图解开两位维多利亚诗人间的隐秘恋情。其次，小说中的侦探是一些当代学者而非职业侦探家。最后，调查的目的并不是要挖出隐藏的罪犯。拜厄特独具匠心地为小说增设了一个令人又惊又喜的后记。在后记的开头这样写道："有些事情发生了，却未留下可见的踪迹，无人谈起，无人记录，但如果说随后的事情无动于衷地继续着，仿佛这些事情从未发生过，那就大错特错了。"[1] 实际上，只有读者了解艾什知道他与拉莫特还有一个女儿叫梅娅。通过以上分析可以看出，《占有》颠覆了传统的侦探小说模式，构成了对侦探小说的戏仿。此外，拜厄特以"一部罗曼史"作为这部学院派小说的副标题，显然是戏仿了洛奇的《小世界：学术的罗曼史》。

《占有》便是这样一部既继承了现实主义传统的脉络，也吸取了后现代主义的实验技巧，将写实与实验巧妙地融合在同一文本中的经典作品。《占有》中对英国文学伟大的现实主义写实传统的继承，对诗歌等传统文学的引用、对经典童话的改写以及对罗曼史、侦探小说等通俗小说体裁的戏仿使《占有》成为熔传统与现代为一炉，雅俗共赏，兼收并蓄的英国学院派小说的典范。小说将维多利亚叙事与当代叙事巧妙结合在一起，现在与过去、历史与现实、当代学术研究与维多利亚文学传统交织在一起，对应与反衬、交错和互动，饱含着作者对情欲与艺术、理性与感性、

① A. S. Byatt, *Possession*: *A Romance*, Beijing: Foreign Language Teaching and Research Press, 2000, p. 552.

历史与现实的哲理思考和感悟。

五 结语

拜厄特认为小说应该像一个宽松的巨袋,可以容纳任何东西。《占有》犹如一道文学盛宴,雅俗共赏。它首先是一部罗曼史,既描写了维多利亚时代两位诗人爱情的辛酸与痛苦,又书写了当代学者复杂曲折的情感轨迹;它又是一部侦探小说,既有青年学者排除各种阻力,层层揭露真相的神秘与悬念,又有贪心学者违背法律和治学原则黑夜盗墓取信的骇人听闻;它更是一部批评史,既有对当代学者激烈的学术竞争与西方"传记工业"的批判与揭露,又有对新历史主义、女权主义和弗洛伊德心理批评等文学理论的讽刺与担忧。拜厄特的《占有》和布雷德伯里的《历史人物》以及洛奇的《小世界》一起,代表了英国第二代学院派小说的最高成就,开创了学院派小说的一个崭新时代。

第五节 《传记家的故事》:对传记产业及后结构理论的揭露和批判

相对于《花园里的天使》《巴别塔》《占有》之类的鸿篇巨著,英国当代著名女性小说家,第二代学院派小说代表作家拜厄特于 2000 年创作的《传记家的故事》(*The Biographer's Tale*)篇幅可谓短小精悍。《传记家的故事》延续了英国学院派小说的传统,并开拓了这一领域,将视野转向了"传记工业"。小说开始,专修后结构主义理论的青年学者纳森因厌倦自己的专业而转向传记写作。小说结尾,纳森又抛弃了不可信的传记写作,积极投身到现实世界,帮助女友芙拉在一个生态保护项目中为昆虫命名。主人公的前后选择折射出拜厄特对后结构理论以及传记产业的揭露和批判。小说涉及很多学术、科学方面的内容,如自然科学、人类历史、文学理论、传记写作等,因其以特殊的视角表现了对当代青年学者学术生涯的关注以及对西方传记工业的批判性思考而备受学者和读者的好评。

一 纳森：后结构主义理论的反叛者

小说主人公菲尼亚斯·纳森是一个从事后结构主义理论研究的博士生。然而，在小说的开头，纳森就表现出对文学理论的厌恶，"所有的研讨会都存在着致命的家族相似性，它们都极端地重复，我们发现它们底层有同样的裂痕、缝隙、犯规、瓦解、诱惑和欺骗，无论我们占卜的表面是什么"。[①] 纳森觉得学术研究必须扎根与现实生活，必须是真实的事实和事物，于是开始自觉地抵制理论、抵制虚构的世界，"我喜欢安全的、稳固的安格鲁撒克逊语言。我避开了谈论'现实'和'非现实'的陷阱，因为我明白后现代主义文学理论可以描述为一种现实，人们生活在其间。"[②] 在导师奥默罗德·古德教授的建议下，纳森开始研究传记艺术。虽然，传记是一种受轻视的艺术，因为它是有关实物、事实，特别是组织好的事实的艺术，然而，斯科尔斯撰写的关于传奇人物博尔爵士一部传记吸引了纳森，他被传记家渊博的学识和超出常人的写作天赋深深的吸引了。于是，纳森下定决心要为斯科尔斯写一部传记，通过扎实的搜集素材来进一步深入的研究人物传记。然而，随着传记写作的深入，纳森逐渐认识到，他可以从那个充满了投射、典故和迷宫般难题的世界中发现事实的单纯愿望，已经不复存在。

怀着追求"事实"的梦想，纳森开始了他的传记写作的漫长之旅。为了掌握大量确凿的信息，他做了大量的工作。图书馆、档案所，传主的童年旧居，当年出版过传主传记的出版社都是他光顾的重要场所。然而，他的探寻始终没有实质性的进展，传主斯科尔斯的人生之谜始终没能解开。正当一筹莫展时，纳森幸运地得到了一些宝贵文本资料，资料的内容非常丰富：包括文学、哲学、心理学、语言、宗教、照片成像、环境保护、生物分类，等等，具体有斯科尔斯生前遗漏在某旅馆的三个手稿残篇、几鞋盒卡片照片、剪报和珍贵的资料。有了这些珍贵的资料，纳森凭着他特有的理论研究精神，对这些文本碎片进行了分类整理。研

① A. S. Byatt, *The Biographer's Tale*, London: Chatto & Windus, 2000, p. 4.
② IbId., p. 7.

究结果令纳森大为吃惊：原来这些素材主要指向了欧洲历史上3位文化名人，他们分别是18世纪瑞典植物学家卡罗勒斯·林奈（Carolus Linnaeus），他最早构想定义生物属种原则、并创立统一生命命名系统。另一位文化名人是英国19世纪探险家、人类学家和优生学家弗朗西斯·格尔顿爵士（Sir Francis Galton）。最后一位是挪威著名戏剧家亨利克·易卜生（Henrik Ibsen）。令纳森感到困惑的是，这些历史人物的传记充满了大量不实之词。纳森惊奇地发现，那堆杂乱无章的文本碎片实际上正是斯科尔斯当时创写传记的"原始材料"。由此，纳森意识到所谓的传记创作无非就是诸多文本的拼贴游戏。这是纳森意外地窥见传记家创作的真相，纳森的传记创作计划虽无果而终，却开始了别样的事业和人生。小说最后，纳森和女友维拉沿着先人科考的足迹，重新徜徉在大自然的怀抱，他终于恢复了自己一直以来被烦琐的理论压抑和排斥的直觉，更重要的是，纳森重新找到了运用语言自如表达自己的美好感觉。

如果把英国第二代学院派代表作家布雷德伯里、洛奇和拜厄特三人笔下的主人公加以比较，细心的读者会发现一个有趣的特点。无论是布雷德伯里笔下《吃人是错误的》中的特里斯教授，《向西行》中的沃克教授，《历史人物》中的霍华德教授，还是洛奇笔下《换位》和《小世界》中的史沃娄教授和扎普教授，《想》中的麦信哲教授，都是小有成就的知识分子和学者。相比之下，拜厄特则将关注的重点放在青年学者身上。无论是《太阳下的阴影》中的青年作家塞尔维利亚，《占有》中的青年学者罗兰博士和莫德博士，还是《传记家的故事》中厌倦后结构主义理论研究而转向传记写作的博士生纳森，拜厄特笔下的主人公都是年轻学者的代表。和布雷德伯里、洛奇相比，拜厄特显然对学术界中的青年学者着墨更多。通过对青年学者在学术界境遇的描写，向我们揭示了学术制度的腐败以及青年学者在学术体制下的苦苦求索。当然，和布雷德伯里、洛奇一样，拜厄特的作品中也不乏对学术界迂腐不堪、不求甚解的学者们的揶揄和嘲讽。如在研讨课上，古德教授"很少献言，只纠正了几个事实性的错误，那是他甚至在看上去快要睡着时注意到的。而对于他这点干预，谁也没去在意。"[1] 拜

---

① A. S. Byatt, *The Biographer's Tale*, London: Chatto & Windus, 2000, p. 4.

厄特对著名的后学理论家布丘教授是这样描述的:"伽若斯·布丘不喜欢死的语言,对活的又不精通,他是看着译文来研究他的福柯和拉康的,就像他看译文读他的赫拉克里特和安培多克勒一样。"① 在作者看来,当代学者囿于象牙塔内,沉溺于不切实际的理论研究,得出来的不过是些陈腐不堪的臆想,显示出拜厄特对各种理论思潮冲击下学术陷入僵化疲软现状的深切忧虑。

二 对传记写作的揭露

在主题方面,和《占有》一样,《传记家的故事》渗透了拜厄特对传记写作的深切关注。其实,在《占有》中,拜厄特就已借莫德之口质疑了传记写作的真实性:"你读任何作家的书信集、传记,总觉得有所缺失。"② 在《传记家的故事》中,这一主题得到了进一步的阐述。

在《占有》的第三章开首,拜厄特借艾什之名,写了一段极其辛辣的讽刺诗,嘲讽了当今写人物传记的学者们:

> 在这块阴暗的地方
> 一只爬行的 Nidhogg
> 用它乌黑的齿　到处啃着
> 筑起它的窝　在盘根错节的树根中
> 卷起身子　贪婪地蚕食着大树的根。③

寥寥数语道出作者对那些利欲熏心的传记作家们的批评。《占有》中的詹姆斯·布莱克埃德教授和莫蒂默·克罗珀教授就是当代传记家的代表。布莱克埃德思想僵化,他主持的"艾什研究中心"并不能展示历史真相,只是充满功利性的"艾什工厂"。克罗珀显露出强烈的占有欲望,他将学术研究等同于占有史实,实质上是个沽名钓誉的收藏家。如果说

---

① A. S. Byatt, *The Biographer's Tale*, London: Chatto & Windus, 2000, p. 4.
② 钱冰:《占有的悖论:高度的传统和醒目的后现代》,《外国文学》2005 年第 9 期。
③ A. S. Byatt, *Possession: A Romance*, Beijing: Foreign Language Teaching and Research Press, 2000, p. 26.

拜厄特在《占有》中对以布莱克埃德教授和克罗珀教授为代表的学术界权威加以批判，那么，《传记家的故事》中，作者传达出的显然是对当代西方传记工业的关注与批判。

有着深厚历史情节的拜厄特对当代传记写作的不健康发展表示了深切的关注并进行了犀利的嘲讽和批判。众所周知，传记写作的过程就是对传主一生的经历进行梳理，串连成一部有机统一的历史记录的过程。读者阅读这样的传记，首先理所应该认定传记中所描述的是实际发生的历史事件，传记只是对这些真实的历史事实进行忠实描述和再现。但新历史主义者则持有不同的观点：他们认为历史"真相"不可能追溯和恢复，真实发生过的历史事件或存在过的历史人物都以"再现"的形式存在，即文本。作为"个人历史"的传记只不过是众多"个人"传记文本的"互文本"，充斥着众多前文本的回声。纳森发现，斯科尔斯将林奈、格尔顿和易卜生等的人物传记重新糅合在一起，经过重新排列组合，又拼凑出一个全新的个人传记。而这种东拼西凑写成的传记其历史事实的可靠性就可想而知了，令读者不仅想起"弗兰肯斯坦"造人的荒谬。在搜集资料的过程中，纳森发现斯科尔斯的传记存在许多与事实不符之处。如在对林奈的描述中记录了他去北欧大旋涡考察的经历，而在"林奈协会"的资料中，纳森却惊奇地发现那只不过是林奈自己编的一个谎言。由于天气的原因，当年他只是划船去了一个叫诺斯塔德夫的地方。在纳森看来，如果说林奈有声有色地自编了这样一个谎言，那么，斯科尔斯显然对"谎言"作了进一步的加工渲染，增添了故事本身的传奇色彩。随着调查的深入，纳森还发现，斯科尔斯写的格尔顿传记基本上是沿用了先前传记家卡尔·皮尔森的材料，他本人根本没对格尔顿做任何实地的考证和深入细致的研究。令纳森更为匪夷所思的是，所有这些互不关联的历史碎片都成为斯科尔斯尚未完成的一个传记的原始素材。也就是说，斯科尔斯进行的传记写作，无非就是对先在的各种传记进行分类，然后重新混合剪辑拼贴，从中"建构"出一个新的传记。至此，笼罩在斯科尔斯笔下的传奇人物博尔爵士头上的神秘光环露出其"虚饰"的本质。纳森的调查进一步验证了之前的疑虑。原来，这位集多种性格、身份、兴趣、职业于一身的"博尔爵士"，只不过是多个"先在"的杰出的

象牙塔内的喧哗与骚动

历史人物的"组装"，他是又一个传记家精心编撰出来的"文本人"，而那个历史上真正存在过的"博尔"早已在传记家的文本游戏中滑落，被远远地放逐了。被古德教授奉为"最崇高、最严谨"的传记原来竟是这样"炮制"出炉的！纳森的这一意外发现无疑击碎了人们对于传记揭示人物真相的传统信念。拜厄特通过《传记家的故事》不仅对后结构主义文学理论进行了嘲讽和批判，而且揭示了西方世界"传记产业"的真实面貌，向传记家敲响了警钟。

三 后结构理论的批判

上文提到，第二代学院派作家布雷德伯里、洛奇和拜厄特共同具有的一个显著特征就是他们既是小说家又是文学批评家。他们精通各种现当代文学理论并在作品中自觉地对理论加以阐释和应用。作为一位学者型作家，拜厄特对新批评、形式主义、结构主义、解构主义、新历史主义等理论有很好的理解和掌握，其作品隐含的"理论自觉"已是不争的事实。像《历史人物》《小世界》和《占有》一样，《传记家的故事》中也包含了对后学理论的批评。这是一部全面揭示和批判后现代理论荒谬和局限性的小说，小说将后现代理论思潮作为批评对象，犀利地揭露出后结构理论的本质，即模糊不定的语言建构、沉溺互文游戏和逃避现实关怀。

主人公纳森虽然致力于寻找"事物"和"事实"，他的思维却无法摆脱后结构文学理论的桎梏，总是自觉不自觉地在思考和实践中应用所学的理论知识，"即使是面对这些材料简洁理性的笔调，我发现也很难把自己根深蒂固的怀疑和质疑的习惯撇开……"[①] 在收集资料过程中，纳森偶然看到一对同性恋男青年所开的旅行社在招聘员工，就去做了兼职。纳森在这里找到了"实物"，但他发现，大多数物体都是其他物体的影像："冰河的照片、旅馆房间的标准化描述。装订起来的书是实物，电脑屏幕也是，但这些东西包含着代码，指代其他更物质性、更实在的实物。"[②]

---

① A. S. Byatt, *The Biographer's Tale*, London: Chatto & Windus, 2000, p. 25.
② Ibid., p. 130.

这一发现表明纳森仍然没有摆脱理论的影响，依然喜欢用符号学等理论来理解、解释事物。此外，在小说开篇，作者就揭示了后结构主义理论的反人文主义倾向，为全文奠定了批判和反讽的基调。在纳森所在的研究生理论课堂上，布丘教授正在用拉康理论诠释文学文本。然而，正如他的姓氏 Butcher（中文译为屠夫）所示，他对文学文本的解读充满暴力，其对理论的应用牵强附会，难怪主人公纳森通过编写人物传记来抵制理论、抵制虚构的世界，希望通过自己扎实的研究来掌握实物和事实。在《传记家的故事》中，拜厄特通过纳森表达自己对后结构主义理论的思考和批评。纳森发现斯科尔斯的传记是事实和虚构的混合。就连一贯追求真实的纳森所写的传记也不再注重实物和事实，而变成一种虚构和事实混杂的、像用第一人称讲述的自传："我已经承认我在写作一个故事，它以一种偶然的方式成了一个以第一人称叙述的故事……成了一我不得不承认一个彻底的以第一人称讲述的故事，一部自传。我讨厌自传。变化不定，不可靠，更糟糕的是，不精确。"① "命名"是拜厄特小说中经常出现的情节和话题，从《昆虫和天使》到《游戏》和《传记家的故事》都是如此。我们知道，命名是赋予事物一个区别他者、识别身份的语言符号。从上帝为万物命名，建立起词与物的关系，从而赋予世界以秩序起，命名无疑具有了特殊意义。② 在《传记家的故事》中，作家有意安排纳森这位后结构主义理论学者直接参与生物命名活动的情节正是对后结构主义思想的否定和反击。

四　写作特色

在《占有》中，拜厄特以 20 世纪叙事线为基础，引发出 19 世纪维多利亚时代叙述线，又借维多利亚诗人之名戏仿改写了大量童话和寓言故事，构成第三个叙述层次，使得"人类远古时代，维多利亚时代和后现代商业社会三个历史时期共时并置，互为参照，既有精神内核的同构性，又有价值意义的对比性"③。这一叙事方法在《传记家的故事》中得到了

---

① A. S. Byatt, *The Biographer's Tale*, London: Chatto & Windus, 2000, pp. 249—250.
② 陈姝波：《传记是这样"出炉"的：理论的想象和虚构》，《外国文学》2008 年第 7 期。
③ 程倩：《拜厄特小说〈占有〉之原型解读》，《外国文学评论》2002 年第 3 期。

进一步的应用。在写作技巧上，拜厄特巧妙地采用双重叙事模式，即现实层面描述现代学者纳森，探寻传主斯科尔斯的经历；由"文中文"组成的历史层面呈现出传记家斯科尔斯当年留下的创作"痕迹"。两条线索互相映衬，形成反讽性的对照。历史层面的"意外"发现使现实层面主人公探寻事实真相的希望化为泡影，但却揭开了传记写作的内幕。此外，小说中反复使用了大量意象，诸如由各种色块组成的魔方、蕴藏无限排列组合可能的玻璃球、古老的拜占庭镶嵌画、闪烁不定的广告灯饰，还有折射出奇光异彩的万花筒，等等。它们形态各异，却都包含无限变幻的可能，作者以此隐喻传记写作成为纯文本拼贴游戏后的状态，以及由此"创造"出来的那个由无数重重叠叠的人影构成、人脸模糊的"文本人"的模样。

五　结语

和《占有》中的罗兰一样，在拜厄特的笔下，纳森，这位在后结构主义理论阵营中出逃的青年学者，在探索传记家真相的过程中认真分析史料，从而发现了传记写作的真相，并在探寻历史真相过程中提高了自我认识，参加更有现实意义的生态保护项目。《传记家的故事》借电视谈话节目、学术会议的形式对许多严肃话题进行了深入探讨，延续了学院派小说的传统；但同时也正是这个原因使小说显得过于自省，评论化、学术化的色彩过浓，令许多读者难以理解。然而，作为又一部以青年学者的学术求索为主题的学院派小说，拜厄特在《传记家的故事》中对学者专家们的讽刺以及对传记写作黑幕的揭露给读者留下的印象无疑是深刻的。

下　篇

美国学院派小说研究

第一章　索尔·贝娄

索尔·贝娄（Saul Bellow，1915—2005），美国著名犹太裔小说家，生于加拿大魁北克省拉辛城的一个俄国犹太移民家庭，1924 年随父母到芝加哥定居，并在那里上完小学和中学。贝娄从小便热爱读书，9 岁时已读完所有儿童书籍，开始阅读成人作品。从小学到中学，他阅读了大量文学和哲学著作。他于 1933 年进入芝加哥大学学习人类学和社会学。两年后，转入伊利诺伊州的西北大学，获得人类学和社会学学士学位。同年贝娄又赴威斯康辛大学攻读硕士学位。自 1938 年之后，在第二次世界大战期间曾作为预备军官应征入伍，"二战"后复员。他又到芝加哥《百科全书》编辑部任编辑，以后一直都在芝加哥大学、明尼苏达大学、纽约大学、普林斯顿大学等高校执教。

贝娄从 1941 年开始发表短篇小说，但他引起文坛瞩目是自 1944 年发表长篇小说《摇来晃去的人》（*Dangling Man*）之后。四十多年里，贝娄共出版了八部长篇小说，它们是：《受害者》（*The Victim*，1947）、《奥吉·玛琪历险记》（*The Adventures of Augie March*，1953）、《雨王汉德逊》（*Henderson the Rain King*，1959）、《赫索格》（*Herzog*，1964）、《赛姆勒先生的行星》（*Mr. Sammler's Planet*，1970）、《洪堡的礼物》（*Humboldt's Gift*，1975）、《院长的十二月》（*The Dean's December*，1981）、《更多的人死于心碎》（*More Die of Heartbreak*，1987）、以及 84 岁高龄出版的最后一部小说《拉维尔斯坦》（*Ravelstein*，2000）。从他的作品来看，40 年代是贝娄文学创作的探索时期；50 年的创作获得了长足的发展，尤其是《雨王汉德森》的发表则是进一步深化了贝娄的创作；六七十年代的贝娄进入了创作的全盛阶段，《赫索格》的问世，轰动了文坛，而《洪堡的礼物》的发表则使贝娄登上了创作的顶峰。这两部作品的出版，也终于让索尔·贝娄摘得了1976年诺贝尔文学奖的桂冠。20世纪80年代以后的作品，无论从主题还是形式来说都走向了成熟。

贝娄小说的容量一般都很大，有卡尔维诺所说的"繁复"的美学特征。这里的容量，不单是指篇幅，还指他的小说所概括和表达的生活的深度和广度。索尔·贝娄的作品以令人吃惊的广度和深度，展现了50年美国社会的蓬勃生机和美国人的精神与灵魂的斑驳陆离。更进一步说，索尔·贝娄作为"如饥似渴的观察家"尤其是写中产阶级知识分子的高手，他在作品中探寻了美国现代社会中知识分子的处境，即个人与社会、理想与现实之间的不协调，对于美国中产阶级知识分子的苦闷与彷徨、挣扎与沉沦、失败与失落，描绘得典雅庄重，意义深刻。他主张文学要面对社会历史的真实，并通过知识分子精神危机的种种表现，来深入揭示资本主义文明面临崩溃的本相。在表现方法上，他善于把心理探悉与客观展示、现实描写与历史回忆交织起来，把喜剧性的嘲笑和严肃性的思考结合起来，以多样化的手法造成作品在艺术上的雅俗并存，引人入胜又迫人思考。贝娄的创作代表了当代西方文学的一个重要动向，即现代主义与现实主义因素的相互交织和彼此渗透。由于他非凡的文学成就，贝娄获得了许多的荣誉和表彰，除了诺贝尔文学奖以外，他还曾获得过哈佛大学和耶鲁大学的荣誉博士学位、美国国家图书奖、法国文学艺术骑士勋章以及美国全国图书基金会颁发的终身成就奖。索尔·贝娄也被称为是继海明威（1898—1961）和福克纳（1897—1962）之后美国最重要的小说家。

第一节 《赫索格》：知识分子的探索、逃离与回归

《赫索格》发表于1964年，是贝娄的代表作之一，1965年他也因此部作品获了国际文学奖并成为获此奖的第一位美国人。这部作品为读者呈现了一位苦闷的犹太知识分子的一颗无处安放的灵魂，这颗灵魂迷失在理想与现实、精神与物质的夹缝之间，彷徨困惑，无依无靠。贝娄通过这样一部作品表现了当代知识分子面临的精神危机。

摩西·赫索格，小说的主人公，就是我们所说的这样一位知识分子。赫索格是一位历史学教授，是一个异化了的犹太人。他几乎具备作为有前途的知识分子的所有条件：具有博士学位、受人敬仰的大学教授，本人还是研究浪漫主义的专家，早在50年代他就出版了《浪漫主义和基督教》一书，随着时间的推移，已经成为学术界公认的著作。但他还继续着这方面的研究，打算写出续篇，几年工夫积下了800多页的手稿。由于他的成就，他还有自己的科研基金。但就是这样一位看似让人羡慕的人物，他的家庭和事业甚至生存都存在着危机。故事发生的时代背景是20世纪60年代，赫索格的婚姻搞得一团糟，刚40多岁，他已经离了两次婚。和第一任妻子黛西离婚，是因为他的不忠，第二任妻子玛德琳则背叛了他，和他的好朋友格斯贝奇——一个只有一条腿的电台音乐唱片节目主持人搞在了一起，儿子马科被黛西带走，心爱的女儿琼妮则跟了玛德琳，他被抛弃在繁华但却寂寥的世界之中。在接二连三的打击下，赫索格变得精神恍惚，整天紧张思考，时常自言自语，讲课时心不在焉，往往要停下来做笔记、写摘要。而此时，又和花店老板雷蒙娜纠缠在一起，而后者希望和他建立家庭关系。两次婚姻的失败，使赫索格对婚姻躲躲闪闪，四处躲避，不愿面对。这期间他忙于写信寄托自己奔涌而出的思想，收信人包括亲戚朋友、科学家、思想家、主教牧师、心理医生、报社杂志、政界要人、甚至上帝；这些人有活着的，也有死去的。他四处避难仍得不到内心的平静，他脑子一团混乱，精神濒于崩溃的边缘。最后决定去芝加哥看望女儿琼妮，并带了父亲遗留的手枪，想杀死玛德琳和格斯贝奇。但当他看到格斯贝奇正在给女儿洗澡时深受感动，打消了杀人的念头。第二天带女儿去游玩时，发生车祸，手枪被警察发现，又被警局拘留，后被哥哥保释出来。最终他重新回到路德村的乡间古屋，心灵逐渐恢复了平静，静静等待雷蒙娜的到来。

一　赫索格——美国犹太知识分子的真实写照

这个结构看似松散的故事，其实藏着一条清晰的线索，那就是赫索格的精神流浪。贝娄将犹太人的精神实质融入赫索格这个人物身上。

首先，主人公的名字就是一个明显的例子。赫索格的全名为摩西·

埃尔凯纳·赫索格，这不禁让我们想起《圣经·旧约》中的那位先知摩西。先知摩西在犹太民族面临生死为难的关头挺身而出，带领饱受苦难的埃及人民逃离埃及，去往圣地迦南。赫索格虽然没有像他的祖先那样遭受异族统治者的奴役，但他在美国物欲横流的现代社会承受的苦难同样深重。他对自身存在的价值产生深深的焦虑，他感到被排挤被异化，人在现实面前丧失了宝贵的自由和尊严，因此他决定逃离——肉体和精神一块出逃——去寻找新的价值标准和理想的精神家园。摩西带领犹太人去往上帝应允之地迦南，赫索格也最终回归到路德村的乡间古屋，但我们知道这并不是他最终的归宿："行走"似乎成了他存在的状态，这也是犹太民族的精神特征。

其次，赫索格重情重义，并且缺乏享受快乐的能力，他视苦难和折磨为宿命，把保持内心紧张的不安状态当作做人的良心。从古代起，犹太人就失去了自己的祖国和家园，在世界各地颠沛流离，饱受歧视之苦。他们是流亡的民族，苦难的民族，他们的历史浸透着辛酸的泪水和牺牲的鲜血。这种遭遇，造就了犹太人谨小慎微、低调做人的性格。赫索格怀着这样的情怀，迷失在美国现代物欲横流的现代工商业文明之中，他的犹太同胞们渐渐遗忘了民族的根，和美国主流的白人做着同一个"美国梦"，争先恐后走着同一个发财路。而赫索格则在这个大熔炉里，坚守着自己的民族传统，然而身边亲人的"背叛"则加剧了赫索格的痛苦。物质世界的拜金主义助长了人们无限膨胀的欲望，赫索格的第二任妻子玛德琳就是一个鲜明的例子。她为了更好地融入美国的主流社会，甚至背弃了本民族的宗教信仰，还虔诚地皈依了天主教；而又完全不顾天主教忠实不背叛的教义，跟自己丈夫的朋友私通。而格斯贝奇又是另外一个伪善的例子。这个犹太人打着真诚的幌子，先是骗取了赫索格的友谊，又乘虚而入，夺走朋友（赫索格）的妻子，破坏其家庭，还一心一意地认为他是在帮助赫索格摆脱困境，是在拯救玛德琳走出不幸的婚姻。他深信出于友谊和怜悯，他可以照顾赫索格不能照顾的妻子，抚养赫索格无能培养的孩子。多么堂皇而又伪善的理由啊！在遭受这一系列的变故之后，赫索格的精神出现了游离，赫索格陷入到了精神错乱之中，他感到自己快要被打垮了。他在内心里反复叩问自我、怀疑自我："我的天

象牙塔内的喧哗与骚动

哪！这个生物是什么？这东西认为自己是个人。可究竟是什么？这并不是人，但是它渴望做个人。"① 显然，赫索格稳定的精神世界正在崩溃，他对此却毫无办法。人活在这个世界上，有时根本无法把握自己，更不用说了解世界。生活中总是有那么多无法解脱的悲愁和苦难，那么多无法超度的恶行和不义，良知又时不时地折磨人的内心。

最后，尽管赫索格几乎被自己的个人生活问题打垮，可是他依然不忘承担一个知识分子应当有的担当。任何有良知的知识分子，都有责任和义务唤醒失落的良知，尽管赫索格看起来是那样的形单影只，但他在开始仍然坚定地相信：通过他的解释，他可以改变世界。可这种解释对于大多数人来说毫无意义，他只能是赫索格的一厢情愿而已。像赫索格这样的聪明人已经变成一种专门给人解释的角色了，给他人解释，也给自己的灵魂解释，然而除了他自己，大多数人都是一只耳朵进，一只耳朵出。但是人对这个社会的认识就需要这样反反复复的解释，总有一天，改变会发生。所以，我们不能否定赫索格作为一名知识分子的思想力量。

二　赫索格——孤独的思考者

赫索格身上集合了几乎所有执着敏感的、彷徨苦闷的、总是陷于徒劳的"思考"旋涡的知识分子的特征，也就是说大多数知识分子都可以在赫索格身上或多或少的看到自己的影子。他们的危机是一种"时代病"。知识分子和所有人一样经历着从求生存到求发展的几个阶段，只不过他们在求发展这条路上走得更为艰难些。学识的丰富和思想的敏锐使得他们能洞察人生与文明社会的人情世态，在对精神世界追求方面也执着于常人，因此他们背负了更多的心灵与精神负担。知识分子可以被视为对社会抱有深切关怀或责任感的个人。知识分子是一切社会中对神圣的事物具有非凡的敏感，对其所处世界的本质和统治社会的规则具有非同一般的反省的少数人，这些人天性就是要看透事物表层下的本质。当所有的人都去寻觅与建构人间天堂之时，知识分子应该伫立于荒凉的边

---

① 　[美] 索尔·贝娄：《赫索格》，宋兆霖译，上海译文出版社 2011 年版，第 3 页。

缘，并冷静地指出那隐约可见轮廓的天堂构架的缺失：瞧，这最终又是一座人间地狱。公共知识分子许知远说过，知识分子不过比别人更敏锐与深刻地感受到这一点，流亡感是他们的宿命。就在人们匆匆忙忙找寻"永恒幸福"的过程中，那些罕见的知识分子发出了愤怒的叫喊声但却鲜有听众。赫索格就是这样一位"伫立在苍凉的边缘"，对社会发出了"愤怒的叫喊声"，但却没有听众的孤独的思考者。他辛辛苦苦地动足脑筋，为大大小小的各种问题伤神，孤独的赫索格迷恋上了写信，在疯狂的冥想之中进行深刻的精神探索，而这些信又不被寄出，这本身就是一种讽刺，之所以不被寄出是因为他怕没有人能够理解，这些信实际上是写给自己的。由此可以看出，赫索格是患上了"失语症"——无法在常态下与周围环境沟通，结果落得个被人误解，遭人耻笑的下场。所以赫索格只能通过写信孤独地思考。

思考让赫索格内心一直保持着清醒的状态。赫索格通过写信把自己对社会、对人生的种种思考变成文字，这些文字既可以提醒自己也可以警醒他人——那些堕落的、疯狂的胡作非为的人。他们并非没有良心，他们的良心只不过是暂时性地沉睡了。思考的作用就是不断摇醒已经沉睡的良心。思考者当然也会做错事甚至做坏事，但只要不放弃思考，自责和忏悔总会袭上心头，这样，就不会麻木不仁，就不至于丧失人性。

思考也使赫索格认识到自身的缺陷与弱点。在他一封又一封的"信件"中，读者看到了他对生活、对社会、对国家、对世界、对人生的深刻思考，同时也看到了深刻的自我反省。通过反省，他发现自己是一个彻头彻尾的失败者，用他自己的话说，"自己本是个坏丈夫——两次婚姻都如此……对儿女，他虽然不乏慈爱，但仍是个坏父亲；对父母，他是个忘恩负义的儿子；对国家，他是个漠不关心的公民；对兄弟姐妹，虽然亲爱，但平时很少往来；对朋友，自高自大；对爱情，十分疏懒；论聪明才智，自己愚昧迟钝；对权力，毫无兴趣；对自己的灵魂，不敢正视。"[1] 赫索格善于思索，不时地进行着紧张的内心活动，但他却高踞于芸芸众生之上，脱离实际，缺乏行动，虽关心国家大事，却对自己的悲

---

① [美]索尔·贝娄：《赫索格》，宋兆霖译，上海译文出版社 2011 年版，第 5 页。

剧处境无能为力，赫索格自己评论自己是一个不乏聪明机智，但却爱上了空想的人。他知道自己的弱点，却又无法挣脱，这些话是他进行了深刻的思考的自我剖析和反省之后得出的结论，显然对赫索格来说，不停的思考，也是不停的自我批评和自我剖析。对自我批判实际也就是自我认识的一个开始。

赫索格的思考还向读者呈现了一个"堕落的现代社会"以及这个荒诞的社会给赫索格这样的知识分子的影响。一个人的思想状况，总是和他的生存状况分不开的。人们常会因为个体遇到的实际问题开始思考，因此产生更多的联想或感触。社会物质主义的盛行，精神信仰的缺失，公众的伦理道德素养存在的危机，家庭生活的失败，人际关系的岌岌可危……这些问题显然令赫索格招架不住。妻子玛德琳竟然会和自己最要好的朋友成为情人；现代民主制度使犯罪行为减少，却使个人罪恶增加；在法庭上，陪审员们会因为赫索格头上的白发就让他失去了对孩子的监护权；好学深思成了多余，不学无术才有出路……当他珍视的高贵品质，遭遇现实的荒诞之后，赫索格绝望地道出："在这种年头，要是仿佛不会给自己招来麻烦似的对人行善，一定会被人疑作是脑子有毛病了——患了受虐狂或者是任性症什么的。人类所有高贵的道德情操，往往会被人怀疑为一种欺骗手段。"① 这个世界是荒诞的，赫索格无法找到生存的价值和意义。而当一个人在这个社会中连存在的意义都找寻不到的话，那么他的存在本身就是一种危机，他的行为也就被社会异化了。

思考让像赫索格这样的知识分子触及世界的核心，穿越沉重的肉身，探测人性的深度。赫索格通过写信来思考，而他越思考也就越显出他的孤独，但赫索格并不知道他的孤独并不是独一无二的，他的孤独是普遍性的，正如索尔·贝娄在他的诺贝尔奖演讲词中所说的"富于感情的人显得软弱——他总觉得自己满身全是弱点。但是，假如他承认自己的弱点，承认自己的离群，从而能深入到自己的内心世界，不断加深自己的孤独感，那么他就会发现，他和其他孤独的人是心心相印的。"② 大多数

---

① ［美］索尔·贝娄：《赫索格》，宋兆霖译，上海译文出版社 2011 年版，第 65 页。
② 摘自索尔·贝娄《诺贝尔文学奖的演讲词》，参考网站：http://tieba.baidu.com/p/2201484352。

沉浸于思考之中的人，尤其是知识分子，都属于是背负太多心灵负担的孤独的思考者。他们执着而清醒，正是这样，他们才会看到更多的负面的东西，因此这群执着而清醒的人就被所谓的"理性"的正常人视为充满傲慢与偏见的"愚蠢的疯子"——就像妻子、兄弟、同事以及朋友眼中甚至是部分读者眼中的赫索格一样。但是这群自我放逐的思考者实际上却是在冷冰冰的物质世界里找寻诗意的失意人。当机器的轰鸣代替的原始的生存方式，当人们全力以赴地投入到对金钱的攫取和占有时，赫索格们却在工业文明的阴影之下徒劳地拼合早已破碎的人性，竭力寻找久已失去的梦想。在一次次的遭遇嘲弄和碰壁以后，赫索格不免产生一种强烈的失落感，这失落来自他的不被理解，从一个侧面更反映了人类精神家园的失落。

三　《赫索格》——现代文明的危机和现代人困境的一面镜子

《赫索格》的成功之处，按索尔·贝娄的话说，在于它描写的是人类普遍的困境。从赫索格身上，读者看到了一个内心挣扎、彷徨苦闷的知识分子从理智到疯癫最后到妥协的过程，他的精神危机和生存困境在当今社会具有极大的普遍性。赫索格的故事就像一面镜子，映照出了现代西方世界文明的危机和人的生存困境。赫索格的焦虑实际就是现代人的焦虑，读者从这些焦虑中可以看到的是一个危机重重的现代社会。小说在表现主人公内心世界的同时，深刻地反映了美国现代混乱和空虚的社会生活以及尖锐的社会矛盾。主人公广泛接触和探讨了许多社会问题，包括政治、经济、意识形态诸多方面，可以说赫索格的思想似乎承担着整个世界乃至全人类所面临的问题。

在他写给《纽约时报》的信中，他就像心怀不满的伏尔泰型的人，谴责泰勒博士有关现在流行的紧身裤对人类生殖腺的危害比放射性尘埃还大的理论说法完全是误导，谴责史多福博士的把人类生命比作商业上的投资的"冒险观"简直就是谬论。赫索格敏锐地观察到"现在有些人，他们的权利之大，足以毁灭整个人类"，他更是呼吁"大家都穿上寿衣，走上华盛顿和莫斯科的街头游行吧"。赫索格也意识到公众的奴性和无知，无知甚至掩盖了他们的眼睛，使他们无法分辨是非，还天真

象牙塔内的喧哗与骚动

地"把世界看成是我们的庇护所"①。而赫索格得到悲伤的结论：人类将毁灭在危险的大人物和无知的普通人，也就是人类自己的手里，而竟然浑然不知。

宗教也成了赫索格不满的对象。赫索格在写给自己心理医生的信中提到，玛德琳（赫索格的第二任妻子）是个很虔诚的人，她在皈依天主教那阵子经常去教堂祷告。但宗教信仰到底给人带来了什么影响？这么一个虔诚的人，却无情地背叛自己的丈夫。"皈依天主教，这对玛德琳来说，是一种戏剧性的行为……她确有宗教感情，但她更感兴趣的是在社会上往上爬和出风头。"玛德琳找到主教希尔顿来为她洗礼，因为希尔顿"是给达官贵人受洗出名的"②。这里赫索格甚至对上帝的权威和万能提出挑战"上帝往来于人的灵魂之中，而人也往来与他人的灵魂之中。但有时人也往来于他人的床底之间"③。在写给牧师的信中，赫索格这样说道："您（比斯利牧师）对鲍厄里街头的流浪汉真是够耐心。他们经常喝得烂醉。闯进您的教堂，在坐椅上拉屎，往墓碑上摔酒瓶，凡此种种，不一而足。"④ 宗教及其布道者总是打着拯救人类的口号，而实际上他们又对现实中真正需要拯救的人无能为力。

除了在赫索格的信中可以看到这个世界的悖论，我们还可以借赫索格的眼睛看见更多的社会罪恶。在纽约法院大厦里，在等待律师的空闲里，赫索格旁听了几个小案子的审理。其中有趁对方醉酒行事、金额不过几毛钱的抢劫，有变异侦探作诱饵的厕所同性猥亵案。较重案件之一是一个性变态的年轻人，为了购买毒品，企图用玩具枪在一家杂货店进行抢劫。而这个人还浑身上下肮脏不堪，后来就以卖淫为生，应顾客的需要来变换男性或女性的身份。卖淫、抢劫、性变态之类的堕落成了社会的常态，这些都是现代文明上溃烂的伤疤。在另一间审判室里有陪审团参加审理的案件是一桩虐杀亲生婴儿案。一个女青年在和人恋爱同居之后，把她和另一个男人生的 3 岁的婴儿活活摔死了。而在整个案件的

---

① ［美］索尔·贝娄：《赫索格》，宋兆霖译，上海译文出版社 2011 年版，第 58 页。
② 同上书，第 132 页。
③ 同上书，第 75 页。
④ 同上书，第 53 页。

审理过程中，每个人都表现得那么无动于衷，一个无辜幼小的生命竟然可以如此被漠视和践踏。人的感情竟然可以泯灭到如此程度？感情和良知在现代文明的炼狱中经手拷问，她在欲念的烈火中变质变形。它能经得住各方面的压力，支撑起健全的人性吗？在对抗现代物质文明对人性的侵袭和吞噬的持久战中，如果情感和良知不被拯救，人类将走上怎样的道路？这应该不单单是困扰赫索格一个人的问题，它应该是所有现代人的普遍困惑。

另外在赫索格写出的一封封信中，我们可以看出赫索格学问之渊博，他周旋于各种知识体系间（政治学、经济学、哲学、神学），然后像小丑炫技一样"卖弄"自己的多方面知识。然而他展示的是大量知识带给人的空虚无聊，有无知识对幸福的无足轻重，知识在意义问题上的无能为力和知识使知识占有者变得痛苦的实例。赫索格渊博的知识与学问让我们发现了知识之轻。

总之，主人公赫索格一直与现实博弈，希望给世人带来些许变化，但最终他发现，自己的一己之力根本无法改变现实。小说以赫索格最终回到路德村作为结局，在那个远离城市喧嚣的地方，赫索格继续读书、思考、写信，但同时他也开始关心日常的生活。他也终于回归了自己的理智，决定接受家人、朋友们的爱，决定接受现实。但我们是否就可以认为这是赫索格对现实的一种妥协呢？这应该不是贝娄最终的目的。

作为一部反映知识分子思想困境的小说，《赫索格》同样给我们留下了不尽的思索。在当今这个物欲横流、知识被高度专业化、文化被商业化的社会，知识分子到底应该走上怎样的道路，到底应该是勇于承担应尽的责任和担当与这个荒诞的社会进行不依不饶的抗争，还是顺应时代的潮流妥协于这个世界呢？那些执着于"思考"的知识分子们的确面临了这样一个两难的困境。在这样一个价值极度多元化乃至虚无化的社会，人们需要一种高贵的价值作为导向。爱德华·萨义德曾经告诫说：正义与公平，是知识分子应该坚信不疑的观念。只是今天，"每人口中说的都是人人平等，和谐的自由主义式的语言。知识分子的难题就是把这些观念应用于实际情境"。这便需要两个因素：其一，知识分子要会"讲政治"；其二，即萨义德一再推崇的贾克比对知识分子的要求："不对任何人负责的坚定独立的灵魂。"① 笔者认为后一点是异常重要的，也是最致命的。"不对任何人负责的坚定独立的灵魂"——应该作为当代知识分子的座右铭。当知识分子这一特殊的群体，不再作为社会的批判者和对立面而存在，而成为既得利益者的一部分，被资本和权力收编后，那么它存在的理由将是什么呢？也许正是索尔·贝娄的文学创作带给我们的最深刻而忐忑的现实思考。

第二节　《洪堡的礼物》:知识分子的失意挣扎②

1975 年，索尔·贝娄的小说《洪堡的礼物》出版了，并且获得了1976 年的普利策文学奖。这是一部厚重之作，它讲述了美国两代作家的故事。通过美国两代作家的不同遭遇，深刻揭示了物质世界对精神文明的摧残。故事发生的背景是芝加哥这座大城市，展示了美国现代社会两代知识分子的灵魂图谱和命运写真。

一　洪堡——物质社会中的失意知识分子

老诗人冯·洪堡·弗莱谢尔是小说的主人公，生于一个犹太移民家庭，他 22 岁时因出版《歌谣集》而成名红极一时，得到了托马斯·艾略特和沃·温特斯的赏识。那时的洪堡是"漂亮、白皙、身材高大、严肃而诙谐，是一个博学的人"③。"他胸罗万卷……失眠使他更加博学。他彻夜不眠地读着大部头——马克思和桑巴特、汤恩比、罗斯托夫采夫、弗洛伊德。"④ 洪堡既歌颂爱情和美，也描绘荒原和异化，他相信艺术可以改变社会。洪堡的成功大概持续了 10 年之久，到 40 年代末就开始衰落了。那时，国际政治的风云发生变化，洪堡被一步步推向绝望的边缘。第二次世界大战前后，法西斯主义横行，美国的种族主义愈演愈烈，尤

① ［美］爱德华·沃第尔·萨义德:《知识分子论》，单德兴译，生活·读书·新知三联书店 2002 年版，第 63 页。
② 朱艳芳:《从索尔·贝娄的三部小说看后工业社会知识分子的社会地位》，兰州大学硕士学位论文，2007 年。
③ ［美］索尔·贝娄:《洪堡的礼物》，蒲隆译，上海译文出版社 2012 年版，第 1 页。
④ 同上书，第 4 页。

其是对犹太人的迫害，这些都使洪堡这个老派犹太知识分子的内心充满了不安。洪堡痛恨这个堕落和激进的社会，他曾经坚定的信念和人道主义的理想在残酷的现实面前逐渐分崩离析，他诗歌当中高声赞扬的爱和美已经过时，这个世界充斥着暴乱和信仰的缺失，用洪堡引用李尔王的话说："城市里有反抗，乡村里有叛乱，宫廷里有政变，父与子的关系已经扯断……毁灭性的骚乱纷纷攘攘地伴随着我们，直到我们走进坟墓。"① 洪堡的声望每况愈下，不得不忍受别人的冷落与诽谤，最后几乎被人遗忘，再也不发表新的作品了。

然而，文坛的失意并没有让洪堡丧失信心，反而激起他狂热的政治热情，他极力想趁总统大选之际东山再起。他认为艾森豪威尔没有政治魄力，"如果公众需要一个松散的政府；如果他们经过一场大战，感到经济已经从萧条中恢复了元气，现在需要清净快乐地过日子；或者如果他们感到已经非常强大……"② 可以把票投给他。洪堡把赌注压在了民主党领袖史蒂文森身上，以为只要斯蒂文森上台，知识分子就会出头，就可以用文学艺术改造世界，他的文艺改良的理想就会实现。在洪堡看来，"斯蒂文森就是亚里士多德所谓具有伟大灵魂的人。在他的政府里，内阁成员都要引用叶芝和乔伊斯的话……起草每篇国情咨文的时候也都要征求洪堡的意见。他将是新政府的歌德，将要在华盛顿建立魏玛"③。他对远道来访的西特林说："斯蒂文森政府有一个像我这样通晓世界上各种事态变迁的文化的顾问是多么重要啊！"④ 他甚至暗示斯蒂文森和他已经有过接触，并且正在安排一次会见。但这些都仅仅是他可怜的一厢情愿，斯蒂文森落选，最后上台的却是艾森豪威尔将军，对洪堡来说是一场灾难。他"心情非常沮丧，白皙的大脸极其阴沉……这不光说明他已经大失所望，或者感到美国文化的发展将完全停止，也说明洪堡陷入了恐怖"⑤。知识分子最重要的标志之一，应该就是他能否具有坚定的精神和

① ［美］索尔·贝娄：《洪堡的礼物》，蒲隆译，上海译文出版社2012年版，第6页。
② 同上书，第35页。
③ 同上书，第32页。
④ 同上书，第38页。
⑤ 同上书，第137页。

象牙塔内的喧哗与骚动

独立的人格。即使这个社会是堕落的，知识分子也应该保住自己的精神阵地，哪怕粉身碎骨。永远不依附于权贵，不依附于政治，这样知识分子的思想才是自由的。如果总是寄希望于权力和政治，这显然是对自由意志的背叛，是一种不成熟的表现。洪堡正是这样一位"不成熟"的知识分子形象，他仍然寄希望于所谓的"体制"，同时我们也看到了洪堡们这样的知识分子的无可奈何：他们空有满腹的改革理想，但是又有计不可施。

想找到政治靠山以实现远大抱负的希望破灭后，洪堡只能退而求其次，找一份稳定的职业，后来洪堡受聘于普林斯顿大学，成为现代文学的教授，但不久又被迫辞职。在获得为洪堡的诗学讲座拨款之前，洪堡曾被主管人员以缺少资金为由，冷漠地加以拒绝。在当时的普林斯顿大学，"钱"是一个真正的学者能否走上讲坛的唯一标准。洪堡无奈之下求助美国首屈一指的大学问家——大名鼎鼎的威尔莫·朗斯达夫——贝利莎基金会的首席主任。"贝利莎基金会比卡内基和洛克菲勒还要富有，而朗斯达夫把数亿元花在科学与学术上，花在艺术和社会改良上。"[1] 朗斯达夫本人也是个野心勃勃的人，他曾经试图竞选美国的副总统。雄辩的洪堡靠着自己的诗人的名望试图说服朗斯达夫，让贝利莎基金会为他提供基金支持，使他能在普林斯顿开设"诗学讲座"。朗斯达夫碍于诗人洪堡的名望口头应允，可最终洪堡还是不可避免地面临由于丧失了该基金的资助而被解聘的命运，"朗斯达夫一倒台，洪堡便跟着倒了"[2]。贝娄用他的笔向人们展示了在这个知识高度专业化，文化艺术被金钱控制以及学术商业化的后现代社会中知识分子的无奈与抗争。通过洪堡的命运，我们不禁联想到一个普遍的学术现象：反观现代的大学校园，处处充斥着学术的金钱化和官僚化。象牙塔内教授们也不得不放下知识分子的高傲与清高，为基金支持四处奔走。为了评定职称，教师们绞尽脑汁报立项目，而项目申报的成功与否取决于很多因素：人脉、权力，最重要的是基金的来源。所以每次的项目申报就成了一次利益的交锋，有人用金

---

① ［美］索尔·贝娄：《洪堡的礼物》，蒲隆译，上海译文出版社 2012 年版，第 157 页。
② 同上书，第 161 页。

钱打通门路，有人与企业联合以项目结果的最终效益来换取企业资金的支持……而可怜的学术"洪堡们"只能被排斥在学术项目的大门之外。而中国高校的职称评定更是高校教学和科研的一处硬伤。教师们为了评定职称而搞学术科研，为了搞学术而忽视教学，结果是教学和科研都走向了死胡同。以利益催生的这一切使大学校园变成了肮脏的名利场，丧失大学的神圣，也压弯了"洪堡们"的脊梁，也不能不让每名教育的参与者反思。

洪堡文坛失意，转向寻求政治的庇护，又惨遭失败，无奈转向讲坛，同样以失败告终。这一切最终导致了他的精神崩溃。家庭生活同样亮起红灯，多疑的洪堡怀疑妻子不忠，而妻子无法忍受他的监视和殴打，一气之下离他而去。众叛亲离的洪堡最终精神崩溃，做了很多不可思议的事情，被送进精神病院。出院后洪堡流落街头，最后在纽约的一家小旅馆内，由于心脏病突发孤单悲惨地死去，后被葬在一座义冢里。在去世之前，洪堡也终于醒悟：伟大文学的时代已经过去，严肃文学不可能有立足之地，他将自己荒诞不经的一时胡诌，编成了戏剧提纲，留给亲人做礼物，是为"洪堡的礼物"。洪堡这一代善良知识分子的成功与失败，实际上是知识分子理想幻灭和精神失落的真实写照。

二　西特林——物质社会中知识分子的堕落与觉醒

小说中和洪堡对照的也是小说的叙述者"我"，是洪堡曾经的追随者和莫逆之交——年轻的犹太作家查理·西特林。在洪堡享名文坛时，西特林是一名即将大学毕业的学生，热爱文学的他视洪堡为偶像。于是刚刚毕业，他便长途跋涉，经过50多个小时的奔波，前去拜访洪堡，而后成为其崇拜者和追随者。白天推销刷子来维持生计，晚上恭听洪堡的高谈阔论，最终靠洪堡的提携进入文坛，"洪堡为人和善……给我书籍，让我写书评"[1]。一开始，西特林像洪堡一样相信伟大的文学作品和文学家可以改造世界并拯救人的灵魂。他将文学创作视为高尚的生活，年轻的西特林信心满满地认为当一个知识分子就能保障他过一种高尚的生活。

---

① ［美］索尔·贝娄：《洪堡的礼物》，蒲隆译，上海译文出版社2012年版，第2页。

甚至多少年后，西特林也坦言洪堡的影响，"我追随洪堡近 40 年。那是一种令人陶醉的关系，孕育诗歌的希望，一种对诗的境界的创造者有所了解的欢乐"①。

但这漫长的岁月里，西特林像所有的知识分子一样，经历了痛苦的挣扎。洪堡文坛失意之时，正是西特林崛起之时。渐渐地，年轻时的西特林对于知识分子那些光辉的使命不确信了，洪堡式的作家也已然在社会上无法立足。当代的美国社会充斥的是物质崇拜，西特林也只能渐渐让步。他可以容忍自己的小说被改得面目全非，只为迎合大众口味，能在百老汇成功，金钱的诱惑使他自动降低了文学创作的标准。终于，他获得了普利策文学奖，大学的讲台为他敞开大门，"名人录"上出现了他的名字，甚至白宫的餐桌上也出现了他的席位。金钱、名望使他迷失了本性，忘记了自己最初的理想。在享尽金钱、名声、美人——这些世俗的欢愉之时，西特林并未从内心深处感到满足和幸福。与一切爱思考的知识分子一样，他意识到自己已经完全世俗化甚至异化了。他已经失去了自由的意志，为自己的也为当代人所遭受的精神危机深感担忧。面对现在日益物质化的世界，现代文人不得不向金钱、政治、法律、理性和技术所垄断的权利做出妥协，这正是现代知识分子最大的痛苦：明明知道自己的堕落，却又不得不去堕落。

西特林想逃离这个喧嚣的世界了，独自安静一会儿了，但此时他又陷入了一个又一个的圈套之中，最终成为别人的猎物。与相恋十年的爱人结婚后，却不能做一个忠诚的丈夫，结果妻子跟他离婚并卷走他全部的钱财；一无所有的他又被情人抛弃。西特林的好运气也渐渐离他而去。在洪堡走背运时，西特林见了他唯恐避之不及，觉得自己不能跟洪堡搭腔，因为那太有失他的身份，全然忘了洪堡曾经对他的帮助。洪堡的贫困潦倒使西特林绝望地意识到：大多数不合时宜的文人就像精神变态者，就像可怜虫，结局注定是悲惨的。洪堡的失败，先是动摇了西特林对传统的坚守，而试图顺应社会的他还是走了老师洪堡的老路。西特林深刻地意识到了这个社会的堕落，他放下文学艺术的标准，为了发财不惜一

---

① ［美］索尔·贝娄：《洪堡的礼物》，蒲隆译，上海译文出版社 2012 年版，第 537 页。

切代价；他巴结政客、贪恋女色；放荡堕落、挥霍无度；最后自食恶果，也沦落在小旅馆里靠写导游手册糊口。最终，"洪堡的礼物"从天而降，帮助西特林渡过难关，使他在贫困潦倒之中又东山再起，西特林良心发现，决定将义冢中的老师重新厚葬。在葬礼上，西特林感慨"我们顺着棺材，站好位置表示敬意。我抓住把手——这是我与洪堡的第一次接触。里头没有多少重量。当然，我不再相信人的命运是同那种遗骸联系在一起的。骨头很可能是精神力量的标志……洪堡，我们的朋友……他热爱善与美，他的一件小发明正在三马路和香榭丽舍大街娱乐公众，同时也正在为大家囊括巨金……""啊，洪堡，我是多么难过呀。洪堡，洪堡——这就是我们的下场"①。洪堡是美国 20 世纪三四十年代的诗人，西特林是五六十年代的作家，西特林还是走了洪堡的旧路。西特林的成功与失败，充满了堕落与沉沦，最后他也终于意识到自己是一个多么可笑的小丑。

以洪堡和西特林为代表的一代美国失意的知识分子经历苦苦的挣扎，结果也只落得个飘飘摇摇，无依无靠。洪堡直面残酷的社会，牺牲了自己的生命；西特林起初获得了丰厚的物质收获，代价却是出卖了自己的学术良知。通过洪堡和西特林的成功与失败，贝娄也探讨了文学艺术家们在物质至上的美国社会的价值和出路。洪堡的失败是美国精神理想的危机，西特林的成功则昭告着美国物质主义的得势。面对社会精神的危机和物质主义的横行，文学艺术家们到底怎样坚守并保护那片神圣的精神阵地，这将是一场艰难的战斗。1966 年 7 月 10 日发表在《纽约时报》书评中，贝娄在《随笔——索尔·贝娄评知识分子》一文中写道："我们无力掌握改变，它太巨大了，太快速了，胆敢尝试的人只会撞得头破血流。但是我们必须尽力去了解对我们有直接影响的改变，这或许也困难，不过我们别无选择。"一味顺应社会潮流，变成单向度的人，是不可取的。贝娄主张的显然是知识分子应该拥有的担当：即使困难，也要勇敢地面对，抗争，只要不放弃努力，就会有希望。

① ［美］索尔·贝娄：《洪堡的礼物》，蒲隆译，上海译文出版社 2012 年版，第 546 页。

象牙塔内的喧哗与骚动

第三节　《院长的十二月》：知识分子的胜利

贝娄的长篇小说《院长的十二月》是他在 1976 年获得诺贝尔文学奖后出版的小说。该书出版之后，虽然受到了评论界广泛的关注，但却被视为《洪堡的礼物》的巨大成功之后的一次败笔。而在本书的译序中，陈永国先生却为这本书正了名，在他看来，贝娄在这部小说中探索了人应该怎样在新的环境下适应自身生存状态，如何在世俗生活的喧嚣烦躁中达到心灵的平静的必要性和必然性。① 该部作品的主人公阿尔伯特·科尔德依然是一名知识分子，但是他代表了贝娄人物塑造上的新方向。与贝娄之前塑造的知识分子相比，他不像赫索格那样迷茫与空虚，不像洪堡那样具有悲剧性，更不像西特林那样不讲道义与原则。科尔德虽然同样喜欢沉思冥想，偶尔还有些傲慢，但他更积极地面对工作和生活，适应社会的能力更强。通过这个作品，贝娄表达了他对知识分子群体的关心和信心。

故事开始于冬天的布加勒斯特，阿尔伯特·科尔德院长陪妻子米娜到这里探望生命垂危的岳母。在故事的开头，读者便可以得知阿尔伯特·科尔德是芝加哥某学院的院长，而他也过着行政官的生活。科尔德在担任院长之前曾经是一位记者，曾经在巴黎的《先驱报》工作多年，这里实际上就暗示了科尔德虽然身处象牙塔，却也关心着学术之外的事物。

在 20 世纪四五十年代，有一批思想独立的非专业的知识分子坚持表达大众的心声，然而取而代之的是一群大学教授，他们的写作在群体内部"自产自销"。这群学院派知识分子在"象牙塔"内从事的只是特定领域的学术研究。"学者们从不关注政治现实……而更倾向于与世无争。"② 科尔德则与大多数的学院派知识分子不同，他身为大学教授，但并未对校园外的政治置若罔闻。他在同妻子及岳母在英国旅行时也没有忘记每

① 〔美〕索尔·贝娄：《院长的十二月》，陈永国、赵英男译，河北教育出版社 2002 年版，译序第 8 页。

② Riehard A. Ponser, *Public Intellectuals：A Study of Decline*, Massachusetts：Harvard University Press，2001.

下篇　美国学院派小说研究

天都阅读"时代周刊",甚至不会落掉任何一个政治新闻。在院长的就职演说中,他本应该陈述他未来的工作计划,然而他却讲起了监狱、报业以及政府的种种黑暗。显然,他"逾越"了所谓的"界限"——大学教授应该关注学术,而非政治。但他就是要向公众揭露这些罪恶。

当了院长之后,他继续积极地投入到各种社会活动中,还经常写一些揭露性的文章,如研究贫民窟,描写芝加哥城里发生的各种暴力犯罪和道德犯罪。并且文章中充满了得罪市政厅、新闻界、政界、警界要人的言辞,这一切连学院都对他不满,学生也称他为种族主义者。在小说的第三章中,科尔德的外甥梅森·扎赫那的有一位黑人朋友被指控犯了杀人罪,而被杀害的是一名白人学生。科尔德积极参与此事,并且同意警察的建议悬赏捉拿凶手,为此还和学校的教务长产生了矛盾,也包括他的外甥梅森。梅森甚至组织学院激进的学生,抗议院长正在阴谋策划的这场反对黑人的秘密战争。而科尔德院长还是努力公平地参与这个案件,这与种族无关,涉及的是法律的正义以及他当院长应该为死去的学生的交代。

但是科尔德所做的一切,妻子米娜根本无法理解。用米娜的话来说,纯学者是不关心这些社会问题的。在科尔德那个时代,典型的大学教授们只是埋头于自己的学术研究,期望在学术领域取得名望,进而在学术领域占有一席之地。科尔德的妻子米娜便是一例。米娜是天文学教授并享有国际名誉。她对学术以外的黑暗一无所知,也毫不关心。"米娜一直忙于她的天文物理学和数学。用科尔德的暗喻来形容,米娜把处于宇宙一端的一颗针与处于另一端的一根线串在一起。"[1] 米娜这个纯学者认为研究宇宙星球远比研究贫民窟、罪恶和监狱有意义。她也很难理解自己的丈夫为什么总是写一些会引起轩然大波的与学术丝毫无关的文章。所以当科学家比契来找科尔德合作时,米娜表示十分同意,"看上去像是吞了双份兴奋剂"一样。比契是科尔德在学院里的一位同事,一位著名而有影响力的纯科学家,米娜认为比契或许能够使科尔德走回学术的正轨,

象牙塔内的喧哗与骚动

---

① 〔美〕索尔·贝娄:《院长的十二月》,陈永国、赵英男译,河北教育出版社2002年版,第24页。

"比契是位科学家，一篇合作的文章一旦发表就会把科尔德从似乎是由他引起的骚乱中摆脱出来。"① 用科尔德的话来说，"要把我带入高度理智的限阈内，藏身于科学的圣殿之中"②，但当他明白比契的真实用意之后，科尔德表示愿意合作，因为比契"不是宣传鼓动，不是蛊惑人心，不是高谈阔论，不是广告传销，也不是密宗邪术，不是最高力量，都不是，只是像古舟子那样的毫不动摇的执着，用炯炯的眼光盯住它们。"③ 比契实际上是发现了在贫民窟周围存在着高浓度的铅，而这种铅已经融入钙，毒害着穷人的孩子，而铅中毒导致了脑紊乱，最终导致大量的犯罪。比契无法将自己的结论解释给公众，有时候真正的科学家或纯粹的学术研究者们在向公众解释这些事实的时候，就像"尿布未干的婴儿"。④ 所以，比契需要科尔德，"你走向公众，你在《哈珀氏》上发表文章，或者你选一位发言人，一位科尔德，给他一个命题。就这一过程本身而言（科学家的发现及其余绪），它是心灵进化过程中的一段插曲……这位科学家比契会最终刻出如此硕大而精美的一朵花"⑤。但同时贝娄也无法认同比契用科学的论调来阐释犯罪的原因，真正导致犯罪的不是有毒的物质，而应该是有毒的思想和言论，以及产生这一切的有毒的社会。

在公众和纯粹的学术研究之间，其实需要像科尔德一样的公众知识分子，纯粹的研究者如比契无法穿越真理与公众之间的墙，"他穿不过去，得不到知音，因此来找阿尔伯特·科尔德，找对了"⑥。遥不可及的真理和真真实实的现实之间需要架起桥梁，所以知识分子需要转变。在小说的最后，当科尔德来到米娜在冰冷的帕罗马山上的天文台时，他感觉到"帕罗马山的这种寒冷不能与火葬场的冷相提并论。在这里，充满生气的天空似乎能把你收入怀抱……头上的一切都处于平衡之中，被相互的张力固定在自己的位置上"。而当他从帕罗马山上下来后，科尔德的

① ［美］索尔·贝娄：《院长的十二月》，陈永国、赵英男译，河北教育出版社 2002 年版，第 38 页。
② 同上书，第 95 页。
③ 同上书，第 160 页。
④ 同上书，第 157 页。
⑤ 同上书，第 161 页。
⑥ 同上书，第 163 页。

那句"那种冷？是的，但我几乎在想，我更在意下来"①。更是表现了他对米娜天文台的冰冷和回归大地的温暖的双重关怀。这个充满矛盾和冲突的分化了的世界需要人们用宽容的平常心去消解，重建和谐。"克里斯托夫·勒曼认为在和现实的冷酷的斗争中，科尔德取得了胜利。在他的那篇《时代的书，院长的十二月》，他写道：'不能简单的认为帕罗马山顶上的结局仅仅意味着松一口气。最后美丽的一幕是对前面那些寒冷和黑暗的回应，它传递着热量—赢得了知识分子的胜利。'"② 科尔德是索尔·贝娄创作出来的一个崭新的知识分子形象，贝娄自己这样评价这个人物，"在我写这部小说时我没有在想我是在创作一本书。我是在写一种人一种思想而不是一个文学形式。我来解释一下这一点：科尔德是生长在'美学'的环境里，但是他从来没有在现实中找到这样的生活。毕竟，读着波德莱尔的诗，读着司汤达到普鲁斯特到乔伊斯的小说不仅仅意味着读过那些书而且接受了一种精神的熏陶。多年沉浸在诗歌、小说、绘画里的人会有着什么样的品味、生活观、要求、激情？"③ 科尔德外甥曾经指责自己的舅舅只知道高谈高尚情操、人性教导、虔诚和诗歌，其实是放弃了真实的世界，在哲学和艺术中避难。那么科尔德真的是这样不食烟火的教授吗？当然不是，他只是企图用知识融化这个世界的冷漠，带着文学艺术赋予他的那些高尚的精神指引寻找并试图构建一个美好的现实世界。

索尔·贝娄实际上是试图通过《院长的十二月》中科尔德参与一系列事件来揭露美国社会存在的社会危机和人道主义危机。这部小说描述了城市中的暴力、吸毒、各种不堪的犯罪、种族歧视、肮脏的金钱交易、性泛滥，等等问题，如前文提到了黑人杀害白人案件。但是作者想要揭示的不仅仅是表面的黑人犯罪，而是罪恶背后的道德堕落。通过科尔德，贝娄揭露了很多社会黑暗，他要将真相呈现给大众，唤醒他们沉睡的耳朵、大脑和良知。公众往往缺乏辨别是非的能力，更何况有那么多伪言

① ［美］索尔·贝娄：《院长的十二月》，陈永国、赵英男译，河北教育出版社 2002 年版，第 344 页。

② 朱艳芳：《从索尔·贝娄三部小说看后工业社会知识分子的社会角色》，兰州大学硕士学位论文，2007 年。

③ Matthew C. Roudan, 1984："An Interview with Saul Bellow", *Contemporary Literature*, March.

论、伪信息充斥着整个社会。那么就需要像科尔德这样的积极参与一切的知识分子，用道德和良知托起这个摇摇欲坠的世界；更需要像索尔·贝娄这样的文学家，用文学艺术来揭示社会的堕落，震撼人们的心灵，让大众了解真相，拯救这个危机重重的社会。

第四节　贝娄笔下的其他知识分子形象

索尔·贝娄将视角聚焦于知识分子这一群体，表达了对他们的普遍关怀。面对这个现代物质的世界，赫索格选择写信进行思考，洪堡失望地走向毁灭，西特林一度抛弃传统和道义，只有科尔德直面残酷的现实……对于他笔下的知识分子形象的介绍，笔者无法一一穷尽，这里仅补充另外两位典型的人物。

《赛姆勒先生的行星》（1970）被评论为贝娄最悲观的一部小说，一个和时代格格不入的旧世界的知识分子被孤独地囚禁在世人的疯狂之中，变成了斯威夫特笔下那个憎恨人类，视人类为残忍的"Yahoos"（人形兽，野蛮的人）的格列佛。小说的故事情节只发生在 3 天之内，却包容了一个人 40 年的人生旅程，主人公犹太人知识分子赛姆勒曾经在第二次世界大战中受尽法西斯的迫害，战后虽然幸存，却又经历了更大的精神危机。"二战"后，整个西方文明被彻底摧毁，不管是欧洲大陆还是美国，社会堕落伴随着精神缺失，人们无处可藏。贝娄通过赛姆勒的观察，把一个危机重重的世界展现在读者面前。在家庭生活方面，赛姆勒亲戚的两个青年子女华莱斯和安吉拉，前者在父亲生命垂危之际为攫取父亲藏匿的金钱，不惜拆毁家中顶楼的水管造成一片汪洋；后者则追求骄奢淫逸的生活，甚至追求刺激的性杂交。故事中的另一人物布鲁克怀着性变态心理，竟然迷恋上女性的胳膊不能自拔。在纽约的街头巷尾，人们把公用电话间当成小便池，臭气熏天，被砸坏的电话耷拉在电话机旁。公交车上扒手肆无忌惮地扒窃乘客的钱包，警察却不闻不问；个子高大的赛姆勒无意间发现这个优雅的畜生——扒手的行为却反被跟踪，在赛姆勒家公寓门厅的角落里，强迫赛姆勒观看他那有意展示的生殖器作为一种无声的威胁。就连纽约的繁华地区也不能幸免堕落。一扇扇奢华的宝石大门之后，隐藏的是未开化的腐化和堕落。这一个个"Yahoo"的形象令人作呕，人为了金钱，可以不顾亲情友谊；为了一时的痛快，可以抛弃礼义廉耻。当道德和良知的底线被一次次冲破之后，昔日美好的社会已经面目全非。这位七十多岁的老派知识分子赛姆勒在目睹了西方社会这一切的混乱与疯狂之后，产生了强烈的幻灭感。赛姆勒悲哀地意识到：在这样一个危机的社会里，总需要一些人站出来为另外一些人解释危机的所在，但多数听众只是一只耳朵进，一只耳朵出。人的灵魂自有它自己需要的东西。灵魂这只可怜的鸟，不知道往哪里飞才好。在苦苦地追寻心灵的理想栖息之地之后，赛勒姆决定逃离地球，这也是一个心灵无处安放的知识分子最后绝望而痛苦的选择。

发表于 1987 年《更多的人死于心碎》是索尔·贝娄创作后期的代表作。故事的主人公克拉德·贝恩是一位著名的犹太植物学家，他的专业是植物解剖学和植物形态学。而且这些专业仿佛让他脱离了现实世界，仿佛他生来就远离凡尘。贝恩生活在理想之中，而这个理想主义者其实并没有什么过分的追求，他一心想要一段浪漫纯洁的爱情，一位能与他携手一生的妻子和美满和谐的家庭。但正是这种不断地追求使他陷入无穷的痛苦和烦恼之中。在第一次婚姻失败之后，贝恩便开始了一次次的情感追求，一次次的悲观绝望，直到他终于遇到了年轻貌美并且富有的玛蒂尔达之后，贝恩满心欢喜地以为他终于找到了寻觅良久的理想人物，殊不知事情恰恰相反，这场婚姻并不是他向往的柏拉图式的纯朴爱情。玛蒂尔达那副漂亮外表之下怀着一颗刁钻的心。玛蒂尔达选择贝恩并不是真正爱上了他这个人，而是爱上了他在学术上的声望。显然，当贝恩的理想主义遭遇玛蒂尔达的实用主义之后，他会经历怎样的伤心欲碎。婚后，他明知道玛蒂尔达并不爱他，明知道这不是他想要的理想的家庭，可他却不敢面对现实。贝恩小心翼翼保护的理想不过是一个美好的但却虚幻的影子罢了。为了维系自己的理想，他补习改造自己以迎合玛蒂尔达的社会圈子。可这样就不断地使贝恩陷入矛盾之中。因而他的生活也就成了一种悖论：追求理想，而又被理想所困。在现实生活之中，有多少人正生活在这种悖论之中呢？贝恩的理想主义追求，从一定程度上说，是和他所生活的那个社会格格不入的。当大多数人沉浸在物质享受之中时，

象牙塔内的喧哗与骚动

贝恩却不得不独自承受无法排遣的孤独感，甚至只能到他的专业——植物形态学中去寻找那么一点点的寄托。贝恩一直对北极苔藓的研究很着迷，因为他发现这些植物里隐藏着非常重要而基本的有关生命的问题：那些北极苔藓里里外外全都冰冻，其中百分之九十五都是坚硬的冰。但如果气温稍有转暖，它们就会复苏，甚至还会长大一些呢。在知识的世界里，人们往往不难发现生命的意义，这也许就是希望所在。这部小说展现了传统犹太伦理道德观念尤其是贝恩那一点也不过分的婚姻追求在美国当代的现实社会受到的冲击，进一步揭示了犹太知识分子在当代美国社会面临的伦理困惑和精神危机。

结　语

索尔·贝娄是一个具有良知和正义感的犹太作家，他站在犹太人的立场上探讨着犹太民族和犹太知识分子的命运。作者主要描写了他们在美国这种荒谬的社会环境中的迷茫和苦闷的精神状态，如赫索格的漂泊与思考，洪堡的失望与挣扎，西特林的堕落与觉醒，科尔德的努力与抗争，等等，也正是通过犹太知识分子在美国的遭遇描写了美国社会的精神危机。因此，贝娄不是一个狭隘的民族主义者，他站在一个更高的高度上，俯瞰着他的民族、美国、甚至整个世界，以一个冷静的观察者的视角表达着他对这个社会的关怀。以犹太知识分子为代表的现代人迷茫、困惑、挣扎、探索，他们就像一群没有立足点而不断奔波的失意人，努力找寻着生命的价值和意义。贝娄的主人公大多数都陷入深深的焦虑之中，似乎找不到悲剧生活的出口，但是贝娄对人和这个世界并没有完全绝望，因为他的主人公们始终没有放弃希望，这从贝娄小说的结尾处就可以窥见一斑。《赫索格》的最后一句话是："现在，他（赫索格）对任何人都不发出任何信息；没有，一个字都没有。"[①] 西特林和孟纳沙安葬了洪堡的遗骨后，发现一朵小红花。孟纳沙问："这是什么，查理？一朵春天的花吗？"西特林答："是的。我想这终归会发生的。"[②] 在《院长的

---

① ［美］索尔·贝娄：《赫索格》，宋兆霖译，上海译文出版社 2011 年版，第 405 页。
② ［美］索尔·贝娄：《洪堡的礼物》，蒲隆译，上海译文出版社 2012 年版，第 549 页。

十二月》中，科尔德从帕罗马山上下来后说道："那种冷？是的，但我几乎在想，我更在意下来。"[1] 贝娄是在通过他的作品给我们启示，生活在充满敌意的社会之中，人性的美好并没有彻底消失——赫索格的平静、西特林眼中的那朵小红花、科尔德对寒冷的态度——人类的精神世界是脆弱，但又是极其强大的。面对未知的世界和残酷的社会现实，人会越来越勇敢地追求自我的价值。这一追求已经持续了几千年，绝不会在伟大的人类身上消失；人只会在不断的追求中变得更加强大。

象牙塔内的喧哗与骚动

---

① ［美］索尔·贝娄：《院长的十二月》，陈永国、赵英男译，河北教育出版社 2002 年版，第 344 页。

第二章　乔伊斯·卡罗尔·欧茨

乔伊斯·卡罗尔·欧茨（Joyce Carol Oates，1938—）是美国当代著名的女作家，也是世界公认的重要作家之一。现年已经 70 多岁高龄的她依然活跃于文坛并担任美国普林斯顿大学的客座教授，主要讲授文学创作的相关课程。欧茨于 1938 年出生于美国纽约州西部的洛克波特。她自幼便对阅读产生了浓厚的兴趣。刘易斯·卡洛尔的《爱丽丝漫游仙境》——被她称为一见钟情的书——对她的文学之路起到了启蒙的作用。此外，威廉·福克纳、大卫·梭罗、欧内斯特·海明威以及勃朗特姐妹的书籍带她进入了文学的殿堂。高中毕业之后，欧茨进入了美国纽约州的雪城大学学习，也正是在这里，她开始接触了戴·赫·劳伦斯、弗兰纳里·奥康纳、托马斯·曼以及弗朗兹·卡夫卡这些文学大师的作品，并开始了文学创作之路。大学期间，欧茨坚持文学创作，于 1959 年获得了大学短篇小说竞赛的一等奖。1960 年，她大学毕业，1961 年便获得了威斯康星大学麦迪逊分校的硕士学位。

1963 年，欧茨发表了处女作《北门边》（*By the North Gate*）。自这部短篇小说集发表之后，欧茨笔耕不辍，至今为止共发表了 40 多部中长篇小说，还有多部短篇小说集，诗集，戏剧集等作品出版。欧茨不但著作颇丰，而且凭借多年来非凡的文学成就，多次获得文学大奖：欧·亨利文学奖、美国国家图书奖、笔会/马拉默德文学奖、诺曼·梅勒奖、普利策文学奖提名，甚至得到了诺贝尔文学奖的提名。早期的作品《人间乐园》（*A Garden of Earthly Delights*，1967）和《奢侈的人们》（*Expensive People*，1969）分别与 1968 和 1969 得到了美国国家图书奖的提名；1973 年，长篇小说代表作《他们》（*them*，1969）获得了美国国家图书奖；1993 年，《漆黑的水》（*Black Water*，1992）得到了普利策文学奖提名；短篇小说集《鬼魂出没：怪诞故事集》（*Haunted：Tales of the Grotesque*，1994）还获得了 1995 年世界最佳幻想作品集。总之，她的作品越来越受到学界和读者的广泛关注。

作为当今世界文坛公认的重要作家，欧茨的名望不但取决于她作品之丰和获奖之多，更取决于其作品广泛的社会题材、独特的创作手法、丰富的内涵以及震撼人心的深度。她的作品不但继承了美国的文学传统，同时也开创新的领域。就题材而言，她的作品触及了社会的很多领域，如教育、法律、宗教、政治，等等，揭示了社会各阶层围绕着利益而进行的暴力、谋杀等罪恶行为，生动地反映了美国社会各个阶层尤其是中下层人的精神世界和现实生活；就形式而言，欧茨将现实主义的主题和现代主义的创作手法巧妙地糅合在一起，运用了象征主义、神秘主义、意识流等现代主义手法，为读者呈现了一个交织着幻想与现实、欲望与道德、暴力与理性的文学世界。在学院小说纷呈的当代美国文坛，欧茨的小说独树一帜。由于欧茨四十余年的大学教师身份，她也成为"学院派小说"的创作能手。她的许多作品的背景都设在美国的大学校园，高校的学生、教师成了她笔下常见的形象。欧茨也的确成功地塑造了很多栩栩如生的学院知识分子形象。长篇小说《他们》（1969），《玛雅的一生》（*Marya：A Life*，1986）以及短篇小说集《饥饿的鬼魂：七个讽刺喜剧》（*The Hungry Ghosts：Seven Allusive Comedies*，1974）都从不同侧面反映了美国高校存在的问题。象牙塔内诸如"学风""教风"以及"师德"的每况愈下、师生关系的异化、教师之间的"勾心斗角"、上、下级之间的权利之争等问题绝不仅仅是美国高校的个别现象，这些问题引人深思。欧茨以虚构的文学世界，揭露了象牙塔内的种种弊病，并以其女性的敏感和作家的敏锐书写着她对高校的现在和未来的担忧，甚至寄予她对整个人类的关怀。

第一节 《他们》：高校师生关系的异化与反思

发表于 1969 年长篇小说《他们》是欧茨早期的代表作，连同《金发女郎》（*Blonde*，2000），是欧茨本人比较满意的两部作品。1970 年该书就获得了美国国家图书奖。《金发女郎》是一部关于美国明星玛丽莲·梦露的传记，而《他们》则将视角转向了美国的下层阶级，以温德尔一家为线索，全面地展示美国各个层面社会尤其是社会底层的各个侧面。"他们"一词以小写的形式出现在小说的标题之中反映了这个人群在当时的社会经济客观条件下的渺小与无助，他们艰难苦涩的生存故事，是整个美国大多数人的生活写照。作品围绕洛雷塔，他的儿子朱尔斯和女儿莫琳这 3 个主要人物，按照时间顺序展开。善良而浅薄的母亲洛雷塔命运悲惨，几经生活的打击，渐渐变得麻木不仁，逆来顺受；朱尔斯早年时便精力旺盛，经常闯祸，后来离家出走，在社会的底层飘荡了 10 年，偷窃、打架，差点丧命于情人的枪口之下；莫琳是家里的女儿，她认真、拘谨、胆小、羞涩而且脆弱。温德尔先生去世之后，母亲洛雷塔改嫁，为逃离令人厌恶的家庭，可怜的莫琳 14 岁便沦落红尘，成为街头女郎。继父发现她积攒的钱后，把她毒打得精神失常，她神志恍惚地躺了 13 个月，一年后才得以恢复。清醒之后，她变得冷静了。莫琳希望通过接受良好的教育改变自己的命运，但大学的环境和师生间冷漠的关系同样令她失望。从莫琳身上，读者可以看到生活在社会底层的人，尤其是女性的痛苦与挣扎。莫琳出卖肉体、寻求教育的庇护都无法让她摆脱悲惨的境地，最终只能靠出卖道德和良知，插足别人的家庭，获取"幸福"的生活。

　　小说的叙述者是"欧茨老师"，她先是在小说前言中介绍小说的故事是由真实的事件改编而成："从 1962 年至 1967 年，我在底特律大学教授英语。该校是耶稣会兴办的，有数千名学生，其中不少是走读生。就在这期间，我见到了本书中的莫琳·温德尔。她是我夜校班的一名学生。几年后她给我写信，我们彼此就熟识了。她所遇到的各种问题以及她那复杂的经历，深深地吸引了我。此时，我意识到她的身世可以写成一部小说。正如她在给我的一封信中所说的那样，也许是由于她和我之间的某些相似之处，使得我们接近起来。对于她的身世，我最初的感觉是：'这一定是虚构，不可能完全是真实的！'后来我却觉得'只有这样的小说才是真实的'。因此，这部真实地描写'他们'的小说《他们》，并非

下篇　美国学院派小说研究

181

运用某种文学技巧，向读者指出某人某事，而主要是根据莫琳的大量回忆撰写成的。她说的话，只要可能，都逐字收入本书。正是她对自己身世的难以排解的回忆，才使我获得了这本小说的大量素材。对于莫琳来说，她的这些'自白'，具有某种心理治疗的功效，也许会使她得到一些短暂的益处；而对于我来说，作为一个见证人，如此丰富的素材倒使我一时忘了自己的现实、自己的生活，而被温德尔一家梦魇般的厄运取代了。他们的生活经历与我的经历古怪地交叠在一起，我开始梦见他们，而不是梦见自己，我几次三番地梦见他们的生活。由于他们的生活离我甚为遥远，所以一旦接触，它就具有一种强烈的感染力。从某种意义上说，他们的生活本身就是一部小说。然而，经过周密调查，我发现小说情节尚有混淆不清之处，因而做了某些改动。但小说的情节绝无为了增强戏剧效果而进行夸张之嫌。实际上，对在其他一些自然主义作品中已详尽描述过的污秽不堪、骇人听闻的贫民窟生活，本书只是轻描淡写、一笔带过，因为我担心过多的写实会使人难以忍受。"[1] 显然，作者的交代让读者相信，莫琳应该真有其人。而该书的后记中，作者欧茨又声称，她的现实主义只是一种手段，所有的人物和事件都是虚构的。尽管如此，我们读者还是可以猜测《他们》这篇小说所反映的问题就是欧茨本人生活经历的真实再现。

在莫琳写给欧茨的信件之中，读者真切地了解到生活在美国社会底层的温德尔一家人的命运变迁，而这其中也交织着一个女孩痛苦而可悲的成长历程。在一个孩子成长的过程之中，家庭、社会、学校都起着举足轻重的作用。莫琳在这三个层面，都遭遇了挫折。当遭遇家庭的变故和社会的冷眼之后，莫琳将希望寄托于教育。在精神恢复正常之后，莫琳来到大学校园，但大学又给了她什么呢？在大学的空间里，诸如概念与逻辑的加工使得知识的生产正在以几何级数的速度增长。但放眼整个世界，人们似乎非但没有从这种智慧的爆炸性增长中得到什么福祉，反而深受这种知识体系的伤害。各种针对大学的批判不满也就不绝于耳。

---

[1] ［美］乔伊斯·卡罗尔·奥茨：《他们》，李长兰、熊文华等译，译林出版社 2008 年版，第 13 页。

有人指出"大学理想"在美国高校已然荡然无存。虞建华教授（2009）在《精英聚集地与灵肉交易场》一文中指出，美国高校反映出了美国社会的"一景"："及时行乐之风弥漫于社会，传统价值观正在被蚕食，代表未来的一代似乎从内核开始腐烂。"① 青年人代表了一个国家乃至整个世界的未来，他们"在校园里预演即将登场的人生大戏"，我们或许可以在一定程度上原谅年青学子在欲望驱动下，在世风影响下的无知，但面对大学精神的日渐沉沦，面对大学变成一种空间的悖论，我们需要追问：校园里传道、授业、解惑的教师们又在做些什么？大学是由教师和学生构成的一个有机整体，学生的堕落和沉沦与教师是不会一点关系都没有的。

在《他们》中，欧茨老师是莫琳的"文学"老师。而欧茨老师也像许许多多的大学老师一样，甚至都记不起学生的名字。在写给欧茨老师的第一封信中，莫琳写道："我叫莫琳·温德尔。希望您记得我的名字，不过，您干吗应该记得我呢？我学习不好，而且中途辍学，现在写信真觉得惭愧。如果说，我之所以写信给您，是因为我觉得我和您有相通的东西，这是不是对您的一种侮辱呢？"② 莫琳自报家门，希望老师记得她这个卑微的名字，但学习不好又辍学的她却又惭愧地认为老师不可能记得她。连学生的名字都可能没记住的老师，我们又怎么指望她能去了解学生的私人生活和内心世界呢？学生眼中的大学老师要么高高在上，要么慷慨激昂，讲台后面的那个人似乎只是陶醉于忘情的自我表演之中，"您高声朗读其中（包法利夫人）的一些段落，看得出来，您的乐趣是在书本上，而不是在我们身上。您念那本书的时候表情庄重，您从来没有那样跟我们讲过话，因为您相信那本书比学生还重要吗？——您讲课时说话很快，我们总是跟不上，而您却撇开我们，越说越快。您讨厌我们吗？"③ 作为一名文学老师，欧茨老师本可以给予莫琳一些精神上的指引，给她的生活指出一个更好的方向，可欧茨老师给予的只是一些空洞的演

① 虞建华：《精英聚集地与灵肉交易场——当代美国校园小说〈我是夏洛特·西蒙斯〉评析》，《外国文学研究》2009 年第 3 期。

② ［美］乔伊斯·卡罗尔·奥茨：《他们》，李长兰、熊文华等译，译林出版社 2008 年版，第 367 页。

③ 同上。

讲，对莫琳来说毫无意义。教育的最终目标根本没有实现，而造成这一切正是这种缺乏理解和沟通的异化了的师生关系。这一现象绝不是虚构的小说情节，也绝不是美国教育中的个别现象，中国高校教育中的师生关系同样也遭遇了前所未有的异化，清华大学原校长梅贻琦说过，"师生犹鱼，行动犹游泳，大鱼前导，小鱼尾随，从游既久，其濡染观摩之效，不求而至，不为而成。这样一种'从游'关系，使教学活动成为一个美妙的生命互动过程。然而，'从游'关系这些年却发生些许变化，出现反向'游离'"①。这种"游离"不正体现了师生关系的岌岌可危吗？

第二节 《玛雅的一生》：教学工作与学术研究并驾齐驱

在《玛雅的一生》中，欧茨同样探讨了高校中异化的师生关系，同时也通过塑造两位男、女教授的不同形象，表达了她本人的理想。麦克西米兰·费恩教授知识丰富、才学过人；在学识上，他是学生们崇拜的偶像，但他为人高傲冷漠，拒人于千里之外；玛雅与他则不同，她有着不同的教学理念。玛雅坚定地认为，教学工作与学术研究并不冲突。她每天思索着如何调动学生的学习积极性；如何走进学生的内心世界，了解他们的真实想法，如何为他们指引一条更好的人生之路。在教学的同时，玛雅的科研非但未荒废，而是取得了相当的成果。在现实的高校空间里，费恩教授们并不少见，上课只是为了完成常规的教学任务，学生只是他们生活中无足轻重的一群陌生人；而玛雅的职业态度才是欧茨所推崇的。

这部作品从一个侧面反映了大学校园内存在的种种问题，尤其是小说中的师生关系给我们留下了启示与思考。高校教师迫于晋升职称的压力，将更大的注意力投入到了所谓的学术研究之中，没有尽到作为一名教师应尽的教书育人的责任和义务。教与学被割裂，教师与学生的关系被异化：没有情感的交流，没有心灵的沟通。小说《他们》的标题本身

---

① 徐平：《反思：大学师生关系缘何陷入功利化冷漠化境地》，《中国教育报》2011年1月3日。

就不无讽刺地体现了师生之间的隔阂：学生对于老师来说，只是讲台下的"他们"。大学必须回归本位，教书育人作为大学最初的理想一旦动摇，大学也就失去了它存在的意义。师生关系的异化为每一个教育的参与者都敲响了警钟，然而，我们也不得不承认，高校教师所承担的巨大的科研压力是师生关系异化的一个催化剂。高校教师承担着各种各样的责任：教学、科研、要创新、还要为学校贡献自己的力量，如果没有一个健康、自由、宽松的学术空间和教学环境，象牙塔注定沦为冷漠的交易市场。

第三节 《饥饿的鬼魂：七个讽刺喜剧》：触目惊心的学院百态

《饥饿的鬼魂：七个讽刺喜剧》是欧茨的短篇小说集之一，作者敏感地把握了大学里人文学科变化的青萍之末，把她的笔锋聚集于教师这样一群社会精英上。这部作品主要以大学校园为背景，教师和知识分子为主人公，探讨了学者们在大学这个圈子里遭遇的种种生存困境以及他们不断寻求出路的过程。欧茨讽刺了那个曾经被称为圣洁的象牙塔里的那些学者们的恐惧、懦弱、冷漠、妒忌以及同行之间的妒忌。欧茨在本书中解释了"饥饿的鬼魂"的含义："在古代佛教哲学中，有一种鬼魂不断地被饥饿，也就是被各种欲望所驱使在世界游荡。"[①] 显然，欧茨通过在《饥饿的鬼魂：七个讽刺喜剧》中刻画的主人公们，揭示了校园里的知识分子们正在被各种各样的欲望和贪婪所吞噬。《饥饿的鬼魂：七个讽刺喜剧》是一部由 7 个独立的短篇小说构成的合集，反映了学术知识分子的不同生活状态。这 7 个短篇小说的题目与一些政治、宗教、哲学、文学的著名篇章题目一致，而这也是作者的精心安排。欧茨试图通过摹仿经典作品的主题和内容，来讽刺她自己作品的荒诞。例如，托克维尔《美国的民主》（*Democracy in America*），约翰·班扬的

---

① Joyce Carol Oates, *The Hungry Ghosts*：*Seven Allusive Comedies*, Los Angeles：Black Sparrow Press, 1974.

《天路历程》（*Pilgrim's Progress*），布克·华盛顿的《超越奴役》（*Up From Slavery*），威廉·布莱克的《人物素描》（*Descriptive Catalogue*），以及尼采的《悲剧的诞生》（*The Birth of Tragedy*）。这些特殊的互文性的篇名一方面在巧妙地暗示着高校在学术上创新性的欠缺，延续着贬斥诗学即讽刺的传统；另一方面也在尽力刻画高校学术生活的政治权力之争。只是这种权力争斗，在学者惯有的"斯文"外表之下，表现得更加的委婉。欧茨在小说的前言中也表明了她本书的目的是"写给那些虚构的鬼魂般的同事们，他们的灵魂在书中游荡"。① 欧茨借助讽刺的手段，揭露了学院学术界的种种怪象。但这并不是欧茨的真正目的，揭露问题是为了让人们正视问题的存在。欧茨的作品在每一位高校教育的参与者面前摆了一面巨大的镜子，镜子里照出丑陋，也照进了读者的内心。欧茨刻画的学术人物有时貌似夸张，但正是通过这种"陌生化"的手段，让人反思自我。

一　出版的压力与同事之间的竞争：压死学者们的最后一根救命稻草

《饥饿的鬼魂：七个讽刺喜剧》中的第一个短篇《美国的民主》就反映了学者们所承受的巨大的科研压力，以及由此带来的自我的丧失。小说提出了学者们面临的"要么出版，要么灭亡"（Publish or Perish）的学术困境：如果不能够按照要求发表学术著作和成果，他们就面临着被开除而失去工作的危险。对于大多数学者来说，发表学术成果成了他们的首要任务。能否发表论文、出版著作成了衡量一名学者是否成功的唯一标准，学术研究不再是知识分子崇高的追求，而是可悲地沦为庸俗的谋生手段，这显然是高校空间里的一种悖论。通过发表学术成果，他们可以保住饭碗，甚至可以谋得名声、荣誉以及权力。曾经在商人眼中自恃清高的学者教授们，也不得不在残酷的现实面前放下高贵的面子，低声下气地央求出版社为他们出版自己的学术成果。在绝望地追求学术成

① Joyce Carol Oates, *The Hungry Ghosts*: *Seven Allusive Comedies*, Los Angeles: Black Sparrow Press, 1974.

果出版的路上，学者们悲哀地迷失了自我。

《美国的民主》中的主人公罗纳德·保利，是一名大学教师。故事开始时，罗纳德的学术生涯岌岌可危——"要么出版，要么灭亡"。罗纳德完成了一部关于托克维尔的作品，为了能够保住好不容易获得的学校教职，他必须给自己这部作品找一家出版社。而当终于有出版社同意出版他的作品之后，负责校审他稿件的编辑却猝死家中。读者可以想象罗纳德获得一点希望之后的巨大失望，抑或可以说是绝望。编辑的死并没给他带来多大的同情与悲伤，编辑家中的罗纳德的书稿才是他唯一关心的东西。于是，他放下学者的清高，来到编辑的家中，不是吊唁，为的是那救命的书稿。死去编辑的家是一个租来的公寓，屋里脏乱不堪，满眼所见都是杂物、垃圾，屋里气味刺鼻，唯一的一扇窗户的开口也被厚厚的尘埃堵死。显然，里面刚刚住着的是又一个为了生计而奔命的人。然而，罗纳德并没有为境遇跟自己如此相似的人感到悲伤，人的死根本比不上书稿的可能遗失更让他疯狂。至此，一个冷漠无情的学者形象就这样清晰地呈现在读者的面前，让人心头升起不尽的凄凉。然而更加凄凉的是在这个连大多数人的生存都无法保证的社会，人的生命没有书稿重要，物的价值超越了个体的生命，我们不得不扪心自问，这个世界怎能如此异化？我们该做点什么？当罗纳德在脏乱的公寓中拾起一页页散落的书稿，我们其实也看到了他那散落的一片片的自尊和良心。罗纳德内心其实充满了忐忑与沮丧，他并不是一个冷血的学究，他只是想保住自己好不容易谋来的工作。作为一名大学教师，罗纳德根本无法主宰自己的命运。努力地工作，认真地备课，对学生无私地付出爱，这一切对他的事业和前途没有一点帮助。教学上的付出远远比不上一份书稿带来的价值，对于教师来说，这是一份莫大的无奈与悲哀。

除了发表科研成果的压力之外，高校教师们还面临着学者之间的竞争压力。在《人物素描》中，欧茨为我们塑造了一名驻校的诗人罗恩·布拉斯，他发表了大量的诗歌，对他所在系的贡献很大，因而也得到了领导的器重和同事的敬重。

然而，同事梅森却对他十分不友善，甚至是对他怀着敌意。而原因很简单：梅森嫉妒诗人，因为诗人们的日子总是过得太安逸舒适了。面对梅森的敌意，罗恩表现得很善解人意"他应该只是害怕失去工作吧""要不就是他太看重发表成果这件事了，也许有点嫉妒吧"①。而最终这一"嫉妒"终于演变成了指控：梅森指控罗恩剽窃并抄袭别人的诗歌作品。在系里对罗恩的第一次听证会上，罗恩承认，由于重重的压力，他的确曾经翻写过别人的诗歌作品。听证会后，罗恩一度消沉、堕落，但是，他很快以很"聪明"也同样"可耻"的方式为自己辩解：他大量调查同事们发表的作品，结果是其他学者的学术成果一样经不起推敲。"剽窃"和"抄袭"显然不是罗恩一个人的罪过。在第二次听证会之前，罗恩将很多信封纷纷投进同事们的办公室信箱，结果是，同事们都对罗恩投信任票来自保。为了完成出版任务，学者可以违背良知和道德，剽窃别人的成果；因为嫉妒，同事间可以恶意指责；同样为了保住工作，学者们可以随意改变自己的立场……在这样一个充满恶意和敌意的环境里，学者们小心翼翼、人人自危，如履薄冰般苟且偷生。

二 《天路历程》和《悲剧的诞生》：学术男女在学术围城中悲剧的朝圣之旅

另一部短篇小说《天路历程》是对约翰·班扬的宗教寓言《天路历程》的戏仿。班扬的《天路历程》描写了一个叫做基督徒的主人公在寻求救赎之路上经历的重重危险和考验。而欧茨的故事则发生在一个叫希尔伯瑞的大学，学校新来的女教师万达和哲学教授埃拉斯莫不满于封闭的自我和封闭的学院环境，为了寻求自身的救赎和集体的归属，紧紧跟随另一位名叫索尔·伯德的犹太教授，最终却被带入更加悲惨的境地。

在故事开头，万达刚刚来到希尔伯瑞大学任教，她单纯，缺乏处事的经验，孤独是她生活的中心。由于万达个子太高，她一直孤独地生活在集体之外，一直被排斥。所以来到新的环境之中，万达努力想构建一个新的人际关系，尽快融入新的环境之中，获得集体的归属感。任何人都渴望被集体接纳，而伯德正是抓住了万达的这一弱点。他殷勤地帮助

① Joyce Carol Oates, *The Hungry Ghosts*: *Seven Allusive Comedies*, Los Angeles: Black Sparrow Press, 1974, p. 81.

象牙塔内的喧哗与骚动

万达租房，万达更是被他的热情感动，被他富有吸引力的声音深深吸引，于是，万达一步步地走进伯德编织的谎言大网之中，最终被蛊惑、被利用，沦为伯德谋取私人利益棋盘上一颗可悲的小卒。哲学教授埃拉斯莫也同万达一样，无法抵御伯德教授的感召力，最后也为他宣扬的自由民主思想摇旗助威。埃拉斯莫教授曾经满足于把自己定位在学术界里，热爱教学，热爱学生，每天认真地备课、上课。但是他的教学并不是很成功。与此同时，同万达一样，他也饱受孤独之苦。他不能够自然地与同事和谐相处，作为一名犹太人，他始终把自己看成是这个社会的局外人，不能很好地适应学院的氛围。埃拉斯莫对此陷入深深的焦虑之中，一方面，埃拉斯莫认为这种生活是完美的："他准备回家，想到不与别人来往是再好不过的事，没有密切的关系，没有亲密的联系。"① 另一方面，埃拉斯莫也意识到自我封闭的生活是他实现自我价值的障碍，他必须冲破自己的枷锁，改变自己被边缘化的地位。而这一焦虑同样被伯德看透，伯德利用埃拉斯莫的弱点，使他也走上了追随自己的道路。

万达和埃拉斯莫就这样被一步步地走进伯德的阴谋"集团"，并最终成为主力成员。伯德俨然一位优秀的"领导者"，他能够察觉万达和埃拉斯莫最初的犹豫不决和质疑，不断地给予他们表现自我的机会，最终埃拉斯莫觉得"我有朋友了，我有真正的朋友了"，② 不再孤立和孤独。万达和埃拉斯莫在伯德的精神指引之下，仿佛获得了重生，是伯德给他们带来了光明，他们曾经是局外人，而现在他们终于找到了自己归属的集体。而伯德也正是利用了他们的这一弱点，让他们觉得他们从自我的个人主义中投入了人类大家庭的怀抱，而伯德达到的却是自己的自私目的。伯德利用万达和埃拉斯莫渴望集体的接纳的弱点，利用政治的、宗教的、哲学的观念欺骗他们，使他们成为自己富有魅力的家庭聚会的座上宾。伯德一直向他的追随者宣扬只有暴力才能推翻旧的体制，获得新的民主和自由。而实际上，他只是披着拯救别人的外衣，并不是要真正帮助这些孤独的局外人，他真正关心的是自己的个人利益。由于校方要开除伯

---

① Joyce Carol Oates, *The Hungry Ghosts*: *Seven Allusive Comedies*, Los Angeles: Black Sparrow Press, 1974, p. 43.

② Ibid., p. 48.

德，伯德鼓动他的众多弟子抗议学校开除他用暴力抢占了文科大楼。在混乱中，万达和埃拉斯莫都受了伤。而这场暴动的策划者和鼓动者伯德为了自身的安全选择了逃离——自己和妻子飞往了芝加哥。而此时万达仍然没能醒悟，她甚至在伯德逃走之后还给他照顾儿子菲利普。直到几天后，伯德打电话让万达开车把他的儿子送上开往芝加哥的飞机，她才失落地发现自己那愚蠢的"朝圣"之旅。

作为《天路历程》中的核心人物，伯德无非是故事中很多人的"精神领袖"。一个领袖需要具备很多的品质，比如雄辩的口才、比如洞悉追随者的内心世界的能力，还有勇往直前的勇气和容纳一切的胸怀，等等。通过他的所作所为，读者可以看出伯德碰巧具有了煽动别人的口才和看穿并利用别人弱点的本领，以及掩藏在所谓崇高之下的险恶。他是一个不称职的学者，一个毫无责任感的教师，一个把自己的利益凌驾于他人之上自私的人，一个不道德的人。这种人的存在，其实是对知识分子群体的一种威胁，一种腐蚀。他高举仁慈和博爱的幌子，肆意践踏别人的单纯和善良，实现自己不可告人的目的。

"欧茨在《天路历程》中设置了两个'天真的傻瓜'来讽刺和对照周围貌似正经，实则荒诞的现实。巴赫金在《长篇小说的话语》一文中对'天真的傻瓜'在小说中的作用做了形象精确的描述。他认为'傻瓜'类型的人物不谙人情世事，对标榜神圣崇高的各类情感后知后觉，懵懂不解。通过傻瓜的眼睛来看世界，世界就是这些崇高和谬误混乱一团的景象。"[①] 万达和埃拉斯莫正是这样两个典型的"天真的傻瓜"：万达善良，沉浸在自我的世界之中，对外在世界潜藏的危险一无所知，所以在伯德一番恩威并施的情感攻势之后，她糊里糊涂地迷恋上了伯德，并且自降身份，荒废学业，心甘情愿地当起了伯德夫妇的临时家庭保姆。她天真幼稚地认为伯德是神圣与正义的化身。若非菲利浦的解释，她仍然蒙在鼓里。另一个"傻瓜"型的人物埃拉斯莫虽然是男性，但是作者赋予他很多女性气质，如他的害羞腼腆，埃拉斯莫感恩于伯德给他带来的脱胎换骨

① 杨华：《反叛的互文性——在〈天路历程〉中的体现》，《广东外语外贸大学学报》2005年第3期。

的变化。伯德的情感煽动甚至令埃拉斯莫迷失了自己的本性，忘掉了一名知识分子应有的冷静和操守。在暴力抢占文科大楼的狂乱之中，作为精通哲学的高级知识分子的他竟然狂热地与警察大打出手，甚至赤身裸体地疯狂奔跑。他跟随伯德所做的这场"朝圣之旅"其实是他精神一次偏离轨道的狂热，而这狂热显然是一场病，带来的是地狱而并非天堂。通过刻画两位"天真的傻瓜"和一位道貌岸然的邪恶领袖，欧茨为读者揭示了一群渴望得到群体关怀的青年学者的无奈和困境。另外，"天真的傻瓜"使原来人们习以为常、理所当然的事情变得陌生，变得荒谬。所以像万达和埃拉斯莫这样天真的傻瓜的存在就是为了在不经意间消解虚假的崇高，欧茨也正是通过她笔下这些天真可悲的小人物来衬托学院中邪恶的学术权威的卑鄙和可笑，批判了为假崇高和假神圣所包围的可悲的学院一角。

另一个故事《悲剧的诞生》同样发生在希尔伯瑞大学之中。巴里是这所大学的一名年轻助教，为了得到一份稳定的教职，他必须得到他的指导教师塞耶教授的帮助。塞耶教授是该大学英语系一名驻校研究文艺复兴时期文学的专家，然而尽管他声名显赫，塞耶教授本人的生活却充满了悲剧性。塞耶不信任身边的同事，因为他担心他们怀疑自己的研究成果，除了教学之外，他不与任何同事交往；除了工作之外，他的生活也一团糟，他与房东大吵一架之后搬进一家酒店居住。塞耶的生活基本上与世隔绝。塞耶一开始接受了巴里的请求并给巴里机会让他为学生讲授莎士比亚的《哈姆雷特》。在讲堂上，巴里要面对150多名学生讲解悲剧的概念。塞耶像是为巴里设了一个圈套，让巴里窘迫难当。在读完了塞耶为他准备的讲稿之后，可还没结束。无奈之下，巴里只好讲其自己对"悲剧"概念的理解。巴里突然意识到，自己的境遇是如此的可笑。渐渐地，巴里明白了一个道理：在希尔伯瑞这样一个充满扭曲人格的学院围城之中，自己根本无法实现自我，获得真正的自由。大学里缺乏灵感和热情，充斥着恶意与冷酷。要想成功就要突破这个束缚人的环境，寻找更适宜的环境。当巴里下课走出教室时，面对的是手持录音机，满脸狞笑的塞耶教授——似乎随时准备向巴里这个小阴谋家进行攻击。巴里试图融入希尔伯瑞这个大集体最终宣告破产。由于教师之间职称或者职务晋升的原因，学院里充满了疑难邪恶的竞争。人和人之间充斥着嫉炉、欺骗、甚至陷害。贾尼丝·罗森在《现代小说中的大学》中指出学者与学者以及学者与外界的隔绝的原因是"学院大体上由一个精英团组成，定义自己的一个途径就是排斥别人"[①]。学者之间的互相排斥无疑造成了一个不健康的学术围城：令人向往而又让人畏惧。

三 《超越奴役》：学术身份与学术政治的双重奴役

《超越奴役》像是一座微雕艺术，把学者斯文表面下玩转学术政治的丑陋一面刻画得人木三分。小说的题目似乎在暗示故事中的人物一定是超越了某种"奴役"，然而，"超越奴役"的主人公其实并未真正地摆脱"奴役"。

小说描写了一位黑人青年法兰克·安布洛斯由"黑"漂"白"而跻身曾经为白人主导的高校学术空间的过程。客观地说，像大部分学者的成功之路一样，法兰克的成功有他聪明、帅气、优秀、努力等诸多因素。他想方设法改变自己的黑人身份。他获得了哈佛大学的学位，作为富布赖特学者在英格兰留学一年，并在那里学会了在自己说话时夹杂进一些生硬的英国口音。在哈佛他颇得女孩子欢心。他选择了一个他并不爱的白人女孩，并顶住了来自女孩家庭的压力，成功地与这位白人法官的女儿结婚。他并不爱妻子，"不聪明，但是天生一副苍白、光滑、完美的面孔"，"她的父亲是波士顿的一名法官"[②]。在 1965 年，他在西里贝里大学谋得教授职位，成为英语系里唯一的黑人，也是唯一的哈佛毕业生。而且，他很快成为系里最受欢迎的教授；他不久就进入了英语系的学术委员会，可以在很大程度上掌握别的教师的工作去留权。这无论对一个黑人还是白人来说，都是莫大的人生事业的成功。至此，他完成了自己地位的向上性迁徙，超越了自己作为黑人被"奴役"的背景。这在当时条件下，对于像他这样一位黑人来说，无疑是一次不容易实现的人生飞跃。他用知识与努力"漂白"并提升了自己的社会身份，可是身份毕竟是

① Janice Rossen, *The University in Modern Fiction*: *When Power is Academic*. New York, N. Y.: St. Martin's Press, 1993.

② Joyce Carol Oates, *The Hungry Ghosts*: *Seven Allusive Comedies*, Los Angeles: Black Sparrow Press, 1974, p. 64.

象牙塔内的喧哗与骚动

"虚"的认知符号，而肤色却是"实"的感知符号，所以小说里才说"他知道他不是'黑鬼'，而却不确信别人在睽视他的时候是否知道"。[①] 作者以全知视角进入人物内心世界，旨在表明此时的法兰克虽然从社会地位层面"超越"了黑人被"奴役"身份，仍然在乎的是自己在别人心目中是否成了一个"白人"，这就是在暗示，他并没有能够做到真正的"超越"。

也正是这种敏感的不自信，从第二年开始，他"感觉到"一种奇怪的、无目的的忧郁。他觉得课堂上的成功来得太容易，他与妻子一起外出时，无法再引起曾经的那种注意力，或者看到偶尔的愤怒目光。这里读者读到的是多重信息：人们曾经更多地是以一个"黑人"的差异性来接受他——黑人竟然可以娶白人为妻，可以与白人一起出于高等学府，从事高智商工作，于是有人好奇甚至愤怒；但随着人们的习以为常，周围的人们与环境也在进步的时候，他却因此而沦为平庸；更重要的是，他自己也感觉到了这种平庸，而且不满足于这种平庸。在法兰克（小说中使用的法兰克的另一称呼）看来，"毫无疑问"的是，妻子尤尼斯不再有魅力如旧，腰围与臀围都在增加。"当你仔细看她的时候，她都不怎么好看"。[②] "仔细看"的目光当然主要地是来自法兰克，"毫无疑问"也是法兰克的推断性结论。感官的视觉刺激与娶得白种美人归的良好感觉一旦失去，当然就必须要有新的感官刺激来激起他生活的激情。

生活的乏味让他开始投身于同样乏味的教学工作——没有刺激他神经与兴趣的女生，他感到生活中的恐惧、丧失。28 岁的他是一个"震撼"，30 岁的他在遭受"失去"。在这种丧失感中他感觉到了肌体的饥渴。他给自己 32 岁的生日礼物是一辆白色 MG 车，妻子与孩子却无法"挤"身其中，他给自己买了一件非常昂贵的休闲夹克在家里穿，在校园里他经常是穿着拉风的小牛皮软皮外套。他希望利用学生对他的好感以获得一种浪漫的感觉。师生关系在这里首先同样地表现为大学里敏感的异性师生关系。这里欧茨表达得非常隐晦："某一个辛迪或某一个桑迪以其大胆的眼神差点让法兰克引发一次丑闻，她回家对她父母一讲，父母又闹

① Joyce Carol Oates, *The Hungry Ghosts*: *Seven Allusive Comedies*, Los Angeles: Black Sparrow Press, 1974, p. 66.

② Ibid.

到校长与几个董事会成员那里……但在校长办公室里开了一次四小时会之后，法兰克求得了宽恕。他保证再也不那么'不谨慎'"。[①] 这既是人在"饱暖思淫欲"的劣根性的体现，也是一种文明体制所努力追求通过体制来防止个体劣根对整体所造成伤害的关键所在。法兰克或许是从常规意义上一个白人老师那样的角度，来将学生对自己的仰慕解释为一种可能的浪漫关系；但学生家长则无法接受孩子与一个黑人（不是教师）的任何可能的两性关系。法兰克的承诺表明，他在骨子里面仍然认为自己被投诉不过是由于他的"不谨慎"，他的被宽恕一来或许是由于他并未做出什么实质性的冒犯，二来也或许是由于他所工作的大学更需要一个这样不太常见的"黑人符号"。

在学生面前一厢情愿的浪漫想法受挫之后，他转而打起了同事的主意。作为系里考评委员会最年轻的成员，在录用英语讲师的过程中，他对耶鲁来的一位年轻博士与来自牛津的一位年轻学生不以为然。他最感兴趣的是一位年轻女性名叫莫莉·霍尔特。莫莉面试就迟到了 15 分钟，穿着超短皮裙，金亮色长靴。透过法兰克的眼睛我们看到：莫莉非常漂亮，有一张小巧如精灵般的脸，剪得很短的金色秀发散乱于脸前，那么年轻、那么漂亮，还带着一份芝加哥大学的强力推荐信……！法兰克看到她是带着一个 3 岁孩子的离异母亲时，他对她的兴趣更是有增无减，而那份芝加哥大学的推荐信竟然可以压倒耶鲁与剑桥的牌子。

于是，他花了好几个小时，开了好几次会，大费口舌来说服委员会里其他成员接受这位并不显得特别突出的莫莉·霍尔特。莫莉·霍尔特意外地取代了另外的应聘者，不是依仗她的才学，而是依仗她的那一份性感。但是，莫莉虽然新潮，却有着独立的女性权力意识。她很弱势，很无助，却很独立。一个人带着小孩，承担着繁重的教学任务，既要认真备课，又要忙着准备博士论文，同时还受着男性社会的各种可能的骚扰。面对着这一切的压力，这样一个孱弱女性竟然没有低下自己的头，没有放弃生活的勇气与追求，尤其是没有降低自己做人的标准。莫莉一

① Joyce Carol Oates, *The Hungry Ghosts*: *Seven Allusive Comedies*, Los Angeles: Black Sparrow Press, 1974, p. 67.

次次地拒绝了法兰克的挑逗和性骚扰，最后法兰克恼羞成怒，他请求委员会的主席考虑莫莉任职期间的表现，开会时，法兰克编造了一系列的罪状证明莫莉不具备成为一名合格教师的资格。最后投票的结果是莫莉被解雇了。

这里我们虽然看到的是一个黑人教师为了自己的一己之私而不惜牺牲学校用人制度的公正，但我们不能忘了产生这位黑人教师的社会背景与学术背景。换言之，当一个并不强势的黑人新生力量尚且可以借学术的名义大行一己之私的时候，整个高校学术界在用人制度与权力划分上的不透明，甚至可说是黑暗，从中就可见一斑。黑人学者法兰克虽然由"黑"漂"白"，并且努力通过提升自己的学术身份来超越自己的黑人身份，但同时，这位学者又陷入了另外一个可悲的陷阱——学术权力。在高校的权力制度下，不管学术男女们是用权力来操纵别人还是被权力操纵，显然他们都是在被权力奴役着。而这一现实正揭示了目前高校学术群体的可悲境地：高校不再是学术圣洁的殿堂，而是学术权力的角斗场。

四 《名声之累》和《苦恼》：女性知识分子的无奈与挣扎

《名声之累》（Rewards of Fame）和《苦恼》（Angst）是《饥饿的鬼魂七个讽刺喜剧》中的比较特殊的两篇短篇小说。不同于前 5 个短篇，这两个故事以两位女性知识分子作为主人公，揭示了女性学者、作家以及诗人在以男性为中心的社会中被轻视、被排斥的命运。欧茨将视角转向女性，表现了她本人对 20 世纪六七十年代辛苦耕耘的女作家们经历的痛苦和无助的关注。

《名声之累》的主人公汉娜·多米尼克是一位多产的女诗人，已经出版了将近 10 本诗集。她通过自己的努力取得了卓越的成就，同时也收获了良好的名望。但是她的成功也招来了恶意的攻击。她的同事莫里认为汉娜的诗歌主题狭隘，拙劣无比。莫里自己才华平庸，不能出版学术成果的怨恨全部发泄在了汉娜身上。如果说莫里的妒忌和憎恨是源于他的自私和不平衡的心理，那么故事中另外一位男性诗人迈尔的恶意攻击却真实地反映了在男性主宰的社会中，女性被排斥和边缘化的悲剧命运。面对男性学者对自己的恶意攻击和有失公允的评价，汉娜却在众人面前放声大哭，无法为自己进行辩护，这位著名的女诗人在这时被迫"失语"，最后只能落荒而逃。《苦恼》中的女主人公伯丁娜·多诺万同样也遭遇了汉娜经历的一切。伯丁娜美丽大方，但却未能逃脱作为边缘人的命运。故事开始时，伯丁娜处于生活的最低谷。她的爱情和事业都受到了挫折，为了事业，她七年里先后多次拒绝了爱人赫尔曼的求婚，她不想让婚姻成为事业的阻碍。而可悲的是，她的事业也未能带给她期待的成功和骄傲。在每年一度的美国现代英语协会的年会上，伯丁娜的小说被作为小组讨论的内容。小组讨论会的气氛十分热烈，伯丁娜惨遭这些"多诺万专家"们的打击和曲解。作为一名女性知识分子，她显然逃脱不了被人曲解攻击的命运，但更不幸的是，面对这些曲解和打击，伯丁娜没有任何辩解的机会和能力。会议结束后，她摇摇晃晃地走出来，不知道自己到底该往哪里去。

女性知识分子的多产和名望并没有带来任何的奖励，反而招来主流男性文化的指责和非议，这是当时现实社会中很多女性知识分子的普遍遭遇。如果说学术男性遭遇的是"出版"和"同事之间的竞争"的双重压力的话，那么女性知识分子还承受着第三重压力：男性的蔑视和排挤。如何摆脱这重重压力，欧茨也给出了自己的建议：女性学者要坚持自己的追求，不断地提升自己，不但要提高自己的学术成就，更需要不断地追寻自己的自我身份，实现自我的价值。

欧茨的这部小说集《饥饿的鬼魂：七个讽刺喜剧》向读者们呈现了触目惊心的学院百态，揭示了学院知识分子们遭遇的巨大压力，面临的重重困境，解读了知识分子们在追求自我、突破自我、实现自我价值的道路上无奈的抗争与失落。面对教学的压力、职称与职务晋升的压力、科研的压力、人际关系的压力，有些人变得冷漠，有些人变得愚蠢，有些人变得邪恶，有些人被排挤，有些人被陷害，有些人被利用，有些人因失败而迷失自我，有些人因成功而丧失道德。总之，谁都不是这场场学术角斗中的胜利者。学术男女们如同"饥饿的鬼魂"，游离在充满着温暖人性的世界之外。

五　结语

通过解读欧茨的这几部作品，我们不难得出结论：大学校园不再是

象牙塔内的喧哗与骚动

圣洁的象牙塔，已然沦为肮脏的名利场。大学校园内的学术男女们受金钱、名望、权力的驱使，丧失追求真理、匡扶正义的能力，可悲地沦为欲望的奴隶。而堕落的知识分子们又同时忍受着道德的拷问，良知的谴责，明知堕落，却又不得不沉沦。"作为置身于校园中的严肃作家，欧茨绝非以观赏和出卖校园'恶之花'为乐趣，她是怀着强烈的忧患意识和责任感，从深邃的人文关怀角度，审视大学存在的弊病，诊断其病因，她真正所企盼的是药到病除后的欢愉。"[①] 欧茨通过他的学院派小说为高校教育敲醒警钟，让每一位高校教育的参与者都能反思自我，收获启示。也许这正是她作品的意义所在。

---

① 刘英、栾红敏：《学术竞争与群体关怀：乔伊斯·凯洛·欧茨的"学院小说"主题探究》，《外语教学》2008 年第 3 期。

第三章　菲利普·罗斯

　　菲利普·罗斯（Philip Roth，1933—），美国犹太裔作家，美国当今文坛地位最高的作家之一，他被公认为当代美国作家中最有创造性的作家，被称为"美国的卡夫卡"。菲利普·罗斯1933年出生于美国新泽西州的纽瓦克市的一个中产阶级犹太人家庭。犹太家庭背景从小就对罗斯产生了深刻的影响，一直延续到他后来的文学创作之中。罗斯1946—1950年在威考希克中学读高中，在此期间，他阅读了大量有关欧洲移民的史料，并且深入了解了哈德逊河两岸的移民情况。这为他后来在作品中写下栩栩如生的人物形象奠定了基础。16岁高中毕业之后，菲利普·罗斯先进入纽瓦克罗特格斯学院就读，可是一年后，他为了摆脱纽瓦克狭隘的地方主义，又转到了宾夕法尼亚州的巴克内尔大学，1954年他以优异的成绩毕业并获得英语学士学位。1955年进入芝加哥大学的英语文学系学习，并获得了文学硕士学位，毕业后留校教授英语文学，同时，继续攻读文学博士学位，但他在1957年放弃了学位学习，专门从事写作。1960年，罗斯到爱荷华大学作家工作室教授创作技巧，两年后成为普林斯顿大学的驻校作家，他还在宾夕法尼亚大学担任了多年的比较文学课程教学，于1992年退休后继续写作。

　　罗斯以小说集《再见吧，哥伦布》（*Goodbye，Columbus*，1959）一举成名，并且该书获得了1960年的美国全国图书奖。他的其他作品还包括：《放任》（*Letting Go*，1962），《当她是好女人的时候》（*When She Was Good*，1967），《波特诺伊的怨诉》（*Portnoy's Complaint*，1969），《我们这一帮》（*Our Bang*，1970）；凯普什系列三部曲包括《乳房》（*Breast*，1971），《欲望教授》（*The Professor of Desire*，1977）以及《垂死的肉

身》(*The Dying Animal*，2001)；美国三部曲包括《美国牧歌》(*American Pastoral*，1997)，《我嫁给了共产党》(*I Married a Communist*，1998) 和《人性的污秽》(*The Human Stain*，2000)；还有他的朱克曼系列小说。罗斯不但是一位多产的作家，他也获得了很多的奖项和表彰。《人性的污秽》(2000) 获得了 2001 年福克纳小说奖和 2002 年法兰西梅迪契奖；2011 年 5 月 18 日，罗斯还获曼布克国际奖；此外，他还先后获得美国文学艺术院文学金奖 (2001)、获哈佛大学荣誉文学博士称号 (2003)、索尔·贝娄美国小说成就奖 (2007) 和《巴黎评论》哈达达奖 (2010 Paris Review's Hadada Prize)；2010 年罗斯获得了美国总统奥巴马授予的国家人文勋章；2014 年 1 月，Forward Magazine 将他列为美国最有影响力的五位犹太人物之一。

在罗斯的大多数作品中，读者都可以看到索尔·贝娄、诺曼·梅勒，伯纳德·马拉默德以及弗朗兹·卡夫卡的影子。但是罗斯无论在创作态度上，创作主题上，还是创作方法上都表现出背叛传统、背叛思想，有了自己的创新。罗斯将现代主义的写作手法巧妙地融合到其现实主义的文学创作之中。在长达五十多年的文学创作生涯之中，罗斯以其 30 多部作品，记录了美国社会在 20 世纪后 50 年里社会生活的方方面面，以及由此带来的人们精神世界的改变。总之，罗斯以高超的小说技巧和对人性的普遍关怀创造了一个活着的美国文学神话。

第一节 《欲望三部曲》:理性与欲望的挣扎

菲利普·罗斯擅长书写现代知识分子，大卫·凯普什便是他刻画的学院派知识分子中生动的一例。凯普什是罗斯欲望三部曲《乳房》(1971)、《欲望教授》(1977) 以及《垂死的肉身》(2001) 中的主人公。按照故事的叙述内容，《欲望教授》讲述了青年时期的凯普什在情欲漩涡中的挣扎；在《乳房》中，凯普什变成了一只既能说话又能呼吸的硕大乳房，这里我们看到了一个在欲望驱使下异化了的情欲教授；在《垂死的肉身》中，罗斯为我们刻画了一个不一样的大卫·凯普什。在死亡面前，读者看到凯普什不再纠缠于肉体的欲望，而是转向思考人生和死的价值和意义："对生的渴望和对死的抗拒使得情欲更多地戴上了悲怆的色调。"[①] 在这个欲望三部曲中，罗斯把视角转向了学院派文人的私生活，将"手电筒"照进了凯普什的内心世界，生动地再现了这个在学术与肉欲之间跌撞奔波的"欲望教授"的心灵冲突。"性本是最私人化、最不形而上的东西，而在一个弱肉强食的时代它又紧紧依附于权力的东西，性既是弱者的慰藉也是强者的战利品，知识分子'未能免俗'地于此中彷徨，倒是符合时代精神。"[②]

一 被欲望主宰的"生"

《欲望教授》的主人公大卫·凯普什教授在一所美国大学教授那些关于人类欲望与激情的伟大作品：托马斯·曼的《死于威尼斯》，福楼拜的《包法利夫人》，托尔斯泰的《安娜·卡列尼娜》，契诃夫关于婚姻和爱情的中短篇小说，等等。"欲望教授"是他的绰号。按照小说的原话他是"学者中的流氓，流氓中的学者"——出自麦考利于 1843 年撰写的《评艾肯的〈艾迪生的一生〉》一文——他进行着关于人类欲望与激情的思索。年轻时的凯普什追求的是欲望的无拘束的探索和无节制的放纵——这样的事，当然最可能在性欲迸发的青年期发生。早在锡拉丘兹大学上学时，他便以"日苦读，夜风流"为信条，并且骄傲地认为"我优异的成绩和低俗的欲望并不矛盾"[③]。本科毕业后他拿到富布莱特的奖学金去伦敦访学，做的是研究中古文学的题目，却一头扎进了索霍区的妓女堆里。后来，他又找到了哈罗斯百货旁的午夜太阳餐厅，在那里结识了两个来自瑞典——据说是欧洲性道德最开放的国家——的两个女孩。身在无亲无友的异国他乡，结识的又是来自别的异国他乡的外国人，这似乎给了他以放纵自己的欲望的最大自由。但是，正当他自以为在毫无羁绊地做着性实验，实践着自己最狂野的性幻想的时候，两个女孩中的一个伊丽莎白却爱上了他——她正在精神崩溃，并撞上了一辆卡车企图自杀。这让凯普什深怀内疚——他

①　李莉：《20 世纪美国学院派作家研究》，南开大学出版社 2007 年版，第 175 页。
②　马凌、高建惠：《后现代中的学院派知识分子》，《中外比较文学与比较文化（国际）研讨会论文集》2004 年。
③　[美] 菲利普·罗斯：《欲望教授》，张廷佺译，上海译文出版社 2011 年版，第 18 页。

一边跟另一位瑞典女孩波姬塔周游欧洲大陆，一边给已经回到瑞典的伊丽莎白写着忏悔的书信。他最终离开了波姬塔回到美国。也许是他意识到了，人还是有情感的动物，性不可能得到无节制的放纵。当我们在放纵欲望的时候，我们可能伤害别人，并几乎总是伤害别人。凯普什在研究生学业快结束的时候，又碰上了海伦这位绝色美人。她在 19 岁那年就跟人私奔到香港，在那里又做过"英国的奥纳西斯"——好望角到马尼拉海湾货运航线上的老大吉米·麦特卡尔菲的情妇。她曾周游于清迈、曼谷、吴哥、仰光、曼德勒这些神奇的地方，坐着帆船在南中国海上航行，在泰国与贵族和公主来往。但当吉米为了她在谋划杀掉自己的发妻的时候，她忍受不住，逃回了美国。海伦最后嫁给了凯普什，但她却无法忘怀于吉米，无法忘怀于曾经有过的激情，——不，更重要的，也许是她无法接受日常生活的平庸吧——那由烤土司、煎鸡蛋、倒垃圾、付账单、卖杂货、洗衣服、去银行存取款等琐事组成的日常生活。但是在婚姻生活中，如果一方不愿意做这些杂事，那么另一方就得做——凯普什不得不一边教课，一边做家里的所有杂事，一天工作 16 个小时。后来有一天，海伦突然失踪了——她去香港找吉米，在被拒之门外后，就像警察举报他曾试图谋杀妻子，结果被栽赃陷害，投入监狱。在海伦被朋友营救出来之后，凯普什终于跟她离了婚。在从"离婚的废墟"中走出来之后，凯普什又认识了一位年轻女子，聪慧、乖巧、美丽的克莱尔·奥运顿，她善于把工作、生活都安排得井井有条，还善于操持家务。凯普什的父亲来看他，也对会做饭、会制冰茶给他喝的克莱尔大为赞赏。显然，这是个能承担家庭责任、适应她的社会身份的女孩。跟克莱尔在一起，无疑能过上稳定的、美满的、有条理的生活——但在跟她一起去威尼斯的时候，凯普什却发现自己正在追念当年跟瑞典女孩波姬塔在这里度过的那些狂野的日子。他恐惧地意识到自己对克莱尔的欲望正在消退。与此同时，凯普什在试图写作自己的那本关于契诃夫的书。他觉得，"契诃夫描写了在陈规的'套子'中寻找出路的人，试图摆脱无处不在的乏味生活和令人窒息的绝望气氛的人，还有奋力挣脱痛苦婚姻和社会虚伪弊病枷锁的人"[①]。那种

① ［美］菲利普·罗斯：《欲望教授》，张廷佺译，上海译文出版社 2011 年版，第 177 页。

人，也许也是他自己？这回不是海伦，而是轮到他无法接受日常生活中的平庸幸福了。这时也已经另外结了婚的海伦来看凯普什——这对分了手的夫妻，这时才意识到了他们之间的相似之处和他们跟别人之间的不同之处："你和他们不一样。他们的那种气质是与生俱来的，他们并不知道自己有这种气质……她这么聪明、漂亮、善良，是不是让你有些疯狂呢？"[①] 在小说的结尾，凯普什犹豫不决：他知道克莱尔会成为一位好妻子、好母亲，但是他却"确定我们共同拥有的东西会慢慢消失，那只是时间问题"[②]。最后，凯普什绝望而恐惧地吸吮着克莱尔的乳房，希望能够锁住幸福和希望，担心可能要到来的改变，而这种改变真的在《乳房》中到来。先于《欲望教授》发表的小说《乳房》在内容上紧紧衔接了《欲望教授》的结局，凯普什变成了一只硕大的能说话能呼吸的乳房。这不禁让我们想起了卡夫卡《变形记》中的那个变成了大甲虫的主人公，巨大的生存压力使格里高尔变了形，揭示了当时社会生活对人的异化，致使亲情淡薄，人性扭曲；我们同样也会想起中国作家莫言的小说《丰乳肥臀》中那个对女性乳房如痴如醉的上官金童。他终生不愈的"恋乳癖"象征了对长大成人和污浊社会的抗拒，对女性的崇拜，对中国传统男权文化思想的暗讽和解构。作者莫言说，上官金童最大的一个弱点就是懦弱，这正是他的精神自传，也是中国像他那样的一代人精神方面的一个弱点。武汉大学邓小芒评论《丰乳肥臀》说中国当代知识分子灵魂深处都有一个小小的上官金童。不论是凯普什和格里高尔的变形，还是上官金童的怪癖，都是作家塑造人物和表现主题的高超手段。这些在一定程度上都反映了人在特定的社会和历史环境下的异化。在《欲望教授》之中，罗斯似乎把人分成两种：一种人能够适应井井有条、一板一眼的工作与生活，他们命中注定要过上幸福的一生；另一种人则心中似乎有个无底的黑洞，种种无法理喻的欲望、冲动，不知什么时候会从里面冒将出来。《欲望教授》所写的是人心中那矛盾的欲望：一方面，是对稳定的、有条理的生活的需要；另一方面，则又是对充满刺激与冒险的生活，

① ［美］菲利普·罗斯：《欲望教授》，张廷佺译，上海译文出版社 2011 年版，第 245 页。
② 同上书，第 284 页。

象牙塔内的喧哗与骚动

对欲望的无节制放纵的向往。而主宰凯普什的正是这种矛盾的欲望，在欲望和道德的天平上，凯普什无可救药地偏向了无节制的欲望。欲望令凯普什模糊了现实与虚幻之间的界限，从而使他坠入了无底的深渊，陷入了可怕的虚无。

二 消解了欲望的"死"

《垂死的肉身》是菲利普·罗斯"凯普什系列三部曲"的最后一部，以主人公大卫·凯普什第一人称过去时讲述的口吻为主要形式，凯普什重新回归人的模样，但已经人到晚年。通过这部小说，罗斯再次对人性进行了深深的探求，表现了大多数人经历过的却无法表达出来的那种绝望。步入晚年的凯普什仍然无法控制自己的欲望。

故事以回忆开始，8 年前，62 岁的凯普什是位犹太裔知识分子，经常以评论家的身份出现在电视和广播中，在文学界小有名气。故事发生在美国 60 年代性解放运动的时候，他抛弃家庭成了性解放运动的先驱，好像永远有无法满足的性欲望。他也有他的原则就是不谈感情，不知疲倦地挥霍他的肉身。他最喜欢的是去猎取他的学生。凯普什在小说开头便声称："我吸引了不少女生。原因有二：一是因为这门课程很有诱惑力，学术魅力和新闻魅力兼备；二是因为她们听过我在国家公共广播节目中评论图书，看过我在电视台的十三频道里谈论文化。这十五年来，我在电视上做文化批评的节目，在当地有些名气，而他们就是因此被吸引到我班上来的。"[①] 但是，随着古巴裔女学生 24 岁的康秀拉的出现，端庄优雅、体态丰满，尤其是她拥有令大卫极其着迷的胸，凯普什毫无防备地爱上了她。在和康秀拉相处的过程中，凯普什逐渐意识到年轻貌美与日渐衰老的冲击力，这无时无刻地不在折磨他，刺激他，使他失去自信，甚至模仿康秀拉的前男朋友。他开始对自己的年龄感到敏感，自己就像濒死的动物，拖着垂死的肉身，苟且地活着，并且那垂死的肉身距离死亡是那么近。他努力地想绝对地占有康秀拉，但这一切只是徒劳。巨大的年龄差距和心理落差使他不敢公开面对这段感情，最终，凯普什

---

① ［美］菲利普·罗斯：《垂死的肉身》，吴其尧译，上海译文出版社 2004 年版，第 1 页。

选择退出，他没有出席康秀拉庆祝获得学位的派对，他无法面对康秀拉的朋友和家人。康秀拉毕业离开后，给凯普什寄过几次明信片。凯普什在好友乔治的劝说下，没有回复。他知道，爱是牵绊，会令他迷失；爱是敌人，会让他失去性的自由；爱是责任，会让他无法受。苍老的自己和年轻美丽的康秀拉形成了强烈的对比，这种对比给他带来极大的恐惧——惧怕消逝的青春、即将到来的死亡、无法淹没的欲望和垂死的肉身。然而在新千年的前夜，故事出现了转机：康秀拉再次联系了凯普什。她身患乳腺癌，在切除手术之前，她希望凯普什能再次欣赏她的肉身并拍摄下来，因为只有凯普什是真的爱她的身体和她的灵魂。垂死的肉身从凯普什换到了康秀拉，往日的情爱已经面临肉身死亡的威胁。因为化疗，康秀拉失去了美丽的头发，因为癌症，她即将失去乳房，甚至生命，"她才 32 岁，而她现在认为她已被所有的东西流放，最后一刻尝试各种体验"。如果说康秀拉正经受着死亡的拷问的话，或许凯普什的精神也在经历更大的痛苦。小说的最后凯普什震惊地说："你知道，他们已经决定要割去她的整个乳房。他们原来准备在乳房下面做手术并且割去一部分乳房。但现在他们认为那样做太冒险了。所以他们不得不割掉整个乳房。十个星期前他们告诉她说只割去一部分乳房，而现在他们告诉她说要割去整个乳房。请注意，这是乳房。这不是一件小玩意儿。"① 这里提到的乳房已经不仅仅是女性身上的一个实体，对于凯普什来说，她也喻指着即将被死亡吞噬掉的人的欲望。罗斯通过年轻与衰老的对比，爱情与性的抉择，生命与死亡的对照揭示了青春、美貌、性、欲望、生命都是无法永远留存的，人终将老去，死去。"他曾无比迷恋、觉得是最美的天造之物的康秀拉的乳房却因为乳腺癌即将从这个曾令他魂牵梦绕的人身上移除。长久以来深埋于心中的欲望此刻在死亡令人窒息的压力下却萌化成了对生命的无限爱恋和眷恋。"② 虽然在死亡面前，生命、青春、欲望显得是那么的苍白无力；但死亡也能够使人清醒地认识到生命的脆弱以及爱与良知的弥足珍贵。小说的结尾是这样：

---

① ［美］菲利普·罗斯：《欲望教授》，张廷佺译，上海译文出版社 2011 年版，第 169 页。
② 李莉：《20 世纪美国学院派作家研究》，南开大学出版社 2007 年版，第 179 页。

象牙塔内的喧哗与骚动

我得去她那儿。她需要我去她那儿。她要我在那里和她睡在一张床上。她一整天都没有吃东西了。她得吃点东西。她得有人喂她吃。你嘛？你想呆就呆着。你想留还是想走，请便。瞧，没时间了，我得跑着去了！

"别。"

什么？

"别走。"

但我必须得去。得有人和她在一起。

"她会找到人的。"

她正害怕着呢。我去了。

"想一想吧。再想一想。因为一旦你去了，你就完蛋了。"①

　　这样的结尾无疑是最好的结尾，作者通过凯普什与另一个虚构的声音的对话，向读者摆出了每个人也许都会面对的道德抉择。

　　《乳房》《欲望教授》和《垂死的肉身》这三部小说构成了罗斯的"凯普什系列"欲望三部曲，记录了主人公凯普什教授从年轻到暮年的生活经历，欲望挣扎，以及最后的道德回归。故事发生于 20 世纪 30 年代至 70 年代之间，主要事件集中在"二战"结束前后发生。当时，个人与社会都正在经历巨大的变化，美国年轻人的人性也走向了异化，他们贪图享乐，追求性解放，反叛社会道德，挑战和对抗社会的主流文化。凯普什身上正具备着这些典型的特征。凯普什无节制的欲望放纵表面上是自己的道德选择，但任何人都无法脱离开社会对个体的影响，个体要么顺从，要么反抗。但有时候个体的反叛并不会给他们的生活状况带来实质性的改善。作者罗斯正是通过建构这样一个异化的反叛个体——凯普什，表现了当时个体面临的精神、身份和自由的危机，揭示了人类生命的真正意义。所以罗斯的作品实际上是通过唤起读者震惊和厌恶的情绪，来拷问读者的道德和良知，这也体现了罗斯作品的人性关怀。

---

① ［美］菲利普·罗斯：《欲望教授》，张廷佺译，上海译文出版社 2011 年版，第 170 页。

第二节 《人性的污秽》：难以洗刷的污点

菲利普·罗斯于 2000 年完成了"美国三部曲"的最后一部小说——《人性的污秽》。另外两部为《美国牧歌》和《我嫁给了共产党》。《人性的污秽》出版之后就受到了广泛的好评。这部作品的涵义深刻，是一本关于人性、道德以及自我身份的书，每位读者都可以在主人公的身上看到一部分我们试图掩盖的自我。人性的污秽、道德的污秽、自我的污秽暴露在罗斯的笔下，迫使我们每个人不得不正视，不得不反思。

小说的背景为 20 世纪 90 年代末的美国，故事发生在一所名为雅典娜的学院之中。小说的主人公名叫科尔曼·西尔克。因为一句似是而非的话，年逾 70 的大学教授科尔曼被冠上了"种族主义者"的罪名。在一次课堂点名时，对于两个从未来上过课的学生，科尔曼在课堂上问道："有谁认识他们吗？他们究竟是真有其人还是幽灵（spook）？""spook"这个词在英语中既有"幽灵"的意思，也有"黑鬼"的含义，而碰巧这两个缺席的学生正是黑人。在小说中这件事被称为"幽灵事件"。在随之而来的被迫辞职和妻子去世之后，背着黑锅的科尔曼又爆出与年轻的女清洁工福妮雅的桃色新闻。这种种事件让科尔曼受到了各方，包括雅典娜学院的同事以及福妮雅丈夫，一个越战伤残老兵的憎恨，最终科尔曼被传言、匿名信和跟踪者逼入绝境。最终在一个冰雪之夜，福妮雅的前夫把福妮雅和她的情人科尔曼双双推向死亡的深渊。科尔曼一步步地从人人向往的象牙塔走上了十字街头，最终走向悲惨命运的终点。笔者主要通过分析科尔曼的学者身份以及他的遭遇和生存环境，来解读美国象牙塔内的混乱和道德危机，进而揭示该作品更广泛而深刻的社会意义。科尔曼的命运交织着人性、道德、种族身份的冲突与碰撞，而这冲突之下隐藏着的是存在于美国社会中的种种污秽。

大学可能遭遇的最大的侮辱是什么呢？也许就是说它是一座精英的象牙塔，与现实世界的隔绝。在外界看来，这座精英象牙塔内的知识分子们应该是一群有着丰富的知识、卓越的才华、不是这一领域的专家就是那一领域的能手……这在那个传统的不太遥远的过去或许是这样。在美国，20世纪四五十年代以后，大批的知识分子涌入大学校园，他们成为驻校的文人、艺术家、科学家，等等。但随着社会的变化，高校内部也发生着巨大的变化。

学院内的知识分子们受着各种条条框框的束缚，他们依然是大多数人眼中的精英，但却越来越不那么与世隔绝。学院派知识分子要有高的学历和强的能力。一些可以摆上台面可以看得见的衡量标准就将大多数"精英"排斥在象牙塔之外，而隐藏在那些严格的要求之下的包括金钱、利益与权力的较量与交织更是压倒了知识分子的脊梁。简言之，要么有学识、要么有金钱、要么有权利——这些才是通往象牙塔的金钥匙。而在美国高校，种族也是另外一个不能忽视的存在。如果你是白人，情况也许会好一些；如果碰巧你是有色人种，那么你的境遇或许会更加艰难一些。因此，从表面上看，可以说大学里面住着一群有学历、有文化、有才智、有教养的人，而他们却不一定是真正意义上的学术环境的参与者，他们更属于职业学者，巨大的生存压力吞噬着知识分子宝贵的道德品质。

一 学院里的学术和权力污秽

正如我们前面所说，要想获得通往象牙塔成为知识分子的通行证，任何人首先要具备的是卓越的才华和学识。小说的主人公科尔曼·西尔克具有纽约大学授予的博士学位，是研究古典文学的专家。在退休之前，他在雅典娜学院担任了20多年的古典文学教授，他的课广受学生的好评，因为他的言谈举止无一不直截了当，以诚相见，同时又在学术层面上极具说服力。年轻时他便不拘一格，后来受到学院的重任，当上了负责教务的院长，而且兼任长达16年之久。小说中的另外一位教师德芬妮·鲁斯是另外一位典型的学院派精英。她有着令人羡慕的家庭背景，受过最优质的教育。她在法国詹森·德·赛里公学里学习哲学和文学、英语、德语、拉丁语，甚至以非常严谨的态度阅读了全部法国文学；之后又在亨利四世公学深入地研究了法国文学和哲学以及英国语言文学史；20岁便进入方丹尼高等师范学校，而这所学府"……从法国知识精英中……每年只招收三十名"①。她后来到耶鲁大学教授本科生法国文学，同时攻读博士学位。来到美国后，这样一位才华卓绝的法国知识分子却遭遇了失望。在法国鲁斯接受的是最势利的贵族教育，在鲁斯们的思想里，知识分子不应当轻浮，生活只是为了思索。而在耶鲁这样的名牌大学，学生们居然连最起码的学术积累都没有。鲁斯本来期望的赏识、羡慕、重用，等等一无所获，本来以为轻而易举就能进入普林斯顿、哥伦比亚、康奈尔、芝加哥就职了，然而一切都没有发生，最后在草草地拿到了博士学位后，她不得不"大材小用"地去雅典娜学院应聘客座副教授的职位。后来终于当上了雅典娜古典文学系的系主任，也算没被埋没了才华，可科尔曼却一语道破了她的弱点"自以为学识出众……实际上毫无社会经验，新上任，而且对于学院，乃至对这个国家而言，都是个新人。"② 可见，大多数人的象牙塔之路该是多么的曲折。

而进入了象牙塔内，学院派的很多学者们为了职位、利益、权力丧失了以追求真理为导向的宝贵的学术和思想自由。从某种意义上讲他们只能被定义为脑力工作者，他们受限于学院的条条框框，想象和工作也局限于特定的范围，丧失了创造性。以雅典娜学院的教授学者们为代表的学院派知识分子们实际上已经丧失了作为真正知识分子的很多宝贵品质。因此，科尔曼当上院长之后，他进行了一系列大刀阔斧的改革，而这些改革从一个侧面也反映了高校存在的种种弊端。雅典娜学院里除了有像科尔曼一样有能力和学识的教授之外，还有一些"资深教授"，他们是县里古老家族的传人，学院是由他们的先辈出资创办的。金钱给与他们成为知识分子的保证。学院里还有一些老朽中的老朽，他们近二三十年里一直"因循守旧"地教授课程；还有一些"苟延残喘"的不称职的老家伙，他们"自我标榜"是最伟大的公元前100年的学者，等等。③ 科尔曼引入竞争机制，使雅典娜学院充满了竞争的气氛。那些资深的老学者们终于退出，将舞台留给了那些更称职的年轻人。另外雅典娜学院的学术氛围也岌岌可危，很多教授们"定期在《雅典娜笔记》上发表文

① ［美］菲利普·罗斯：《人性的污秽》，刘珠还译，译林出版社2011年版，第168页。
② 同上书，第166页。
③ 同上书，第7—8页。

象牙塔内的喧哗与骚动

章……每年从一本发黄的博士论文中摘抄拼凑成哲学、文献学或考古学的鸡毛蒜皮论文，'发表'在灰色硬板纸装订而成的油印季刊上——除了在学院图书馆目录里可以查到以外，地球上任何地方都无处可寻"[1]。科尔曼一针见血地道出了雅典娜学院的学术弊病："换言之，你们都在回收处理自己的垃圾。"[2] 这群所谓的学院派精英们就是这样自产自销着自己创造的学术垃圾。雅典娜学院的种种弊端不仅仅是个别现象，罗斯借此描绘出了现代高校的缩影。让我们回到刚才的问题，大学可能遭遇的最大的侮辱是什么呢？也许就是说它逐渐沦为一座"伪精英"的名利场。

对权力的追求是现代知识分子的另外一种常态。培根有句名言"知识就是力量（Knowledge is power）"，或许翻译为"知识就是权力"更符合我们现在谈论的话题。当知识分子遭遇政治，与权力捆绑在一起的时候，他们的命运会是如何？在小说中，无论是科尔曼的升职、改革，到最后的辞职，还是雅典娜学院的其他种种矛盾，实质上都是利益和权力之争。科尔曼当上院长，背后有一个"赏识"并支持他的校长——皮尔斯·罗伯特。在皮尔斯·罗伯特"一定要进行改革，任何感到不快活的人应当干脆考虑离任或提前退休"的庇护下，[3] 科尔曼才能勇往直前。罗伯特在自己聘任期过去一半时，他接受了一个"最杰出的使命大学校长"的荣誉称号，并且最后也能毫发无损地在一片欢呼声里离开雅典娜学院，到别处高就了。而新任校长海恩斯对科尔曼并没有那么贴心和宽容。如果说前任校长皮尔斯·罗伯特的成就其实便归功于科尔曼——这位意志坚定的院长，那我们不如说罗伯特其实是科尔曼实现学术理想的"靠山"。靠山没了，科尔曼也就倒了。因此，学院派知识分子在权力问题上是异常矛盾的。当他们与权力划清界限，清新寡欲地沉醉于自己的学术世界之中时，很可能会成为别人排挤的目标；当他们试图依附于权力与政治，靠权力来保全自己的时候，一不小心就会沦为权力交替和利益之争的牺牲品。他们不选择就会被孤立，选择了就注定是错的。另外，科

---

① ［美］菲利普·罗斯：《人性的污秽》，刘珠还译，译林出版社 2011 年版，第 7 页。
② 同上书，第 7 页。
③ 同上书，第 6—7 页。

尔曼的辞职，表面上是由两名黑人学生的诬告引起的，实际也是各小集团利益争斗的结果。正如科尔曼在文中所说："这些鬼把戏只是为了争权夺利才耍的。为了在学院里获得更大的决策权，他们不过是利用了一个可乘之机而已。一种手法，刺激一下海恩斯及领导层，迫使他们就范，去做他们原本不可能做的事。"① 科尔曼只不过是学校领导阶层为了稳住自己的权利和威信而牺牲的一颗棋子，就如同皮尔斯·罗伯特校长"利用"科尔曼实现其权利的攀登如出一辙。处于权利阶层的人，难以避免地被卷入两难的境地，就如科尔曼所言"当今，即使是一般的院长，据我了解，大凡在介乎教职员和上级管理层之间真空地带供职的，无一例外都有仇家。他们不可能每次都批准加薪的请求，或将便利的停车位批给对它垂涎的人，或将更大的办公室批给自信有资格受用的教授任职或提职候选人……"② 有人的地方就会有利益，有利益的地方就会有斗争，高校也不能免俗。知识分子如何在这样的利益之争中保全自己也保全自己的良知，这又是一个我们不得不反思的问题。

二 学院污秽下的人性污秽

在这部小说中，作为犹太作家的菲利普·罗斯一反他常规的以犹太人为主人公的描述，而是从黑人身份入手，并通过主人公从黑人身份向犹太人身份转化的过程向人们展示了美国散居族裔在身份认同、归属、融合等方面的经历以及因双重意识而引起的文化、意识冲突。主人公科尔曼本是一名黑人，不过他的肤色略浅，这就给了他掩饰自己黑人身份的条件。那么科尔曼为什么不愿承认自己的黑人身份呢？在科尔曼成长的过程中，他亲身经历了作为一名黑人在美国社会可能遭遇的所有歧视和冷眼。他希望摆脱身为黑人给他带来的种种具体的限制和无形的屈辱，利用自己皮肤较白的条件，开始隐瞒自己的黑人身份，他甚至跟母亲说，他要切断和过去的联系，求母亲谅解；他逃避争取黑人解放的人权运动，娶了白人做妻子，研究最白人的学科——希腊罗马文学。他的妻子至死

---

① ［美］菲利普·罗斯：《人性的污秽》，刘珠还译，译林出版社 2011 年版，第 15 页。
② 同上书，第 6 页。

也不知道他的真实身份。作为黑人，要想在美国社会取得成功简直太难了，所以黑人身份被科尔曼当作自己的一个污点。为了抹去这个污点，他否定自己的种族，抛弃自己的亲人——断绝自我与家庭的关系，背叛自己的父母和兄妹，坚决地将自己的血统和种族掩埋并企图遗忘。为了自己的身份不被揭穿，他小心翼翼地伪装，当"幽灵事件"发生后，一方面，他想讨个说法，证明自己的清白；另一方面，他又有意躲避，怕更深入的调查会暴露自己的真实身份。科尔曼隐藏这个污秽长达 50 年之久，这个"复杂精确的谎言"也成了科尔曼真正不可抹杀的污秽，有着黑人血统却一直以犹太人自居的科尔曼才是一个真正的"幽灵"。但是，人们却没有发现这一污秽。正如小说第一部分的标题所暗示的那样——"人人皆知"，人们将目光对准了"人人皆知"的污秽——科尔曼说了"幽灵"；还"在性欲上剥夺一个受凌辱、没文化、比你小一半的女人"①。"人人皆知"——雅典娜学院的人自以为了解了一切。其中的荒谬又印证了那句话："人人都一无所知。"②

科尔曼这个不可抹杀的污秽背后隐藏着的是更大的污秽——美国社会里的种族歧视。种族问题依然是美国社会中非常敏感的话题，它充斥着美国社会的每一个角落。人们在生活中谨小慎微，小心翼翼地躲闪着常识雷区，害怕自己的一不小心就会引来麻烦和争议。种族歧视问题变得异常的复杂，它现在不仅仅是一个黑人被白人歧视那么简单的问题。"人人平等"的口号下是隐形的歧视，"保护黑人的权益"的话语下是难以掩盖的虚伪。科尔曼院长遭遇的"幽灵事件"就是种族平等下一个畸形的例子。仅仅因为一个"幽灵"字眼，科尔曼便被扣上了"种族主义分子"的帽子，然后他便在突然之间成为人人唯恐避之不及的人——整个教学职员全体在"种族主义分子"的字眼下俯首称臣。其中包括昔日曾经在科尔曼扶持并提拔下进入雅典娜学院供职的黑人学者赫伯特·基布尔。大学校园作为社会构造中层次较高的精英团体，是很多有色人种难以攀登的高度，大多数美国黑人学者都被排斥在象牙塔之外。所以可

---

① ［美］菲利普·罗斯：《人性的污秽》，刘珠还译，译林出版社 2011 年版，第 34 页。
② 同上书，第 187 页。

想而知，科尔曼对基布尔的信任与重用，是多么的不容易。然而在科尔曼遭遇的"幽灵事件"之时，基布尔却变成了一名激进分子，拒绝给他哪怕是一点点道义上的支持，"我在这个问题上，不能站在你一边，科尔曼，我必须和他们站在一起"①。这里我们看到了一个谨小慎微的黑人，为了保全自己的教职，为了躲避那个敏感的"种族主义者"的身份，怎样地违背自己的良心，丧失了辨别是非的能力。然而，基布尔的谨小慎微的言辞和行为并不是最可悲的，可悲的是作为一名黑人，他竟然"自愿"充当了雅典娜学院种族罪恶的替罪羔羊，摇身一变成为葬礼上唯一的布道者，"……1996 年我加入那些在科尔曼受到犯有种族主义过错的指控时不愿意为他辩护的人群……我辜负了我的朋友和恩人……我会尽我所能……着手努力纠正冤案，悲哀的、卑鄙的冤案，雅典娜学院在他身上所犯下的……所谓的错误行为从未发生过。从未……我特别代表那些和我情况相似的人讲话，那些人与他过从甚密，并因而了解他对雅典娜全心全意效忠的程度，以及作为教育家他奉献精神的纯洁性，但他们却处自各种自欺欺人的动机，出卖了他……我们出卖了他，出卖了科尔曼……"② 多少人因为种族歧视沦为社会的牺牲品，又有多少人由于肤色的困扰迷失了自我的本性，蒙蔽了做人的道义和良心？在中国，有句古语叫"苛政猛于虎也"，种族歧视和种族隔离又何尝不是让人噤若寒蝉的社会弊病呢！

小说中，作者通过科尔曼情人福妮雅道出了题目暗含的意义："……人性的污秽……我们留下污秽，我们留下踪迹，我们留下我们的印记。污染、残酷、欺凌、谬误、粪便、精液——在每个人身上。存储于内心。与生俱来。无可描述。污秽先于印记……污秽完全是内在的，不需要印记。"③ 这样看来，污秽似乎是无法消除的，但那似乎又不是罗斯真正要传达的信息。罗斯的《人性的污秽》留给我们的启示是多维而深刻的。对于整个社会而言，小说揭示了存在于高校中的种种污秽，在封喉的竞争下，学术精神的缺失和学术道德的堕落成了高校的致命伤；小说还揭示了美国社会的仍然存在的种族问题。这是存在于美国社会一块丑陋的

---

① ［美］菲利普·罗斯：《人性的污秽》，刘珠还译，译林出版社 2011 年版，第 15 页。
② 同上书，第 282—284 页。
③ 同上书，第 219 页。

污秽，在那样一个声称"人人生而平等"的美国社会中，有色人种对自我身份的困惑、追寻和坚守，主流社会对他们的排斥与认可，种族歧视的彻底消失应是一条艰难而漫长的道路。对于个体而言，这部作品拷问着每一个人的灵魂：人是否可以为了浮名抛却本心？人是否可以在人生低谷处沉沦？人是否可以罔顾正义、执迷不悟？罗斯答案应该是否定的，因为人的"灵"在时刻规范着人的"肉"，在灵与肉的纠结之中，"人性至善"往往力挽狂澜，人性的污秽终将渐渐消亡。

第三节 《鬼作家》：一位年轻犹太作家的画像

《鬼作家》是罗斯发表于 1979 年的一篇带有自传色彩的中篇小说。该小说的主人公是一位名叫内森·朱克曼的犹太作家，也是朱克曼在罗斯小说中的首次亮相，从此罗斯塑造了一系列的朱克曼小说。朱克曼也成了罗斯塑造的令人难忘的人物之一。与之前讨论的凯普什和科尔曼所不同的是，朱克曼不是大学中的教授。在《鬼作家》中，罗斯将视角转向了想成为真正的"小说家"的犹太人朱克曼们所遇到的创作困惑甚至是生存困惑。而且这部作品表现了罗斯不同于其犹太文学前辈的很多思想。无论是索尔·贝娄，还是马拉默德，他们都是正面描写犹太人，把他们塑造成有节制的，行为符合道德规范的人，而罗斯另辟蹊径，甚至铤而走险地选择了刻画了犹太人消极的一面——他们的欲望、迷失和困惑。

《鬼作家》全书共分成四个章节，罗斯通过采用第一人称叙事，倒叙、插叙等手法交织并用的方法，将一个关于犹太人、犹太作家的文学创作的故事呈现在读者面前。

在第一个章节中，罗斯交代了故事的 4 位主人公：老作家郎诺夫、青年作家朱克曼、艾米以及郎诺夫的妻子霍普。朱克曼前来拜访老作家郎诺夫，知道他是一位一本正经却又温和的作家。朱克曼本人也是个正在上升中的作家，虽然只发表了 4 篇短篇小说，但已经在一定程度上吸引了读者的眼球，有才智学识，谦虚又有点骄傲。然后是艾米，美丽神秘的黑发姑娘，一口略微带着外国口音的英语，头大身体细小，淡色眼睛，美丽非凡。霍普，郎诺夫的妻子，胆小谨慎，谨小细微，突然的爆发，平复。第二个章节交代了朱克曼来拜访郎诺夫的原因。先前他写了一篇1万字的短篇小说，是以他犹太家族亲戚争产为背景的一个故事，他一个不成气候的舅舅和另外一个姑母为了争财产打官司，舅舅死在了一个异教女人的床上。父亲读后非常伤心和生气，觉得朱克曼只看见丑恶，看不到美好，朱克曼却认为自己只是写了确实发生过的事情，没必要掩藏，因此与亲爱的父亲有了不和，一气之下离家出走。第三个章节主要聚焦于艾米的身世，在这里叙述变成了第三人称，也就是全知视角。第四个章节中，朱克曼拜访郎诺夫并在他家住了一夜后，就在他家用了早餐，平平常常的场景却演化出霍普离家出走，并最终与艾米摊牌的戏码。她高声控诉郎诺夫根本就不需要生活，而自己的存在就是为了让他讨厌，让他有办法思考、写作，而这种生活她再也过不下去了。她恳求艾米留下取代自己的位置，取代这个被讨厌的位置，她请求艾米在这个艺术的教堂里与他共同生活。

菲利普·罗斯通过突破常规的叙事安排，讲述了跨越两代的犹太作家的创作故事，揭示了作家们面对的身份危机以及由此带来的创作困境和价值抉择。这也正是罗斯在创作路上对创作本身的价值和追求的追问式书写：面对冲突与矛盾，作家到底应该何去何从？

一 朱克曼的反叛与追寻

主人公朱克曼出生在美国纽瓦特一个虔诚的犹太家庭。朱克曼长大后成了一名作家。犹太人和美国人的双重身份使朱克曼陷入了身份危机。在小说的第二个章节，读者了解到了朱克曼和父亲道克的争执与冲突。朱克曼写了一个以他犹太家族亲戚争产为背景的短篇小说。父亲读后非常生气，认为儿子不该如此诋毁自己的犹太家族，并指责儿子具有反犹的倾向。对于一位虔诚的犹太父亲来说，这样的一个作品势必会招来犹太读者的反感。一个犹太作家不应该把这种丑闻当做写作素材，来招致外族的轻视。朱克曼却认为自己只是写了确实发生过的事情，没必要掩藏，因此与亲爱的父亲有了不和，一气之下离家出走。朱克曼的父亲显然是老一代美国犹太移民的代表。老一代犹太人胆小、担忧、小心翼翼，从来没有停止的被迫害妄想的特性，通过朱克曼父亲为代表的人物身上充分地表现了出来。犹太人的这些特性存在的原因是有社会和历史的原因的，在那样一个声称"人人平等"的美国社会中，有色人种对自我身份的困惑、追寻和坚守，主流社会对他们的排斥与认可，种族歧视的彻底消失应是一条艰难而漫长的道路。显然，通过朱克曼和父亲的矛盾与冲突，我们能够看到犹太人内部对自我身份存在不同的认识态度和标准。不同的个人、群体、种族、民族在对待"我"与"他"的关系里何尝不同样处于这样一个逻辑里？冲突在道德与真理的拷问下能否最终消解从而走向融合？这或许应该也是罗斯的追问。在《鬼作家》中，朱克曼只写了几个短篇小说，还没有变成名作家，但是他已经在走一条与前辈不同的路子了。小说家就是小说家，为什么我们非要在辛格等人的"小说家"头衔前面再加一个"犹太"呢？因为，在他们的小说中，主人公总是犹太人，总是带有浓浓的犹太印记。就像罗斯其他著名的主人公一样，朱克曼也是一名犹太人，但他身上却带着浓浓"反犹太"印记。朱克曼当然不是一个反犹主义的犹太人（很多人也这么指责他以及罗斯本人），但是他愿意写犹太人的缺点，他不愿成为"犹太小说家"，他只想成为一名"小说家"。对他来说，最大的问题就在于作为一名职业作家和一个犹太后代的冲突。一名好的作家应该具备客观公正的态度，把为读者呈现真理作为自己的职业追求。而这就要求他不能站在任何小的团体或种族的立场上进行创作。但同时，朱克曼又是一名犹太后裔，他又不能彻底地抛弃自己作为犹太人的身份和其民族的历史和文化，这样朱克曼便陷入了矛盾之中。

朱克曼的亲身父亲不能理解他，在持续了五个星期的父子斗争之后，他到著名的犹太作家郎诺夫那里去求精神上的帮助和支持，寻求郎诺夫的文学庇护。所以，在小说的第一部分，他来到郎诺夫的乡间住宅进行拜访。在朱克曼眼中，郎诺夫有自己的原则，只愿意与自己愿意结识的人结识，讨厌所有阿谀奉承的人，与妻子孤独的生活在深山老林之中，喜欢绝对的安静；他认真地对待写作，将句子颠过来倒过去，一遍一遍地斟酌自己的创作。这些都令朱克曼敬畏，并在潜意识里把郎诺夫当成了自己文学创作道路上的父亲。朱克曼把郎诺夫看作是一位忍耐、坚毅和无私的人。从他第一部作品出版，直到第六部被给予国家图书奖的作品出版，中间整整 25 年。在这 25 年中他忍受着既少读者有无名望的境遇。他不合乎社会的和文学的主流，所以也没有人知道他是什么人，住在什么地方。甚至连他那极少数的读者也以为他是一个早已死于沙皇大屠杀中的犹太作家。就这样沉默而坚强地奋斗了 25 年，他才被人发现。这是一个活生生的、个人奋斗会成功的证明，朱克曼正要追求这样的生活。但是渐渐地，在阅读了郎诺夫大量的作品之后，朱克曼发现，郎诺夫的文学作品中其实也传递着浓浓的犹太情怀，他笔下的人物也都承载着不可磨灭的犹太印记。郎诺夫其实书写的也是现代犹太人在美国的孤立与抗争。因此，郎诺夫的存在使朱克曼越来越清醒地意识到自己的犹太身份，老作家实际成了朱克曼矛盾中的那个犹太意识下的自我。

二 朱克曼的困惑与回归

在郎诺夫的乡村住所，朱克曼遇到了年轻美貌的犹太姑娘艾米。艾米年轻漂亮，操着一口明显的外国口音。一开始，朱克曼误把她当成了郎诺夫的女儿，但很快发现，艾米其实是老作家以前的学生。一天夜里，当朱克曼彻夜研读老作家的作品时，无意间偷听到了郎诺夫和艾米的对话，得知艾米希望老作家与之私奔。这次偷听激发了作家朱克曼的想象力，于是决定为艾米编写（ghostwrite）一段光辉的历史。在他的臆想之中，艾米成了安妮·弗兰克，著名的《安妮日记》的作者。《安妮日记》讲述的是犹太小女孩安妮以日记的形式记录的在"二战"期间的纳粹集中营中的悲惨遭遇，揭露了纳粹对犹太人的残酷迫害。朱克曼对《安妮日记》进行了改写，他假想艾米并没有死在集中营，她活了下来，在英国生活了几年，辗转 3 个家庭，16 岁时求助于郎诺夫，来到美国，开始新的生活，变成了一个开朗漂亮活泼有涵养的美国姑娘艾米。在一家牙医诊所里发现自己过往的日记被发表了，这就是著名的《安妮日记》。并得知自己的父亲奥托·弗兰克其实并没有死去，而今已有 60 岁了。但是她决定不去认自己的父亲，因为她不想也不能暴露自己还活着。如果人们知道《安妮日记》的作者并没有死去，而是在美国健健康康地长成了一个 26 岁的美丽姑娘的话，那么那本书就再也不会是让世人们警醒而痛心的一本杰作了，它会变成一个 13 岁姑娘在一个封闭的环境中为了排遣无聊而写的儿童励志读物。为了保住《安妮日记》的崇高地位，她决定永远隐藏自己的身份，甘当《安妮日记》的鬼作家（ghostwriter）。同时艾米向郎诺夫坦白了自己的秘密并且希望与老师私奔，远走他乡，告别过去，开始新的生活。

朱克曼之所以会臆想出这样一个人物艾米，其实也有他自己的目的。对艾米身份的改写导致了朱克曼爱上了艾米，并希望和她结婚建立家庭。通过艾米，他想重新确定自我的身份——犹太自我。朱克曼在郎诺夫家的早饭桌上幻想他回到新泽西去告诉他的家人他要结婚了，而且娶的会是一个受过苦难的犹太人，这无疑会为自己在家族面前加分。朱克曼试图通过娶艾米（安妮）来消解犹太社会包括父亲和犹太法官对他的误解，得到犹太社区对他的认可而不是把他认定为民族的叛徒。而朱克曼的这一渴望只是在虚构的文学作品中的一种假想，事实是父亲道克并没有原谅朱克曼的"背叛"。朱克曼的这种心理事实上暗示了他对自己的创作选择的困惑，到底是该活在别人的想法里还是冲破犹太身份的束缚？最终朱克曼从自己虚构的小说世界中回到现实。他意识到他不可能让《安妮日记》中的小女孩真正复活并且成为他的妻子，现实就是现实，小说就是小说，不能将二者混淆。在现实与幻想，过去与现在，犹太性与美国性之间，犹太作家应该努力找到一个平衡点，不管这个过程如何艰难。

不可否认，《鬼作家》只是拉开了朱克曼的创作序幕，在《鬼作家》发表后的二十多年里，菲利普·罗斯塑造了更多、更有争议的"反犹太"角色，书写了更多的"反犹太"主题的小说：父与子的矛盾，犹太文化与美国文化的冲突，等等。菲利普·罗斯握着"朱克曼系列小说"中的这位犹太作家的笔为读者书写了大多数后现代作家们的文学创作理论和观念："文学艺术的任务已不再是对传统文学观念的肯定，而是一种彻底的否定。文学已不再是发现、发掘人性中的美好，而是毫无顾忌地表现人性中的丑恶：欲望、背叛、怀疑、否定。"[①] 诚然，人类的进步往往开始于对自我的批判和否定，敢于揭示、面对并且承认人性中的这些丑恶

———————

① 金明：《菲利普·罗斯作品中的后现代主义色彩》，《当代外国文学》2002 年第 1 期。

其实也是人的一种勇敢。

三 结论

在漫长的文学创作生涯中，菲利普·罗斯贡献了 31 部著作，并以其精湛高超的小说技术，记录了 20 世纪后 50 年美国社会以及社会生活中人面对的诸多问题，探讨了人类生活的困境。"通过让主人公生活在特定的历史环境中，探索个体美国人在历史洪流中生存、追求、抗争乃至毁灭的一生。"[①] 从"欲望三部曲"中的凯普什、到"美国三部曲"中的科尔曼，再到"朱克曼系列"小说中的朱克曼，罗斯"叙说了美国犹太人现实生活和精神生活的方方面面"。乔国强教授在《美国犹太文学》中系统全面地探讨了罗斯不同创作时期及各个阶段的作品的特征。罗斯早期的作品以"挫败和忧郁的基调关注美国犹太移民在现实生活中所面临的挑战"，尤其是"过着边缘人孤独生活的年轻人"与"自己的时代和生存环境"之间的矛盾冲突；中期作品思考"犹太作家如何将自己的写作与犹太民族文化及利益相结合的问题"，后期的作品描述了"性欲与犹太传统、犹太人在现代社会生存的问题、美国政治与反犹主义、文学创作与犹太作家使命等"，但他同时"书写了对其父辈的敬仰与爱戴[②]。更进一步说，罗斯虽然书写的大多数都是犹太人和犹太民族的命运，但他的作品反映的却是对整个美国人和美国社会的关注和担忧。透过这些，读者看到了一个作家对"人"、"人性"和"人的命运"的严肃思索。

---

① 李莉：《20 世纪美国学院派作家研究》，南开大学出版社 2007 年版，第 174 页。
② 乔国强：《美国犹太文学》，商务印书馆 2008 年版，第 441 页。

象牙塔内的喧哗与躁动

第四章　弗拉基米尔·纳博科夫

弗拉基米尔·纳博科夫（Vladimir Nabokov, 1899—1977），俄裔美国小说家，被公认为是 20 世纪最重要的作家和文体家之一。1899 年，纳博科夫出生于俄国圣彼得堡一个富有且有名望的贵族家庭。他在圣彼得堡度过了自己称之为"完美"的青少年时期。在少年时期，受家庭环境的熏陶，纳博科夫便掌握了包括俄语、英语、法语在内的三种语言，还可以用英语进行阅读。1916 年，年仅 17 岁的纳博科夫便继承了舅父遗赠给他的两千英亩土地的庄园产业，而这也成了他一生唯一拥有的住所。1917 年俄国二月革命之后，他便开始了和父母的流亡生涯。纳博科夫一家曾短暂定居英国，并且进入英国剑桥大学三一学院学习动物学以及斯拉夫语，获得学士学位；1920 年纳博科夫一家前往柏林，两年后纳博科夫的父亲被误杀。父亲的死对纳博科夫的创作产生了很大的影响，《微暗的火》中诗人谢德的死无疑就有作者父亲的影子。1923—1937 年间，纳博科夫一直在柏林从事俄文创作，同时靠教授一些网球和拳击课程谋生。1940 年 5 月，纳博科夫一家从德国逃亡美国，并最终于 1945 年获得了美国国籍。到美国后，纳博科夫先执教于韦尔斯里学院，并成为该校俄语系的创始人；1942—1948 年他还曾在哈佛大学比较动物学博物馆担任研究员；1948—1959 年，他从韦尔斯里学院辞职，后进入康奈尔大学任职，主要讲授俄国和欧洲文学相关课程。小说《洛丽塔》（*Lolita*, 1955）的出版为他带来了巨大的名望和财富，也终于使他有机会重返欧洲，并于 1961 年移居瑞士，直至 1977 年病逝于瑞士洛桑。

纳博科夫的早期创作是以俄文完成，早在 1916 年他就已在俄国发表过一本诗集。但是他自 1938 年就开始改用英文写作。他早期用俄文创作后又翻译成英文的作品主要包括：《玛丽》（Mary，1926 年俄语，1970 年英译），《王、后、杰克》（King，Queen，Knave，1928 年俄语，1968 年英译），《防守》（The Defense，1930 年俄语，1964 年英译），《眼睛》（The Eye，1938 年俄语，1965 年英译），《黑暗中的笑声》（Laughter in the Dark，1932 年俄语，1936 年英译）等。后期用英文创作的作品主要包括《洛丽塔》（Lolita，1955），《普宁》（Pnin，1957），以及《微暗的火》（Pale Fire，1962）等脍炙人口的名篇。1951 年纳博科夫的自传《说吧，记忆》（Speak，Memory）出版，1966 年重新修订。这部作品也成了读者走进纳博科夫生活和文学创作世界的一把钥匙。到 20 世纪 70 年代，纳博科夫的声誉达到了顶峰，随着时间的推移，纳博科夫仍然享誉世界，他的作品将伴随一代又一代的读者，走入未来。

除了文学创作以外，对蝴蝶等鳞翅目昆虫的终身迷恋是纳博科夫的另一个符号。从 7 岁起，他便痴迷于蝴蝶色彩斑斓的世界，读过大量关于蝴蝶的巨著，对蝴蝶的品种和习性了如指掌。对蝴蝶的迷恋伴随着纳博科夫一生，在美国生活的 20 多年以及退居瑞士的那段岁月里，他从未停止对蝴蝶世界的探索。他以科学家一样严谨的态度对待着蝴蝶的每一个细节，除了创作和教书，他的大部分时间都在蝴蝶的世界中度过。而在文学创作和蝴蝶研究之间也存在着某种关联，文学创作属于想象的世界，对蝴蝶的研究又有要求具有科学般客观的准确性。二者最大的相似之处就是要求人对细节的极大关注。纳博科夫在他的《优秀读者与优秀作家》一文说过："读书人的最佳气质在于既富艺术味，又重科学性。单凭艺术家的一片赤诚，往往会对一部作品偏于主观，唯有用冷静的科学态度来冲淡一下直感的热情。不过如果一个读者既无艺术家的热情，又无科学家的韧性，那么他是很难欣赏什么伟大的文学作品的。"[①]

纳博科夫一生的流亡传奇对其作品自身有着深刻而又深远的影响。欧洲和俄罗斯的文化与传统始终是他文学创作难以割舍的"精神家园"，而当这些遭遇美国主流文化的冲击之后，我们看到纳博科夫对新旧两个世界冷静而深邃的思考和客观而深刻的批判。作为一名精英式的流亡知

---

① ［美］弗拉基米尔·纳博科夫：《文学讲稿》，申惠辉译，上海三联书店 2005 年版，第 78 页。

识分子，我们也看到了纳博科夫对自我身份的反思与追问。作为一位后现代作家，纳博科夫又是一位杰出的语言大师，纳博科夫挑战着自我、挑战着读者和评论者，大胆地进行语言和写作技巧的创新，不断地冲破文学形式的界限，建构着自己理想中独特的文学世界。总之，纳博科夫绝对不愧为现代主义文学中的一颗最闪亮的星。

第一节 《普宁》：荒诞的学院现实中的一抹真实

长篇小说《普宁》最初在 1953—1957 年的《纽约客》杂志上间断地连载了四章，引起美国读者广泛关注，也是纳博科夫第一部受到美国读者好评的作品。《普宁》的主人公普宁是一位俄国裔美国人，在美国一所名叫温代尔学院的高等院校担任俄语教师。小说记述了普宁带有悲剧色彩的生活经历，揭示了身处一个无法融入异国文化之中的"他者"的艰辛与孤独。普宁本来出生于俄国彼得堡一个体面的医生家庭。少年时的他生活幸福，衣食无忧，并且接受过良好的教育。后来战争彻底改变了他的命运，在俄国十月革命和"二战"期间，他流亡至欧洲后又迁居至美国，成了温代尔学院的一名教授俄语和俄国文学的教师，最终被别人取代了教职。在美国这样一个全新的环境之中，普宁遭遇了种种的冷遇和排挤，虽然他身处温代尔学院，却无法获得一个永久的教职；虽然他来到美国多年，却没有一个稳定的住所；虽然他周围学者云集，却没有一个真正的知己……普宁始终也没有找到归属感，行走似乎是他一直的状态。通过分析普宁作为知识分子的身份在美国主流文化社会的遭遇，来揭示现代社会的冷漠和荒诞，以及个体在这样的环境中的挣扎；通过对主人公普宁独特人物性格以及其所处的生存环境的分析，探讨现代人面临的一个共同问题：如何在荒谬的世界成为一个真正自由的人，进而揭示纳博科夫小说中的人文主义关怀。

一 普宁——"假"荒诞下的"真"自由

作为一个学者，普宁教授尽管性格温厚、学识渊博，却被塑造成了一位可笑的滑稽小丑式的人物。他言行举止怪僻荒唐，在叙述者看来，是"独一无二的、不幸的怪物"：老式的服饰、破旧的教科书、老古董式的上课材料、一口蹩脚的英语……故事的开头和结尾便是突出的一例：普宁教授应邀到克莱蒙纳妇女俱乐部去做一次学术报告。而他却做错了车，原因是他参考的那份火车时间表是 5 年前印制的；途中不得不"丢掉行李"，而当他终于到达克莱蒙纳妇女俱乐部站起来演讲时却发现自己带错了讲稿。在叙述者略带戏谑的讲述中，"搭错车"，"丢掉行李"和"带错讲稿"俨然使普宁成了读者眼中的笨蛋。事实上，为了使自己的语言尽量标准，他打印了讲稿；为了早点到达克莱蒙纳以留出充足的时间，他参考了错误的列车时刻表；为了赶上演讲，不得不故意丢掉行李。普宁的笨拙和荒唐并不是因为他的糊涂，这一切都源于普宁作为"他者"在美国小心翼翼地生活。在美国，普宁总是过分地谨慎，过分劳神地提防邪恶的陷阱，处处警惕唯恐光怪陆离、无法预测的美国会诱他落入圈套。可他越是"谨慎"，在别人眼里就越"荒唐"。普宁作为一名教员，在课堂上的表现也不无荒唐。在讲课之前，他总会自己先忍俊不禁，"露出一嘴残缺可怕的黄牙"①，再翻开一本"破旧"的俄文书；而后会因为找不到自己需要的章节而惊慌失措；而终于找对的地方也是一些"古老而幼稚的喜剧，或者出自一出同样古老、甚至更古的……闹剧"②。在整个讲课过程中，他都会独自陶醉于自己的幽默演出之中，笑到极致还会留下梨形的眼泪。"英语"对于普宁来说是一个危险的区域，来到美国这么多年来，尽管努力学习，他的英语仍然破绽百出，"如果说他的俄语是音乐，那么他的英语就是谋杀"③。在衣着方面，他仍然保持着俄罗斯人的传统，他会像俄罗斯知识分子那样穿上大衣，"脑袋向前探，露出典型的秃顶，那个像奇境公爵夫人那样的大下巴紧紧压住那条搭起来的绿色的围脖顶端，让它贴在胸口上，然后他猛地抖动一下肩膀……在猛地颠一下，大衣就穿上了"④。他被那位前妻以一种蹩脚的诗意手法要来要去（丽莎是一位模仿阿赫玛托娃的蹩脚诗人），却对她与情敌温德大夫生下

---

① ［美］弗拉基米尔·纳博科夫：《普宁》，梅绍武译，上海译文出版社 2013 年版，第 7 页。
② 同上。
③ 同上书，第 75 页。
④ 同上书，第 73—74 页。

象牙塔内的喧哗与骚动

的维克多情有独钟；在温代尔学院任教的 8 个年头里，他一直都在寻找一个安宁的住所，因此几乎每个学期都要换一个住处。这些都使他成为学生和同事眼中的笑柄。纳博科夫把这样一个"荒诞"的人物置于现代美国社会中，其悲剧命运可想而知。当普宁在温代尔学院的"靠山"哈根博士即将赶赴另一所高校任职之时，普宁在温代尔学院便处于了危难的境地。温代尔学院从来没有正式成立俄语系，普宁只是靠德语系为附设比较文学这一分支课程而被聘请的，并没有温代尔终身任职权。而其他语言文学系要么认为他是个笑柄，要么根本不需要这么个老古董，普宁就这样被撤了下来，最终被别人取代了教职。而取代他的便是小说的叙述者、普宁的"老朋友"。

普宁就像一叶孤舟，与美国的主流环境显得格格不入。普宁命运充满苦难，就像一颗"苦药丸"。但是纳博科夫塑造这样一个貌似"小丑"式人物并不是要为读者提供笑料，也不是为了博得读者的同情，他的真实用意是要通过普宁的"假荒诞"来反衬其生存环境的"真荒谬"。纳博科夫在 1955 年 12 月 8 日给朋友的一封信中这样写道："我要创造一个全新的人物……他是一个拥有惊人的道德勇气的人；一个纯真的人；一个学者；一个忠实的朋友；一个温柔、智慧、忠诚的爱人；他诚实正直的品格始终使他保持道德上的崇高。"① 这个全新的人物无疑就是普宁。作为学者和教师，他经纶满腹而又满腔热忱。他带着对俄罗斯语言文化无限的热爱，激情满怀地进行教学和研究。他不失时机地向学生传授俄罗斯的文学文化，激发学生学习的热情；他不辞辛苦地收集资料，为的是实现自己编写一部"俄罗斯文化史"的梦想。他要在这个大部头里介绍俄罗斯的奇闻逸话、风俗习惯。文学逸事等诸如此类的事，前因后果的事件统统都要反映出来。作为朋友，他热情地帮助每一个需要他的同事，无私地向他们提供第一手的俄罗斯文化的素材，然而换来的只是嘲讽和讥笑。作为爱人，他不计前嫌，不计回报，无私地接纳和宽容前妻的一次次背叛和欺骗，独自忍受痛苦。甚至前妻带着与别人的孩子维克

---

① Vladimir Nabokov, 1989: *Selected Letter*: 1940—1977. Ed. Dmitri Nabokov and Matthew J. Bruccoli. London: Weidenfeld and Nicolson, p. 182.

多前来投奔，他敞开大门并真诚地接受一个与他毫无血缘关系的人为自己的孩子。如果用一个词来形容普宁这个人物的高贵品格，那就是"真实"。①"真"在他对身边人真诚的付出，"实"在他对工作、研究的一丝不苟和不求名利的态度。从这个意义来看，普宁是一个高贵的、美的形象，纳博科夫为我们塑造了一个合格知识分子的标准。他性格温厚却又举止怪癖，站在俄罗斯文学伟大的已故传统上与沾染了麦卡锡排外主义现在的美国学府格格不入，同事们嘲弄他，爱妻离开了他，而故纸堆的沉溺也许让他具有古典文学与俄罗斯文化的深厚，却与轻薄的现代美国文明难以匹敌而狼狈不堪，最终被排挤出温代尔学院。作为美国主流文化中的"他者"，普宁一方面努力回归伟大的俄罗斯文化传统，因为那是他不能割舍的"精神家园"；另一方面又努力地融入那个总是给予他冷遇的异国文化。从温代尔学院最终的离开，表面看来是普宁狼狈的失败，但这又未尝不是普宁通往自由的一次挣脱。在小说的结尾，我们看到普宁驾驶的"小轿车大胆地超越前面的卡车，终于自由自在，加足马力冲上那条闪闪发亮的公路……"②。普宁拒绝了叙述者"老相识"要提供的虚伪帮助，不失尊严地踏上了那条"闪闪发亮"的自由大道。从某种意义上，普宁的失败正是普宁的成功。读者不必为普宁现实的痛苦所愤慨和担忧，相反我们更该为他的高贵品格所赞叹，并附上美好的祝愿。

二　温代尔学院——象牙塔里的众生相

温代尔学院的其他知识分子以模仿普宁为乐，视他为笑柄，嘲弄他的荒唐与可笑。殊不知这种嘲讽和戏弄却更加凸显了普宁的高贵与嘲弄者本身的不堪。在前文中我们提到过巴赫金在《长篇小说的话语》一文中"天真的傻瓜"的概念。普宁教授无疑也是荒诞的温代尔大学学院派学者中一位"天真的傻瓜"。纳博科夫正是通过观望"傻瓜普宁"并描述他的一举一动或者透过傻瓜的眼睛来观望世界，对为崇高和神圣的假

① 李莉：《20 世纪美国学院派作家研究》，南开大学出版社 2007 年版，第 128 页。
② ［美］弗拉基米尔·纳博科夫：《普宁》，梅绍武译，上海译文出版社 2013 年版，第246 页。

象牙塔内的喧哗与骚动

象和谎言所包围的温代尔学院有一个冷静客观的观察。温代尔学院是当代大学的一个缩影,她浓缩了高校丑陋的芸芸学者以及学术百态。

与普宁教授相比,温代尔学院的教师表面上显然是聪明无比,智慧过人;而实际上,纳博科夫则把他们刻画成是一群冷漠自私、缺乏学术创新能力的学术傀儡。普宁的存在,只不过更加凸显了温代尔学院知识分子的庸俗与扭曲。无论是作为传道、授业、解惑的教师,还是作为传承人类精神文明的学者来说,温代尔学院的教授们显然都是不称职的。劳伦斯·克莱门茨是温代尔学院的一名学者,"EOS是他讲授的那门最了不起的课程——'意识的演变'(12名学生选修了这门课,可是连一名冷漠的信徒都没有),开场和结尾都是这句注定早晚有一天会被人滥加利用的词儿:意识的演变,从某种意义上来说,就是胡闹的演变。"[①] 还有一位是温代尔学院法国语言文学系主任伦纳德·布劳伦吉,他有两个优点:"一不喜欢文学,二不会法语"。这位布劳伦吉教授"讲授一门叫做'伟大的法国人',内容全是他让秘书从他在一间阁楼里发现的而学院图书馆没人藏的一套1882至1894年的《黑斯廷斯历史和哲学杂志》上抄下来的"[②]。这些也许是学生眼中应该受人敬重的师长却如此的伪善与不负责任。这不禁让我们联想大学校园里那些几十年教案讲稿都不变的教授们,用一成不变的旧思维面对日新月异的新校园。当然书中也描写了一些不切实际、异想天开的革新者,他们对高校教育模式的高谈阔论简直让人瞠目结舌。哈根教授对现代教育发表了下面的高论:"你们也许会笑,可我敢说惟一摆脱困境的办法……就是把学生统统锁在隔音室里,干脆取消课堂……各门学科的讲座尽可能都给灌成唱片,供隔离开来的学生选听……"[③] 如此观点是如此地置教育的人性化与不顾,不但把教师当成了教育的机器,也把学生的知识接受当成了不需要掺杂任何情感的过程。这一观点绝不是小说人物独创的异想天开,现实的教育世界也似乎有不少人认同这样的解放教师的"理想"——有一天,学生们将面对冷冰冰的电脑屏幕,观看里面那个教授的手舞足蹈,聆听那不再亲切的谆谆教

① [美]弗拉基米尔·纳博科夫:《普宁》,梅绍武译,上海译文出版社2013年版,第30页。
② 同上书,第173—174页。
③ 同上书,第201—202页。

导。小说还提到了另外一位教授托马斯，他认为"最好的教学方法就是靠课堂讨论，也就是说让 20 个年轻的傻瓜和两个趾高气扬、发精神病的家伙，就一个他们和老师都闹不明白的题目进行 50 分钟的讨论"①。这里学生仅仅被当成了"傻瓜"，教师就是要利用这些"傻瓜"的无知，随便抛给他们点儿观点让他们自己去讨论，自己去获取知识。反省我们的周边，这种现象并不是没有。这种方法说得动听一些是为了提高学生的自学能力，可是实际上无非间接满足了一些教师减轻教学任务的私心。如此教师，如此教法，怎么还能配上大学教师的称号？为了提高教学质量，我们也并不否认高校也在积极地进行着各种各样的改革，但是高校的管理者们也不得不面对仍然对宣传他们正在把大学变成高中的尴尬。取悦学生成为一项重要的机构标准。不管是什么样的教学法改革，主要目的似乎只是要保证学生的愉悦和兴趣。这目的直接导致教师不得不去把大学生当成幼儿来对待，同时大学教师的职责是去"支持"而不是"改变"大学教师。大学教师不被鼓励像教师一样地言行：在"以学生为中心"的大学校园里，教师也被贴上了学习者的标签。这难道不是高校学生和教师甚至是高校教育本身的一种悲哀吗？

作为大学里的学者，温代尔学院的教授们似乎更加的荒唐可笑。"一如既往，拿不出成果的教员靠写点文章评论他们比较丰产的同事们的著作成功地作为'生产'；一如既往，一帮鸿运高照的教员正在享受或者打算享受年初荣获的花色繁多的奖金。"② 大学俨然成了一座"名利场"：教员们不再或没有能力追求真知识、真学问；金钱、研究经费、职称职位和各种闪光的物质头衔是更有吸引力的追求。在这座名利场里，大多数学者丧失了知识分子应有的追求和道德操守，遗失了那些最初最宝贵的品质。温代尔学院的"人类学教授特拉姆·维·托马斯因对古巴渔民和棕榈树攀登者的吃饭习惯所做的研究而获得孟德维尔基金会一万美元的奖金。另一家慈善机构居然资助布多·冯·法特恩弗尔斯博士，是他得以完成一本《近年来有关评价尼采信徒对近代思想的影响的专著和手稿

---

① ［美］弗拉基米尔·纳博科夫：《普宁》，梅绍武译，上海译文出版社 2013 年版，第 202 页。

② 同上书，第 170 页。

象牙塔内的喧哗与骚动

目录》"。还有"一份特别慷慨的奖金赠给了温代尔的著名精神治疗学家卢道夫·奥拉大夫，使他得以对一万名小学生进行一种所谓'手指入碗的测试'，让孩子把食指浸入几个盛着不同颜色的溶液碗里，然后量一下全指长度和沾湿部分长度且作一比较，用各式各样诱人的图标显示出来"①。像托马斯以及法特恩弗尔斯博士这样的教授们，他们的研究不是由于它们是否具有学术价值，而是在于是否能获取利益。当然还有"伪学者"，如之前提过的那个既不懂法语也不喜欢文学的法语文学系主任布劳伦吉教授。但正是这样一位学者，既能从容地参加各种语言会议又能拉来大笔赞助经费，把学院的研究工作开展得轰轰烈烈。而像普宁这样老老实实的古怪学者，只会被这样现实的"学术环境"排斥——普宁最终失去了他期待很久他也足以胜任的教职。取而代之的正是这篇小说的叙述者弗拉迪米尔·弗拉基米罗维奇——自称是普宁朋友的人。尽管他极力为自己开脱"我决定接受温代尔大学教职时，约定可以自行邀请我需要的人在我计划开办的俄语专科任教。得到这一项保证之后，我就写信给铁莫菲·普宁，用最友好的措辞聘请他协助我一道工作，无论他用什么方式，协助到什么程度都悉听尊便。他的回信却使我骇然，而且伤透了我的心"②。普宁在得知取代他教职的是谁时，他曾经明确表示过绝不会在此人的手下工作。朋友可以自私地抢了朋友的饭碗，而却伪善地表明自己也曾经替普宁考虑过，如果真的是这样，他是否在接受这一教职时想过普宁会因此而失去工作呢？当他伪善地施舍时是否考虑了一位善良的真正的"知识分子"的自尊呢？我们不得不为像弗拉迪米尔和布劳伦吉如此的学者感到汗颜，这样扭曲的知识分子和他们扭曲的价值观学术观怎能利于高校的真正进步？

《普宁》是一部糅合了喜剧因素和悲剧因素的黑色幽默小说，小说深刻地揭示出这位俄裔教授普宁生活中的痛苦与无奈。纳博科夫在最后一章第4部分借着叙述者之口表达了他对普宁式学者的担忧。那群代表着悲怆的"骑士精神"的没落一族，主要由诗人、小说家和艺术家、出

---

① ［美］弗拉基米尔·纳博科夫：《普宁》，梅绍武译，上海译文出版社 2013 年版，第 170 页。

② 同上书，第 241 页。

版商和评论员还有自由思想的哲学家和学者构成，他们与其他阶层组成"一个流亡社会的活跃而重要的核心，它在本世纪三分之一的时间里很兴旺，可是对美国知识分子来说却几乎是完全陌生的……俄国流亡者是指一帮完全虚构模糊的人群，其中包括所谓的托派分子啦（不管这些人究竟是什么人）、腐败的反动分子啦、变节或乔装的契卡人员啦、有贵族头衔的夫人啦、职业神甫啦、餐馆经理啦、白俄军团的成员啦，在文化上都没有重要性。"① 普宁是一位学者，一位俄裔的美国学者。在美国他的俄裔身份无疑为他的学者身份增添了悲剧的色彩，但真正悲剧的是他的"真学者"的身份。他的"真实"让他在那个"虚伪"的美国温代尔学院无法容身。《普宁》刻画了一个逼真的高校学术名利场：大学象牙塔内不再是一片净土，四处充斥着嘲笑、欺骗、自私、冷漠、追逐名利。作者通过幽默戏谑的笔触表现悲剧主题：在知识分子庸俗化、学术金钱化、教育市场化的荒诞社会，真学者的无奈和生存困境。

第二节　《微暗的火》：流亡知识分子的身份问寻之旅

　　纳博科夫的《微暗的火》出版于 1962 年，它的出版被称为西方文学世界的"晴天霹雳"。1955 年，纳博科夫的小说《洛丽塔》出版，引起了很大的争议，纳博科夫也一度被读者列入通俗作家的行列。而纳博科夫对此却不以为然。有人评论说纳博科夫的《微暗的火》就像是他对读者的一次高傲的挑战："你们认为我是个畅销书制造者，那就请读读这部作品试试看！"的确，纳博科夫的此部小说，无论在形式上，还是内容上都如同晴天霹雳般让人震惊。

　　首先，小说的结构十分新颖，由"前言""诗歌""评注"和"索引"4 个相关联但形式又完全不同的 4 个部分构成。"诗歌"部分是由一名名

① ［美］弗拉基米尔·纳博科夫：《普宁》，梅绍武译，上海译文出版社 2013 年版，第237 页。

叫约翰·谢德的美国诗人创作的 999 行长诗《微暗的火》，而"前言""评注"和"索引"部分则是由谢德的邻居、同事以及朋友查尔斯·金波特所写。这本小说以其独特的结构为读者讲述一个现实与幻想、历史与现在、自我与群体交织的故事。故事中有一个来自赞巴拉的教授查尔斯·金波特，在一所名叫华兹史密斯大学的高校执教；还有一个著名的诗人谢德——华兹史密斯大学教授、金波特的邻居——在写一首长诗。金波特借友谊之名，将自己对于赞巴拉美丽的回忆灌输进诗人的思想之中，期待诗人将赞巴拉的辉煌永远地留在诗歌里；而当诗人终于写完长诗之后却又惨遭暗杀，金波特力排众难得到诗歌手稿，却发现里面根本就没有赞巴拉的影子。于是，第二轮创作重新开始，金波特通过注解、索引重新诠释了诗歌。

其次，小说的叙述者到底是谁始终是个谜。《微暗的火》发表之后，读者们就陷入了对谁是小说叙述者的复杂争论之中。纳博科夫的研究专家们最终得出 3 种可能的结论：第一种可能的叙述者是约翰·谢德本人。谢德其实没死，他只是在作品中虚构了自己的死亡，然后变换身份（金波特）来对自己的长诗加上另一种注解；第二种说法则认为真正的叙述者是金波特。金波特写了这首长诗，然后又制造了诗人的死亡来为自己"篡改"诗歌提供机会；最后一种说法则认为小说的叙述者其实就是谢德和金波特两个人。其实不管真正的叙述者是谁，创造并操纵着这一切的其实便是纳博科夫本人。纳博科夫创造这样复杂的叙述者身份，无非是要消解自己在小说中的身影。我们可以猜测，不论是谢德还是金波特都反映了纳博科夫作为"他者"作家的表达焦虑。谢德代表的是纳博科夫的"美国意识"，而金波特传递的是则是作者的"俄国情怀"——这两种意识在《微暗的火》中交织在一起，难分胜负。

最后，小说的题目《微暗的火》也寓意深刻。它是出自莎士比亚（William Shakespeare，1564—1616）的悲剧《雅典的泰门》（*Timon of Athens*）的第四幕第三场。莎翁的原文为："太阳是个贼，用他的伟大的吸力偷窃海上的潮水；月亮是个无耻的贼，她的惨白的光辉是从太阳那儿偷来的；海是个贼，他的汹涌的潮汐把月亮溶化成咸的眼泪；地是个贼，他偷了万物的粪便作肥料，使自己肥沃；什么都是贼……实行不受约制的偷窃。"① 大意指的是太阳也许是吸取大海水分的窃贼，但是它却是生命的源泉；月亮才是真正的窃贼，它那微暗的火其实是反射之光而非真实的光芒。从这个书名我们可以看到纳博科夫可谓用意十足。题目似乎暗示了谢德与金波特两个人之间的关系。金波特像个贼，偷取了谢德的诗歌，并按照自己的臆想进行篡改，让读者能够关注他心中那挚爱的赞巴拉；诗人谢德所写的诗歌如太阳一样也像个贼，用伟大的吸力吸引金波特思想中那伟大的赞巴拉。"微暗的火"是指月亮的光，也只依赖谢德的诗歌照亮自己的金波特；"微暗的火"又暗指文学艺术创作其实也是依赖于现实与幻想的存在。这里纳博科夫似乎也影射了作家的创作过程：作家似乎也是个贼，只不过有些作家偷了现实，有的作家偷了幻想。从这个层面上来说，任何文学作品在实质上都是微暗的火，它们最终也逃脱不掉历史和现实。现实世界和艺术世界实际上相互依存，相互补充，相互融合的一个循环往复的整体，这也是宇宙的存在的大道理。

纳博科夫研究者们对于《微暗的火》的含义众说纷纭。笔者试图通过对金波特的身份以及其遭遇的分析，来揭示在以美国高校为代表的主流文化中，流亡知识分子的精神创伤及其自我身份的探寻之旅。

一　金波特——主流社会中的"他者"

金波特可以说是主流与边缘的混合体，如同他为诗歌"微暗的火"所编的索引介绍的那样，金波特博士是一位流亡的赞巴拉裔美国学者，在学院教授赞巴拉语。在这里，他是主流社会群体中的一员，理应共享主流世界的话语权。但是，他又不完全属于这一派，他是纽卫镇其他人眼中的疯子，是寄生在老诗人谢德身上的寄生虫……这样的社会身份从诗歌的前言中就展现出来。这种身份的错位不可避免地给主人公带来焦虑。在纳博科夫看来，金波特的身份焦虑主要来自两大方面的冲击：一方面来自于纽卫镇居民包括华兹史密斯学院教授组成的主流文化群体的排斥；另一方面来自于心系着的祖国赞巴拉以及"影子派"成员的限制。

---

① ［英］莎士比亚：《莎士比亚全集》（第六卷）中《雅典的泰门》，朱生豪译，译林出版社2009年版。

金波特与谢德同属于美国华兹史密斯学院的教授，谢德作为被主流文化认可的一员而存在，而金波特是在美国教书的外国人，他不属于美国，也不属于宗族国赞巴拉，他只能借助"他者"的身份——谢德诗歌的编注者，躲在边缘化地带，毫无属于自身的话语权力。读者可以看到在金波特流亡到美国时，这个文化强权的主流社会给予他的是无尽的孤独感与边缘感。正如金波特自己所言："离群索居的地方向来是撒魔王喜欢光临的游戏场。我没法形容我那种孤独和痛苦的深度……对一个被迫流亡异乡的人来说，真是叫人很不好受。"[①] 在小说前言中作者就把金波特刻画成不受他人欢迎的形象：他作为一名素食主义者，并且有着同性恋倾向，这些被周围人拿来当作嘲弄他的笑柄。"一组戏剧系学生表演了一出讽刺短剧，把我描绘成一个狂妄自负、厌恶女性的人，满嘴德国佬的腔调，经常摘引豪斯曼的语句，而且还爱啃生胡萝卜。"当学术界的外围圈子一意识到诗人谢德跟他的交情超越了跟其他所有人的交情之后，"那种浓浓的忌妒毒液便开始朝我身上喷来"，譬如"谢德先生大概跟那头大海狸一块儿走了"；"您，可真是个非常难以相处的家伙……而且，您是个疯子。"[②] 这些直接或间接的言语嘲笑与他人的排挤使得金波特逐渐与这个主流世界相隔离。在这个主流文化世界里，金波特能否被主流社会认可与关注恰恰是他最担心的也是他最向往的。在本书的评注部分中，金波特也承认了自己与周围环境的格格不入，"至于我个人的活动嘛，恐怕从各个方面……来说，都显得叫人非常失望"[③]。作者还记录了金波特参加一次聚会时的遭遇，聚会仿佛被描述成一个小型社会的表演场，而金波特的结论是："我陷进了一群陌生人……令人厌烦透顶的叽叽喳喳唠唠叨叨的谈话……我赌咒发誓今后再也不让人这样套住啦……"[④] 金波特满怀期待地要去参加谢德的生日宴会，甚至还"在华盛顿买下一件华丽无比的丝质晨袍"，最后却在电话里被谢德的妻子西碧尔婉言岔开，结果是

下篇 美国学院派小说研究

---

① ［美］弗拉基米尔·纳博科夫：《微暗的火》，梅绍武译，上海译文出版社 2011 年版，第103 页。

② 同上书，第 14—16 页。

③ 同上书，第 173 页。

④ 同上书，第 174 页。

他一个晚上的难忍难熬的等待。"我一会儿站在这个窗口，一会儿站在那个窗口"，用自己的目光记录了谢德生日的场面："我听到首位客人到来的车声……我看见那位年高德勋的苏顿博士……我看到一对夫妇……我看到一位举世闻名的老作家……我看到那个经常给谢德家干些零碎活儿的弗兰克……我看到一位退休的鸟类学教授……我看到……我看到……我看到……我还看到……"① 通过一长串的"我听到""我看到"，读者似乎听到了金波特这个站在社会角落里的"他者"的内心呼唤，他呼唤着主流社会的关注，他呼唤着这个世界的认同，然而却被这个世界越推越远。最后纳博科夫用一个反讽的结局表达了金波特的无奈和困惑，"德·莫特马尔夫人举办宴会，决定不把德·瓦尔古夫人列入她所'挑选的客人'名单中，打算次日给她写封短信，说'亲爱的伊迪丝，我很想念你，昨夜我没十分期望你来，因为我晓得你对这类晚会不会太感兴趣，甚至可以说正相反，那会叫你厌烦咧'"——这里作者引用了普鲁斯特小说《追忆似水年华》第三卷中的一段，来暗指谢德夫人的虚伪——谢德夫人也用了几乎相同的借口搪塞了金波特"我们没邀请你，是因为我们晓得你会觉得这类事儿多么单调乏味"②。我们在这样一种对比关照中，看到的是金波特乃至纳博科夫对这个异国世界的焦虑，个体的身份难以被这个社会所认同，难以找个落脚点安身立命，自然也就成了被这个世界所孤立的"他者"。而这种孤立会严重阻碍人对独立自由的追求，同时也会让个体丧失话语，失去自我，在苦苦的挣扎中焦虑万分。

二　金波特身份构建之旅

在《微暗的火》中，金波特到底是什么样的人不但困扰着读者，更困扰着金波特本人。金波特试图通过多种途径来解决身份危机——整部作品其实便是围绕金波特的身份构建展开的叙述。在小说的前言中，金波特就表现出了他对自己身份的担忧。他是华兹史密斯学院的外籍教师，受到主流群体的嘲笑和排斥。这使他进入一种身份焦虑状态里，为了摆

---

① ［美］弗拉基米尔·纳博科夫：《微暗的火》，梅绍武译，上海译文出版社 2011 年版，第 176—177 页。

② 同上书，第 178 页。

脱这种焦虑，他开始采取行动。对于一个个体而言，要证明自己存在的价值和意义，找到自己的身份是要靠许多的媒介的。个体不得不把自己置身于一个更伟大和崇高的事物之中去：一个群体、一个阶级、一个民族、一个国家。

金波特的第一个尝试便是构建与他人的人际关系。与诗人谢德的友谊在一定程度上缓解了他的这种焦虑。从与谢德的初次见面，到逐渐的交往，一直到谢德的被暗杀，实际是小说的一条隐形的线索。当金波特得知自己的邻居是"著名的美国诗人"时，他是"多么的高兴啊！早在20年前我就曾尝试把他的诗作译成赞巴拉文了""诗人本人倒是个非常可爱的人……我跟他相识不过个把月罢了"，但金波特却将他们的友谊定义为"内在地发展成为默契之交，不受那些轮番进行的恶毒鼓噪的干扰而永世长存"[1]。金波特非常肯定地诉说着他们的友谊，不过诗人谢德真的是金波特的朋友吗？金波特作为掌握"叙事话语权"的掌握者，他越是极力描述他与谢德之间的友谊，实际就越证明的他的焦虑与不安。他尽力地描述与诗人谢德初次见面的情景，无论这种见面、谈话是怎样的滑稽可笑，在金波特那里，都是具有非凡的意义：那就是为了可以在谢德的诗歌里看到伟大的赞巴拉，看到逃亡的国王。显然文中金波特把谢德当作了自己的同盟，而其他人的排斥、嘲笑、讥讽统统可以理解成是因为嫉妒二者间的友谊。而友谊其实并不是最重要的，真正重要的是谢德以及他的诗歌，这些才是金波特构建理想身份的救命稻草。在小说中金波特与谢德交往的时间里，读者能看出金波特与谢德友谊的实质就是谢德的诗歌，之前无数的"赞美""崇拜"也只因为这首书写伟大赞巴拉的诗歌。"两个男人，出身、教养、推理联想、精神面貌和思维方式都迥然不同，一个是见识多广的学者，另一个是炉边诗人，竟缔结了这样一项密约。我最后认识到他对我的赞巴拉已经了解得滚瓜烂熟，一眨巴眼儿的工夫就能迸发出一首好诗。"[2] 在金波特对诗歌的注释中，我们可以继续了解他与谢德友谊的发展，这期间一系列行为包括窥探诗人写诗的状

---

① ［美］弗拉基米尔·纳博科夫：《微暗的火》，梅绍武译，上海译文出版社 2011 年版，第9 页。

② 同上书，第 88 页。

况；设法寻找与诗人散步的机会；与诗人辩论人类的真理；希望与诗人共度诗人的生日，等等，并且诗人谢德的身世读者也可以从诗歌的注释中了解到。小说的叙述形式多样——前言，长诗、评注和索引，但是唯一的叙述者只有金波特一个人，在这种全知的叙述视角中，读者不难发现金波特其实是假借这种"友谊"之名来得到外界的肯定和认同，从而构建自己的真实自我。诗人谢德之死应该说是纳博科夫的刻意安排，也是金波特能够"偷取"诗歌原稿的条件。所以小说最后的高潮部分显得滑稽十足。金波特看到谢德被杀后，第一反应就是偷窃他的诗歌手稿，并将稿件隐藏起来。这宝贵的诗歌手稿是金波特构建自我的救命稻草，最终拿到手稿之后，金波特胆战心惊，一想起在纽卫镇过的那最后一个星期的日子，他就直打哆嗦，"当时我一直担心强盗会把我那娇嫩的宝贝抢走……我瞎忙乎了一阵子，把这部手稿从我的黑旅行袋里掏出来，放进房东书房里一个空保险柜里，没过几小时，又把它取出来，干脆一连好几天都穿戴在身上……"①

小说中提到的赞巴拉既是金波特无法回归的过去，又是他苦苦追寻的未来。对于一位流亡海外的人来说，外族世界的排斥势必会加深个体对故土的深深眷恋。金波特始终在追寻一个充满自由与平等的理想世界和精神家园，而这一切的源泉便是他的故乡——赞巴拉。也就是说，赞巴拉对金波特的影响至关重要，甚至波及了他的一生。金波特虽然生活在美国文化背景下，然而赞巴拉这个理想的家园却始终存在在他的理想之中，主人公游走在赞巴拉的奇特事件里，从王宫出逃到山中奇遇，从格拉杜斯到佩恩女公爵迪莎……并且赞巴拉世界里的飞鸟草木也全部贯穿于注释中："顺便提一下，令人好奇地注意到一件事是，一种在赞巴拉语中称作塞姆佩尔（'丝尾鸟'）、戴羽冠的鸟儿，在外形和色度方面，都跟连雀相似，是（生于一九一五年的）赞巴拉国王、敬爱的查尔斯的盾徽纹饰上三种动物之一的原型……"② 这是金波特在对诗歌1—4行中连雀意象的解释，而诗中那前两行"我是那惨遭杀害的连雀的阴影，凶手

① ［美］弗拉基米尔·纳博科夫：《微暗的火》，梅绍武译，上海译文出版社 2011 年版，第 339 页。

② 同上书，第 80 页。

是窗玻璃那片虚假的碧空"，便揭示了理想与现实那虽然模糊却无法逾越的界限，或许也预示着金波特挣扎着构建身份的徒劳。当第 12 行诗歌中出现"晶莹明澈的大地"时，金波特再次想到亲爱的赞巴拉，于是注释者开始抛弃诗歌的描绘，转而书写那个伟大而可怜的赞巴拉国王。可见，金波特就是要借诗歌的名义，用一种理想的方式去构建自我的身份，这个理想的自我是与赞巴拉密切相连的，能否在诗歌中构建出美丽的赞巴拉是他的理想，而这个理想恰恰是他构建自我的身份和话语的抽象象征。然而，他的理想只能是一厢情愿，受人非议，原因很简单：当一个人追求的理想自我与他现实所处的文化大背景相抵触时，那些拥有话语权的主体就会根据他们的主流价值观审视他，甚至是排挤他。最后，金波特选择了在众人的"罹难"中消失，"我的注释和本人渐渐消失了。先生们，我真受了不少罪。比你们任何一位想象得到的罪多得多"①。

　　谢德去世之后，谢德的诗歌手稿便成了金波特构建自我身份的最后媒介。不管是金波特心中的赞巴拉，还是金波特与谢德的友谊最后竟成就了金波特最终成为话语的操纵者。这里我们不得不为纳博科夫精妙的小说布局和高超的叙事能力拍手叫好。但是当金波特在阅读诗歌手稿时，他一面阅读，一面咆哮，"就跟一个怒火上升的年轻继承人在读一个老骗子的遗嘱一样……我那夕阳斜照的城垛在哪？赞巴拉博览会在哪？它那些山脊在哪儿？……啥也没有"②！但最终金波特获得了话语的主动权，抓住无限语言链条中的一支——篡改与编造，这是处于"他者"地位上的金波特唯一可以用来斗争的武器，他用假设与幻想占有这个世界。他为谢德的诗歌加了"注释"和"索引"，他用自己的幻想和希望臆造出了读者最终看到的赞巴拉的历史、谢德的形象和谢德诗歌创造的过程。这本小说似乎仅仅是金波特一个人的文本，而那个最高的存在——如上帝一般的纳博科夫并不存在，这里缺少一个纯粹客观的叙述者，企图在小说文本中寻找纳博科夫的身影是不可能的。小说中的金波特与谢德分别是诗歌的注释者和写作者，细读之后我们发现，无论是诗人谢德还是杀

---

　　① ［美］弗拉基米尔·纳博科夫：《微暗的火》，梅绍武译，上海译文出版社 2011 年版，第 340 页。

　　② 同上书，第 336 页。

手格拉杜斯，所有人物的经历、遭遇均出自金波特之口，这又让他们各自的身份扑朔迷离，难以确定，这些都使得身份最后走向了分化与不确定。金波特在注释的最后写道："我没准儿会迎合剧评家浅陋的口味，编造一出舞台剧，一出老式的情节剧，其中共有三个主要角色：一个疯子企图杀害一个自己想象中的国王，另一个疯子幻想自己就是那位国王，另有一位著名老诗人碰巧东歪西倒地走进那条火线，在两个虚构的事物相撞下毁灭。"① 于是身份在建构认同的过程中逐渐被消解、被怀疑，从而不断地被重新设定和重新构建。小说的结尾是开放性的，金波特没有丝毫的妥协："我也许会在另一个校园里，变成了一个上了年纪、快乐而健康、异性恋的俄国佬，一位流亡作家，没有名位名望，没有未来，没有听众，任什么也没有，而只有他的艺术。"② 金波特继续努力地构建着自己的身份，期待看到未来更好的自己。

三　结　论

在金波特的身上我们或多或少能看到纳博科夫流亡异国时的影子，作为一个"流亡者"，纳博科夫义无反顾地"闯入"美国强大的文化主体中，失去了原有的文化身份，而在新的文化身份建构中又充满着冲突与艰辛。在《微暗的火》中，我们足以感受得到纳博科夫作为一名流散作家在身份重塑中的精神疑惑，同时也体现了纳博科夫小说的人文主义关怀。金波特精神上的流亡是不安定的，虽然他来到美国拥有了稳定的住处和职业，但是他还是沉浸在赞巴拉这一美丽而忧伤的幻想之中。我们发现金波特的流亡与普宁不同。普宁生活于美国文化和俄罗斯文化的夹缝间，他对于自我身份的建构是积极的，虽然这些引起周围人的嘲笑与讥讽，但是普宁还是在不断寻找那个属于自我的精神驿站；如果说普宁是要阻止他的流亡状态，那么金波特其实是在放任这种状态，在他那痴迷的幻想中，周围社会的一切变得黯然失色、麻木不仁，所谓的文化身份更是被其淡化，最终的理想只是要将他的回忆，他的美好的国家赞巴

---

① ［美］弗拉基米尔·纳博科夫：《微暗的火》，梅绍武译，上海译文出版社 2011 年版，第340 页。

② 同上。

象牙塔内的喧哗与骚动

拉植入到作家笔墨中，印刻在这个主流文化话语充斥的世界。其实纳博科夫的主人公并非单纯的流亡，在流亡中他们借助回忆、艺术、象棋等行为"束缚"着自我的灵魂，直至精神瓦解，所以我们可以断定这些流亡者是精神上的流浪儿，纳博科夫通过文字游戏、反讽手段、戏剧拼接等表现手段将他们塑造成痴迷、疯子、欺骗者似的人物，让他们与大众文化完全隔离，完全游走在自我的精神世界中。纳博科夫也在询问，究竟人应当怎样存活在这个世界上，他不断寻求人类社会真实存在的状态，然后以一种戏剧化的方式呈现，引起人们的思考与想象。在急剧变化的现代社会中，人应该对自我的身份做出详尽的把握，然而"我是谁"？这个终极议题却始终存在疑问，如何在荒谬的世界成为一个真正自由的人，这不仅是纳博科夫小说中关注的焦点，同时也应该受到当代大众的关注与反思。

第五章　唐·德里罗

唐·德里罗（Don DeLillo，1936—），美国著名作家，被称为是美国后现代主义文学的代表作家之一。德里罗于 1936 年 11 月 20 日出生在纽约市布朗克斯区一个工人阶级的意大利移民家庭。他青少年时期的大部分时间都在纽约的布朗克斯区度过。德里罗于 1954 年高中毕业后，进入福德南大学读书，于 1958 年毕业并获得交际艺术学士学位。毕业后，德里罗进入一家广告公司工作，在那他作打字员，并且设计一些形象广告。1964 年，他辞职并于 1966 年开始创作他的第一部小说。早在 20 多岁时，德里罗大量阅读了詹姆士·乔伊斯、威廉·福克纳、弗兰纳里·奥康纳以及海明威的作品，也正是这些作家开启了他文学创作的大门。同时他的创作之路也得到了父母的大力支持。1960 年，他在康奈尔大学的一个文学杂志上发表了第一篇短篇小说《约旦河》，至此开始了他的文学创作生涯。

第一节　德里罗：后现代学院派小说的杰出代表

自《约旦河》发表以来的 50 多年间里，德里罗创作的作品包括小说、诗歌、散文、戏剧等多种样式。他的声誉也随着《白噪音》（*White Noise*，1985）的发表进入了顶峰。德里罗的长篇小说代表作主要包括：《美国逸闻》（*Americana*，1971），《球门区》（*End Zone*，1972）、《大琼斯街》（*Great Jones Street*，1973）、《拉特纳之星》（*Ratner's Star*，1976）、《球员们》（*Players*，1977）和《走狗》（*Running Dog*，1978）、《名字》（*The Names*，1982）、《天秤星座》（*Libra*，1988）和《地下世

界》(*Underworld*，1997)。2010 年，74 岁高龄的德里罗发表了他的第 15 部长篇小说《指向终点》(*Point Omega*，2010)。德里罗不但多产，而且也获得了包括美国国家图书奖、笔会/福克纳奖、笔会/索尔·贝娄奖等在内的许多奖项。唐·德里罗的第八部长篇小说《白噪音》于 1985 年发表。这部作品震惊了整个美国文学界，并于次年获得了美国国家图书奖。在《白噪音》中，作者将视角转向美国的一个小镇——铁匠镇，主人公杰克·格拉迪尼教授是小镇一所学院的教师。作品主要围绕杰克一家及小镇居民的生活展开，描述一幅美国普通人在后现代社会里的生活画卷。小说一共由有三个部分构成，每部分的题目分别为"波与辐射"(Waves and Radiation)，"空中毒雾事件"(The Airborne Toxic Event)，"'戴乐儿'闹剧"(Dylarama)。仅仅从这些冷冰冰的题目中，读者就可以感觉到现代工业科技社会在小说中的影子。这部小说真实地再现了美国后现代物质和消费社会下人们的生存状况，以及由此带来的精神危机。德里罗似乎试图通过这部作品为困于物质社会的现代人找寻一个出口，最终使人类达到精神世界与物质世界的平衡。

德里罗的文学世界以复制美国人的生活为特点，涵盖了社会生活的诸多方面，包括电视、核战争、体育运动、行为艺术、冷战、数学、数字时代的到来以及全球范围内的恐怖主义。他的大多数作品表现了后现代消费膨胀、暴力阴谋、家庭关系等主题，反映了美国后现代社会的困境，他也因此被西方评论家称为是后现代主义文学的代表人物。他的作品主要受抽象表现主义、欧洲电影和爵士乐的影响，呈现出后现代主义革新的特征。

第二节 《白噪音》:后现代社会知识 分子的迷失与挣扎

为了更好地理解小说的主题和内容，首先我们有必要了解题目"白噪音"的真正含义。噪音，顾名思义，指一切不和谐不悦耳的声音。这是能够使人焦躁不安，干扰人类的正常生活，危害人身体健康的声音。在现代社会中，交通运输、工业生产、建筑施工都会产生噪音。那么白噪音到底指的什么呢？唐·德里罗在给这本书的中文译者朱叶的信件中写道："关于小说的标题：此间有一种可以产生白噪音的设备，能够发出全频率的嗡嗡声，用以保护人不受诸如街头吵嚷和飞机轰鸣等令人分心和讨厌的声音的干扰或伤害。这些声音，如小说人物所说，是'始终如一和白色的'。也许，这是万物处于完美之平衡的一种状态。'白噪音'也泛指一切听不见的（或'白色'的）噪音，以及日常生活中被淹没的其他各种声音——无线电、电视、微波、超声波器具等发出的噪音。"①
"白噪音"一方面指伴随科技社会而来的一切电子噪音——小说中提到的广播电视节目，银行的自动取款机，超市里的扫描器和收银机——现代人被淹没在其中，而多数人却茫然不觉；另一方面，作者似乎又赋予了白噪音深层的寓意。在小说的第二十六章中，杰克和妻子芭比特进行关于死亡的讨论，杰克将死亡比成一种"电子噪音"，并且它是"始终如一，白色"②（Uniform，white）的存在。死亡始终伴随着人类，正如主人公对于死亡的讨论、思考以及恐惧始终贯穿小说一样。所以从这个层面上来说，本部小说实际也是人物在"白噪音"笼罩下后现代社会充满焦虑的人生体验。笔者将通过对小说中个体和群体人物的分析，来揭示德里罗这部小说传递的对现代人生存的启示。

一 "白噪音"下个体的迷失与挣扎

《白噪音》的故事背景是在虚构的一个叫铁匠镇的地方，男主人公杰克·格拉迪尼教授是他们生活的铁匠镇"山上学院"的"希特勒研究系"的系主任。他的家庭是一个典型的后现代的美国"后核家庭"（stepfamily）：现任妻子芭比特是他的第五次婚姻的第四任妻子（他的第四次婚姻是和第一任妻子复婚）。孩子分别来自他二人历次婚姻中的不同家庭，孩子们不是"同父异母"就是"同母异父"。婚姻本是一个人和一个社会稳定的根基，而杰克的婚姻却一团糟。婚姻的失败从一个侧面反映了杰克生活的危机，一个人的精神如果没有一个有力的支撑点和立足点，他的

象牙塔内的喧哗与骚动

---

① 朱叶：《唐德罗致译者信》，《白噪音》，上海译文出版社 2002 年版。
② ［美］唐·德里罗：《白噪音》，朱叶译，译文出版社 2002 年版，第 218 页。

生活必然会分崩离析。作为大学教授，杰克并未因其稳定的工作和受人尊敬的地位感到平静和幸福。相反，他感到失落、困惑、无助，丝毫没有安全感。他是北美希特勒研究最著名的人物，然而，他并不懂德语。"我既不会说和读，也听不懂，连最简单的句子也听不懂"，这使他感到十分的羞愧，"我生活在奇耻大辱的边缘"①。但同时杰克也意识到很多时候"我们犹豫不决不去碰的东西，似乎往往正是拯救我们自己的关键"②。所以，杰克无时无刻不感觉到未知的威胁，他的不安全感推着他去继续学德语，但为了自己的面子和名声，他必须对自己去上德语课的事实保密。最后他选了一个不属于学院的人，并向他坦白："明年春天要举行希特勒研讨会，进行三天的演讲、讨论和分组专题会议……真正的德国人也出席会议。"③ 为了不在真正的德国学者面前丢脸，他不得不认真学习德语。这不禁让我们想起纳博科夫《普宁》当中的既不懂法语也不喜欢文学的法语文学系主任布劳伦吉教授。他既能从容地参加各种语言会议又能拉来大笔赞助经费，把学院的研究工作开展得轰轰烈烈。杰克显然没了布劳伦吉教授的"从容"，但他们的"学识"不得不让人为当下的学院学术感到汗颜。

杰克的另一种不安感是来自对死亡的恐惧。"我从死亡的梦魇中惊醒，大汗淋漓。我感到恐惧和痛苦不堪，却毫无防卫之力。"④ 人类最大的痛苦其实不是死亡本身，而是知道死亡一定会来但又不清楚是在什么时刻以何种方式。对死亡挥之不去的念头和恐惧时刻困扰着杰克和芭比特。"谁会先死"的问题随时会浮上心头，让人的内心充满了恐惧。为了摆脱这种恐惧，杰克做着绝望的挣扎。在和妻子芭比特几次严肃地讨论到底谁应该先死的话题后，杰克得出这样的结论"事实真相是我不想先死。如果要在寂寞与死亡之间选择，用不了几分之一秒钟我就会做出决定。但是我也不想独自一个人活着……别让我们死去啊！不管生病和健康、精神不堪一击、摇摇晃晃、掉光牙齿、浑身老年斑、老眼昏花、幻

① ［美］唐·德里罗：《白噪音》，朱叶译，译文出版社 2002 年版，第 33 页。
② 同上。
③ 同上书，第 35 页。
④ 同上书，第 51 页。

觉不断，让我俩都永远活着。是谁决定这些事儿？那边有些啥东西？你是谁啊？"① 对孤独和死亡的恐惧是如此难以摆脱，他把自己埋身于电视广告、购物和希特勒的研究之中。电视中对于苦难的演绎可以暂时麻醉人的思想，使现实和虚幻暂时模糊了界限，能够让人片刻忘掉痛苦。而购物场所对于主人公杰克来说犹如灵魂的避难所："芭比特和我所买的一大堆品种繁多的东西，装得满满的袋子，表明了我们的富足；看看这重量、体积和数量，这些熟悉的包装设计和生动的说明文字，我们感到昌盛繁荣；这些产品给我们灵魂深处的安乐窝带来安全感和满足。"② 另外，希特勒研究对于杰克教授来说意义非凡。希特勒这个名字就意味着至高无上的权利和力量——可控制生可控制死的权利。从某种程度来讲，希特勒研究为杰克提供了一个逃避死亡焦虑的避难所。他试图通过研究希特勒，而把后者的力量转化为他战胜死亡的存在。"希特勒赋予我成长和发展的目标；"③ 对他而言"有些人比生命伟大。希特勒比死亡伟大。"而杰克作的这些努力，给他带来的只是更大的尴尬、空虚和困惑，到最后无非是"对于名人和死者的迷信和崇拜"。④

二 "白噪音"下社会群体的失落与狂欢

在这部小说中，作者描述了 20 世纪后现代社会的诸多棘手问题，如生产过剩、消费泛滥、环境污染、暴力堕落，等等。在这样一个物质社会中，物质的极大繁荣充分地满足人的各种需要，也大大便利了人的生活；但是同时也造成人类精神和道德的迷失和退步，人逐渐沦为了物质的奴隶。

随着商品经济的发展，人类正在走向消费社会，而消费社会的最大标志就是商品的极大丰富。物质的丰富逐渐地改变了人类的生活方式和价值观，人与人的之间关系逐渐被异化——被物化和符号化。《白噪音》以德里罗不厌其烦地介绍学生在新学期携带的各色各样的商品开始，以

① ［美］唐·德里罗：《白噪音》，朱叶译，译文出版社 2002 年版，第 114 页。
② 同上书，第 21 页。
③ 同上书，第 17 页。
④ 同上书，第 317、360 页。

象牙塔内的喧哗与骚动

超市付款终端装满色彩艳丽的货物的购物车作为结尾，勾勒了一幅光怪陆离、令人目眩神迷的后现代消费社会的画卷。人类迷失在消费的洪流之中，失去了人之为人的个性。在商场、在超市中，商品的极大丰富给人以生活富足幸福的假象，而人通过消费又给自我带来了满足感和安全感。主人公杰克喜欢超市的氛围，他觉得超市里商品丰富，光线好，还有音乐，是人休闲放松的好去处。在超市他有这样一段心理独白："芭比特和我所买的一大堆品种繁多的东西，装得满满的袋子，表明了我们的富足；看看这重量、体积和数量，这些熟悉的包装设计和生动的说明文字，我们感到昌盛繁荣；这些产品给我们灵魂深处的安乐窝带来安全感和满足。"① 所以，在他情绪低落时，杰克便带着全家从一家商店到另外一家商店尽情消费，在消费之后他感觉自己在精神上重新获得了力量。显然，对物的控制和拥有表面上填补了人空虚的内心，这样的消费泛滥实则迷乱了人的心性。现代人对物的符号的崇拜远远超过了物本身的实际价值，各种备受追捧的名牌箱包如 LV，Coach，Gucci 的时尚符号远远超越了普通箱包的实用功能。人沦为物的奴隶，不断在自己身上贴上物的标签，无非是为了证明自己的地位和名望。这种符号化和商业化的影响甚至影响到了学术领域。杰克作为研究希特勒的专家，希特勒不再是邪恶的化身，他只是杰克获取名利、赖以谋生的一个手段。作为希特勒的研究专家，"杰克"这个名字无法让"山上学院"的领导满意。院长建议把名字改为"J. A. K. Gladney"，这样听起来更像个专家。杰克这个个体的人显然被物化被符号化了，"J. A. K. Gladney"这个悦耳的名字符号显然更能体现杰克的学术身份，而真正的学术成果似乎并不那么重要。根据老子的哲学，我们不禁设想，老子会质问杰克"你是谁?"杰克答"山上学院的希特勒研究专家"；老子接着问："那你呢，你到哪里去了?"人们往往在意外在的一切头衔、符号，却迷失了那个真实的自我，而这一切便是社会作用于人的结果。任何人都无法摆脱与社会的关系，但我们可以选择如何不迷失自我。

同样，在《白噪音》中，作者描写了一个科学技术飞速发展的后现

---

① ［美］唐·德里罗：《白噪音》，朱叶译，译文出版社 2002 年版，第 21 页。

代社会中，科技的发展给人类带来了各种各样的弊端。杰克一家所生活的铁匠镇仅仅是美国的一个小城镇。但就是这样一个小城镇都充斥着科技带来的种种改变：大型超市、自动取款机、电影院、电视、电脑以及其他的高科技产品。这些改变给人们带来了巨大的便利和实在感。文中有一段杰克去银行的自动柜员机上核查他的存款，"我插进信用卡，输入密码，键入我的请求。经过长时间的文件搜索和烦人的计算，屏幕上终于有气无力地出现了数字，它与我自己估计得大致相当。一阵阵解脱和感激的暖流通过我的身体。这个系统赐福于我的生活……我们欢迎它，至少现在是这样。网络，线路，光束，和声"[①]。科学技术的发展为人类的生活提供了无限的便利，然而随之而来的各种问题让人恐惧不已。环境污染便是很严重的一个后果，它是地球对人类的惩罚。越来越多的私家车、越来越多的工厂和大烟囱为人类赖以生存的大气层输送了源源不断的"二氧化碳"，而人类却成了这一切的自食恶果者。《白噪音》第二部分讲述的"空中毒雾事件"便形象地刻画了污染给人带来的威胁和恐慌。这起事件是由一种名叫尼奥丁衍生物的化学肥料的泄漏引起的。这场事件引起了铁匠镇局面的一片恐慌。男主人公杰克在逃亡似的撤离途中下车加油，在毒雾中暴露了两分半钟，因此他便怀疑自己中了毒。这次事件随后给他带来了无边的恐惧——对死亡的恐惧。给人类带来便利的科技终于也让人类尝到了自己种下的苦果。在科技的"报复"性灾难里，人类渺小、无助。这个被人类异化了的物质世界又反过来异化了人类本身，威胁到了人的生存。这残酷的现实不得不令人反思。

三　结　论

在该书的中文译本中，朱叶先生以"美国后现代社会的'死亡之书'"为译序，深入浅出地对作者、小说的人物、故事情节和主题做了精彩的阐述，"白噪音"的威胁和对死亡的恐惧无疑是这部小说的两个核心话题。在"唐德罗致译者信"中对"白噪音"的说明其实是赋予了题目双重的含义：后现代物质社会科技带来的各种无形的噪音和精神世界所

① ［美］唐·德里罗：《白噪音》，朱叶译，译文出版社 2002 年版，第 50 页。

象牙塔内的喧哗与骚动

呼唤的完美状态——人们在物质世界里强烈的精神诉求。题目"白噪音"以比喻的方式暗指出现在后现代社会的种种不良症状：环境的污染、人的异化、生产过剩、消费膨胀，等等。这些症状让现代人迷失了自我，在物化的世界里不断地沉沦。那么，作者为什么要把这样一个故事的背景设置在小镇的一所大学校园之中呢？大学校园向来与神圣、崇高等词汇相关联，大学校园常常被定义为"精神的净土"，"思想的家园"。但当物质的污浊逐渐地侵入圣洁的象牙塔，原本敏感的学生和学者会出现怎样的精神挣扎？作为物质世界的最后一片净土，象牙塔的最终沦陷为现代社会处于混沌的人类敲响了哀钟。

结语　英美学院派小说总结

　　第二次世界大战以后，随着资本主义进入加速发展阶段，社会对于高等教育的要求日益迫切，于是，为了适应战后国际科技和经济剧烈竞争的形势，英美等许多资本主义国家出现了高等教育的"大爆炸"局面，不但原有的老牌高等学府得到扩充和修缮，政府更是通过多种渠道和手段兴建了一大批的各类大学。英美等国的教育体制得到了进一步改善，大学数量几乎倍增，学校招生的规模日益扩大，上大学已经不仅仅是社会精英们的特权，高等教育开始逐步向寻常家庭的孩子普及。在这种情况下，大学毕业后即可进入上层社会的状况发生了显著的变化，大学文凭已经不再是进入上层社会的敲门砖。这使得不少虽毕业于名校，却因出身社会中下层，缺乏有力家庭背景的新一代大学毕业生无法如愿跻身上流社会，于是，那种压抑在心中的挫折感和愤怒情绪在一些颇有文学才华的青年中表现出来。这其中主要以金斯利·艾米斯的《幸运的吉姆》、约翰·韦恩的《大学后的漂泊》和约翰·布莱恩的《顶层的生活》等作品为代表。他们的作品塑造了一群出身贫寒、穷困潦倒的青年知识分子，这些人都曾接受过高等教育，胸怀大志却怀才不遇，仅仅由于传统的社会等级观念而无法进入上流社会，因为遭到冷落而产生了反叛心理。这批愤世嫉俗的新一代"大学才子"构成了英国的第一代学院派作家。

　　与20世纪50—60年代的情形相比，70—80年代的英国可谓保守主义当道的年代。保守主义决心匡正前几十年政治方向的迷失、经济增长的疲弱、工人罢工的肆虐以及连续不断的货币危机。首相撒切尔夫人更是意志坚强、勇气过人，在其推行的右翼经济和社会政策中大刀阔斧地实施了一系列改革举措，如减少税收、裁减政府机构、大幅度削减教育经费等。经济技术的发展和社会经济结构的转变导致了社会生活和文化风貌的深刻变化，高耸入云的写字楼拔地而起，装修豪华的购物中心比比皆是，科技公园和跨国公司也如雨后春笋般地涌现出来。然而，与经济繁荣形成鲜明对照的是文化教育的衰落。教育经费的大幅度削减把大学生进一步推向市场，使本已陷入困境的高等教育改革举步维艰。在金钱压倒知识的社会气氛中，知识分子几乎一边倒地成为"撒切尔主义"的反对派。一大批以发生在当代大学校园和学术界的种种现象为背景，揭露学术体制的阴暗、反映文化思潮和学术界变迁的第二代英国学院派小说随之出现。

第一节　英国第一代与第二代学院派小说比较

自从 20 世纪 50 年代"愤怒的青年"派退潮以来，战后第二代学院派小说家登上了英国文坛。他们的代表人物是东英吉利大学美国文学教授马尔科姆·布雷德伯里，伯明翰大学英国文学荣誉教授戴维·洛奇，伦敦大学教授拜厄特和巴黎大学英国文学教授布鲁克—罗斯。英国小说家、文学批评家、剧作家马尔科姆·布雷德伯里在英国东英吉利大学任教长达 25 年，长期在学院的生活使他对描绘校园生活驾轻就熟，其长篇小说《吃人是错误的》《向西行》《历史人物》《兑换率》和《克里米纳博士》都反映了知识分子在大学校园中的经历和生活，从侧面讽刺了现实生活中知识分子对物质和名利的狂热追求。戴维·洛奇也是一位长期在大学校园中生活的学者型作家。洛奇的"校园三部曲"——《换位》《小世界》和《好工作》使他名声大振。与第一代学院派作家相同的是，他们的作品都对年轻的知识分子和学者的个人生活给予了高度关注。英国小说的讽刺传统可谓源远流长，每当社会动荡、各种怀疑思潮和失望情绪蔓延之日便是讽刺文学兴起之时。第一代、第二代学院派小说家们继承并发展了英国这一"最古老、最富于挑战性、最值得玩味的文学传统"。然而通过两代学院派小说家的对比不难发现，英国的两代学院派小说无论从题材上、作品风格上，还是表现手法上都存在着显著的差异。这种差异主要体现在他们作品中对知识分子的塑造、创作手法和技巧等方面。

一 人物塑造方面

第一代学院派小说家的作品塑造了一群出身贫寒、穷困潦倒的青年知识分子，这些人都曾接受过高等教育，胸怀大志却怀才不遇，由于传统的社会等级观念而无法进入上流社会，备受冷落而产生了反叛心理，用玩世不恭的态度和消极反抗的方式来对抗社会，包括大学校园的现行体制。第一代学院派小说家的作品倾向于表现的是青年知识分子在融入社会时所遇到的不公正待遇，表达了积郁在他们胸中的愤懑情感和无能为力的失落感。读者在小说中体会到的更多的是对知识分子面对无奈社会现实的同情和怜悯。这一时期的学院派小说揭露了英国传统教育制度中的种种弊端，批判了社会体制和传统的等级观念。《幸运的吉姆》是一部喜剧式作品，其闹剧式的喜剧随处可见。吉姆想保住自己好不容易得来的大学讲师职位，极力巴结讨好别人，却出尽洋相，闹出许多笑话。他不喜欢自己所学的专业，却拼尽全力去获得大学文凭；他讨厌教授历史，却为续聘而低三下四地去讨好同事和上司；他极其反感道貌岸然弄虚作假的系主任，却又不得不去千方百计取悦于他，在应邀参加系主任的乡间别墅聚会中，因喝得酩酊大醉忘记熄灭烟蒂而烧毁了主人家的被褥；他绞尽脑汁好不容易写出论文，却被别人剽窃；当他为续聘获得一次在全校公开讲演的机会时，却因饮酒过度而满口胡话并醉倒在讲台上。那种来自英国中下阶层新一代青年的愤怒和怨恨情绪，正是通过这种幽默和闹剧的喜剧形式表现出来的，那种笑剧式的反抗获得了读者的普遍喜爱。《幸运的吉姆》也被认为是 20 世纪最有趣的小说之一。

第二代学院派小说家多处在较为稳定的 20 世纪七八十年代，英国经济进入了相对繁荣时期，人们生活较为富裕，科学技术的迅猛发展改变了人们在许多方面的生活方式。学者们不再整天泡在图书馆里低头沉思，不再清心寡欲不求富贵，他们开始学着利用一切知识特权和现代化技术手段为自己创造各种追名逐利的机会。洛奇和布雷德伯里二人身处象牙塔内部，感受到了精英们的困惑和危机。学院里的教授已经不再从纷繁的现实世界隐退，而是过多地投身于世俗界。驱使着这些人行为的不是对学术问题的好奇和喜爱，而是对金钱、物质享受、显赫名声以及高级职位的渴望。艾米斯表现方式上的喜剧性和道德上的严肃性，被第二代学院派小说家布雷德伯里借鉴在他的多部作品中。他的小说表面上充满谐趣和喜剧色彩，但却隐含着严肃的道德、哲理内涵。布雷德伯里的《历史人物》一书所描绘的主人公柯克虽然整天将马克思、弗洛伊德以及各类社会历史词汇挂在嘴边，可实际上，历史只不过是他为自己谋取各种私利的借口，他的言语和行为恰恰是与其背道而驰的。他煽动和利用学生的激进情绪向学校施压以保住自己的职位，以自由和解放为借口勾引学校的女教师，与朋友的妻子通奸，还把女学生用作家庭保姆。他顺应各种社会激进思潮，自诩为一个站在时代潮流前沿的历史人物，而他这么做的目的无非是为了使自己在学校更有威望，获得更多的个人利益。戴维·洛奇虽然不像战后其他学院派小说家那样有着强烈的批判倾向，虽然其讽刺手法较为温和，但对追名逐利、放纵情欲的学者生活的揭露态度是掩盖不了的。在洛奇的《小世界》中"寻找圣杯"是贯穿整部小说的主题，"这圣杯可能是学院的职位或更好的职位，丰厚的薪水或更丰厚的薪水，有名望的出版社或更有名望的出版社，奖项或更高的奖项，女人或更多的女人，地位或更高的地位"[①]。过去那种整天沉浸在学术研究的氛围中、生活上一贫如洗、性格上孤高自傲的学者形象已经完全不存在了，如今的他们整天乘坐着喷气式飞机来往于世界各地，繁忙地参加各种学术会议，使用时髦的词语到处演讲。他们丧失了知识分子应有的清高气质，开始沦为物质享受的奴隶，因而遭到了这些学院派作家的批评。但其小说并无"愤怒"或"愤世嫉俗"的色彩。在《占有》中，拜厄特戏谑性地刻画了一大批当代学者，包括莫德·贝利、詹姆斯·布莱克埃德、费格斯·沃尔夫等英国学者和罗兰·米歇尔、莫蒂默·克罗珀、利奥诺拉·斯特恩等美国学者。和布雷德伯里的《向西行》，洛奇的《换位》一样，《占有》对当代学者的勾勒充满讽刺和滑稽色彩，突出了英美学者的差异：美国学者显得咄咄逼人，英国学者则相对拘谨。然而，与布雷德伯里和洛奇刻画的主人公相比，拜厄特小说中的主人公大多是青年学者。拜厄特通过对青年学者在学术研究过程中表现的学术态度和

---

① 马凌：《后现代主义中的学院派小说家》，天津人民出版社 2004 年版，第 169 页。

热情以及所承受的学术压力的描述，从圈内人的角度向我们揭示了学术体制下青年学者所面临的经济上和学术上的困境。

二 创作技巧

第一代学院派作家的作品一般是写实的，他们大部分是效仿英国爱德华时期或更早的维多利亚时期小说的传统，而排斥 20 世纪 20 年代兴起的一些像乔伊斯和伍尔夫等实验性作家的创作尝试，因而使作品在当时的文学潮流中显得格外醒目和与众不同，有人将他们的作品评论为英国19 世纪批判现实主义写作手法的回归，将他们看作是英国继狄更斯、萨克雷之后的又一批将英国现实主义传统发扬光大的作家。他们作品中的叙述手法平实自然，语言简单而不加修饰，非常贴近日常生活。第一代学院派作家摒弃实验小说的创作手法，引领了一场"回归传统"的创作潮流。第一代学院派小说家的作品结构清晰，故事情节完整，语言通俗易懂、直截了当。

以布雷德伯里、洛奇、拜厄特和布鲁克—罗斯为代表的第二代英国学院派小说家却具有与众不同的艺术风格。他们在小说的人物、情节、环境和细节的设置上也沿袭了英国现实主义的创作传统，但是他们都在这一基础上进行了大胆创新，并在写作中时时注意将自己的文学观点融入于作品中。作为研究和讲授现代主义和后现代主义小说理论的专家，他们对于一切现代、后现代的写作技巧都了如指掌，在必要之时，毫不犹豫地将戏拟、象征、拼贴、复调叙述、开放结尾、话语对比等技巧得心应手地运用，既丰富了小说的艺术表现手段，又拓展了作品的思想容量和深度。正因为如此，读者才会在《小世界》中发现如戏仿、反讽、互文、复调、狂欢化处理、拼贴、开放式结尾等如此多的后现代主义写作技巧，并引发关于这部小说到底是一部现实主义作品还是后现代主义作品的讨论。同样，布雷德伯里也在关于小说理论的著作中提出写实与实验可以并行不悖，提倡内容与形式的高度结合，要求小说的创作不但要注重大众服务的功能，同时还不能忽视审美功能。在《历史人物》这本书中，布雷德伯里采用了单一人物视角的叙述方式，并在通篇以现在时态为主导讲述故事的发展，还将戏剧作品所使用的整段的对话形式置

象牙塔内的喧哗与骚动

于小说中，颠倒了小说中前景与背景的位置，并对历史进行了嘲讽。拜厄特并不主张把小说作为纯粹讨论哲理的阵地，也不主张小说只表现某种狭隘、单纯的观点。她认为小说不应该只容纳一种简单的观点，无论这种观点是作者的还是人物的。思想仅仅是小说所要表现的一个方面，小说应该像一个宽松的巨袋，可以容纳任何东西。总之，这些写作手法和作品主题上的改变表明了第二代学院派小说并不是对第一代作品的简单复制和回归。布雷德伯里、洛奇、拜厄特和布鲁克—罗斯不像某些法国、美国作家那样刻意标新立异，而是特别关注形式和主题之间的平衡，兼顾形式的创新和叙事的清晰完整，使作品具有较高的可读性。布雷德伯里是一位语言大师，他在小说中玩语言游戏，通过语言进行形式实验；他也是一位喜剧大师，谐趣之中充满讽刺与幽默。他的小说以校园为题材，却反映了校园外的大千世界，揭示了人类现实中的许多真实。尽管有实验的痕迹，但是他的小说仍然闪烁着现实主义的光芒。洛奇本人曾谦虚地称自己是一位非常优秀的次要小说家，但客观地说，他的校园题材与兼容并蓄的叙事手法已经成为战后英国小说的一个重要支脉和变奏，他也因此成为当代英国文坛不可忽视的重要小说家。布雷德伯里和洛奇不仅在小说创作方面，而且在学术研究方面都取得了令人瞩目的成就。他们俩都是学术界的知名学者，尤其是洛奇，他的学术著作《小说的语言》《现代写作模式》《运用结构主义》和《巴赫金之后》等在小说批评理论方面有着重大建树。可以肯定，他们俩的影响和贡献要远远超过第一代学院派小说家。

第一、第二代学院派小说家都十分关注社会中的知识分子问题。20世纪50年代的知识分子在进入上层社会时遇到了诸多阻力，于是他们开始学着变得圆滑世故，使用一切手段力求获得自认为本该属于自己的社会权力和地位，但他们在这么做的同时仍然保持了一份难得的社会良知，所以常常被自我矛盾的思想所困扰，内心深处时时会感到不安。也正因为如此，英国的第一代学院派小说家在人物刻画方面给读者留下的感觉经常是同情有余而批判不足。而第二代学院派小说家在知识分子的批判问题上却丝毫不留情面，这是由于那个时代的知识分子对名和利的追求已经达到了一种相当狂热的程度。洛奇、布雷德伯里、拜厄特和布鲁克—罗斯等人身处象牙塔内部，感受到了精英们的困惑和危机。驱使着这些人行为的不是对学术问题的好奇和喜爱，而是对金钱、物质享受、显赫名声以及高级职位的渴望。知识分子在人们心目中的形象被彻底颠覆，开始向下跌落。有感于此，新的学院派小说家寄希望于能通过手中的笔帮助那些过分追名逐利的人自省，唤起学者们的觉悟，以重塑知识分子的形象。

西方的人文主义传统、知识分子的历史使命感，使得学院派小说家们有着深层的哲理性和批判性。他们都集多重身份于一身：大学教授，小说家和批评家。他们的小说多以知识分子为主人公，以大学或学术界为背景，语言轻松明快，故事雅俗共赏而又不乏深意，主要描写一批活跃于高校和批评界的学者、教授们。他们参加各种学术会议，名义上是为了学术交流，实际上却是为了观光旅游、追名逐利，寻欢作乐。表面上看，这些学院派小说记录了校园内发生的各种轶事，描述了校园内外知识分子的世相与百态，如对西方大学校园的学生骚乱和暴动事件的描述等，实际上却包含了整个英国社会文化的发展过程和精神风貌，反映了变动的社会现实与历史、文化的变迁，揭露了整个西方社会价值观念的堕落与道德信仰体系的崩溃和缺失。

作为反映社会文化变迁的一面镜子，英国学院派小说用讽刺的笔调描绘了一幅英国社会历史画卷。对英国学院派小说讽刺传统的深入分析和解读必将为我国高等教育改革以及构建社会主义和谐社会提供重要的参考价值和借鉴意义。20 世纪的英国文坛上，学院派小说异军突起，生机勃勃，已成为不容忽视的小说类别。学院派小说对 20 世纪的英国小说艺术呈绚丽多彩的态势起到了推波助澜的作用，并对大洋彼岸的美国产生了重要影响。小说历来都被视为折射社会的重要载体，这对 20 世纪中叶在大西洋两岸同时崛起的学院派小说来说也不例外，英美高等教育的大幅扩张，大学教员及学生人数的激增，无疑为学院派小说家们提供了更大的创作空间及素材。尽管小说家们不厌其烦地强调小说人物和事件"纯属虚构"，洛奇举出的两则实例道出了学院派小说与社会和时代的关系：一是美国作家伊莱恩·肖瓦尔特（Elaine Showalter）声称自己在做学院派小说研究过程中发现在好几部小说中，有三个人物基于自己的形

象牙塔内的喧哗与骚动

象，并且不全是褒奖类的人物形象；另外，洛奇不无幽默地说自己在《小世界》（*Small World*，1984）和《想……》（*Thinks*，2001）中虚构的两所大学也在现实生活中找到了翻版。

第二节　当代英美学院派小说特点比较分析

学院派小说的兴起是高等教育逐步普及和读者文化水平提高的必然结果。与早期的学院派小说家相比，英国当代学院派小说家马尔科姆·布雷德伯里、戴维·洛奇、安·苏·拜厄特、布鲁克—罗斯以及美国当代学院派小说家索尔·贝娄、乔伊斯·卡罗尔·欧茨、菲利普·罗斯、弗拉基米尔·纳博科夫和唐·德里罗作品的思想深度和艺术手法更为突出，对学者文人和学院生活的讽刺挖苦也更为痛快。如果说早期学院派小说家以他们的愤怒和大声疾呼为主要特征，那么当代英美学院派小说家在作品的主题揭示、创作技巧、理论批判、文化冲突与融合等方面的影响和贡献都要远远超过前期的学院派小说家。

一　英国当代学院派小说特点总结

英国当代学院派小说的代表作家是布雷德伯里、洛奇、拜厄特和布鲁克—罗斯等。这四位学者都集多重身份于一身：大学教授，小说家和批评家，他们的作品有着深层的哲理性和批判性。

（一）主题揭示

布雷德伯里先后就读于莱斯特大学，伦敦大学，曼彻斯特大学，分别获文学学士和硕士学位。1959 年在曼彻斯特大学攻读美国文学博士学位并开始小说创作。布雷德伯里的学院派小说可以说是欧洲社会生活和文化变迁的缩影。他把自己所写的《吃人是错误的》《向西行》和《历史人物》这三部小说分别看作是"严肃的 50 年代""动摇的 60 年代"和"颓丧的 70 年代"的产物。洛奇 1967 年荣获伯明翰大学哲学博士学位，1976 年获伯明翰大学现代英国文学教授职称。他的小说多以知识分子为主人公，以大学、学术界为背景，语言轻松明快，故事雅俗共赏而又不乏深意，往往从意想不到的角度描写人性、文化冲突和婚姻家庭等带有

253

普遍性的主题。洛奇的作品主要描写了一批活跃于高校和批评界的学者、教授。他们参加各种学术会议，名义上是为了学术交流，实际上却是为了观光旅游、追名逐利、寻欢作乐。在洛奇笔下，学术的小世界折射出了整个外部世界的喧嚣与骚动。同样，拜厄特也是活跃在当代英国文坛的著名学院派小说家和文学评论家。她在剑桥大学师从著名的文学评论家弗·雷·利维斯，专攻英国文学，1987 年获布雷德福大学文学博士学位。拜厄特经常到世界各地讲学，交流，在学术界享有很高的知名度，被誉为"全球性的小说家"。她以高超的叙述技巧将深邃的思想、广博的知识、复杂的人物、多样的文体融合起来，描绘出一幅幅当代学院的风情图。布鲁克—罗斯 1949 年在牛津大学萨默维尔学院获得哲学学士学位，1953 年获硕士学位。1954 年获得伦敦大学哲学博士学位。1975 年后曾在巴黎大学任英国文学教授。布雷德伯里、洛奇、拜厄特和布鲁克—罗斯都有自己的理论见解，都有理论著作问世；他们在具体的小说创作中自觉运用批评理论，具有浓郁的学院气息。这些学院派小说记录了校园内发生的各种轶事，描述了校园内外知识分子的世相与百态，揭露了整个西方社会价值观念的堕落与道德信仰体系的崩溃和缺失。

(二) 创作技巧

第一代学院派小说家大多遵循现实主义写实传统，强烈抨击以乔伊斯和伍尔夫为代表的现代派作家，将现代派形式风格上的创新斥之为一种通过瞬间的感觉来表达混乱体验的手法，有评论家据此将第一代学院派小说家的作品视为英国 19 世纪批判现实主义的回归。而英国第二代学院派小说则以兼容并蓄为主要特征，具有写实和实验相互融合的特点。布雷德伯里认为现实主义与实验主义这两种倾向代表了两极，在某些历史时期，其中一极比较受重视，而在其他时期较为占上风的则是另一极。洛奇从英国文学发展史的角度来研究文学的内部运动，系统深入地分析了英国现当代文学史和文学批评，揭示了文学本体运动的内在逻辑并提出了著名的"钟摆"理论，即现代主义和现实主义这两个潮流在现代英国文学史上相互交替，如同钟摆的摆锤一样在两个极端之间来回摆动。洛奇既没有落入传统的窠臼，也没有受囿于实验技巧，而是在写实和实验之间寻求着妥协与调和。洛奇的小说从不排斥英国现实主义小说传统，尤其是在讽刺性与喜剧性方面，但是由于受文学大气候和文学批评的影响，他的小说也夹杂着非现实主义的实验因素。在他的小说中，传统与实验交融，现代与"后现代"混杂。拜厄特也反对将写实与实验进行简单的厚此薄彼的二分法，认为传统与创新、真实与虚构并非截然对立。在《心灵的激情》这部批评文集中，拜厄特指出旧现实主义与新实验之间有着一种共生关系。在20世纪的现代主义和后现代主义的作家大多标榜自己与传统现实主义的反叛与决裂时，布雷德伯里、洛奇和拜厄特一方面充分继承并遵循现实主义的基本原则，另一方面又大胆地采用后现代实验主义写作手法。第二代学院派小说家的成功实践也预示了当代英国小说创作的发展趋势：兼容并蓄，在写实与实验的对话中探索新的发展道路。

（三）理论批判

20世纪后半期，在耶鲁、芝加哥、霍普金斯、剑桥等西方大学校园中，随着新批评被摈弃，各种非实证的或带有更明显的意识形态色彩的文学理论，如神话原型批评、接受反应批评、解构主义批评、女性主义批评、新马克思主义批评、新历史主义批评、后殖民主义批评、生态批评等蜂拥而起，其交替速度之快令人目不暇接。在这样一个"批评的年代"，当代文学批评的蓬勃发展吸引了众多专家学者的目光，同时也给英国第二代学院派小说家带来了巨大的机遇和挑战。集教授、小说家和批评家三者于一身的布雷德伯里、洛奇、拜厄特和布鲁克—罗斯对批评理论具有深入的理解和把握，在小说中对理论的探讨更加系统、更加具有理论思辨的力度。他们自觉地在创作中融入了大量的批评话语，他们的小说也成为小说创作与批评实践相结合的经典范本。布雷德伯里的《历史人物》中的霍华德·柯克和妻子芭芭拉谈论了"人物"概念的界定和缺席；《克里米纳博士》对解构理论进行了戏仿；洛奇的《换位》中莫里斯·扎普频繁使用着批评话语，如死亡和再生的原型理论、历史循环理论，以及弗莱的有关文学模式的理论。《小世界》更是刻画了众多的批评理论家：自由人文主义者史沃娄、结构主义者登普塞和塔迪厄、接受美学理论家冯·托皮兹、马克思主义理论家莫尔加纳和后结构主义批评家扎普。他们所谈论的话题充满了学术气息和批评的味道。拜厄特的小说也体现了智慧之果的魔力：她的很多小说都明显贯穿着她对批评的实践和应用。她的《太阳的阴影》探讨了批评家和小说家之间的关系，以及后辈所感受到的"影响的焦虑"。同样，《占有》中也刻画了众多评家型人物：喜欢文本分析的罗兰·米歇尔和莫德·贝利、热衷于拉康式精神分析的费格斯·沃尔夫、狂热的女性主义者利奥诺拉·斯特恩以及痴迷于作者生平的莫蒂默·克罗珀等。布雷德伯里、洛奇和拜厄特等当代英国学院派作家的创作实践表明，批评和创作是在一种动态的互动关系中共同发展的。批评通过小说话语可以得到更广泛的传播；小说通过融入批评可以丰富自己，谋求发展。但批评对小说也有负面影响：当小说承载了过多批评和理论的重量，它们就失去了部分读者。布雷德伯里、洛奇和拜厄特都在不同程度上意识到了这个问题，在小说中借主要人物或叙述者表达了对批评的抵制。因此，批评和创作的关系呈现出一种共生、互助同时对抗的复杂关系。事实上，布雷德伯里、洛奇、拜厄特和布鲁克—罗斯在学院派小说中对批评的探讨具有理论思辨的力度，他们从新的角度评价、审视着批评的发展，一方面抵制了批评理论中过于激进的观点；另一方面又将一些过于晦涩的理论通俗化，这种批评中有创作、创作中有批评的文体也预示了英国小说创作和文艺批评发展相融合的新趋势。

（四）文化的冲突与融合

布雷德伯里、洛奇、拜厄特和布鲁克—罗斯共同关心的一个主题是不同价值观念之间的差异和碰撞，包括学术界与非学术界、英国与美国、激进与保守、革新与传统、现在与过去、历史与现实，等等。在《向西行》中，布雷德伯里通过对自私、工于心计的美国人弗罗列克和天真、单纯的英国人沃克的描绘，颠覆了詹姆斯"世故的欧洲人和天真的美国人"的主题，不仅使英美两国学术界和文化的对比更加鲜明，而且使作品在互文中丰富了内涵和张力。小说通过主人公的经历不仅反映了校园内知识分子的世相与百态，而且还对英美两国学术界及文化的差异与冲突加以风趣的对比。鲁米治"校园三部曲"《换位》《小世界》和《好工作》是洛奇的代表作。在"三部曲"中洛奇以其轻松幽默、充满机智的语言不仅表现了知识分子的世相和百态，还揭示了不同文化价值观念的冲突与融合。《换位》表现了英美两国文化的冲突与融合，《小世界》融合了高雅文化与大众文化，而《好工作》则突出校园文化与工业文化的对立与融合。和布雷德伯里的《向西行》以及洛奇的《换位》一样，拜厄特在《占有》和《传记家的故事》中对当代学者进行了讽刺和滑稽的勾勒，突出了英美学者之间的差异：美国学者显得咄咄逼人，英国学者则相对拘谨。总之，英国的第二代学院派小说家在更广阔、更深刻的文化语境下寻求了不同文化价值观念的相互理解与沟通，他们的小说也成为雅俗共赏的典范、学院派小说中的精品，既使普通读者感到愉悦，又令学者文人掩卷深思。

大学校园是整个社会的一个缩影，而作为知识的拥有者、生成者和传播者的知识分子是最敏感的一个社会群体。布雷德伯里、洛奇、拜厄特和布鲁克—罗斯以校园为题材，以知识分子为主要人物，在作品中从微观到宏观，以学术的"小世界"反映校园外的大千世界，揭示学术世界的阴暗，展示了文人学者们的劣根性，反思了整个当代文明的危机和所有当代人面临的困境。他们的小说尽管有实验的痕迹，但仍闪烁着现实主义的光芒。作为英国第二代学院派小说家的代表，布雷德伯里、洛奇、拜厄特和布鲁克—罗斯拓展了小说创作的话题和领域，共同开创了英国学院派小说的一个新时代。

二 美国当代学院派小说特点总结

美国当代学院派小说的代表作家有索尔·贝娄、乔伊斯·卡罗尔·欧茨、菲利普·罗斯、弗拉基米尔·纳博科夫和唐·德里罗。贝娄长期在芝加哥大学、明尼苏达大学、纽约大学和普林斯顿大学等高校执教。欧茨曾担任普林斯顿大学的客座教授，主要讲授文学创作的相关课程。罗斯担任普林斯顿大学的驻校作家，还在宾夕法尼亚大学任教比较文学课程。纳博科夫先后执教于韦尔斯里学院和康奈尔大学，主要讲授俄国和欧洲文学相关课程。德里罗作为美国最具影响力的后现代作家之一，在学术界享有较高的声誉，是美国艺术与文学科学院院士。

（一）人物刻画方面

美国的学院派小说立足于美国的高校和知识分子界的现实，为读者呈现了人类精神和灵魂的挣扎与变迁的图谱。纵观美国学院派小说家的作品，不难看出，这些作品大多都塑造了大学校园里彷徨失意的知识分子。作品深刻地探寻了他们的处境即个人与社会、理想与现实之间的不协调。他们受过良好的教育，并且勤于思考；然而他们越思考就变得越孤独。苦闷与彷徨、挣扎与沉沦、失败与失落成了大多数学院派小说中主人公精神和思想的写照。索尔·贝娄通过他的人物如赫索格的漂泊与思考，洪堡的失望与挣扎，西特林的堕落与觉醒，科尔曼的努力与抗争，等等，来展现知识分子的普遍精神状态。欧茨、罗斯和纳博科夫都成功地塑造了很多栩栩如生的学院知识分子形象。他们的大多数作品的背景都设在美国的大学校园，高校的学生、教师成了他们笔下常见的形象。高校教师迫于晋升职称的压力，保住教职的压力，将更大的注意力投入到了所谓的学术研究之中，没有尽到作为一名教师应尽的教书育人的责任和义务；而在学术竞争和学术权力的角逐之下，高校教师更是丢失了知识分子"求真"和"求善"的本性，沦为了欲望的奴隶和学术权力的牺牲品。残酷的社会现实压弯了他们正直的脊梁，封喉的竞争扼杀了他们求真的美德，无边的欲望吞噬了他们美好的理想。

（二）写作技巧方面

美国学院派作家的写作技巧融合了传统与革新的双重特征。其中"革新"或者说"实验"更加突出和明显。他们的创作代表了当代西方文学的一个重要动向，即现代主义与现实主义因素的相互交织和彼此渗透。学院派作家能够在洞悉文学传统的基础上，完美地运用各种文学技巧。比如索尔·贝娄就非常善于把心理探悉与客观展示、现实描写与历史回忆交织起来，把喜剧性的嘲笑和严肃性的思考结合起来，以多样化的手法造成作品在艺术上的雅俗并存，引人入胜又迫人思索。女作家乔伊斯·卡罗尔·欧茨将现实主义的主题和现代主义的创作手法巧妙地糅合在一起，运用象征主义、神秘主义、意识流等现代主义手法，为读者呈现了一个交织着幻想与现实、欲望与道德、暴力与理性的文学世界。菲利普·罗斯被称为是美国的"卡夫卡"，他在写作技巧上继承并反叛着传统，他大胆创新，在凯普什"欲望三部曲"之一的《乳房》中，主人公变成了一个硕大的会呼吸的乳房，这一手法为读者呈现了非常震撼的阅读体验。同样挑战着读者的阅读极限的还有纳博科夫。作为一位杰出的语言大师，纳博科夫挑战着自我、挑战着读者和评论者，大胆地进行语言和写作技巧的创新，不断地冲破文学形式的界限，建构着自己理想中独特的文学世界。他的《普宁》巧妙地运用黑色幽默小说的写法，将喜剧性和悲剧性融合在一起，塑造了让人难以忘记的人物形象；《微暗的火》更是一次大胆的创新。纳博科夫冲破了小说的传统界限，完美地将一首长长的诗歌融入小说文本之中，将叙述者身份模糊化，如同"晴天霹雳"般震惊了文学界。这种将现实主义和现代主义完美融合的技巧，是美国学院派作家长期实践的结果，也为他们用语言自由地表现现实世界提供了有力的保障。

（三）主题方面。

美国 20 世纪学院派小说家们立足于大学校园，通过刻画一系列学院派知识分子的形象，从不同侧面反映了高校存在的问题以及知识分子的精神危机。总结起来，20 世纪美国学院派小说的主题涵盖了以下方面：

首先，大部分学院派作家都探讨了知识分子自我的迷失。学识的丰富和思想的敏锐是知识分子的典型标志。他们能够洞察人生与文明社会的人情世态，对社会抱有深切的关怀或责任感。在对精神世界追求方面也执着于常人，他们对神圣的事物具有非凡的敏感；他们是对其所处世界的本质和统治社会的规矩有非同一般的反省的少数人；知识分子的天性就是要看透事物表层下的本质。因此，他们势必会背负了更多的心灵与精神负担。随着社会的发展和变化，各种各样的问题的出现如同"潘多拉的盒子"被打开，学院派小说中形单影只的知识分子如赫索格们的呐喊和努力是那么的苍白无力。社会物质主义的盛行，精神信仰的缺失，公众的伦理道德素养存在的危机，家庭生活的失败，人际关系的岌岌可危……这些问题显然令赫索格们招架不住。知识分子到底应该走上怎样的道路，到底应该是勇于承担应尽的责任和担当与这个荒诞的社会进行不依不饶的抗争，还是顺应时代的潮流妥协于这个世界呢？那些执着于"思考"的知识分子们面临着这样一个两难的困境。在这个困境面前，赫索格一样的知识分子迷失了。

其次，学院派小说也关注了知识分子道德的堕落和崇高精神的缺失。

随着社会的发展，高校内部也发生着巨大的变化。学院内的知识分子们受着各种条条框框的束缚，他们依然是大多数人眼中的精英——有学历、有文化、有才智、有教养，但却越来越不那么与世隔绝，巨大的生存压力吞噬着知识分子宝贵的道德品质。象牙塔内诸如"学风""教风"以及"师德"的每况愈下、师生关系的异化、教师之间的"钩心斗角"、上、下级之间的权利之争这些都是现代高校中不容忽视的尴尬存在。从乔伊斯·欧茨的《饥饿的鬼魂：七个讽刺喜剧》就可以窥见一斑。欧茨通过小说揭示了校园里的知识分子们的道德和灵魂正在被各种各样的欲望和贪婪所吞噬。大学校园内的学术男女们受金钱、名望、权力的驱使，丧失追求真理、匡扶正义的能力，可悲地沦为欲望的奴隶。而堕落的知识分子们又同时忍受着道德的拷问，良知的谴责，明知堕落，却又不得不沉沦。

最后，学院派小说家也肯定知识分子重新构建和回归自我的努力，体现了他们的人文主义关怀。尽管索尔·贝娄、罗斯、欧茨以及纳博科夫在其作品中都不同程度地批评了知识分子自我的迷失和堕落，但是他们并不以此为乐，相反，他们是为这些问题的存在而深深担忧。批判并不是他们的真正目的，他们意在提醒读者这些问题的存在，希望能够唤起人们和社会对这些问题的反思。另外在作品中，他们也塑造了一些正面的知识分子形象，如赫索格、科尔曼、普宁，他们迷茫、困惑，挣扎、探索，但重要的是他们在努力地找寻着生命的价值和意义。在纳博科夫小说《普宁》的结尾：普宁驾驶的"小轿车大胆地超越前面的卡车，终于自由自在，加足马力冲上那条闪闪发亮的公路……"① 普宁拒绝了叙述者"老相识"要提供的虚伪帮助，不失尊严地踏上了那条"闪闪发亮"的自由大道。从某种意义上，普宁的失败正是普宁的成功。那"闪闪发光的公路"也会是大多数知识分子的"回归之路"。

因此，20世纪美国学院派小说无论在主题、人物塑造以及写作技巧方面都达到了一定的高度。经过时间的冲刷和洗礼之后，读者们依然可

---

① ［美］弗拉基米尔·纳博科夫：《普宁》，梅绍武译，上海译文出版社2013年版，第246页。

以从作品中得到对人性和社会的有益思考和启示。这思考和启示是超越了大学校园和知识分子本身的。学院派作家们的作品立足于大学校园，放眼于整个社会，关注着整个社会的现实和人类的普遍本性，表达了对人类和社会的人文关怀。

三　结语

学院派小说最早出现在英国，其创作方向体现出对英国现实主义小说传统的继承和发展，注重对社会、人物描写的客观现实性，同时沿袭了英国现实主义小说社会讽刺喜剧的创作模式。其讽刺元素的运用形成对现实有力的抨击，喜剧手法的结合有助于调和作品的气氛，增强作品的可读性。总体来说，英国学院派小说一般为现实主义创作，关注社会状况对学术圈的影响及其外部体现，在深层上反映社会道德和伦理问题，先后形成了20世纪50年代以艾米斯为代表的第一代学院派小说家和70年代以洛奇为代表的第二代学院派小说家。美国学院派小说也在20世纪50代进入一个高潮期，1925年前，学院派小说的中心议题是学生，1925—1960年转为关注大学教授，随着60年代发生在美国大学校园中学生抗议活动的普遍，学生又重新占领学院派小说的历史舞台。而70年代，小说家的关注点重新回归到大学教授的工作与生活状态，致力于挖掘其社会根源和社会影响。

通过描写知识分子在社会中的经历和反应透过知识分子的视角来辐射知识分子的弱点和社会状况是英美学院派小说家共同的关注点。英国当代学院派小说家布雷德伯里的《历史人物》是一部堪称校园喜剧小说奠基石的作品。霍华德·柯克既是拥护一切正面的、勇敢的自由主义主张的化身，又是一个真正目标并非人类进步而是一己私利的狡猾操纵者，全书充满了阴郁的欢乐与不祥的预言。洛奇在其"校园三部曲"创作中借鉴和发展了英国状况小说的理念，通过描绘不同文化背景、不同价值观及思想观在现代社会的冲撞，拓展了学院派小说的创作视角，而且从更深刻的角度审视着整个社会状况。美国学院派作家多以大学校园生活为背景，以知识分子为切入点，描绘和反映普遍的社会现实：贝娄的每部作品都包含了对当代美国社会生活所做的冷静而颇具讽刺意味的观察与思考，对人类现状所怀有的痛苦而又充满柔情的情感，对西方传统人道主义复归所抱有的真诚而又充满焦虑的希望。《赫索格》反映了知识分子的精神价值及其与美国社会的冲突。《洪堡的礼物》较为广泛地描述了从 30—70 年代美国知识分子的精神、品行和情操，展现了精神与物质交锋中，人道主义传统的日益衰竭。欧茨的《不神圣的爱情》通过对几次酒会的描写，反映了高等学府内教职人员的争名夺利、尔虞我诈，趋炎附势及知识女性的空虚贫乏，揭露了美国大学里高级知识分子深层的心理状态，全面地反映了人的感情世界。罗斯的作品体现着对当代美国的社会风貌和时代特征的关注，描绘了现代社会中人际交往及人与社会环境相处中的矛盾冲突。《欲望教授》描写了一个英语教授陷入情欲困境后的心路历程。反映当代犹太知识分子在情欲与事业之间的内心困惑，揭示生活和艺术、人的阅历和人的性格之间的关系。

综上所述，可以看出，英美学院派小说在二者相互影响的过程中不断发展着。英美文化之间的同源性和英美学院派小说产生的相近的背景预示着它们在发展过程中必定会相互影响。相对而言，英国学院派小说对美国学院派小说的影响较大，这种影响主要体现在写作手法，写作主题，以及喜剧和讽刺传统的继承上。但是，美国学院派小说对英国学院派小说同样存在一定影响，而且这些影响是不能被忽视的。现今，美国文学在世界文学舞台上正发挥着举足轻重的作用，它对学院派小说创作的影响也会在未来发生改变。

参考文献

一　中文部分

〔美〕爱德华·沃第尔·萨义德：《知识分子论》，单德兴译，生活·读书·新知三联书店2002年版。

〔英〕爱·摩·福斯特：《小说面面观》，朱乃长译，花城出版社1984年版。

〔英〕艾弗·埃文斯：《英国文学史》，蔡文显译，人民文学出版社1984年版。

〔英〕安德鲁·桑德斯：《牛津简明英国文学史》（上），谷启楠等译，人民文学出版社2006年版。

陈姝波：《传记是这样"出炉"的：理论的想象和虚构》，《外国文学》2008年第7期。

程倩：《回归历史之途——析拜厄特〈占有〉的历史叙述策略》，《国外文学》2003年第1期。

程倩：《历史的回声——拜厄特〈占有〉之多重对话关系》，《当代外国文学》2006年第1期。

程倩：《拜厄特小说〈占有〉之原型解读》，《外国文学评论》2002年第3期。

丹皮尔：《科学史及其与哲学和宗教的关系》，商务印书馆1997年版。

〔英〕戴维·洛奇：《换位》，张楠译，上海译文出版社2007年版。

〔英〕戴维·洛奇：《好工作》，蒲隆译，译文出版社2007年版。

〔英〕戴维·洛奇：《小说的艺术》，王峻岩译，作家出版社1998年版。

〔英〕戴维·洛奇：《小世界》，王家湘译，上海译文出版社2007年版。

丁威：《从"校园三部曲"看戴维·洛奇的文化融合思想》，《长春工程学院学报》2008 年第 3 期。

[美] 菲利普·罗斯：《欲望教授》，张廷佺译，上海译文出版社 2011 年版。

[美] 菲利普·罗斯：《人性的污秽》，刘珠还译，译林出版社 2011 年版。

[美] 弗拉基米尔·纳博科夫：《文学讲稿》，申惠辉译，上海三联书店 2005 年版。

[美] 弗拉基米尔·纳博科夫：《普宁》，梅绍武译，上海译文出版社 2013 年版。

[美] 弗拉基米尔·纳博科夫：《微暗的火》，梅绍武译，上海译文出版社 2011 年版。

何怀远：《欧洲社会历史观——从古希腊到马克思》，黄河出版社 1991 年版。

[美] 哈罗德·布鲁姆：《影响的焦虑》，徐文博译，江苏教育出版社 2006 年版。

侯维瑞、李维屏：《英国小说史》，译林出版社 2005 年版。

侯维瑞：《现代英国小说史》，上海外语教育出版社 2001 年版。

侯维瑞：《英国文学通史》，上海外语教育出版社 1999 年版。

金明：《菲利普·罗斯作品中的后现代主义色彩》，《当代外国文学》2002 年第 1 期。

李公昭：《20 世纪美国文学导论》，西安交通大学出版社 2000 年版。

李莉：《20 世纪美国学院派作家研究》，南开大学出版社 2007 年版。

李维屏：《英国小说艺术史》，上海外语教育出版社 2003 年版。

刘英、栾红敏：《学术竞争与群体关怀：乔伊斯·凯洛·欧茨的"学院小说"主题探究》，《外语教学》2008 年第 3 期。

柳鸣九：《从现代主义到后现代主义》，中国社会科学出版社 1994 年版。

罗贻荣：《走向对话：文学·自我·传播》，中国社会科学出版社 2006 年版。

[英] 马克·柯里：《后现代叙事理论》，宁一中译，北京大学出版社 2003 年版。

马凌、高建惠：《后现代中的学院派知识分子》，《中外比较文学与比较文化（国际）研讨会论文集》2004 年。

马凌：《后现代主义中的学院派小说家》，天津人民出版社 2004 年版。

钱冰：《占有的悖论：高度的传统和醒目的后现代》，《外国文学》2005 年
　　第 9 期。

钱中文主编：《巴赫金全集》（第四卷），白春仁等译，河北教育出版社
　　1998 年版。

乔国强：《美国犹太文学》，商务印书馆 2008 年版。

［美］乔伊斯·卡罗尔·奥茨：《他们》，李长兰、熊文华等译，译林出版
　　社 2008 年版。

瞿世镜：《当代英国小说》，外语教学与研究出版社 1998 年版。

瞿世镜、任一鸣：《当代英国小说史》，上海译文出版社 2008 年版。

［英］莎士比亚：《莎士比亚全集》（第六卷）中《雅典的泰门》，朱生豪
　　译，译林出版社 2009 年版。

申慧辉：《曲高未必和寡——谈戴维·洛奇和他的〈小世界〉》，载陆建德主
　　编《现代主义之后：写实与实验》，中国社会科学出版社 1997 年版。

宋艳芳：《占有之惑，〈占有〉之谜》，《当代外国文学》2004 年第 4 期。

宋艳芳：《文学实验、文化研究及限度——洛奇〈三部曲〉对文化研究的
　　回响及其引起的反思》，《四川外语学院学报》2003 年第 5 期。

［美］索尔·贝娄：《院长的十二月》，陈永国、赵英男译，河北教育出版
　　社 2002 年版。

［美］索尔·贝娄：《赫索格》，宋兆霖译，上海译文出版社 2011 年版。

［美］索尔·贝娄：《洪堡的礼物》，蒲隆译，上海译文出版社 2012 年版。

［美］唐·德里罗：《白噪音》，朱叶译，译文出版社 2002 年版。

王守仁、何宁：《20 世纪英国文学史》，北京大学出版社 2006 年版。

王雅华：《论理论化小说及其对后现代诗学的影响》，《外国文学》2009 年
　　第 5 期。

夏忠宪：《巴赫金狂欢化诗学研究》，北京师范大学出版社 2000 年版。

徐平：《反思：大学师生关系缘何陷入功利化冷漠化境地》，《中国教育
　　报》2011 年 1 月 3 日。

杨华：《反叛的互文性——在〈天路历程〉中的体现》，《广东外语外贸大
　　学学报》2005 年第 3 期。

参考文献

殷企平：《英国小说批评史》，上海外语教育出版社 2001 年版。

虞建华：《精英聚集地与灵肉交易场——当代美国校园小说〈我是夏洛特·西蒙斯〉评析》，《外国文学研究》2009 年第 3 期。

〔德〕扎格尔：《牛津——历史和文化》，朱刘华译，中信出版社 2005 年版。

张和龙：《战后英国小说》，上海外语教育出版社 2004 年版。

张荣升：《对传记产业及后结构理论的揭露和批——学院派小说〈传记家的故事〉解析》，《山花》2013 年第 1 期。

张荣升：《学者与研究对象的双向占有——安·苏·拜厄特学院派小说〈占有〉解析》，《山花》2010 年第 8 期。

张荣升：《小说家的批评和批评家的小说》，黑龙江大学出版社 2013 年版。

朱艳芳：《从索尔·贝娄三部小说看后工业社会知识分子的社会角色》，兰州大学硕士学位论文，2007 年。

朱叶：《唐德罗致译者信》，《白噪音》，上海译文出版社 2002 年版。

二 英文部分

Abrams, Meyer Howard, *A Glossary of Literary Terms*. Cengage Learning, 7th edition, 1999.

A. S. Byatt, *The Shadow of the Sun*, New York: Huarcourt, Inc., 1992.

A. S. Byatt, *On Histories and Stories*, London: Chatto & Windus, 2000.

A. S. Byatt, *The Biographer's Tale*, London: Chatto & Windus, 2000.

A. S. Byatt, *Passion of the Mind: Selected Writings*, London: Vintage, 1993.

A. S. Byatt, *Possession: A Romance*, Beijing: Foreign Language Teaching and Research Press, 2000.

Bernard Bergonzi, *David Lodge*, Plymouth: Northcote House, 1995.

Christine Brook - Rose, *The English Novel in History*, 1950—1995, London: Routledge, 1996.

Christine Brook - Rose, *A Rhetoric of the Unreal*, Cambridge: Cambridge UP, 1981.

Christopher Hollis, *Evelyn Waugh*, London: Longman, 1971.

象牙塔内的喧哗与骚动

David Lodge, *Consciousness and the Novel*, Cambridge, Massachusetts:
Harvard University Press, 2002.

David Lodge, *The Practice of Writing*, London: Penguin Books, 1997.

David Lodge, *After Bakhtin: Essays on Fiction and Criticism*, London: Routledge, 1990.

Donald Watt, *Aldous Huxley: The Critical Heritage*, London: Routledge, 1975.

Eric Linklater, *The Art of Adventure*, London: Macmillan And Co Ltd, 1947.

Frederick R. Karl & Marvin. Magalaner, *A Reader's Guide to Great Twentieth-Century English Novels*, New York: Octagon Books, 1984.

G. Douglas, Atkins, *Contemporary Literary Theory*, University of Massachusetts Press, 1989.

Ian Campbell Ross, *Jonathan Swift: A Commemorative Address*, Dublin, 1995.

Irish Murdoch, *Satire, Romantic Retionalist*, Cambridge: Bowes & Bowes, 1953.

Jane Austen, *Pride and Prejudice*, New Jersey: Watermill Press, 1981.

Janice Rossen, *The University in Modern Fiction: When Power is Academic*, New York: St. Martin's Press, 1993.

Jeffrey Heath, *The Picturesque Prison: Euelyn Waugh and His Writing*, London: Mcgill-Queen's UP, 1982.

John Wain, *Hurry On Down*, London: Penguin, 1960.

Joyce Carol Oates, *The Hungry Ghosts: Seven Allusive Comedies*, Los Angeles: Black Sparrow Press, 1974.

Kathleen Coyne Kelly, *A. S. Byatt*, New York: Twayne Publishers, 1996.

Kathleen Wheeler, *An Introduction to Contemporary Fiction*, London:

参考文献

Polity Press, 1991.

Lawrence Lerner, 1987: "Somebody's Best Book Yet", *The Spectator*, September.

Max Beerbohm, *Zuleika Dobson*, London: Penguin Books Ltd, 1961.

Malcolm Bradbury, *The Modern British Novel*, London: Penguin Group, 1993.

Malcolm Bradbury, *Stepping Westward*, London: The Anchor Press, Ltd. 1979.

Malcolm Bradbury, *The History Man*, New York: Penguin Books, 1985.

Malcolm Bradbury, *No, Not Bloomsbury*, London: Deutsch, 1987.

Malcolm Bradbury, *Possibilities*, London: Oxford University Press, 1973.

Malcolm Bradbury, *Rates of Exchange*, London: Secker & Warburg, 1983.

Malcolm Bradbury, *The Novel Today*, Manchester: Manchester UP, 1977.

Malcolm Bradbury, *Eating People Is Wrong*, London: Secker & Warburg, 1959.

Mark Currie, *Postmodern Narrative Theory*, New York: St. Martin's Press, 1998.

Matthew C. Roudan, 1984: "An Interview with Saul Bellow", *Contemporary Literature*.

Michael Frayn, *The Trick of It*, New York: Viking Penguin, 1989.

Michail Gardner, *The Dialogic of Critique: M. M. Bakhtin and Theory of Ideology*, London and New York: Routledge, 1992.

Paul D. Farr, 1971: "The Success and Failure of Decline And Fall", *Etudes Anglaises*.

Richard Todd, *A. S. Byatt*, Plymouth: Northport House, 1997.

Riehard A. Ponser, *Public Intellectuals: A Study of Decline*, London,

England: Harvard University Press, 2001.

Robert Morace, *The Dialogic Novel of Malcolm Bradbury and David Lodge*. Southern Illinois University Press, 1989.

Thomas Hardy, *Tess of the D' Urbervilles*, Beijing: The Commercial Press, 1996.

Walter Allen, *Tradition and Dream*, London: The Hogarth Press Ltd, 1964.

Vladimir Nabokov, *Selected Letter*: 1940—1977. Ed. Dmitri Nabokov and Matthew J. Bruccoli, London: Weidenfeld and Nicolson, 1989.

参考文献